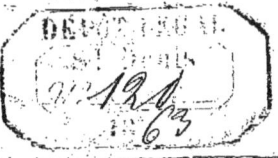

BIBLIOTHÈQUE DES CAMPAGNES

L'INDUSTRIE
MODERNE

LETTRES FAMILIÈRES

PRÉCÉDÉES

D'UNE ÉTUDE SUR LES PRODUITS DE LA NATURE,

PAR

Louis FORTOUL.

DEUXIÈME SÉRIE:

FONTE, FER, ACIER. — AUTRES MÉTAUX. — VAPEUR ET SES APPLICATIONS. — TÉLÉGRAPHIE, CHALEUR, LUMIÈRE, MOTEURS ÉLECTRIQUES. GALVANOPLASTIE. — PHOTOGRAPHIE. — ÉCLAIRAGE. — GRAVURE ET LITHOGRAPHIE. — ARTS ET PRODUITS CHIMIQUES, ETC.

PARIS,
LIBRAIRIE CLASSIQUE DE PAUL DUPONT,
Rue de Grenelle-Saint-Honoré, 45

1863

SCIENCES USUELLES ET AGRICULTURE.

L'INDUSTRIE MODERNE

V.

CLICHY. — Impr. de Maurice LOIGNON et C·e, rue du Bac-d'Asnières, 12.

BIBLIOTHÈQUE DES CAMPAGNES.

L'INDUSTRIE MODERNE

LETTRES FAMILIÈRES

PRÉCÉDÉES

D'UNE ÉTUDE SUR LES PRODUITS DE LA NATURE,

PAR

Louis FORTOUL.

DEUXIÈME SÉRIE.

FONTE, FER, ACIER. — AUTRES MÉTAUX. — VAPEUR ET SES
APPLICATIONS.— TÉLÉGRAPHIE, CHALEUR, LUMIÈRE, MOTEURS ÉLECTRIQUES.
— GALVANOPLASTIE. — PHOTOGRAPHIE. — ÉCLAIRAGE. — GRAVURE
ET LITHOGRAPHIE. — ARTS ET PRODUITS CHIMIQUES, ETC.

PARIS,

LIBRAIRIE CLASSIQUE DE PAUL DUPONT

Rue de Grenelle-Saint-Honoré, 45.

1863

PRÉFACE

De toutes les œuvres qui s'accomplissent sur notre planète, les unes sont naturelles, les autres humaines.

La nature travaillait bien longtemps avant que l'homme fît son apparition sur la terre. — Elle avait créé les trois règnes, minéral, végétal et animal; — et quand l'homme vint, — couronnement de ce long travail, elle trouva en lui un aide puissant pour le perfectionnement des choses accomplies.

Et maintenant, l'œuvre se poursuit à deux. — La nature fournit les matériaux, livre à l'intelligence le secret des lois qui les régissent, — met ses forces à la disposition de l'homme; — laissant à celui-ci le soin de combinaisons nouvelles en vue d'utilité ou de beauté.

Les arts industriels ne sont que l'expression de l'action humaine sur la nature, œuvre de Dieu, — une sorte de création annexe de la création divine.

Il y a donc intérêt à rapprocher l'étude de l'industrie naturelle de celle de l'industrie humaine.

C'est ce que nous avons réalisé dans le présent volume, — en une forme qui, pour n'être pas celle ordinaire des livres d'enseignement, n'en sera pas plus mal accueillie, nous l'espérons.

PREMIÈRE PARTIE

INDUSTRIE DE LA NATURE

1

Entre deux villages situés au cœur de la Provence, et que j'appellerai Tavel et Monts, le pays est fort accidenté et d'un aspect généralement sauvage. — En quittant Tavel on gravit, par un chemin sinueux, une côte fort élevée, au sein de plantations d'oliviers étagées par terrasses que soutiennent des murs en pierres sèches. — A une certaine hauteur, la terre végétale fait place à un terrain rocheux tourmenté, et aux oliviers succèdent des broussailles et des taillis touffus de chênes verts au sein desquels serpente la route. — Peu commode par sa raideur, cette route n'est pas fréquentée ; d'ailleurs, elle relie des localités peu productives, partant peu visitées, et où les goûts modestes et sédentaires de la population réduisent à néant l'humeur voyageuse.

Donc, quand on va de Tavel à Monts, les rencontres sont rares. Les lièvres et les perdrix sont plus nombreux sur la route que les voyageurs et les chevaux.

Un jour de la fin d'octobre, à la nuit tombante, je gravissais ce chemin. Une bise froide soufflait du nord, et les étoiles scintillaient vivement dans le ciel pur. — J'échangeai

le bonsoir avec quelques paysans revenant des champs et
rentrant à Tavel de ce pas nonchalant et lourd qui caractérise la marche des gens de la campagne, puis la route
se fit tout à fait solitaire. Tantôt le chemin contournait une
gorge profonde où le regard plongeait dans les ombres ;
tantôt, en levant la tête, je voyais se découper sur les dernières lueurs du couchant la silhouette des arbres qui
couronnaient les hauteurs. Les ténèbres croissantes revê-
taient de formes fantastiques et suspectes les broussailles
qui bordaient le chemin.

Il y avait là une croix noire qui étendait lugubrement
ses bras dans l'ombre ; elle rappelait un terrible événement.
En cet endroit, un jour, un voiturier, son fils et les chevaux
qu'ils conduisaient avaient été simultanément tués d'un
coup de foudre.

Arrivé au sommet, d'un regard en arrière j'embrassai la
plaine, où quelques lumières indiquaient l'emplacement de
Tavel. En ce moment, la voix du clocher se fit entendre ;
six heures sonnèrent, — puis l'angelus.

La cloche joue un rôle véritablement remarquable dans
la pratique du culte ; — elle est profondément sympathique
à l'idée religieuse. — Il est difficile, au sein de tous les
bruits que peuvent produire les corps sonores, d'en imaginer
un mieux en rapport avec ce sentiment instinctif qui, du
cœur, s'élève vers le Créateur de toutes choses. — Le bruit
de l'airain sonnant est plein, grave et doux. — Comme par
ses intonations variées il s'associe bien aux émotions diverses de nos âmes ! —Comme il est gai parfois, — comme
il chante avec le cœur content ! — Comme il est recueilli
et modeste quand il nous invite à la prière ! — Il est

lui-même une prière ; — ses vibrations nous l'inspirent, la font exhaler de nos âmes. Et comme il pleure douloureusement avec nous les pauvres morts que nous regrettons !

Quand il nous dit les heures, ce bruit ne cesse pas d'être religieux ; car il nous rappelle incessamment la brièveté de la vie.

Mais s'il est un moment où l'éloquence de la cloche est d'un effet plus particulièrement puissant, c'est sans contredit l'heure où le jour décline et où les ténèbres envahissent notre horizon. — C'est là une quotidienne image de la mort : — les ombres du soir représentent nos incertitudes et nos terreurs, mais les lointaines étoiles représentent nos espérances. — D'ailleurs l'aurore nouvelle viendra, image de la résurrection.

Ces pensées et d'autres occupaient mon esprit tandis que je marchais, et je ne saurais dire tout le charme du calme intérieur dont je jouissais en ce moment.

Cependant, au delà de la côte, il y avait un point indiqué par un poteau où je devais prendre un chemin de traverse s'enfonçant dans les broussailles sur la gauche, et, plus loin, sous les ombres profondes d'un grand bois de chênes adossé à un escarpement rocheux. — La lune commençait à se lever et je n'en fus pas fâché, le sol du nouveau sentier étant hérissé d'aspérités auxquelles mes pieds se heurtaient.

Mais quand je me trouvai sous l'épais feuillage du bois, ce fut bien pis ; les rayons de la lune n'y pénétraient pas, et le sentier, suivant des sinuosités que commandaient tantôt les difficultés du sol, tantôt les massifs d'arbres, m'échappait à chaque instant; mes pas buttaient à tout moment contre les pierres et les racines, et plusieurs fois je faillis tomber. — Je finis même par me donner une sorte d'entorse. — Alors, forcément je m'arrêtai et m'assis, ne sachant plus dans quelle direction était mon chemin.

La tension incessante de toutes mes facultés, luttant contre les difficultés du lieu, avait provoqué en moi une chaleur que l'inaction ne tarda pas à diminuer, et l'impression fraîche du vent se fit bientôt sentir. — Je jugeai prudent de me remettre en marche. — Le mouvement que je fis pour me dresser me fit entrevoir parmi les arbres, à une certaine distance, une flamme qui disparut aussitôt. Après un moment d'immobilité, n'ayant plus rien vu, je me baissai et me relevai à plusieurs reprises, et je parvins ainsi à revoir de nouveau la flamme qui brillait et s'éteignait aussitôt avec l'apparence d'un feu follet.

Poussé par la curiosité, je me dirigeai avec précaution de ce côté; — mon pied droit me faisait souffrir. — J'étais obligé à chaque pas de sonder le sol avec ma canne. — Parfois je perdais de vue la flamme voltigeante, puis je la revoyais de plus en plus rapprochée. Enfin j'entendis le timbre clair d'une clochette, un troupeau paissait par là; — et c'était sans doute la flamme d'un feu allumé par le berger que j'avais aperçue. — En effet, quelques pas plus loin, j'entendis un chien aboyer; en même temps, j'entrevoyais vaguement les brebis se sauver dans l'ombre à mon approche.

Le sol s'élevait avec une certaine raideur, et bientôt je débouchai dans une petite clairière à l'extrémité de laquelle brûlait un feu de bois mort. — Un homme d'une stature élevée et fantastiquement éclairé par la flamme vacillante était tout auprès, debout, regardant de mon côté ; — tandis qu'un gros chien de montagne, avancé au milieu de la clairière, grondait sourdement.

— Qui est là ? — cria l'homme d'une voix forte mais calme.

— Un voyageur égaré, — un ami.

— Ici, Job! — dit-il au chien; — venez, ajouta-t-il, — si vous voulez vous réchauffer un peu à mon feu.

J'approchai; — le berger porta la main à son chapeau en me regardant avec attention.

— Bonsoir, monsieur, dit-il; — vous n'êtes pas du pays?

— Non, — mais j'y passe quelquefois.

Et je lui expliquai en quelques mots comme quoi, me rendant auprès de mes parents à quelques lieues plus loin, je m'étais égaré dans le bois. — Pendant ce temps, le chien faisait connaissance avec moi en flairant mes jambes. — Un instant après j'étais installé auprès du feu, en face du berger, et assis sur un amas de menues branches et de feuilles mortes.

J'examinai d'abord mon compagnon, qui avait une physionomie ouverte et intelligente, de grands yeux noirs mobiles et une précoce gravité sur son front déjà plissé, malgré son âge, vingt-quatre ans au plus.

— Vous n'êtes pas habitué à passer la nuit à la belle étoile ? — me dit-il.

— C'est vrai; mais cela ne me déplaît pas : sous le bois, j'en conviens, on n'est pas à son aise; mais ici on est fort bien.

Je remarquai alors que nous étions assis sous la protection d'un restant de voûte soutenu de droite et de gauche par des reliefs de murs épais si bien incrustés dans les rochers, qu'on les en distinguait à peine sous les mousses sombres dont ils étaient enduits. Des herbes sauvages pendaient des brèches de la voûte, au-dessus de nos têtes.

— Il y a eu une habitation ici? — dis-je.

— Oui, monsieur, au temps jadis ; — un château, je crois.

— Il reste au-dessus les quatre murs d'une tour qu'on appelle ici *la Tour Fondue*. La nuit, je mène le troupeau de ce côté, parce que j'y trouve un abri au besoin.

Et nous causâmes un moment de ses fonctions de berger, qui, pendant toute la belle saison, lui faisaient passer les nuits en plein air.

— Mais, ajouta-t-il, voici le temps qui se fait froid, et, vienne la Toussaint, le troupeau ne sortira plus la nuit.

— Et vous aimez cette vie-là, malgré sa solitude et sa tristesse?

— Ma foi, monsieur, je ne sais pas si elle vaut mieux ou moins qu'une autre, j'ai quasiment toujours été berger. — Ce que je peux dire, c'est que j'y ai pris l'habitude, et cela ne m'est point déplaisant.

— Mais toujours seul ainsi...?

— Ça dépend, monsieur. — Je me suis senti quelquefois plus seul au milieu de la foule, un jour de fête au village, qu'ici la nuit, dans le bois. — Les choses à qui parler ne manquent point dans la nature. — Après ça, vous savez, il y en a qui ne pensent point ainsi ; — mais cela ne fait rien. — Moi, je ne trouve point ma vie triste. — Le soleil est gai, c'est vrai ; mais les étoiles rient bien aussi dans le ciel ; — les grillons qui chantent, mon chien et les brebis ne me disent rien de désagréable non plus. — Voyez-vous, monsieur, la tristesse n'est pas dans les choses du bon Dieu ; — c'est l'homme qui la tire de son cœur.

En finissant, mon compagnon soupira et demeura absorbé dans une pensée évidemment douloureuse.

Un mouvement involontaire que je fis de ma jambe droite m'arracha une exclamation, et je portai la main à ma cheville qui s'était considérablement enflée.

— Vous avez mal? me dit le berger.

— Une foulure, je crois bien. Je me suis tourné le pied dans ces maudites pierres.

Le berger se dressa, et, s'agenouillant près de moi :

— Faites-moi voir votre pied, — me dit-il.

Il me déchaussa lui-même.

— Ce ne sera rien, — ajouta-t-il après un court examen, seulement laissez-moi faire. — Je vous ferai un peu souffrir, mais je vous guérirai.

— Vous êtes rebouteur?

— Non, mon père l'était ; — je l'ai vu faire souvent ; — ça n'est pas difficile.

— Eh bien, faites.

Mon Esculape improvisé se mit à l'œuvre et accomplit l'opération avec une adresse dont je ressentis bientôt les bons effets. — Quand il eut fini de masser et de frotter, il me rechaussa et me fit marcher autour de la clairière en m'appuyant sur son bras.

— Vous m'avez rendu un grand service, lui dis-je.

— Le fait est que vous vous seriez difficilement tiré d'ici.

— Maintenant, ce que vous avez de mieux à faire, monsieur, c'est de vous étendre sous la voûte auprès du feu sur un lit de feuilles et de finir la nuit avec moi. — Je vous con-

1.

vrirai de ma cape, et vous dormirez si le cœur vous en dit.

— Vous comprenez que vous ne pourriez aller sous le bois en cet état.

— Oh! je n'y tiens pas; d'ailleurs, rien ne me presse, et je me trouve fort bien de votre compagnie.

Il m'arrangea un lit de feuilles avec un soin plein d'empressement et de cordialité. Je m'y assis. — Il raviva le feu et reprit sa place en tisonnant avec un bout de branche.

J'étais peu disposé à dormir, et, au contraire, fort enclin à poursuivre la conversation avec mon compagnon, dont les allures simples, ouvertes me captivaient de plus en plus.

En me priant d'excuser son indiscrétion, il me demanda quelle ville j'habitais; et quand il sut que c'était Paris, il resta un court moment silencieux, le regard plongé dans les flammes, — et puis il répéta, en hochant doucement la tête :

— Paris! Paris! — il s'en est fallu de peu que...

— Vous avez eu le projet d'y aller ?

— Oui et non, monsieur : j'ai été un moment sur le point de partir, sans trop savoir au juste pourquoi; et, d'un autre côté, je serais bien embarrassé de dire pourquoi je suis resté. — Ai-je bien fait? Ai-je mal fait? Qui le sait? — Croyez-vous, monsieur, que j'aurais pu trouver à Paris...?

Il s'arrêta.

— Quoi donc? lui demandai-je.

Il sourit mélancoliquement.

— Ma foi, monsieur, à dire vrai, je n'en sais rien. — C'est bien déraisonnable ce que je vous dis là, et pourtant c'est bien là le fond de mon sentiment... Quelque chose me manque et j'ignore quoi. — Nous autres, dans les campagnes, nous ne savons rien de rien.

— Sans doute vous vous sentez appelé à une autre existence...

— Je vous l'ai dit, mon existence ne me déplaît point, et c'est bien sûr pour ça que je ne suis point parti, quoique je ne m'en sois point rendu compte. — Non, c'est autre chose qui me manque. — Quand, la nuit, je suis là, seul, assis sur une pierre, et que je regarde les étoiles passer sur ma tête, il m'arrive de me dire que peut-être ce que je cherche est là-haut; comme si ces merveilles étaient faites pour être connues de nous. — Que voulez-vous! des idées folles!...

— Ce que vous cherchez n'est pas aussi loin que vous le pensez. — Pas besoin n'est de monter aux étoiles; — il y a à côté de vous de quoi vous contenter.

Valentin, — c'était le nom de mon berger, jeta machinalement un regard autour de lui, et puis, sans rien dire, fixa sur moi ses yeux profondément étonnés.

— Vous comprenez donc ce qu'il me faut, monsieur? dit-il un moment après. — Je né m'en rends point compte moi-même.

— Ce qu'il vous faut, Valentin, c'est l'emploi de votre intelligence. — Vous avez le vague et inquiet désir d'un esprit ardent que le hasard de la naissance et les circonstances ont jusqu'ici contenu dans les bornes d'un horizon étroit; et, faute de voir clair autour de vous, vous vous imaginez qu'il faut s'élever jusqu'aux étoiles pour y trouver ce qui peut vous satisfaire. Vous savez certainement lire et écrire?

— Oui, monsieur, je lis, — le plus que je peux; j'aime lire; — mais il y a des livres que je ne comprends point, et ce sont précisément ceux-là qui me plairaient le plus.

— Alors, cela me met en colère contre moi-même, et quand la colère est passée, je me sens tout triste et découragé.

— Nous nous reverrons, je l'espère, Valentin, et j'aurai occasion de vous faire lire des livres qui vous intéresseront; — mais, en attendant, et puisque nous avons du temps pour causer cette nuit, je puis, si vous le voulez, vous donner une idée de certaines choses auxquelles vous n'avez jamais pris garde, sans doute.

— Parlez, monsieur; je vous écoute avec grand plaisir.

En même temps il se hâta d'ajouter au feu une bonne provision de bois, comme pour n'avoir plus à s'en occuper et pouvoir me consacrer exclusivement son attention.

II

— Une des choses les plus curieuses de la nature, Valentin, et à quoi on fait cependant le moins attention, c'est le *mouvement*. — Regardez autour de vous, et non-seulement vous reconnaîtrez que le mouvement existe partout; mais vous remarquerez encore qu'il est la source de tout. Ai-je besoin de vous dire que c'est le mouvement qui produit la vie?

Mettez la main sur votre cœur. — Vous savez très-bien que tout votre corps est parcouru par des ruisseaux de sang qui ne cesseront de couler qu'au moment de votre mort. — Vous savez que toute la matière qui forme votre personne vous vient du dehors, par l'air que vous respirez, par les aliments que vous absorbez ; — et que cette matière, après avoir séjourné plus ou moins longtemps en vous, — entraînée en une série de transformations, — finira par vous abandonner, poussée qu'elle est en quelque sorte par des matériaux semblables qui viennent prendre sa place ; — au point qu'au bout de quelques années, le corps est complétement renouvelé dans toutes ses parties, même ses os. — Vous comprenez parfaitement, Valentin, que si ce mouvement s'arrêtait, la vie s'arrêterait en même temps. C'est à force de mouvements semblables que le frêle enfant qui vagit dans un berceau deviendra un jour un grand et robuste laboureur. Le même mouvement produit le bœuf et le cheval, l'oiseau et le poisson ; bref, toutes les bêtes de l'air, de la terre et des eaux. — En est-il autrement pour les plantes ? — Non. La vie se manifeste encore dans la graine par le mouvement qui pousse en bas les racines, en haut la tige et les feuilles. Vous savez bien que la séve circule sans cesse, et que c'est cette circulation indéfinie qui d'un gland fait un chêne et d'une petite graine un sapin, et quand cette circulation s'arrête la plante est morte.

Mais, est-ce à dire pour cela qu'une fois l'animal mort, et la plante morte, le mouvement s'arrête en eux ? — Nullement. — Ce qu'on appelle la mort est aussi un mouvement ; — seulement, un mouvement inverse de celui de la vie, — un mouvement qui désunit toutes les parties de l'animal et de la plante, entraînant les unes dans l'air, les autres dans la terre.

Mais tout ce qui ne vit pas, air, eau, métaux, terres, est-il privé de ce mouvement ?

Pas davantage. — L'air éprouve des agitations incessantes, régulières et irrégulières par suite du mouvement de la terre, des · variations de la chaleur et des vents. L'atmosphère subit en outre à chaque instant des modifications intimes, donnant sans cesse et recevant toujours; étant en perpétuel commerce d'échange avec le reste de la nature par la respiration des plantes et des animaux, les émanations de toute espèce qu'elle recueille, les oxydations qu'elle occasionne.

Les eaux ne sont pas plus stationnaires. Elles coulent constamment en ruisseaux, rivières et fleuves; — s'agitent en vagues, se soulèvent et s'affaissent en marées; — s'élèvent en vapeurs, se condensent en nuages, tombent en pluie, en neige ou en grêle; — se durcissent en glace pour se liquéfier de nouveau; — s'infiltrent dans les terres et pénètrent de cent façons dans les organes et les tissus des plantes et des animaux.

Mais au moins, supposez-vous, les terres, les pierres, les métaux sont bel et bien en repos, quand l'homme ne leur impose pas ses caprices? — Erreur. — Le mouvement de la nature ne les respecte pas davantage. — Qu'est donc la rouille du fer? qu'est le vert-de-gris du cuivre? — C'est du métal rongé. — Mesurez une barre de fer; elle sera demain plus longue ou plus courte qu'aujourd'hui : il faut bien qu'un mouvement de dilatation ou de retrait s'effectue en elle pour qu'il en soit ainsi. — Comment les terres et les pierres ne subiraient-elles pas dans une certaine mesure les mouvements de l'air, de l'eau, de la chaleur qui les entourent, les agitent, les froissent ou les pénètrent? — Le granit lui-même ne résiste pas. — L'air a je ne sais quelle dent aiguë qui s'attaque à tout. — La moisissure s'attache au calcaire et l'émiette. L'hiver et l'été, chacun à sa manière, tourmentent le sol en le gelant, l'inondant, le séchant, le chauffant, le crevassant ; — sans compter les racines et les animaux qui le fouillent dans tous les sens.

Mais la tranquillité la plus absolue règne sans doute dans les profondeurs de la terre?

Ne le croyez pas. — Voyez les tremblements de terre ; voyez l'activité des volcans, qui nous parlent bien éloquemment des agitations intérieures de notre planète. — Voyez les puits artésiens profonds d'où jaillissent des eaux chaudes, des bitumes et des gaz. — Songez aux érosions cachées des eaux souterraines, aux fermentations, aux bouillonnements qui s'agitent sous cette croûte épaisse que nous foulons. — Et croyez-vous qu'un seul point de ce sol puisse échapper aux influences des mouvements de la surface et de l'intérieur?

Pas besoin d'ailleurs que le mouvement soit brusque pour exister. Les plus lents, les plus imperceptibles ne sont pas moins curieux par leurs effets. — Dieu sait les milliers d'années que la terre a mis à nous fabriquer dans ses entrailles le charbon de terre avec le bois des premières forêts qui ont orné la terre. Dieu sait les milliers d'années qu'elle a mis à combiner les métaux, les chaux, les argiles et les sables, tels que nous les trouvons aujourd'hui dans son sein ! — Mais tout cela a-t-il pu se faire sans une action, sans un mouvement, quelque lent et imperceptible qu'il ait été?

Et s'il y a mouvement, comme vous voyez, dans tous les détails vivants ou non vivants de la terre que nous habitons, le tout, dans son ensemble, a encore son mouvement propre comme planète, pivotant dans l'espace et accomplissant sa course annuelle autour du soleil. — Les autres

planètes, le soleil lui-même et tous ces autres soleils lointains que nous nommons étoiles, ont aussi leurs mouvements propres.

Ainsi, Valentin, mouvement partout, — mouvement toujours : — c'est la loi suprême, universelle et nécessaire.

Les mots lumière, chaleur, électricité, magnétisme,
pesanteur, gravitation, cohésion, affinité, expriment autant
de manifestations diverses de la force unique qui produit le
mouvement général et procède du souffle de Dieu.

III

Ce qu'il y a à remarquer surtout, Valentin, dans le jeu
de cette force universelle, c'est sa délicatesse d'action et
l'harmonieuse placidité des phénomènes qu'elle produit.

Les mouvements de la nature, dans la généralité de leurs
manifestations, ont un développement si bien gradué, qu'ils
ne nous deviennent sensibles qu'à la longue et par la continuité de leur progression.

Ainsi, Valentin, quand vous regardez une étoile, vous ne
sauriez dire que vous la voyez s'avancer du levant au
couchant, et cependant vous ne tardez pas à vous apercevoir
qu'elle a réellement fait du chemin dans cette direction. —
Vous avez observé bien des fois par quelle insensible gra-
dation la lumière du jour vient remplacer les ténèbres de
la nuit; la clarté se fait sans qu'il soit possible de saisir le
mouvement de son intensité croissante, et c'est avec une

décroissance également insensible que la lumière du soleil s'efface et s'éteint dans les ombres de la nuit. Autant on en peut dire des transitions de la chaleur du matin à midi, de midi à la nuit; de l'hiver à l'été et de l'été à l'hiver.

Ouvrez le sol : — en quel endroit y surprendrez-vous, au printemps, le souffle vivifiant qui annonce aux plantes l'heure du réveil? Cependant il faut bien que quelque chose circule à travers ce sol pour dire aux graines qu'il est temps de germer, aux racines qu'il est temps de travailler.

Et cette force qu'on appelle le poids des objets, cette force qui tient toute chose attachée à la surface de la terre, — voyez autour de vous comme elle s'exerce paisiblement; — au point que son action même nous semble une inertie, une absence d'action. — Mais essayez de faire un vide sous ce grand rocher qui semble si immobile, il vous prouvera, en s'écroulant aussitôt, que sa pesanteur est constamment en activité.

Et la cohésion, cette autre force qui tient liés entre eux les atomes du fer, du bois, de la pierre et de tous les objets existants, voyez comme elle s'exerce paisiblement, sans violence, sans mouvement apparent! Mais comme elle vous décèle sa puissance par les efforts que vous êtes obligé de faire pour briser une pierre, fendre du bois, déchirer un tissu!

Et l'électricité, si brutale dans le phénomène exceptionnel de la foudre, elle s'agite sans cesse autour de nous et en nous avec une délicatesse dont le télégraphe électrique nous offre un remarquable exemple. Regardez le fil de fer tendu, et tâchez de saisir au passage l'électricité messagère.

Que dire du magnétisme? Où le voyez-vous? où le sentez-vous? — Cependant il enveloppe la terre, puisque sur quelque point du globe que vous placiez une boussole, il en saisit aussitôt l'aiguille pour la diriger à sa guise.

Et la vie, cette puissance si étonnante et qui semble être une combinaison merveilleuse de tous les mouvements de la nature, — quel œil peut discerner les différents degrés de ses développements progressifs dans leur harmonieuse lenteur? Prenez la loupe, et dites-moi comment la graine devient plante, comment l'enfant devient homme. — Avez-vous vu les changements s'opérer? — Non, vous ne voyez jamais que des choses faites. — Vous avez vu hier cet arbrisseau ou ce jeune homme, — regardez-les aujourd'hui, demain, tous les jours. — Pouvez-vous dire qu'il y ait une différence entre leur état de la veille et celui du lendemain? — Vous n'en voyez aucune; et cependant c'est avec ces différences imperceptibles que le vaste ombrage de la forêt a surgi des germes et que les populations surgissent des berceaux.

Le mouvement, si insaisissable dans le développement progressif de la vie, ne l'est pas moins dans le travail contraire de la mort. — Des choses inconnues, dont votre œil ne voit que les résultats, se passent mystérieusement dans les profondeurs de la matière; et peu à peu, sans que vous ayez pu constater les transitions, ces différences, insensibles d'un jour à l'autre, ont produit la caducité et la mort, le cadavre et les dépouilles de la forêt sont devenus gaz et poussière. — Vous ne pouvez voir davantage le long et incessant travail du temps, qui use le granit, ronge le fer et pourrit la charpente.

Ainsi procèdent tous les phénomènes de la nature. Voi-

lence et brusquerie ne sont que des accidents sous la main
du Créateur. Et c'est ainsi que, par l'incessante continuité
du mouvement et la lenteur de l'action, Dieu a mis dans
son œuvre la double image de son inépuisable fécondité et
de son inaltérable mansuétude.

IV

Je cessai de parler pendant un moment, j'avais remarqué
la profonde attention que me prêtait Valentin, — ses regards
arrêtés sur les miens, et retenant son haleine comme s'il
eût craint de perdre une parole.

Aussi, quand je m'arrêtai, il respira longuement et passa
lentement sa main sur son front en fermant les yeux. —
Puis il laissa vaguement errer son regard sur le feu, sur le
chien couché à ses pieds, sur le ciel étoilé et dans les profondeurs sombres du bois ; — et enfin, le reportant sur moi,
me dit :

— Je me rappelle, monsieur, une parole des Évangiles que
notre curé nous citait un jour. — Je n'y avais plus songé
depuis ; mais voilà qu'elle me revient en mémoire : — *Ils ont
des yeux et ils ne voient point.* Pour sûr, monsieur, depuis
que je me connais, j'ai vu marcher les choses comme vous
venez de le dire ; — j'ai senti le mouvement en moi, je l'ai vu
autour de moi en toute chose ; — je l'ai vu, et je n'y ai jamais
pris garde pour en tirer une pensée, pour y remarquer la
grande loi qui mène le monde. — Véritablement, monsieur,

je voyais et je ne voyais pas. — Je voyais comme peut voir mon chien. — Mais l'homme, monsieur, doit voir les choses de Dieu autrement qu'une bête; c'est-à-dire que quand il a vu avec ses yeux il doit voir avec son esprit.

—Oui, Valentin, ce que vous dites est très-juste. C'est cette vue de l'esprit,—la pensée,—qui fait la gloire de l'homme; — c'est elle qui tire de chaque chose un enseignement, — qui étudie, qui compare, qui établit des rapports, qui conduit d'un détail à l'ensemble universel, et montre Dieu en toute chose et toute chose en Dieu.

Et voilà comment on arrive à considérer la science comme le vestibule de la religion. La science, remontant de l'œuvre au Créateur, nous fournit la conception la plus nette qu'il soit possible d'acquérir de sa grandeur et de sa bonté. — Notre instinct nous révèle Dieu; la science le prouve. — Combien de choses à dire à ce sujet! — Si vous voulez, nous continuerons, Valentin.

— De grand cœur, monsieur, je vous en prie.

—Causons donc. — Nous avons encore devant nous de longues heures de la nuit : — une belle nuit, n'est-ce pas?— Les étoiles passent silencieusement sur nos têtes; — le vent détache doucement des branches les feuilles qui retournent à la terre qu'elles fécondent; — vos brebis paissent en paix çà et là ; — un bon feu nous éclaire et nous chauffe ; — un chien ami nous garde ; — tous les détails de la création marchent à leur mission. — Celle de l'homme est de se perfectionner par l'instruction; ne nous lassons jamais dans cette voie.

Valentin posa ses coudes sur ses genoux, son menton dans ses mains et me regarda.

— Nous avons vu le mouvement partout. — Que fait-il

ce mouvement? Il agite, mélange et combine la matière. — Qu'est-ce que la matière? C'est tout ce qui nous environne, jusque dans les profondeurs infinies des cieux; tout ce que nous voyons, entendons, sentons, goûtons, touchons : — les astres, l'air, la terre, les eaux, les plantes, les bêtes et nous-mêmes. — La matière est plus que cela encore; car il arrive souvent que, par la petitesse de ses dimensions et la faiblesse de son action, elle n'éveille en nous aucune sensation. La matière ne nous est connue que par suite des rapports qu'elle peut avoir avec nos sens. — Or nos sens sont imparfaits, limités dans leur action.—Quelle que soit la délicatesse de perception d'un organe, il y a toujours un point où s'arrête sa portée, et au delà il ne perçoit plus. — Ce que je vous dis là, c'est pour vous faire bien comprendre que, si nous connaissons certaines manières d'être, même très-nombreuses, de la matière,—il n'en est pas moins très-réel que d'autres nous échappent, que la matière peut exister sans que nous en ayons conscience : — témoin le fait du chien qui reconnaît le passage de quelqu'un à des sensations d'odorat dont l'homme n'a pas d'idée. — Cela prouve simplement que le chien a des relations plus étendues que l'homme avec la matière odorante, puisqu'il sent des émanations que nous ne pouvons sentir.

Et cependant l'odorat est certainement celui de nos sens qui est le plus en rapport avec les infiniments petits de la matière. — Ainsi, qui pourrait dire le volume et le poids des particules qui s'échappent d'un morceau de musc? Quelle n'est pas leur ténuité et leur légèreté, puisque le musc, qui les exhale pendant des mois, des années même sans discontinuer, paraît, après ce temps, n'avoir diminué ni de volume ni de poids. — Et cependant notre organe de l'odorat perçoit admirablement cette impalpable et invisible matière. — Autant on en peut dire d'un morceau de camphre et d'une simple feuille de mélilot, si commun dans nos prairies. Il y a, en Amérique, des plantes dont on sent le parfum en mer à plus d'une lieue des côtes. — L'espèce d'éther qui fournit au café son arome n'entre que pour un cinquante millième dans le poids du grain. C'est cependant cet infiniment petit qui donne au café tout son mérite.

Jusqu'où peut aller cette division des particules de la matière? Je ne sais, et nul ne le peut dire.

Quoi qu'il en soit, il est évident que si on rapproche et réunit bien étroitement un nombre suffisant de ces particules infinies, on finira par obtenir un corps qu'on pourra voir et toucher. — Eh bien, tous les corps de la nature ne sont pas autrement composés, et ne sont en résumé que des agréga- tions de particules.

— Mais cette pierre?... — dit Valentin en poussant du pied un morceau de roche brisée.

— Cette pierre, comme tout le reste, Valentin. Cela vous répugne à croire qu'un objet, dur, compact et lourd comme ces masses de rochers, puisse exister sous forme de parcelles légères, subtiles et invisibles; — cependant, vous vous ferez une idée de la ténuité que peuvent attein- dre les particules qui composent ces roches quand vous saurez que, dans les carrières où l'on exploite et taille le grès, l'air s'y imprègne d'une poussière pierreuse si fine qu'elle pénètre dans des fioles de verre hermétiquement bouchées.

Qu'est-ce qui rend malades les ouvriers qui travaillent le

mercure, le plomb ? C'est qu'ils absorbent par la respiration et par tous les pores de la peau de petites parcelles de ces métaux qui voltigent dans l'air. Les ouvriers qui travaillent le fer, respirant un air chargé de ce métal, en reçoivent au contraire une excitation favorable, parce que le fer, loin d'être nuisible à l'organisation, lui est nécessaire.

Le vent qui passe sur la mer s'y charge d'imperceptibles parcelles salines qu'il emporte au loin dans les terres, et qui vont donner aux herbes des pâturages une saveur salée qui plaît tant aux animaux. — Et l'eau de la mare que l'hiver change en glace, où est-elle l'été quand la mare est à sec ?

La voyez-vous quelque part ?

Je vous le dis, Valentin, il y a à l'état invisible, dans l'air qui nous environne, des légions d'échantillons de tous les corps dont la terre est composée.

Quand vous laissez entrer, par une fente étroite ou une lucarne, un rayon de soleil dans une chambre obscure, avez-vous remarqué ces innombrables petits corps qui vont, viennent, montent, descendent et s'agitent dans tous les sens, au sein du rayon ?

— Oui, monsieur, je l'ai vu souvent.

— Eh bien, Valentin, cette multitude microscopique qui fourmille dans le rayon de soleil et dont vous ne voyez que les plus gros individus, cette multitude vous représente l'univers entier. — Il y a là des pierres, des métaux, des débris de toute sorte et de plus des êtres vivants, des plantes et des animaux. — Cela vous étonne ; — c'est cependant l'exacte vérité. — Je vous l'ai dit : pas besoin de s'élever aux astres pour voir des merveilles.

V

— En voyant votre feu brûler, Valentin, ne vous êtes-vous jamais demandé ce que devient le bois qui se consume?

— Ma foi, monsieur, j'ai toujours supposé que le bois en brûlant ne laissait qu'un peu de cendres et que tout le reste devenait.....

— Quoi?

— Rien; rien, en vérité.

— Nous allons voir. — Mais, dites-moi : — quand le soleil, en été, dessèche la mare, croyez-vous que l'eau soit perdue et devienne aussi... rien, comme vous dites?

— Pour l'eau, non, monsieur; je crois qu'elle s'évapore dans l'air; et puis les nuages nous la rendent en pluie.

— C'est très-juste. — Mais pourquoi donc n'en serait-il pas du bois brûlé comme de l'eau chauffée? Pourquoi le bois serait-il perdu quand l'eau ne l'est pas?

Valentin plissa son front, se gratta le sourcil avec l'index de la main droite :

— Ma foi, monsieur, dit-il après une courte réflexion, je ne saurais vous dire pourquoi le bois serait plutôt perdu que l'eau; mais il est certain que je vois pleuvoir de l'eau, tandis que je ne vois pas pleuvoir du bois ou du charbon.

— Ah! vous ne voyez pas pleuvoir du bois et du charbon; en êtes-vous bien sûr?

Valentin me regarda avec un demi-sourire.

Je repris : — Eh bien, supposons que vous ayez un

champ; — pour lui faire produire du bois, et par conséquent du charbon, que ferez-vous?

— J'y sèmerai du gland, par exemple.

— Voyons, Valentin, ne trouvez-vous pas assez singulier
qu'un gland vous fournisse du charbon? Voyez-vous du
charbon dans un gland?

— A dire vrai, non, monsieur, je n'en vois pas.

— Et en voyez-vous dans le terrain où le gland germera
et où le chêne plongera ses racines?

— Non, monsieur, je n'en vois pas.

— Alors, d'où vient-il donc ce charbon que vous trouverez
plus tard dans le bois du chêne?

— Je n'en sais rien.

— Cependant, si ce ne sont pas les racines du chêne qui
recueillent le charbon dans la terre, — il n'y a plus qu'à
supposer une chose, c'est que ce sont les branches qui le
recueillent dans l'air.

— Mais on ne voit pas de charbon dans l'air.

— Non, on n'en voit pas; — mais voyez-vous l'air lui-
même? D'ailleurs, ne venons-nous pas de remarquer que la
matière peut se diviser en parties suffisamment petites pour
échapper à nos sens? — Et, Valentin, si nous considérons
le bois qui brûle à côté du chêne qui pousse, ne voyons-
nous pas que l'un semble s'évanouir dans l'air, tandis que
l'autre paraît s'y approvisionner? Et n'y a-t-il pas quelque
chose de bien saisissant dans cette simple observation? Le
charbon de la plante morte irait donc, par l'effet du feu,
s'éparpiller dans l'air en parcelles imperceptibles pour y être
repris par la plante vivante; — de telle sorte que le même
charbon, passant ainsi, par l'intermédiaire de l'air, des

2

plantes détruites aux plantes vivantes, alimenterait successivement et indéfiniment des générations de plantes différentes.

— Oui, monsieur, vous avez raison, cela doit être ainsi.

— En effet, cela est ainsi, Valentin, et c'est admirable de
simplicité. L'air est un réservoir de charbon, qu'il reçoit non-
seulement des plantes détruites, mais d'ailleurs encore.

— Alors, brûler la matière ce n'est pas l'anéantir?

— Nullement; l'homme ne peut pas plus anéantir la
matière qu'il ne peut la créer. — Brûler, c'est simplement
changer la forme et l'état de la matière. — Par l'action du
feu unie à celle de l'air, chaque partie constituante du bois
retourne au lieu d'où elle était venue, qui à la terre, qui dans
l'air. — Aussi, vous le voyez, les cendres restent là, parce
que c'est la seule partie de la plante qui vient de la terre; —
tout le reste provenait de l'air et y retourne.

Dans le bois qui brûle, c'est le mouvement appelé *chaleur*
qui opère la séparation des éléments; — dans le bois qui
pousse, c'est le mouvement appelé *vie* qui en opère la combinaison.

VI

— Arrêtons-nous un peu à ce mot *combinaison*, Valentin,
et remarquons la chose vraiment merveilleuse qu'il exprime.

Examinez tous les arbres vivants, et dites-moi si vous y
pouvez découvrir la moindre trace du charbon qu'ils renfer-

ment cependant en si grande quantité; — dites-moi si vous
y voyez de l'eau et des cendres. — Nullement; — vous
voyez des parties que vous appelez aubier, écorce, bourgeons, feuilles, fleurs, fruits; — des tissus divers qui affec-
tent des apparences très-variées; — mais qui ne ressemblent
en rien à ce que nous entendons par charbon, eau et cendres, et qui n'ont de ces choses ni l'aspect, ni le goût, ni
l'odeur. — Étrange, inconcevable travail que celui qui a
ainsi produit des arbres par l'alliance intime de l'eau, du
charbon et des cendres! — Essayez donc de pétrir ces
choses ensemble de n'importe quelle manière et de créer
ainsi la moindre petite broussaille. — Vous savez bien que
vous n'y arriverez jamais.

C'est cette alliance d'éléments divers, constituant un
corps nouveau avec des propriétés nouvelles qui lui sont
propres, qu'on appelle combinaison.

Aussi vous comprenez bien que ce n'est pas seulement
l'arbre qui est une combinaison, dans le nombre infini des
objets que nous offre la nature, il y en a bien peu qui ne
soient pas des combinaisons de choses ou d'autres. — Recon-
naissez-vous dans la chair et la laine de vos brebis l'herbe
qu'elles broutent et l'eau qu'elles boivent? Qui pourrait voir
dans nos muscles, notre sang et nos os les divers aliments
dont nous nous sommes nourris?

Le mouvement général de la nature n'est, on peut le
dire, incessamment occupé qu'à combiner; — non pas au
hasard, mais conformément aux lois spéciales imposées à
chaque matière différente et d'après les affinités dont elle
a été douée.

Cette éternelle fièvre de combinaisons dont la nature est

possédée ne laisse à la matière ni repos, ni trêve, et se manifeste dans le mouvement universel que je vous ai signalé et qui, en définitive, produit les trois règnes de la nature.

L'univers n'est qu'un ensemble de combinaisons dont chacune se maintient plus ou moins longtemps en équilibre vis-à-vis du mouvement circonvoisin; — lequel, toujours en quête de combinaisons nouvelles, est, par suite, toujours enclin à attaquer les anciennes et à détruire celles qui n'ont plus la force de résister, afin d'employer ailleurs leurs éléments.

Ainsi, quand le mouvement de la vie cesse dans les plantes et dans les animaux, la combinaison végétale ou animale que ce mouvement protégeait perd aussitôt la force de résister. — Elle cède peu à peu ses éléments à des combinaisons nouvelles, qui n'attendaient que ce moment de la mort pour se développer dans son sein même et autour d'elle. — Voyez la plante morte, voyez le cadavre : comme ils sont saisis aussitôt par ces vampires qu'on appelle fermentation, putréfaction, décomposition ! — On dirait des légions de monstres invisibles se ruant dans le corps mort et dans l'arbre mort comme dans un logis abandonné, et là, furetant, fouillant, triant et emportant chacun ce qui lui convient. C'est bien en effet ce qui se passe; — une combinaison morte devient aussitôt la proie de combinaisons naissantes qui se développent à ses dépens et finissent par la dévorer tout entière.

Si nous vivons, c'est en absorbant au profit de notre combinaison personnelle les combinaisons du pain, de la viande, des légumes, de l'eau, du vin, bref, de tous nos aliments. Mais à notre tour nous subissons la loi commune, et d'autres combinaisons finissent toujours par absorber la nôtre.

Le mouvement de la vie est ainsi éternellement parallèle à celui de la mort. Ces deux mouvements s'entretiennent réciproquement; — la destruction alimente la création, la décomposition incessante alimente la combinaison incessante. La décomposition n'a lieu que parce qu'elle est provoquée par des combinaisons contiguës; la combinaison n'a lieu qu'aux dépens des décompositions qu'elle provoque. Supprimez l'une, vous supprimez l'autre, le mouvement cesse, et l'univers s'évanouit dans le silence, les ténèbres et l'immobilité.

En réalité, vie et mort sont, pour la nature, deux choses parfaitement semblables et qui se confondent dans le mot combinaison.

Parmi les sciences humaines, il en est une, Valentin, qui se propose tout particulièrement l'étude des combinaisons de la nature, et la recherche des conditions dans lesquelles chacune d'elle s'opère. — Cette science est la chimie. Ai-je besoin de vous faire remarquer tout l'intérêt qu'elle présente?

Cette science a pris les uns après les autres tous les corps existant sur la terre; elle les a disloqués atome par atome, et a constaté que l'un se composait de tels et tels éléments combinés, un autre de tels et tels autres éléments, et ainsi pour tous. — Elle a, de cette façon, enregistré, au fur et à mesure qu'elle les rencontrait, toutes les diverses matières qui lui ont paru simples, indécomposables, c'est-à-dire uniquement composées d'elles-mêmes, et, tout compte fait, elle n'en a guère trouvé plus d'une soixantaine; —

2.

et encore, sur ce nombre, les trois quarts sont en très-
petites quantités et ne se rencontrent que dans certaines
combinaisons spéciales plus ou moins rares dans la nature,
comme l'argent, par exemple, — ou à l'état pur, comme l'or.

De sorte qu'en résumé, Valentin, on peut dire que l'air
et tout ce qu'il contient, le sol avec à peu près toutes ses
terres, ses pierres et ses métaux ; — les eaux douces et
salées, les plantes, depuis la mousse jusqu'au sapin; tous les
animaux, depuis le moindre jusqu'au plus grand; en un
mot, la presque totalité des corps au sein desquels nous
vivons ne sont formés qu'avec une douzaine d'éléments,
groupés et combinés par deux, trois, quatre, ou plus.

Quels sont-ils ces éléments féconds? — Je vais vous les
indiquer. — Et d'abord voici leurs noms : — oxygène,
hydrogène, azote, chlore, carbone, calcium, silicium, aluminium, fer, soufre, potassium, sodium, phosphore. Les
quatre premiers sont des gaz, les autres des corps solides.

Quelques-uns vous sont connus, par exemple le fer, le
soufre, le carbone ou le charbon et le phosphore. Les autres
ont des noms qui sans doute ont fort rarement ou n'ont
jamais frappé vos oreilles : — c'est qu'on ne les rencontre
presque jamais purs dans la nature; ils sont toujours ou
mélangés ou combinées entre eux; de sorte qu'on n'a pas
occasion de prononcer leur nom, et on n'emploie habituellement que les noms des mélanges ou des combinaisons
dans lesquels ils entrent. — Ainsi, ce que nous appelons air
est un mélange d'oxygène et d'azote; ce que nous appelons
eau, est une combinaison d'oxygène et d'hydrogène.

VII

Avant de vous dire quelques mots de chacun de ces corps simples, il faut, Valentin, que je vous fasse remarquer une chose qui est tellement ordinaire, qu'à cause de cela même vous n'y avez peut-être jamais songé : — c'est l'opposition qui se manifeste incessamment parmi les choses tant du monde physique que du monde moral. — Qui dit opposition, dit deux termes opposés, contraires, — dualité. La dualité antagoniste existe partout : — lumière et ténèbres, vérité et mensonge, bien et mal, chaud et froid, beau et laid, mouvement et inertie, bonheur et malheur, vie et mort, esprit et matière, etc... — Bref, chaque chose a son contraire, sa négation, qui lui fait comme une ombre pour la faire ressortir.

Maintenant, rappelez-vous ce que nous venons de dire tantôt à propos de la vie et de la mort, qui sont nécessaires l'une à l'autre à ce point que la vie ne peut exister sans la mort, non plus que la mort sans la vie. — Eh bien, remarquez que la lumière ne peut davantage être sans l'ombre, — ni l'ombre sans la lumière ; — le beau sans le laid, ni le laid sans le beau ; — la vérité sans le mensonge, ni le mensonge sans la vérité... etc. — Nulle chose en effet n'existe que par les différences qui la distinguent des autres choses ; et ces différences en plus ou en moins constituent précisément des oppositions. Maintenant, remarquez encore que les termes opposés, quelque éloignés qu'ils soient l'un de l'autre, ne sont pas deux choses essentiellement différentes, mais sont simplement les extrémités d'une même chose.

Voyez le jour décliner insensiblement après le coucher du soleil et disparaître au sein des ombres de la nuit. Vous ne pouvez nier que les ténèbres ne soient la fin de la lumière graduellement diminuée, — de même le froid est le résultat de la décroissance du chaud ; et l'on peut dire ainsi de tous les contraires les plus opposés qu'ils ne sont que les deux limites extrêmes d'une seule et même chose, — l'une exprimant le plus haut degré d'intensité d'action, l'autre l'absence totale d'intensité.

Ainsi, chaque affirmation ayant sa négation correspondante à laquelle elle est unie par une série de nuances fondues, — il n'est pas difficile de comprendre que l'univers, dans son ensemble comme dans ses détails, offre partout ce caractère d'une échelle ou d'une série croissante ou décroissante.

Pour ne parler que de notre planète, c'est ainsi que l'été mène à l'hiver en passant par la fraîcheur de l'automne, et l'hiver à l'été à travers les tiédeurs du printemps. — C'est ainsi que du nord au sud la température va se modifiant graduellement pour unir les ardeurs de l'équateur aux glaces des pôles ; c'est ainsi que les plantes qui sont si grandioses, si abondantes et variées dans les contrées chaudes, vont perdant insensiblement leur vigueur, leur taille, leur fécondité à mesure qu'on gagne les régions plus froides, et finissent par n'être plus que des mousses auprès des glaces polaires ; c'est ainsi que les animaux, de l'éponge à l'homme, nous montrent dans leur structure tous les échelons du perfectionnement des formes et des organes ; c'est ainsi que la matière non vivante elle-même se présente à nous sous tant d'aspects graduellement variés, depuis la roche la plus compacte jusqu'aux liquides, depuis les liquides jusqu'aux gaz les plus invisibles.

Ceci nous ramène aux éléments ou corps simples dont je vous ai parlé tout à l'heure. —Parmi eux, nous trouvons en effet des exemples de cette opposition d'état et de propriétés que présente la matière. En regard de l'extrême subtilité des gaz, voyez la solidité de certains métaux; mais des uns aux autres il y a toujours la série, la progression ménagée.—

Après l'oxygène, l'hydrogène et l'azote, gaz permanents, toujours invisibles, il y a le chlore, gaz aussi; mais un peu visible par sa couleur verdâtre, et qui même par le froid ou la compression peut devenir liquide; il y a ensuite le brôme, le mercure, liquides, eux; puis le phosphore, le potassium le sodium qui sont mous; enfin l'étain, le plomb, le cuivre, le fer, le soufre, le carbone, le platine, l'aluminium et tant d'autres qui sont durs à divers degrés.

Descendez dans n'importe quel détail de la matière, — sous n'importe quel aspect que vous la considériez, vous trouverez toujours une série de nuances unissant deux extrêmes contraires.

Mais je veux vous faire remarquer parmi les oppositions que présente la matière celle qui certainement mérite le plus d'attention, car elle est la source de toute fécondité.

Cette opposition est celle que représentent les mots activité, résistance; — mouvement, inertie.

VIII

D'abord, écoutez ceci :

Pour exécuter n'importe quelle œuvre, il faut nécessairement deux choses : le travailleur et la matière à travailler.

La conception de l'œuvre et sa réalisation matérielle,
remarquez-le en passant, sont encore les deux termes d'une
série commençant par une idée et finissant par une chose.

Mais pour qu'une idée devienne une chose, il faut que
l'esprit agisse sur la matière et la façonne à l'image de l'idée.

Or comment l'esprit, cet être invisible, insaisissable, —
immatériel en un mot, — comment l'esprit a-t-il action sur
la matière solide et résistante ? — Au moyen de deux intermédiaires, dont l'un, la main, — est en rapport intime avec
l'intelligence ; — tandis que l'autre, — l'outil, — est en rapport actif avec les matériaux ; de sorte que la main n'a plus
qu'à prendre l'outil pour établir la relation entre les deux
extrêmes, la pensée et la matière.

Voyons maintenant si, dans le travail de la nature, —
nous ne retrouvons pas les analogues des quatre termes de
la série : — pensée, main, outil, matériaux.

Oui, nous retrouvons tout cela.

La pensée de la nature, ai-je besoin de vous l'indiquer ?
Vous savez bien qu'elle s'appelle Dieu.

Où se manifeste la main du sublime ouvrier ? Dans ce
mouvement incessant dont nous avons vu l'univers possédé
et que la science à nommé de noms divers : lumière, cha-

leur, électricité, magnétisme, affinité ; — comme je vous l'ai déjà dit.

Il s'agit maintenant de découvrir les outils que la main de Dieu emploie pour travailler la matière.

L'outil, quel qu'il soit, est lui-même matière, seulement matière susceptible de s'associer au mouvement, à l'activité de la main.

Nous avons donc à examiner si, parmi les divers corps de la nature, il n'y en a pas qui aient naturellement une action sur les autres. — S'ils existent, il devient évident que ces corps doués de puissance sont les véritables outils auxquels la main divine qui les tient communique son mouvement.

Ces corps outils existent très-nombreux même, très-variés dans leurs effets, les uns propres à travailler une matière, les autres propres à en travailler une autre ou à travailler la même d'une autre façon ; — si bien que, dans son arsenal, la nature a des moyens d'action auxquels rien n'échappe, en présence desquels aucune matière n'est indomptable.

Entrons par la pensée dans l'atelier divin, et jetons un coup d'œil sur ce merveilleux outillage parmi lequel figure une partie des corps simples que je vous ai déjà nommés.

Et ainsi nous voilà en présence de cet antagonisme de la manière que je vous ai signalé comme si fécond : — matière active et matière inerte, l'une attaquant l'autre de cent façons, la pénétrant, changeant ses formes, modifiant ses états, la travaillant en un mot ainsi que fait l'outil de l'homme.

Et tout d'abord, Valentin, en recherchant quelles sont les principales de ces matières outils dont fait usage la na-

ture dans son travail nous en trouvons une d'une importance telle et d'un emploi si général, que nous lui devons
de la nommer la première : — c'est un gaz, l'oxygène.

Il est exactement, dans l'industrie de la nature, le pendant
du fer dans l'industrie humaine. — La dent du fer apparait
en effet dans tous nos engins de travail ; elle est incessamment requise pour forer, ronger, fendre, broyer, etc. —
Le fer joue un rôle dans l'accomplissement de presque
toutes les œuvres de l'homme. — De même l'oxygène en a
un dans la généralité des œuvres matérielles de Dieu ; —
et son action universelle n'est pas niable ; car là où il travaille il laisse sa trace, c'est-à-dire une partie de lui-même ;
c'est un outil qui se fond en quelque sorte dans le corps
qu'il attaque et dont il devient partie intégrante en le modifiant profondément. — Il faut ajouter encore que, dans
l'atelier de la nature, il n'y a ni repos, ni trêve, ni chômage,
et dès lors l'outil, constamment sous l'impulsion de la main
invisible du grand ouvrier, ne perd jamais son activité dé-
vorante, — à l'encontre de l'outil de l'homme, qui a ses
heures d'inertie et d'oisiveté quand l'ouvrier le quitte.

Bien peu des corps que nous offre la nature peuvent se
flatter d'échapper à l'action de l'oxygène. — Il a un mordant, une faculté de pénétration et d'envahissement qui lui
créent des rapports intimes d'une multiplicité infinie. On le
rencontre incrusté presque dans tout. Pour ne parler que
des principaux corps simples que je vous ai désignés,
l'oxygène, en s'accouplant avec le silicium, forme la base
de toutes les roches dures, des grés et des sables ; — uni
au calcium, il forme la chaux ; — uni à l'aluminium, il constitue en grande partie les argiles. — Sable, chaux et

argile, n'est-ce pas la presque totalité de la planète que nous
habitons ? — Toutes les terres qui composent le sol de nos
campagnes, les rochers, les montagnes, les marbres et les
pierres de toute sorte ne sont, pour ainsi dire, que ces trois
corps combinés avec plus ou moins d'oxygène. Il y a bien
encore quelques autres corps associés aux terres et aux
pierres, mais comme ils sont, eux aussi, combinés avec une
certaine dose d'oxygène, on peut dire qu'en réalité toute la
partie solide de la terre que nous habitons est à moitié
formée de ce gaz.

Mais l'eau, elle, le repousse-t-elle ? — Nullement, puisqu'elle est composée d'un tiers d'oxygène et de deux tiers de
cet autre gaz qu'on a appelé hydrogène, c'est-à-dire engendreur de l'eau. Étrange combinaison que celle de deux
gaz invisibles produisant l'eau et, par ce fait, condensant
ces gaz au point que 600 litres d'oxygène et 1,200 litres
d'hydrogène produisent à peine un litre d'eau.

L'oxygène est aussi dans l'air, vous ai-je dit ; — il en
forme le cinquième, mélangé à quatre cinquièmes du gaz
azote, — mélangé, entendez bien, et non combiné, — c'est-
à-dire que, tout mêlés qu'ils sont, ces deux gaz sont indé-
pendants l'un de l'autre, comme si l'on mélangeait de la
limaille de fer à de la sciure de bois : — le fer resterait fer
et le bois bois ; — tandis que, dans une combinaison comme
l'eau, les gaz cessent d'être eux-mêmes et forment ensemble
un corps nouveau.

Il faut que je vous dise que l'azote est un gaz aussi pares-
seux que l'oxygène est actif, et heureusement il existe dans
l'air à forte dose ; car ainsi il modère l'énergie rongeuse de
son voisin, qui sans cela attaquerait et bouleverserait tout à

la moindre occasion. L'azote, dans l'air, est l'analogue de l'eau que vous mettez dans votre vin pour en atténuer la force.

Imaginez en effet ce que ferait l'oxygène pur dans l'atmosphère, en sachant que ce gaz pur fait brûler l'acier comme de l'amadou. Il est donc fort heureux que, dans le commencement de notre planète, le silicium, le calcium l'aluminium et tous les autres métaux ou terres, ainsi que les eaux, en aient absorbé de si grandes quantités, car sans cela les êtres vivants qui existent aujourd'hui n'auraient pu se produire dans cet air dévorant. Les plantes et les animaux ont apparu sur la terre, lorsque la consommation abondante d'oxygène qu'avaient faite les minéraux eut produit ce double résultat de créer les eaux et les terres et d'atténuer la puissance corrosive de l'air.

L'oxygène, réduit au cinquième de l'air, nous montre encore bien assez cette puissance en rongeant, tout autour de nous, même les pierres et le fer, et, à plus forte raison, les débris végétaux et animaux qui n'ont plus les forces vitales pour résister.

Vous savez très-bien que du fer exposé à l'air se rouille. — La rouille n'est autre chose qu'une combinaison de fer et d'oxygène, un oxyde de fer qui ressemble à une terre rougeâtre. — Aussi, comme le fer est abondant dans la nature, les oxydes de fer sont très-fréquemment mélangés aux roches, terres, sables, chaux, argiles, et leur communiquent les teintes rouges que vous y avez certainement remarquées.

Combiné avec le potassium et le sodium, l'oxygène produit d'autres oxydes bien connus qu'on appelle potasse et soude et qui sont très-répandus, l'un dans les terres, l'autre dans les eaux marines. — N'oublions pas que l'eau elle-même est un véritable oxyde d'hydrogène.

Combien d'autres oxydes je ne vous nomme pas ! Je me borne aux plus importants. Chaque métal, or, argent, cuivre, zinc, plomb, platine, manganèse, étain, produit par sa combinaison avec l'oxygène non-seulement un oxyde spécial, mais souvent même plusieurs oxydes différant par la quantité d'oxygène qui entre dans la combinaison.

Tant que cette quantité ne dépasse pas une certaine limite, les corps qui la contiennent gardent généralement la forme terreuse ; — ils n'ont pas de saveur, ou bien en ont une âcre et comme brûlante qui est propre aux oxydes.

IX

Mais si l'oxygène est en abondance dans une combinaison, — cette combinaison alors, ordinairement liquide, manifeste un goût aigre ; c'est ce qu'on appelle un acide. C'est même cette propriété qu'a l'oxygène de produire l'acidité qui lui a fait donner son nom ; car oxygène signifie : engendreur de l'aigre.

Ainsi un corps, en absorbant de plus en plus ce gaz, passe de l'oxyde à l'acide, et de même qu'il peut y avoir plusieurs oxydes d'un même corps, il peut y avoir plusieurs acides différant par la dose d'oxygène qu'ils contiennent.

Il faut ajouter que tous les corps n'ont pas le même

penchant à se combiner avec l'oxygène. Les uns sont si enclins à cette association, qu'on a toutes les peines du monde à les conserver purs ; car ils absorbent avec avidité l'oxygène de l'air, de l'eau ou des autres corps avec lesquels ils se trouvent en rapport. Or, comme l'oxygène est plus ou moins mêlé à presque toutes les substances, il est très-difficile d'empêcher complétement le rapprochement entre ces corps et l'oxygène. Il n'y a guère que certaines huiles minérales dans lesquelles on puisse les conserver, ces huiles étant complétement privées d'oxygène. — Le potassium, le sodium, le calcium, le phosphore font partie de ces corps si sympathiques à l'oxygène. — moins sympathique est le manganèse moins encore le fer, le zinc, etc., moins encore l'étain, l'antimoine. — Enfin les plus rebelles à la dent de l'oxygène sont l'argent, le platine et l'or.

La chaleur facilite beaucoup l'union de l'oxygène avec les autres corps. — Ainsi le charbon et le soufre, inattaquables par ce gaz à la température ordinaire, s'associent très-vivement avec lui sous l'influence du feu.

Disons encore que les divers corps de la nature que l'oxygène envahit sont enclins à accepter des quantités fort variables de ce gaz. Il y en a, et c'est la plupart, qui, quelle que soit leur avidité, n'en prennent jamais qu'une dose suffisante pour former des oxydes ; ainsi l'hydrogène, le potassium, le fer, le plomb, l'aluminium. — D'autres, comme le chlore, le soufre, le phosphore, l'arsenic, en prennent immédiatement de quoi former des acides. — D'autres enfin, selon les circonstances, se combinent avec l'oxygène de manière à former tantôt des oxydes, tantôt des acides ; tels sont par exemple l'azote, l'antimoine, le carbone.

D'après ce que je vous ai dit, Valentin, du mouvement énergique dont l'oxygène est animé, il est aisé de comprendre que les acides contenant ce gaz en abondance et concentré doivent être très-nuisibles aux corps qu'ils touchent ; — ils les pénètrent en effet et les désorganisent. — Ainsi l'acide du soufre ou sulfurique, qu'on appelle vulgairement huile de vitriol, attaque et détruit presque toutes les matières, sauf l'or, le platine et quelques autres ; et l'acide d'azote ou azotique, plus connu sous le nom d'eauforte ou d'eau seconde, est plus énergique encore ; car il attaque et dissout à froid les métaux que l'acide sulfurique ne dissout qu'à chaud.

Quant au gaz acide de carbone ou carbonique, il est infiniment moins énergique, mais il est très-répandu dans la nature. — Il se dégage de certains terrains, surtout dans le voisinage des volcans, des marnières, des puits, des mines, des grottes profondes. Toutes les eaux qui coulent à la surface de la terre en contiennent ; il y en a même qui en renferment une si grande quantité, qu'elles en sont aigrelettes et mousseuses ; on les appelle eaux gazeuses ; telles sont celles de Seltz, de Vichy, etc. — Enfin la combustion et la respiration versent encore incessamment de l'acide carbonique dans l'atmosphère.

Ces acides et d'autres encore moins importants cherchent naturellement à exercer les facultés rongeuses qui les distinguent sur les corps qu'ils rencontrent, et qui presque tous, ainsi que nous l'avons vu, se trouvent déjà oxydés. Ceci donne lieu à de nouvelles combinaisons entre acides et oxydes, combinaisons qui portent le nom de sels.

X

Le génie de la nature, Valentin, éclate encore d'une manière bien remarquable dans la formation des sels. — Vous allez en juger par cet exemple :

Le potassium, combiné avec une certaine dose d'oxygène, forme de l'oxyde de potassium qu'on appelle ordinairement potasse caustique. Ce mot caustique indique la faculté qu'a cette substance de brûler en quelque sorte les corps vivants ou les matières organiques qu'elle touche. — Voilà donc un oxyde très-mauvais voisin, et qui sous ce rapport ressemble singulièrement aux acides. — Seulement, les acides attaquent par leur oxygène, tandis que la potasse attaque par soif, c'est-à-dire par l'avidité qu'elle met à s'emparer de l'eau contenue dans les substances qu'elle touche. Elle brûle par dessiccation.

Quoi qu'il en soit, son effet est énergique et terrible.

Eh bien, si vous combinez cette potasse avec de l'acide sulfurique, autre destructeur non moins violent, vous aurez un sel, d'après ce que nous venons de dire ; — en effet, on le nomme sulfate de potasse. — Il semblerait que ce sel, formé de matières si dangereuses, dût être lui-même au moins aussi dangereux qu'elles. — Point ; il est tout à fait inoffensif, et, avalé à forte dose, il produit simplement une légère purgation : c'est que les deux éléments de ce sel ont réciproquement annulé leur malignité.

Vous voyez, Valentin, que les phénomènes que présente

la formation des sels ne sont pas mions curieux que ceux dont nous avons parlé à propos de la formation des oxydes et des acides.

Comme bien vous pensez, les sels abondent dans la nature avec des propriétés variées, selon qu'ils ont été produits par la combinaison de tel ou tel acide avec tel ou tel oxyde. — Une infinité de pierres et de substances terreuses ne sont autre chose que des sels. — Dans les pierres dures, c'est l'acide de silicium ou silicique qui s'est uni principalement à l'oxyde d'aluminium; — dans les pierres tendres, les marbres, c'est l'acide carbonique qui est associé à l'oxyde de calcium ou chaux;—dans la pierre à plâtre, c'est l'acide sulfurique qui est combiné à la chaux; il l'est en même temps à l'alumine et à la potasse ou à la soude dans les aluns. — Le salpêtre est un sel qui réunit l'acide azotique à l'oxyde de potassium ou potasse : — l'eau, quoique oxyde, se conduit comme un acide vis-à-vis des oxydes caustiques, soude, potasse, chaux, et forme des sels en se combinant avec eux.

XI

Mais jusqu'ici nous n'avons parlé que des substances dans la combinaison desquelles l'oxygène entre dans la double qualité d'outil et de matière constituante.

Or, il y a bien d'autres outils que l'oxygène, vous ai-je dit, dans l'atelier de la nature. — Il y a encore le chlore, le soufre, l'azote, le phosphore, le carbone, l'iode, etc., qui, matériaux vis-à-vis de l'oxygène, deviennent à leur tour agents vis-à-vis d'autres corps. — Chacun d'eux, notamment le chlore, agit sur les autres matières à la manière de l'oxygène, les attaque et s'y combine plus ou moins abondamment pour former des composés tantôt analogues aux acides, tantôt analogues aux oxydes, lesquels composés produisent ensuite des sels par leur combinaison.

Le chlore est un gaz très-largement pourvu de mouvement et qui, dans le travail de la nature, a exercé son activité sur un grand nombre de matières ; je dis a exercé, parce qu'on ne le rencontre plus libre aujourd'hui ; il est toujours combiné à quelques substances avec lesquelles il forme des composés variés. — Uni à l'hydrogène, il produit une substance douée à un haut degré d'acidité et qu'on nomme acide chlorhydrique ou esprit de sel. — Combiné avec le sodium, il constitue le chlorure de sodium ou sel marin, qui nous sert à assaisonner nos aliments. Il forme encore d'autres chlorures par sa combinaison avec un grand nombre des autres métaux répandus sur la terre.

Autant on en peut dire du soufre, qui produit des sulfures de carbone, de fer, d'argent et beaucoup d'autres. — Uni à l'hydrogène, il forme l'acide sulfhydrique, celui qui donne aux eaux minérales dites sulfureuses leur odeur caractérisque d'œuf pourri.

L'azote se combine à l'hydrogène, et donne ainsi ce qu'on appelle ammoniaque ou alcali volatil, dont il y a des variétés infinies.

Le phosphore combiné à l'hydrogène produit ce gaz très-inflammable qui brûle naturellement dans l'air et nous donne le spectacle de ce que nous appelons les feux follets.

Quant au carbone, sous le nom de carbure d'hydrogène, il se combine avec ce gaz de plus de quatre-vingts manières différentes, dont l'une n'est autre chose que le gaz qui aujourd'hui éclaire tant de villes. — Les huiles minérales de naphte et de pétrole sont des carbures d'hydrogène, et la houille n'est autre chose qu'un peu de la combinaison qui fait ces huiles associées à du charbon pur.

L'iode forme un acide avec l'hydrogène, et des iodures avec l'azote et les métaux.

Ainsi, Valentin, sans que j'aie besoin de vous parler de l'action que peuvent avoir sur leurs voisins d'autres corps simples plus ou moins rares dans la nature, je crois vous en avoir assez dit pour vous faire comprendre comment se comportent dans leurs relations réciproques les différentes substances qui composent la terre que nous habitons.

En deux mots : le mouvement divin remplit le monde et certains corps plus aptes à se l'approprier en le condensant le communiquent aux plus rebelles; — et de cet antagonisme, activité et résistance, — naissent des combinaisons infinies.

XII

Parmi toutes ces combinaisons, il y en a une qui mérite particulièrement attention, — c'est l'oxyde d'hydrogène, — l'eau. — Sa consistance, type de la liquidité, sa faculté de pénétration, sa mobilité, sa limpidité, son éclat cristallin, et

3.

l'abondance extraordinaire de sa diffusion dans la nature, sous tant d'aspects variés, en font réellement une substance à part, pleine de mystères malgré sa transparence, et sur les facultés de laquelle la nature a évidemment fondé le jeu non-seulement de la plupart de ses phénomènes, mais particulièrement des plus délicats et des plus merveilleux; je veux parler de ceux qui se rattachent à la vie.

Après avoir parlé des œuvres inanimées de la nature, nous avons en effet à parler de ses œuvres vivantes, et nous constaterons les relations intimes qu'elles ont avec les eaux.

Le plus simple raisonnement nous conduit tout d'abord à cette réflexion, que le premier germe d'être vivant qui ait paru sur la terre n'a pu se nourrir et se développer qu'au moyen des ressources que lui offrait la matière inorganique ou non vivante; seulement, sous l'influence de la vie, il a pu la combiner de façons jusque-là inusitées.

A mesure que les êtres vivants se sont multipliés et succédés, les premiers offrant par leurs débris des ressources nouvelles aux suivants et ainsi de suite, il a dû en résulter une multiplication croissante de combinaisons nouvelles de plus en plus compliquées, délicates et perfectionnées.

Imaginez, par exemple, une plante développée simplement sur un sol d'oxydes et de sels terreux; elle est maigre et chétive. — Mais si, quand elle est morte, ses débris enfouis s'ajoutent à la nourriture d'une autre plante, celle-ci, alimentée par des éléments déjà travaillés par la vie, se perfectionne dans sa structure et son tissu, et acquiert des qualités que n'avait pas sa devancière. — C'est l'engrais, dites-vous, qui fait cela. — Sans doute. — Mais qu'est-ce que l'engrais, sinon de la matière qui a vécu? Et quand à l'engrais végétal vous ajoutez l'engrais animal, c'est une complication d'éléments qui occasionne des modifications correspondantes dans les produits. — Et ainsi la matière, progressivement raffinée en quelque sorte à travers des combinaisons de plus en plus complexes, semble devenir susceptible de facultés de plus en plus éminentes.

N'avez-vous jamais remarqué que l'animal qui broute l'herbe est généralement bien moins intelligent que l'animal carnassier ? — Peut-on comparer une de vos brebis à votre chien? Le carnassier a une nourriture doublement élaborée par la nature. — L'homme, lui, qui se nourrit d'herbes, de racines, de fruits, de lait, de chair, de poisson, enfin de tous les produits végétaux et animaux les mieux cultivés, combine de cette manière en lui ce que, dans chaque genre, la nature a de plus parfait, et obtient ainsi l'harmonieuse et mystérieuse substance à laquelle l'intelligence ne dédaigne pas de s'associer.

Je dis *mystérieuse* substance, Valentin, parce que la substance vivante, bien plus encore que la matière inorganique, manifeste des phénomènes impénétrables à notre vue et à notre logique. — Aussitôt que la matière est entraînée dans le tourbillon de la vie, elle prend des aspects et des allures étranges dont rien de ce qui se passe dans les corps inorganisés ne peut donner une idée.

Ainsi, prenez un morceau de marbre. Dans chacune de ses parties vous trouvez les mêmes éléments, de l'acide carbonique et de la chaux;—et ces deux éléments, tant qu'ils sont unis, restent marbre et non autre chose, et vous pouvez à chaque instant, à votre gré, constater par de certains moyens connus que c'est bien de l'acide carbonique et de la chaux qui sont combinés dans ce corps, où ils se maintiennent dans un état stable.

Tandis que si vous considérez une plante, vous avez beau connaître parfaitement la composition du sol et de l'atmosphère où elle puise sa nourriture, tant qu'elle vit, il vous est impossible de reconnaître en elle les éléments de sa nourriture. — Vous remarquez que tout ce qu'elle absorbe par ses racines ou ses feuilles, non-seulement devient aussitôt méconnaissable, mais s'efface à ce point qu'on n'en peut plus constater la présence. — Dans le mouvement de la vie, les diverses matières entraînées cessent complétement de se conduire comme elles le font dans les combinaisons non vivantes. — Vous voyez pénétrer dans la plante l'oxygène, l'hydrogène, l'azote, le carbone, et ils cessent aussitôt d'être eux-mêmes, si bien qu'il n'y a plus moyen de les retrouver dans la combinaison vivante ; — et de plus, dans chaque partie différente de la plante, ils se présentent avec des aspects, des saveurs et des propriétés tout à fait diverses. Les mêmes phénomènes ont lieu chez l'animal vivant.

Il faut, pour retrouver la matière avec ses propriétés natives qui permettent de la reconnaître, — il faut que la vie ait abandonné le végétal ou l'animal. — Alors le mouvement vital, en se retirant de la combinaison dont il était le lien intime et la raison d'être, emporte le sublime déguisement sous lequel la matière s'était momentanément transfigurée et ennoblie ; — et, la décomposition arrivant, chaque élément se sépare, redevient lui-même, et revêt de nouveau les facultés qui permettent de constater son identité. — Le carbone redevient carbone, l'oxygène, oxygène, etc.

L'esprit reste confondu devant les merveilles dont le

mouvement vital nous rend témoins dans les deux mondes parallèles de la végétation et de l'animalité. — Regardez-les autour de vous ces deux mondes si étroitement unis l'un à l'autre, se développant conjointement au sein d'un échange de relations nécessaires et incessantes, et chacun d'eux trouvant dans l'autre sa raison d'être. — N'êtes-vous pas frappé de le multiplicité harmonieuse de leurs rapports, aussi bien que de l'infinie variété des combinaisons qui en résultent? — Et est-ce que l'éblouissement ne vous prend pas quand vous venez à songer que tout l'ensemble splendide du domaine de la vie, tout ce que vous appelez plante, et tout ce que vous appelez animal, et l'homme lui-même, — dérivent simplement de quelques gaz et de quelques poussières entraînés dans ce mystérieux tourbillon?

Spectateurs des œuvres splendides accumulées sur la terre par le mouvement vital depuis une incalculable série de siècles, nous ne songeons guère que cela n'a pas toujours été ainsi; — et, satisfaits de l'héritage que les âges passés nous ont laissés, nous nous enquérons peu des modestes et lointaines sources d'où nous sont dérivées nos richesses présentes. Puisque l'occasion se présente, Valentin, remontons les âges par la pensée et assistons à l'enfantement de la vie sur la terre; ce sera remonter à notre propre origine matérielle, qui se perd dans la plus lointaine simplicité des organismes.

XIII

Quand notre planète, refroidie à la surface, se fut constituée avec ses roches, ses oxydes et ses sels terreux, elle se trouva enveloppée par les eaux abondantes que firent pleuvoir sur elle les épaisses vapeurs de l'atmosphère. Mais en même temps le feu intérieur faisait craquer et soulevait çà et là la croûte rocheuse que recouvraient les immenses mers. — Du feu, des pierres, de l'eau et l'air, tel était l'ensemble de la terre; — la vie n'existait pas; — d'où allait-elle surgir? — Écoutez, Valentin.

En regardant de près les pierres baignées par les eaux, les rochers que la mer recouvre, on remarque à leur surface une matière muqueuse semblable à une mince couche d'albumine ou blanc d'œuf. — Cette matière déposée par l'eau prend, à la longue, tantôt une teinte verte, tantôt une teinte de rouille quelquefois très-foncée.

Si l'on examine au microscope cette mucosité, on y trouve de petits corps globuleux qui, dans la matière verte, donnent naissance à de véritables plantes, des algues de l'organisation la plus simple, et, dans la matière couleur rouille, produisent des animalcules d'une structure non moins simple qu'on a nommés navicules, lumulines, styllaires.

Cette matière verte, c'est le lange de la végétation naissante; cette matière couleur rouille, c'est le lange de l'animalité naissante. L'eau est le berceau commun, — l'eau,

substance non vivante, mais dont la molle et souple consistance et l'inquiète mobilité semblent attester la présence
d'une sorte d'excitant indéfinissable, précurseur de l'esprit
vital.

Il est naturel d'admettre qu'aux premiers âges de la
terre les eaux ont déposé sur les roches qu'elles baignaient
une mucosité pareille à celle dont nous venons de parler.—
Et cela fait, comme vous le voyez, la vie était créée ; elle
n'avait plus qu'à se perfectionner dans la longue série de
siècles que Dieu ouvrait à son développement.

Ce perfectionnement s'est fait peu à peu, au fur et à
mesure que les modifications survenues dans l'état de l'air
de la terre et des eaux apportaient des circonstances de
plus en plus favorables. — Et aujourd'hui, par une comparaison attentive des espèces vivantes, la science, classant
les êtres dans l'ordre du perfectionnement de leurs organes
et de leur structure, est arrivée à reconstruire approxima-
tivement l'échelle probable des créations successives de
la vie, depuis les êtres les plus simples jusqu'aux plus compliqués ; — de l'algue au chêne, de la navicule à l'homme.

Deux ordres d'êtres sortis ainsi d'un même berceau
doivent nécessairement, surtout dans les degrés les plus
voisins de leur origine, présenter des ressemblances et
des analogies. Elles existent en effet, Valentin ; si bien
que, jusqu'à ces temps derniers, les hommes de science se
sont trouvés embarrassés pour décider si certains êtres primitifs étaient des plantes ou des animaux, tant il y avait
similitude et confusion dans les substances, les formes et
les habitudes. Ce n'est qu'à la longue, par un examen ap-
profondi et grâce aux perfectionnements dont les instru-

ments d'observation ont été l'objet, qu'on est arrivé à préciser la part de la végétation et celle de l'animalité dans les premières productions de la vie.

Et même tout en perfectionnant, chacun de leur côté, leurs formes spéciales, les deux règnes, végétal et animal, conservent encore des souvenirs de leur origine commune. Des analogies remarquables se retrouvent même dans les degrés élevés; et d'ailleurs les harmonieux rapports qui unissent les deux règnes attestent jusqu'au bout qu'ils sont frères et créés l'un pour l'autre.

J'aurai occasion de revenir sur ces ressemblances, ces analogies et ces rapports, considérons d'abord isolément les progrès de la végétation et de l'animalité.

XIV

Commençons par les plantes. — Au bas de l'échelle se montre la végétation microscopique issue des eaux, et l'on trouve le mucus dont je vous ai parlé non-seulement sur les pierres baignées, mais dans tous les lieux humides, au pied des murs exposés au nord, dans les chemins creux, aux abords des fontaines. Les mousses vertes qui se produisent à la surface des mares sont encore des amas d'algues infimes, ce qui n'empêche pas qu'il n'y ait dans l'Océan des algues qui ont jusqu'à 500 mètres de longueur.

Après les algues, et de plus en plus supérieurs par l'orgasation, se montrent les lichens, les champignons et les mousses. — Algues, lichens, champignons n'ont pas de racines, et la substance gélatineuse des algues et des lichens rappelle le mucus des eaux. Quant aux mousses, elles ont des racines, et de plus commencent à montrer des feuilles.

Il y a progrès, comme vous voyez ; et notez que toutes ces plantes, lichens, mousses, sont extrêmement fécondes et croissent avec une grande rapidité, même sur les roches les plus nues et les plus dures. Elles ont la faculté de les ronger, de les désagréger et de s'en nourrir en quelque sorte, — fabriquant ainsi incessamment de la matière organique. — Aussi leurs détritus forment une excellente terre végétale pour les plantes plus complètes qui suivent. — Tout s'accommode donc pour le mieux du progrès; et il nous reste à admirer cette modeste végétation des premiers âges qui a ainsi préparé la fécondité des âges futurs.

Après les mousses viennent les fougères, avec leur feuillage plus compliqué et plus développé. — A l'époque fort ancienne où elles se sont produites sur la terre avec une abondance que décèlent les nombreuses traces qu'elles ont laissées, elles ont contribué largement à rendre l'air respirable en le purifiant de la grande quantité d'acide carbonique qu'il contenait, et qu'elles absorbaient par leurs respiration.

Toutes les plantes que je viens de vous indiquer se distinguent des suivantes par une différence fondamentale, entre autres, savoir que leur germe est nu, sans enveloppe. — Ce germe n'est généralement qu'une partie de la plante elle-même, ou bien une sorte de bourgeon qui se développe sur elle et s'en sépare ensuite pour produire une plante semblable.

Ces modes de reproduction sont les seuls des plantes inférieures ; car leur organisation fort simple ne paraît pas comporter la fleur ; or, la fleur, vous le savez, c'est la manifestation du sexe, c'est le mariage, la chambre nuptiale, le berceau des enfants. Et, en effet, aussitôt qu'une organisation plus complète du végétal y produit la fleur, c'est-à-dire les sexes, il résulte un fruit de leur accouplement, et ce fruit est la graine.

La graine renferme un germe de la plante mère ; mais ce germe n'est pas isolé et nu ; il est enchassé dans un ou deux mamelons charnus dont la grosseur et la forme varient beaucoup selon les espèces.

Mais les plantes à sexe, tout en ayant la faculté de se reproduire par des graines, conservent néanmoins encore généralement la faculté de se reproduire par la séparation d'un morceau d'elles-mêmes, comme les plantes sans sexe, et vous savez que l'on fait fréquemment usage de cette propriété pour multiplier les espèces. — Un éclat de racine, une branche, un bourgeon, une feuille même peuvent suffire pour reproduire un végétal.

Je viens de vous dire que le germe des graines était emchassé dans un ou deux mamelons. — Vous ne sauriez vous imaginer les différences fondamentales qui résultent chez les plantes de la présence d'un ou de deux mamelons dans leur graine.

Les graines à un seul mamelon indiquent des végétaux d'une organisation relativement plus simple. Ils ont généralement une tige simple, creuse ou remplie d'une substance molle. Leurs feuilles sont peu abondantes, de forme allongée et composées de fils ou nervures parallèles. Telles sont les céréales de nos climats, froment, avoine, orge, seigle, maïs, et toute la famille des plantes à oignons. — Tels sont, dans les pays chauds, les palmiers, la canne à sucre, le riz, etc.

Quant aux plantes dont le germe a une enveloppe composée de deux pièces, leurs tiges sont pleines, plus dures au centre qu'à la surface et formant bois. Elles sont pourvues de branches, et leurs feuilles abondantes et de formes très-variées sont sillonnées d'un réseau compliqué de nervures enchevêtrées. Ces plantes sont les plus nombreuses, et parmi elles figurent tous nos arbres.

Sans entrer dans plus de détails, vous voyez le perfectionnement se marquer de plus en plus dans les espèces végétales, de l'algue au froment, du froment au sapin et au chêne.

XV

Même progrès dans l'animalité à partir des navicules; progrès parallèle, simultané, à côté de celui de la végétation ; car c'est la plante qui directement ou indirectement nourrit l'animal, et l'amélioration de la nourriture provoque les perfectionnements de l'être qui en vit, et c'est ainsi que, conjointement avec les autres modifications que les circonstances apportaient dans l'air, la terre et l'eau, le développement de la végétation avait son rôle dans la marche ascendante de l'animalité.

De même que les animalcules que nous avons vus sortir
du mucus déposé par les eaux, les éponges, les infusoires, les polypes, les méduses, quoiqu'un peu supérieurs,
sont néanmoins encore tous habitants des eaux ; leur corps
n'est guère qu'une substance gélatineuse parfaitement semblable dans toutes ses parties. Cette substance, qui rappelle
encore le mucus, est comme une masse de matière vivante
où on n'aperçoit pas d'individu distinct, mais qu'on peut
diviser à volonté, et chaque partie continue à vivre comme
devant. Dans cette matière, il se creuse de petites cavités qui sont des estomacs ; — voilà toute l'organisation.
— Ajoutons que ces animaux, réunis en une vie commune, emploient leur existence à fabriquer les uns cette
substance cornée, souple et poreuse que nous nommons
éponge, — les autres, des dépôts pierreux qui nous fournissent le corail, ou bien, dans les océans chauds, élèvent à
la longue, en s'accumulant, de véritables édifices rocheux
qui, parvenus à la surface de l'eau, finissent par former
des îles.

Ainsi, dans les plus bas degrés de l'animalité, l'individu
n'existe pas, non plus que les sexes ; — il n'y a que des
agrégations, des multitudes vivantes.

Aussi les animaux inférieurs, pour se multiplier, se divisent simplement en plusieurs morceaux. — Il se produit
des étranglements dans leur masse, et le rétrécissement
progressant toujours finit par produire une scission. — Il
y en a qui à ce mode de reproduction en joignent un
autre non moins simple : un bourgeon apparaît sur leur
corps, grossit, et, à un certain moment, se détache pour
constituer un animal distinct.

Ce mode tout primitif de reproduction se retrouve encore chez des animaux beaucoup plus avancés, des vers nommés naïs, par exemple, et même chez des animaux pourvus de sexe, les lombrics ou vers de terre, qui, coupés en morceaux, forment autant d'individus qu'il y a de tronçons. — D'autres animaux, sans avoir la faculté de se dédoubler ainsi en plusieurs êtres, conservent au moins celle de recompléter leurs membres perdus ou entamés ; — ainsi repoussent les rayons des étoiles de mer, les pattes de crustacés et des salamandres, la queue des lézards (1).

Tout cela ne vous rappelle-t-il pas le règne végétal, où nous avons vu les premiers êtres sans sexe aussi se reproduisant par morceaux et bourgeons ? — La plante n'est-elle pas, comme le polype, une multitude vivante, puisqu'elle peut se subdiviser en plus ou moins d'individus vivants ? — Aussi a-t-on comparé la plante à un polype végétal, et la comparaison est fort juste. — Comme la salamandre ou l'étoile de mer, la plante remplace ses membres cassés par d'autres membres (2).

A côté des animaux qui produisent les coraux ramifiés

---

(1) La chirurgie moderne a constaté un fait analogue chez l'homme lui-même ; puisqu'il est avéré que si l'on enlève un os en respectant le périoste, fine membrane qui l'enveloppe, celle-ci a la faculté de reproduire l'os.

(2) La greffe, sorte de bouture d'une plante sur une autre, n'est, elle-même, pas complétement étrangère à l'animalité. Il est reconnu qu'un débris animal peut s'implanter et vivre encore sur une chair vivante. Plusieurs opérations chirurgicales sont fondées sur ce principe. — On a vu un bout de doigt complétement séparé du tronc, et ensuite convenablement rajusté, rétablir ses relations avec le doigt et s'y resouder.

ou en masses rocheuses, on voit certains végétaux primitifs qui sont incrustés de calcaire et de silice, témoignant ainsi simultanément de la parenté des trois règnes de la nature.

Indépendamment des ressemblances, on trouve dans ces bas étages de la vie, entre la plante et l'animal, de singuliers échanges de mœurs et de facultés. Certaines plantes vivent indépendantes dans les eaux, nageant à la surface et transportées d'une contrée dans une autre ; des spores ou bourgeons végétaux sont munis de petits cils, sortes de nageoires, au moyen desquels ils se meuvent et voyagent ; — tandis que d'autre part, nombre d'animaux naissent, vivent et meurent attachés à un rocher.

Les champignons respirent à la façon des animaux, en dégageant de l'acide carbonique ; et certains petits animaux nommés infusoires, de couleur verte, respirent à la façon des végétaux, en dégageant de l'oxygène.

Ajoutons, Valentin, que les tâtonnements de l'animalité naissante, cherchant son organisation, se traduisent tout d'abord en formes bizarres qui rappellent la structure ramifiée ou feuillue des plantes, ou les élégantes découpures et les riches teintes de la corolle des fleurs ; — témoins les méduses et les polypes anthozoaires et bryozoaires, dont les noms signifient précisément animal-fleur, animal-mousse.

Dans les degrés plus élevés de la vie, la végétation, à son tour, emprunte des formes à l'animalité. — Telles lianes, tels cactus ressemblent à des serpents. — Les fleurs en papillon caractérisent la nombreuse famille des légumineuses ; — et les fleurs de la famille des orchidées se

sont, dirait-on, évertuées à représenter de fantastiques insectes, en forme de mouches, d'abeilles, d'araignées, de
scarabées.

Les animaux inférieurs ne paraissent, pas plus que les
végétaux, doués de système nerveux, et dès lors de sensibilité.
Cependant les uns et les autres ont une irritabilité qui,
chez la sensitive, se manifeste d'une manière si remarquable. — Il n'est d'ailleurs pas douteux que les plantes
n'aient la sensation de la lumière, car elles tournent vers
elle leurs tiges, leurs feuilles et leurs fleurs; — le jour a
une action analogue sur les polypes sans yeux.

Mais ce n'est pas tout; — comme la végétation, l'animalité ne tarde pas à arriver aux sexes, et alors la graine
de l'une trouve son analogue dans l'œuf de l'autre. —
Graine et œuf sont même chose, — un germe détaché de
la mère.—Et l'un comme l'autre ne sont, à vrai dire, qu'une
simple modification, un mode particulier du bourgeon que
nous avons vu exister chez l'animal inférieur et chez la
plante.

XVI

Mais voilà que certains polypes en se développant arrivent à produire une sorte de fruit qui est un animal isolé,
un individu, nommé méduse, lequel flotte sur l'eau et a
son estomac personnel.

Ensuite viennent les étoiles de mer et les oursins, tous

individuels et pourvus non-seulement d'un estomac, mais encore d'un intestin complet. Ils ont des piquants calcaires mobiles qui, chez les holothuries, sorte de gros vers marins, deviennent de petits pieds rétractiles.

Ces holothuries ont été l'objet d'une remarque curieuse. On a constaté que non-seulement elles donnaient naissance à des animaux semblables; mais encore, et cela assez fréquemment, à des animaux d'une organisation bien supérieure, — à de petits mollusques pourvus d'une coquille en spirale et appartenant à la famille des limaçons.

Ce phénomène, Valentin, vous apparaîtra avec toute son importance, quand vous saurez qu'il est l'analogue de celui que vous offrirait un corbeau engendrant un chat.

Cette étrange faculté des holothuries nous fait entrevoir un des procédés dont s'est servi la nature pour faire progresser l'animalité. — Elle rend certaines classes d'animaux susceptibles, dans de certaines conditions, de produire et de féconder des germes d'animaux plus parfaits; — et, à chaque degré de l'échelle animale, le perfectionnement qui conduit au degré supérieur, s'accomplissant ainsi ou autrement, ces perfectionnements, favorisés d'ailleurs par l'amélioration des conditions environnantes, auraient, avec le temps, amené l'organisme au degré où il se trouve dans les rangs supérieurs de l'animalité.

Le trait d'union d'un degré à l'autre est rarement aussi visible que l'holothurie le montre entre les radiaires (1) et les mollusques (2); mais on le retrouve encore ailleurs. Au

---

(1) Animaux présentant des rayons comme les étoiles de mer.
(2) Animaux dont le corps est oré d'une substance molle.

reste, les changements de toute nature qu'a éprouvés la terre et qui ont amené l'extinction de tant de races d'animaux, ont dû supprimer à peu près complétement, chez les survivants, ces facultés génératrices exceptionnelles qui n'avaient plus leur raison d'être.

Néanmoins, on entrevoit encore le lien rompu dans les ressemblances et les analogies qui, pour chaque famille, établissent la parenté avec les familles voisines, inférieure et supérieure.

Donc l'holothurie nous conduit aux mollusques, dont les uns sont à double coquille, les autres à coquille simple, tandis que d'autres n'en ont pas du tout.

Les mollusques à double coquille, comme la moule, l'huître, sont les plus imparfaits; ils n'ont pas de tête, pas d'yeux. Leur estomac est simple; le cœur n'a qu'un ventricule; mais le système nerveux se montre chez eux presque confusément. Ils paraissent ne posséder que le sens du toucher. Ne pouvant se rechercher, privés qu'ils sont de moyens de transport; ils se suffisent à eux-mêmes pour la reproduction, et réunissent les deux sexes sur chaque individu.

Les mollusques à coquille simple ont une tête plus ou moins distincte avec des yeux. — Certains paraissent avoir, en outre, les sens du goût et de l'odorat. Ils sont pourvus de membres pour nager, de ventouses pour s'attacher aux objets; d'autres rampent sur un pied large et plat qui se contracte ou s'allonge. L'estomac et les intestins sont développés chez eux, parfois avec un appareil salivaire et masticatoire. La circulation est double, le système nerveux visiblement disséminé dans tout le corps. — Pouvant se

4

mouvoir pour se rechercher, ces animaux ont des sexes distincts, ou s'ils sont réunis sur le même individu, le rapprochement de deux individus est néanmoins nécessaire pour la fécondation réciproque. — Tels sont les limaçons de nos jardins.

Ces limaçons nous font songer que c'est parmi les mollusques à coquille simple que nous rencontrons les premiers animaux véritablement terrestres ; mais qui cependant préfèrent les lieux humides.

Puis viennent les animaux à sang rouge, sangsues, lombries, etc., qu'on a nommés annélides parce qu'ils semblent formés d'anneaux juxtaposés.

Ensuite se présentent les articulés, ainsi nommés parce qu'ils sont pourvus de membres à articulations, ce qui est un nouveau perfectionnement. Ils ont une espèce de carcasse extérieure formée de pièces ajustées, mais mobiles. Chez eux les sexes sont toujours distincts et séparés ; l'intestin est complet. Chez certains, les yeux composés ou à réseau indiquent un perfectionnement remarquable de l'organe de la vue. — Parmi les articulés, les animaux terrestres sont les plus nombreux. L'animalité, à ce degré, commence à envahir largement les terres ; il n'y a guère que la famille des crustacés, comprenant les crabes, les écrevisses, les homards, etc., qui soit encore purement aquatique, et encore le cloporte, qui en fait partie, est terrestre, quoique aimant l'humidité.

La famille des scorpions et celle des araignées ne respirent l'air qu'à l'état de gaz. Nous trouvons ici des mâchoires compliquées ; les araignées ont de six à huit yeux et quatre paires de pattes. Les instincts, les aptitudes prennent un développement remarquable. — Toujours, parmi les articulés, nous trouvons la famille des mille pieds ou scolopendres, et, à côté d'elle, l'innombrable famille des insectes qui peuplent les champs, les bois, les prairies, la face des eaux, et pénètrent jusque dans les tissus des êtres organisés : — mouches, cousins, taons, papillons, cigales, grillons, hannetons, fourmis, abeilles, guêpes, puces et mille autres.

Ils ont tous trois parties distinctes, la tête, la poitrine et le ventre, — six pattes, des antennes et généralement deux ou quatre ailes; — quelques-uns cependant n'en ont pas. — Les insectes nous présentent le merveilleux phénomène des métamorphoses qu'on rencontre aussi chez quelques animaux inférieurs, polypes et méduses.

Quelques insectes changent plusieurs fois de peau, et leur métamorphose se borne, en réalité, à acquérir des ailes et des organes génitaux à leur dernière mue. — D'autres, au sortir de l'œuf, sont d'abord larves ou chenilles, et après quatre mues se changent en nymphes ou chrysalides. — Alors, sous la coquille cornée qui les cache, et dans une apparente immobilité, ils se transforment mystérieusement en insectes parfaits. Certaines espèces, comme les libellules et les cousins, habitants de l'air, après leur dernière métamorphose, passent dans l'eau leur existence de larve.

Les insectes ont de chaque côté du corps une ouverture communiquant à de petits canaux intérieurs ramifiés qui laissent pénétrer l'air. Ce sont les organes respiratoires spéciaux à ces animaux, et qu'on nomme trachées. — Les liquides qui tiennent lieu de sang chez les insectes, étant ainsi en rapport avec l'air dans toutes les parties du corps, sont dispensés de la circulation qui, chez les autres animaux, ramène, par les veines, le sang dans les poumons. Au lieu d'y avoir circulation de sang allant chercher l'air, il y a circulation d'air allant chercher le sang.

Après les articulés viennent les animaux à squelette intérieur, recouvert par les chairs et caractérisé par un chapelet d'os nommés vertèbres, et constituant l'épine dorsale.

XVII

L'os; matière presque pierreuse par la grande quantité de chaux qu'elle contient, rappelle le principe minéral de la planète, berceau de la vie terrestre. — Il montre la pierre associée au mouvement vital, même dans sa manifestation la plus élevée, et lui fournissant la charpente solide qui non-seulement soutient la flexibilité des tissus vivants plus délicats et les protége, mais encore détermine la direction de leur développement et leur forme générale.

La vertèbre est un os très-remarquable. — C'est dans la charpente animale la pièce capitale, et sur laquelle tout l'édifice repose. — Le squelette peut être regardé comme une somme dont la vertèbre est l'unité. — C'est, vous le savez, un os troué et traversé par la moelle épinière, sorte de prolongation de l'encéphale ou cervelle.

A la colonne vertébrale, qui n'est qu'une série de vertèbres, se rattache tout le reste de la charpente osseuse, —
et on peut dire que le crâne qui la couronne n'est lui-
même qu'une vertèbre terminale plus développée, — la vertèbre par excellence, qui renferme la substance matérielle
la plus exquise, la cervelle, siége des plus mystérieux et
des plus admirables phénomènes de la vie.

Il n'est donc pas étonnant que l'état de la colonne vertébrale soit en rapport avec le degré de perfectionnement
des êtres, et que le crâne, vertèbre mère, résume plus
spécialement les conditions de conformation et de développement qui constituent les types divers de l'animalité.

C'est ce que j'aurai occasion de vous faire remarquer,
Valentin; mais en attendant, vous comprenez que, par les
animaux vertébrés, la vie se manifeste en des formes bien
supérieures à celles que nous ont montrées les animaux
non vertébrés.

Cependant, est-ce à dire que la vertèbre se montre tout
d'un coup dans cette classe, sans que rien, chez les invertébrés, ait fait pressentir cette pièce si importante?— Ceci
ne serait pas conforme aux procédés ordinaires de la nature, dans les œuvres de laquelle rien ne se fait brusquement, sans préparation.

Aussi, Valentin, trouvons-nous indicé de vertèbres dès
l'origine de la vie animale; — ce n'est sans doute pas la
vertèbre conformée et ajustée comme dans les vertébrés,
mais c'est une pièce solide de forme plus ou moins con-
fuse et consistante; c'est, à tout prendre, un rudiment de
squelette comme la vertèbre. — La mince coquille siliceuse
dont s'enveloppent certaines mucosités animales rudimen-

taires, la substance rocheuse des coraux, sont de véritables
amas de vertèbres entassées par des amas de matière
vivante. — Dans les mollusques, est-ce que la coquille
double ou simple ne vous représente pas encore la vertèbre? Et les pièces cornées qui s'emboîtent, en formant
une sorte de cuirasse protectrice, chez les articulés, ne
réalisent-elles pas un squelette extérieur, dont le squelette vertébré intérieur n'est qu'un perfectionnement?

Les animaux à vertèbres proprement dits ont tous un
cerveau, un cœur, des artères et des veines où circule un
sang rouge.

C'est encore dans l'eau qu'il faut chercher les moins
parfaits de cette classe, les poissons, d'abord, qui ont le
cœur simple, c'est-à-dire à deux cavités seulement, le sang
froid, et ne respirent par des branchies ou ouïes que l'air
dissous dans l'eau.

Les branchies, organe respiratoire des poissons, sont
ces franges souples et rouges disposées au dedans de l'ouverture des ouïes, et au travers desquelles l'eau circule
constamment. Le tissu particulier dont elles sont composées leur donne la faculté d'absorber l'air dont l'eau est
toujours plus ou moins pourvue. Aussi c'est dans ces
franges que le sang de l'animal vient se revivifier, de
même que chez nous il vient dans les poumons ; — mais
cet organe n'est pas propre à respirer l'air atmosphérique ;
aussi ce n'est qu'en fermant leurs ouïes et en y retenant de l'eau que les anguilles, par exemple, peuvent
quelquefois s'aventurer à de certaines distances dans les
terres.

Les anguilles et les gymnètres, qui ressemblent à un long

ruban argenté, présentent les formes les plus simples
parmi les poissons ; les formes les plus ordinaires se rapprochent de celle d'un fuseau plus ou moins renflé. Il y a
cependant des poissons larges et plats comme la raie; il y
en a qui se gonflent et forment une véritable boule.

La charpente varie également. Tels n'ont guère pour
squelette qu'un chapelet de vertèbres; chez tels autres la
vertèbre se complique d'excroissances latérales plus ou
moins longues et courbées qui forment les côtes et les
membres dont les nageoires sont les extrémités.

La nageoire, que nous avons déjà rencontrée chez certains
mollusques, est absente complétement chez quelques poissons, la lamproie, par exemple; chez d'autres, il n'y en a
que deux, l'anguille et le congre, notamment; d'autres
n'en ont qu'une sur le dos; mais la majorité des poissons
en a trois, quatre, six, huit et jusqu'à douze. La nageoire
de la queue fourchue indique les plus rapides nageurs. On
assure que le saumon peut faire de 30 à 40 kilomètres à
l'heure.

Chez la plupart des poissons, les œufs sont fécondés
après la ponte; cependant il en est qui s'accouplent et qui
portent leurs œufs jusqu'à ce qu'ils éclosent. Nul animal
n'est fécond comme le poisson; les femelles de certaines
espèces pondent plus d'un million d'œufs.

La nature a doué quelques poissons d'une singulière
faculté, qui consiste à produire de l'électricité à un haut
degré d'intensité; si bien qu'ils peuvent foudroyer leur
proie à distance et donner à de grands animaux, chevaux
ou autres, des secousses telles, que, répétées, elles occasionnent la mort. — La torpille marine, le gymnote des eaux

douces de l'Amérique et le malaptère du Nil ont cette propriété. Ces facultés électriques si développées chez ces poissons existent certainement à des degrés divers chez tous les animaux.

XVIII.

Passons aux reptiles, grenouilles, serpents, lézards, tortues. — Comme les poissons ils ont le sang froid; mais leur cœur a trois cavités; c'est une de plus que chez les poissons. La plupart sont amphibies, c'est-à-dire que, par leurs habitudes comme par leur organisation, ils sont voisins des poissons; cependant, appelés également à vivre sur terre, ils ont des poumons et non plus des branchies.

Cette transition des branchies aux poumons s'opère chez les batraciens, curieuse famille qui comprend les grenouilles, les crapauds, les salamandres et d'autres, et présente, comme les insectes, le curieux phénomène des métamorphoses.

Jeunes, ces animaux, sous le nom de têtards, vivent exclusivement dans l'eau, respirent par des branchies, et par leur forme ressemblent à des poissons; puis il leur vient à l'extérieur des pieds à l'intérieur des poumons; la circulation du poisson se change en circulation de reptile. Avec cela les uns perdent leur queue et les voilà grenouilles, d'autres la conservent et se font salamandres. — Il en est même qui, en acquérant des poumons, ne perdent pas les branchies et cumulent ainsi les deux modes de respiration.

A propos de ces métamorphoses des batraciens, laissez-moi vous dire, Valentin, que la nature ne s'est pas amusée à produire ce phénomène chez certains êtres à l'exclusion complète des autres. La nature ne fait rien par caprice et ne produit rien d'isolé. — La métamorphose est un phénomène universel. Elle peut nous être plus visible chez certains animaux ; mais elle n'a pas moins lieu chez tous les autres. — Un œuf quelconque n'est-il pas un mystérieux foyer de métamorphose? Du jour où il est produit au jour où il éclot, laissant sortir un être complet, que se passe-t-il dedans? par quelle série de changements ce blanc et ce jaune de l'œuf arrivent-ils à produire un poulet, un serpent? — Vous seriez stupéfait, Valentin, si vous pouviez suivre les formes successives que revêt le germe d'un animal dans le sein de la mère depuis la conception jusqu'à la naissance. Et à partir de ce moment, croyez-vous que la métamorphose cesse? Nullement; elle se poursuit avec plus de lenteur seulement. — Que reste-t-il du petit enfant dans l'homme fait? Que reste-t-il du jeune homme dans le vieillard? — La métamorphose se fait de jour en jour, d'heure en heure dans tous les êtres. — Est-ce que les plantes ne changent pas tous les ans sous vos yeux leur feuillage, — et les animaux leur pelage? — Qu'est-ce donc que le grain de blé devenant épi, et le gland chêne? — La métamorphose incessante est la loi universelle. — Sans elle pas de vie possible.

Revenons aux reptiles : — les serpents, eux, jeunes ou vieux, n'ont que des poumons, et par la simplicité de leur charpente sont, pour les vertébrés terrestres, l'analogue de l'anguille pour les vertébrés aquatiques. — Mais il y a un petit serpent, l'orvet, qui établit la transition des serpents aux lézards ; car, sans qu'il y paraisse à l'extérieur, sa charpente osseuse indique un commencement d'épaule, des rudiments de bassin et de membres postérieurs.

Ceci nous conduit aux sauriens, animaux qui ont plus ou moins la forme du lézard, et dont les plus inférieurs, nommés seps et chalcides, avec leur corps en fuseau et deux membres courts antérieurs ou postérieurs, diffèrent fort peu de l'orvet. Il y a aussi des seps et des chalcides à quatre pattes, mais généralement fort peu développées. La famille des caméléons, qui vient ensuite, a des pattes plutôt destinées à saisir qu'à marcher. Aussi est-ce ordinairement suspendu à une branche qu'il guette le passage des insectes dont il se nourrit, et, dans cette position, il se cramponne également avec sa queue, dont l'extrémité s'enroule à une branche voisine. Les poumons de cet animal sont énormes, au point que quand il les gonfle entièrement d'air, son corps, dont ils remplissent la plus grande partie, devient presque transparent et prend des teintes différentes selon le degré du gonflement. — Telle est la cause des changements de couleur qui ont valu au caméléon sa renommée proverbiale.

Les geckos ou tarentes sont encore un saurien qui se distingue par cette particularité qu'il peut grimper sur les murs les plus polis et se tenir aux plafonds dans une position renversée, grâce à la disposition de la plante de ses pieds.

Les iguanes, sauriens très-ressemblant aux lézards, nous

montrent dans certaines familles les changements de couleur du caméléon. — Ils sont grimpeurs, se nourrissent d'insectes et de fruits, et certains atteignent jusqu'à un mètre et demi de long. — Le dragon volant est un iguane dont les six premières fausses côtes, au lieu de s'arrondir dans la forme ordinaire se développent en droite ligne pour soutenir une membrane étendue comme une aile sur les deux flancs de l'animal. — Cette membrane, indépendante des pattes, ne permet pas à cet animal de voler, mais lui sert de parachute quand il saute d'une branche à l'autre.

Quant aux lézards proprement dits, Valentin, vous en connaissez plusieurs espèces qui habitent nos campagnes. Ils sont mignons, lestes, d'humeur douce, et peuvent s'apprivoiser aisément. — Il en est dans les pays chauds qui atteignent deux mètres de long sans être plus dangereux pour cela. La langue des lézards, pareille à celle des couleuvres et des vipères, se divise en deux filets minces. Ces animaux boivent en lapant, comme les chiens. — Ils sont très-sobres et peuvent rester longtemps sans manger. Quand leur queue se casse, elle repousse très-rapidement.

Une dernière classe de sauriens comprend les diverses familles de crocodiles, qui sont aussi puissants et terribles que les lézards sont doux et familiers. — Ils atteignent jusqu'à près de 10 mètres de longueur ; leurs pattes sont courtes relativement au corps et ne leur permettent pas de se mouvoir aisément sur terre ; mais ils sont tous amphibies et sont d'une extrême agilité dans l'eau ; leurs membres postérieurs palmés sont faits pour la nage. — Leurs mâchoires, démesurément allongées et fendues, ont des dents aiguës rangées en lame de scie.

Les chéloniens ou tortues, autre genre de reptile, semblent contrairement aux sauriens, vouloir se développer plutôt en large qu'en long. Vous connaissez ces animaux lourds, de forme arrondie, et renfermés entre une double cuirasse où ils cachent au besoin même leur tête et leurs pattes. — Vous vous imaginez peut-être que cette double cuirasse n'a rien de commun avec la charpente osseuse des sauriens, par exemple, et qu'en cela la tortue possède quelque chose de tout à fait inconnu ailleurs. — C'est une erreur. — Le bouclier supérieur est simplement formé par l'élargissement des côtes de l'animal, soudées ensemble, et le plastron inférieur n'est autre chose qu'un os plat analogue à celui, seulement beaucoup plus étroit, que nous avons nous-mêmes au devant de la poitrine. — La tortue est comme un animal retourné qui fait de sa poitrine une enveloppe pour tous ses membres. — Ces animaux n'ont pas de dents ; mais leurs gencives cornées sont très-dures ; ils se nourrissent d'herbes ou de mollusques. — Il y a des tortues marines qui sont quelquefois énormes et pèsent 200 kilog. — D'autres habitent les rivages des eaux douces, fleuves et marais. — Les premières ont des pattes en forme de longues palettes exclusivement propres à la nage ; les autres ont les doigts plus ou moins dégagés, selon qu'elles ont des habitudes plus ou moins terrestres. Aussi les tortues purement terrestres ont-elles des pattes en moignons trapus et garnies d'ongles solides et courts qui leur servent à se creuser des terriers dans lesquels elles passent l'hiver.

XIX

Nous avons vu les reptiles dériver des poissons par les batraciens, et se perfectionner en ajoutant une cavité à leur cœur et acquérant le poumon ; nous allons voir les oiseaux poursuivre le perfectionnement animal, sans cesser cependant de se rattacher par divers détails d'organisation et de mœurs aux degrés inférieurs de l'animalité. Aux trois cavités du cœur des reptiles ils en ajoutent une quatrième, ce qui constitue un cœur double par rapport à celui des poissons. Le sang froid chez ces derniers et chez les reptiles devient chaud et même très-chaud chez les oiseaux, où il marque jusqu'à 44 degrés ; — mais ces derniers ont avec les reptiles et les poissons un mode commun de reproduction, par des œufs.

Les oiseaux ont tous quatre membres, dont deux seulement pour marcher. Ayant pour mission de s'élever dans l'air et de parcourir l'atmosphère, leur charpente est admirablement construite dans ce but. — La forme est effilée et les os sont creux, ce qui les rend fort légers. L'oiseau a la faculté de les remplir d'air au moyen de canaux qui communiquent avec les poumons, et dont le gonflement produit une dilatation générale du corps ; phénomène analogue à la dilatation des poumons que nous avons signalée chez le caméléon et quelques lézards.

La plume est un attribut spécial de l'oiseau, oui ; mais est-elle par sa nature complétement distincte des substances écailleuses qui revêtent plus ou moins les poissons et les reptiles ? Nullement: au point de vue de leur composition, les plumes et les écailles sont à peu près semblables; leurs éléments sont les mêmes ; elles ne diffèrent que par la forme. — Il fallait pour l'habitant des airs un vêtement chaud et en même temps dont le poids ne fût pas un obstacle au vol. — Il fallait à l'aile une large surface pour que la résistance de l'air lui procurât un point d'appui suffisant; mais il fallait qu'en même temps l'aile eût une légèreté en rapport avec les forces de l'oiseau.

La nature, qui, des profondeurs de la matière primitive, déroule anneau par anneau la chaîne des créations, rattachant toujours la plus nouvelle aux précédentes; — la nature a agi pour ce détail comme pour tous les autres. Elle a simplement imaginé une combinaison nouvelle de ce qui existait déjà. Elle a pris le tissu qui faisait le vêtement des poissons et des reptiles, et elle en a fait le vêtement et les ailes des oiseaux. Ce tissu était compacte, rigide, dur, lourd ; elle en a desserré les fibres jusque dans leurs divisions les plus tenues; — elle l'a effiloché, cardé, strié; bref, elle en a fait l'étoffe la plus souple, la plus moelleuse, la plus légère. — Les plumes ne sont que de la substance écailleuse divisée. — Et ainsi la même matière qui fait au crocodile une cuirasse à l'épreuve de la balle, à la tortue son solide bouclier ; la même matière donne à l'eider de Laponie le doux édredon qu'il arrache à ses flancs pour en garnir son nid.

La nature n'a pas borné là l'emploi de son tissu, qui, par de simples modifications de texture et de forme, s'est accommodé aux diverses exigences de l'animalité; et nous le retrouvons plus ou moins fin, soyeux et souple, constituant tous les poils des animaux.

Revenons aux oiseaux, et remarquons que, comme il convenait, la nature a modifié le tissu plumeux des espèces aquatiques de telle sorte qu'il fût imperméable à l'eau : elle l'a simplement enduit à cet effet d'une substance grasse.

Mais la plume n'est pas seulement un vêtement; elle est, par l'aile, le mobile de la locomotion aérienne, et c'est surtout à ce titre qu'elle est un attribut distinctif de l'oiseau

---

XX

L'aile apparaît-elle brusquement, sans transition? Non, certes. — Dérivée de l'écaille par sa substance, elle dérive de la nageoire par son emploi. — L'oiseau, d'ailleurs, se rattache à l'eau de même que tous les animaux dont nous avons déjà parlé.

Considérez en effet le manchot, *le moins oiseau qu'il soit possible*, comme dit Buffon : il a deux courtes pattes palmées, et en guise d'ailes deux moignons aplatis garnis de plumes écailleuses et dont il ne se sert que pour nager. — Ce singulier oiseau est presque constamment dans l'eau, le corps enfoncé et la tête seule dehors; — il voyage ainsi jusqu'à près de 150 lieues des côtes. — Il ne va guère à terre que pour pondre, et quand il est là, debout, appuyé sur son derrière sans queue, on dirait, à voir sa poitrine blanche et son dos noir, un enfant de chœur en surplis et en camail.

Les grèbes et les pingouins, autres oiseaux de mêmes mœurs, sont un peu mieux pourvus en fait d'ailes ; et ainsi les flamants, les ibis, les canards, les hérons, les cygnes, les pétrels, les cormorans, les goëlands, les frégates, tous oiseaux aquatiques, nous montrent à divers degrés le perfectionnement de l'aile-nageoire du manchot. — Chez les frégates, le vol acquiert une grande puissance. Ces oiseaux se posent rarement ; ils planent au loin au-dessus des grandes mers, guettant le poisson dont ils se nourrissent. — Tous ces oiseaux ont les pieds membraneux, faits pour la nage ; les pétrels marchent sur l'eau comme saint Pierre, ce qui sans doute leur a valu leur nom.

A côté des grands voiliers aquatiques se rangent des animaux non moins bien organisés pour le vol ; mais se rattachant à la terre par leurs habitudes et leur genre de nourriture ; — et si les frégates sont les princes de l'atmosphère marine, les aigles, les faucons sont les princes de l'atmosphère terrestre, et, comme les frégates, ont des ailes d'une envergure de trois mètres. Le condor des Andes du Pérou atteint quatre mètres d'envergure. Quant à la rapidité du vol, elle peut être très-grande, puisque certains faucons parcourent une lieue en trois minutes.

Le martinet, parmi les plus petis oiseaux, a relativement des ailes aussi développées que les oiseaux de proie. Aussi passe-t-il pour ainsi dire sa vie dans l'air ; d'ailleurs ses pieds sont si courts qu'il peut à peine marcher.

Sans suivre pas à pas la série décroissante de la puissance du vol chez les oiseaux terrestres, voyez, par exemple, comme la perdrix est, sous ce rapport, loin des princes de l'air ; et au-dessous encore, regardez la poule avec ses ailes ramas-

sées et lourdes qui ne lui permettent qu'un vol si restreint.—
Mais en revanche ses pattes sont fortes, et ses ongles courts
et solides sont faits pour gratter la terre. —Bien plus terrestres encore sont les autruches, les plus grands des oiseaux.
— Leurs ailes, tout à fait impropres au vol, s'ouvrent
au vent comme des voiles et ne servent ainsi qu'à accélé-
rer la course de ces animaux ; ou bien encore ils s'en servent comme de bras vigoureux pour se défendre. —Les autruches offrent de curieux détails d'organisation ; leurs tête
est chauve et leur long cou, ainsi que leur poitrine, n'ont
pas de plumes, mais seulement un poil rare. Elles ont des
cils aux yeux et leurs os sont pleins, comme chez les quadrupèdes. Autre analogie avec ces derniers, seules avec les
nandous, parmi les oiseaux, les autruches ont la faculté
d'uriner, grâce à une espèce de réservoir qui leur tient lieu
de vessie. Leurs pieds, à deux doigts seulement, se rapprochent du pied fourchu des ruminants.

Les formes générales de l'autruche lui donnent une physionomie d'une analogie frappante avec celle de son compatriote quadrupède, le chameau : aussi les indigènes l'appel-
lent-ils l'oiseau-chameau.

Le casoar des îles malaises, moins grand que l'autruche,
lui ressemble sous beaucoup de rapports, et n'a que des
plumes sans barbes et tombantes, semblables à de gros
crins. Enfin un oiseau de la Nouvelle-Zélande, l'apterix, est
encore plus privé d'ailes et de véritables plumes : c'est une
sorte d'oiseau taupe ; il se cache pendant le jour dans des
trous, sous les racines des arbres, et cherche sa nourriture
pendant la nuit.

C'est ainsi que le genre oiseau, qui se perd dans les nues

avec le condor et les aigles, d'une part, plonge au sein des
eaux avec le pingouin et le manchot, et, d'autre part, s'attache étroitement à la terre par l'autruche et l'aptérix.

L'os fourchu que les oiseaux ont en avant de la poitrine
est destiné à doubler et renforcer les clavicules sur lesquelles s'implantent les ailes; et le jeu de celles-ci exigeant
des muscles vigoureux, c'est pour les attacher solidement
que la nature a pourvu le sternum des oiseaux de cette
arête saillante que vous avez certainement remarquée.

Le bec des oiseaux représente un râtelier allongé et réduit
à deux pièces, comme on peut se l'imaginer, par là soudure d'une part des dents inférieures, d'autre part des dents
supérieures. La bouche des tortues, où les dents manquent
et sont remplacées par une saillie cornée, nous a déjà pré-
senté une sorte d'acheminement vers le bec.

Le bec se présente sous des formes très-variés, qui
cependant se rattachent toutes à quelques types principaux,
naturellement en rapport avec le genre de nourriture des
oiseaux. Les mangeurs de grain ont le bec épais et court;
les mangeurs d'insectes, de mollusques, de reptiles et de
poissons l'ont plus ou moins effilé et allongé pour pêcher
dans l'eau, fouiller dans les terres humides ou explorer
les cavités; les mangeurs de chair l'ont fort et crochu; les
mangeurs d'herbe l'ont plat et large.

Chez les perroquets grimpeurs, le bec, en forme de
croc, est un auxiliaire puissant de la patte, qui elle-même
a des allures de main fort remarquables. —Le bec d'ailleurs, chez la plupart des oiseaux, résume comme la main
des attributions multiples : c'est une pince pour saisir, une
arme pour attaquer ou se défendre, un instrument de toi-

lette pour peigner et lustrer le plumage, et en même temps le plus ingénieux des outils pour la construction des nids.

XXI

Les oiseaux résument en eux le plus haut degré de perfectionnement organique compatible avec l'oviparité, c'est-à-dire la reproduction par œuf : aussi les animaux supérieurs nommés mammifères, porteurs de mamelles, nous indiquent tout d'abord par là qu'ils diffèrent essentiellement des oiseaux sous le rapport de la reproduction. — L'existence de la mamelle, organe nouveau, s'associe en effet à un mode de naissance spécial qui constitue ce qu'on appelle la viviparité ou production d'un petit vivant.

Rendons-nous bien compte de la différence.

Un œuf est, au fond, simplement un germe qui se détache de la mère ; — et c'est en considération de cet isolement précoce d'un être si jeune que la nature lui a imaginé ce domicile protecteur composé d'enveloppes plus ou moins solides. — En même temps, mère prévoyante, elle a pris soin que l'œuf contînt, à côté du germe, les approvisionnements, — le blanc et le jaune, — nécessaires à son alimentation, en attendant qu'il devînt un être parfait et fût en état de quitter son berceau.

Le trait caractéristique de l'œuf est la vie indépendante du petit qui s'y développe, et cette indépendance existe même dans le cas où l'œuf, n'étant pas pondu, reste dans le sein de la mère, y subit l'incubation et y éclot. — Dans ce cas, le petit, sortant de l'œuf d'abord, puis du sein de la mère, semble avoir été produit vivant par celle-ci; mais, comme vous le comprenez, c'est une simple apparence; — il est en réalité issu d'un œuf. — Parmi les animaux qui présentent cette particularité, je vous citerai les requins, les blemies, habitants des eaux, les cloportes, les scorpions, quelques insectes, la vipère, l'orvet, la salamandre, divers lézards, etc.

Ce n'est pas à dire cependant que tout vestige d'œuf disparaisse chez les mammifères; car chez eux le germe est encore enveloppé dans une sorte de sac analogue à l'enveloppe molle qu'ont certains œufs de poule sans coquille. — Mais dans cette espèce d'œuf mou des mammifères, le germe étant dépourvu des approvisionnements qui existent dans l'œuf véritable, une communication est nécessaire entre lui et la mère pour que celle-ci puisse fournir la substance dont le petit a besoin pour se développer.

Et effectivement, non-seulement le germe ne quitte pas le sein de la mère, mais il est rattaché à celle-ci, à travers les tissus de l'œuf mou, par un ensemble de vaisseaux qui constituent un organe intermédiaire nommé placenta.

Le placenta, trait d'union entre la mère et le petit, est le fait fondamental qui distingue la viviparité de l'oviparité.

C'est là une différence si nette, si tranchée, que, pour qui connaît les habitudes de la nature et le soin qu'elle met à ménager les transitions, il n'est pas douteux qu'entre ces deux modes de reproduction, il n'existe un mode intermédiaire, participant des deux.

Ce mode existe en effet ; la transition qu'il représente s'effectue en deux espèces connues d'animaux, qui se distinguent encore par divers détails curieux de leur organisation. Ce sont les monotrêmes et les marsupiaux.

Les monotrêmes sont des quadrupèdes qu'on ne rencontre que dans une seule contrée, la Nouvelle-Hollande ; ils comprennent l'échidné et l'ornithorinque, l'un et l'autre revêtus d'une fourrure épaisse, entremêlée de gros piquants chez l'échidné.

Mais ce qu'il y a de particulièrement remarquable chez eux, ce sont certains détails qui n'ont leurs analogues que chez les oiseaux. Ils n'ont, par exemple, qu'une même ouverture pour le tube intestinal et l'appareil de la génération. C'est de là que vient leur nom de monotrême, composé de deux mots grecs signifiant *une seule ouverture*. — Comme les oiseaux, ils ont en avant de la poitrine l'os en angle nommé fourchette ; — leur oreille n'a pas de cornet extérieur ; les mâles, en outre de leurs cinq ongles, ont un ergot aux pattes de derrière. — Enfin ces animaux ont le muséau en forme de bec, allongé chez l'échidné, large et plat chez l'ornithorinque et parfaitement semblable au bec du canard. — Le premier n'a que des épines au palais en guise de dents ; le second n'a que deux dents au fond de son espèce de bec.

Voilà sans doute des animaux curieux, puisque, malgré leurs quatre pattes, ils se montrent si clairement parents des oiseaux ; mais l'analogie ne se bornerait pas là, s'il faut en croire les indigènes du pays. — Ils assurent que les monotrêmes pondent. — Le fait ne paraît pas avoir été vérifié ; mais en présence des étrangetés d'organisation dont ces animaux nous donnent le spectacle, on ne saurait le nier formellement. — Ce qu'il y a de certain c'est qu'ils ont des mamelles ; et si avec cela ils pondent, ils nous offrent la singulière confusion en un seul individu des circonstances spéciales qui caractérisent deux classes d'êtres bien distincts, — Ainsi se marquerait déjà la transition des oiseaux aux mammifères ; quoi qu'il en soit, nous la constaterons avec beaucoup plus de certitude dans le mode de reproduction des marsupiaux, qui est aussi bien connu que celui des monotrêmes l'est peu.

Mais avant de quitter ces derniers, disons que l'échidné est terrestre, se nourrit de fourmis et a des ongles très-forts pour fouir le sol, tandis que l'ornithorinque a des pattes palmées en rapport avec son bec de canard et qui indiquent des mœurs aquatiques ; il habite en effet les bords des rivières et des marais.

Il faut maintenant, Valentin, que je vous signale un détail de la structure des monotrêmes dont je ne vous ai pas encore parlé. Ce sont deux os qui, placés de chaque côté du bassin, se réunissent en forme de V vers l'entrejambe de derrière. Ces os, dont l'utilité n'apparaît pas chez les monotrêmes, ne semblent exister en eux en quelque sorte que pour établir leur parenté avec les marsupiaux, lesquels les possèdent aussi, à l'exclusion de tous les autres animaux. — Mais chez eux la destination de ces os est bien indiquée ; ils sont les points d'attache d'une double peau formant sous le ventre une poche ouverte qui couvre les mamelles.

Cette poche, d'où ces animaux tirent leur nom (1), reçoit

---

(1) Le mot latin *marsupium* signifie *poche*.

les petits quand ils sortent du sein de la mère; mais ils en sortent de très-bonne heure, chétifs et informes encore, dans l'état rudimentaire d'un fœtus au commencement de la grossesse. — En passant dans la poche chacun d'eux s'attache, se soude en quelque sorte à un mamelon, qu'il ne quitte plus jusqu'à ce qu'il soit complétement formé.

Le fœtus, abandonnant le sein de la mère auquel ne le liait aucun placenta, n'est presque qu'un germe isolé comme celui de l'œuf, sauf un peu plus de développement; — et son passage dans la poche est l'analogue d'une ponte. — D'autre part, le séjour de ce rudiment d'animal dans la poche, dépendance du sein maternel, et son adhésion intime et continue au mamelon, représentent une espèce de gestation où la mamelle tient lieu de placenta. — Enfin, tout en étant une période d'allaitement, le temps que passe le fœtus dans la poche n'est pas sans analogie avec une incubation (1).

La transition des ovipares aux vivipares est ainsi indiquée, et ce qui caractérise les animaux par lesquels elle s'effectue, ce sont les mamelles, coïncidant avec l'absence de placenta. Ajoutons qu'il y a encore, dans la tête des marsupiaux, un détail de la cervelle qui se retrouve exactement le même chez les oiseaux, dont il rappelle encore la parenté de plus en plus lointaine.

Les marsupiaux, alliés des monotrêmes, abondent dans la patrie de ceux-ci, la Nouvelle-Hollande ; mais ils sont

---

(1) Les marsupiaux sont aussi appelés didelphiens, ce qui signifie porteurs d'une double matrice. Ils ont en effet deux matrices, l'une qui pond, l'autre qui porte, et cette dernière c'est la poche.

encore répandus dans la Malaisie et dans les deux Amériques. — Leurs diverses familles présentent de grandes différences de taille, de forme et de mœurs. — Il y a un phalanger petit comme une souris, et le kanguroo de l'Australie atteint près d'un mètre et demi, sans compter sa queue, qui a plus d'un mètre de longueur.

Les marsupiaux forment une série parallèle à celle des autres mammifères ; ainsi, les uns sont carnivores, comme le loup, et ont de longues canines aux deux mâchoires; d'autres sont mangeurs d'insectes, de fruits, de racines ou d'herbe, ce qui se traduit chez chaque famille par des traits particuliers dans la mâchoire et le canal intestinal. — Il y en a d'aquatiques et qui ont les pieds palmés; d'autres habitent des terriers, qu'ils se creusent avec leurs pattes pourvues d'ongles vigoureux. — Il en est dont les pattes de derrière, disproportionnellement longues par rapport à celles de devant, ne leur permettent guère de marcher que par bonds successifs, ce qui les a fait appeler *sauteurs*.

Le kanguroo, qui a une organisation de ce genre, fait, quand il est poursuivi, des sauts de neuf mètres d'étendue et de plus de deux mètres de hauteur. — D'autres, les sarigues par exemple, sont grimpeurs, ont les pieds postérieurs en forme de main et la queue prenante, c'est-à-dire qui s'enroule aux branches. Certains phalangers sont même pourvus sur les flancs d'une membrane velue et frangée qui, en s'étendant, forme parachute et permet à l'animal de s'élancer d'un arbre à l'autre.

XXII

La mamelle, vous ai-je dit, Valentin, représente, chez les marsupiaux, une sorte de placenta, et l'analogie est d'autant plus réelle que, pendant tout le temps que le petit y reste attaché, ce n'est pas par succion qu'il y puise sa nourriture ; — ce n'est pas une simple action mécanique de la bouche qui fait jaillir le lait. — Les vaisseaux lactés de la mère, soudés au canal intestinal du petit, y déversent un courant constant de liquide, jusqu'à ce que le petit, parvenu à un degré de développement suffisant, se sépare de la mamelle, à laquelle néanmoins il revient encore pendant quelque temps ; mais alors simplement pour y teter à la façon de tous les autres jeunes animaux.

Un même organe remplit donc bien réellement, chez les marsupiaux, le double rôle de placenta et de mamelle ; — c'est ce qui constitue leur distinction fondamentale d'avec tous les autres porteurs de mamelles, chez lesquels il y a deux organes bien séparés : — le placenta servant au développement du fœtus avant sa naissance, la mamelle servant à son allaitement après la naissance. — Aussi appelle-t-on ces animaux en masse mammifères placentaires.

Les mammifères placentaires ont encore leurs premiers représentants dans l'eau, où ils forment l'ordre des cétacés. Ces animaux sont très-remarquables, autant par leur taille, qui atteint des proportions énormes, que par leur organisation.

Avec la forme générale du poisson, ils ne sont pas poissons, car ils ont un cœur double, comme l'homme lui-
même, le sang chaud, — des poumons pareils à ceux du
cheval ou du bœuf; — ils mettent au jour des petits vivants et les nourrissent de leur lait, qui ressemble beaucoup
au lait de vache. — Aspirant l'air gazeux comme nous, ils ne
peuvent demeurer longtemps sous l'eau; mais ils y restent
cependant plus que nous ne le pourrions nous-mêmes,
grâce à un réservoir spécial de sang oxygène qui est
en eux.

Les baleines et les cachalots sont les plus grands non-
seulement des cétacés, mais encore de tous les mammifères.
— Ils atteignent jusqu'à vingt-cinq mètres de longueur. La
baleine n'a pas de dents, mais sa mâchoire supérieure est
garnie de lames minces et cornées appelées fanons et qui
ne sont autre, que la matière solide et flexible dont on fait
usage sous le nom de baleine. Le cachalot n'a pas de fanons, mais a des dents à sa mâchoire inférieure. Les dau-
phins et les marsouins, qui n'atteignent que de trois à six
mètres, selon les espèces, ont des dents coniques et sont
très-carnassiers. — Les lamentins, mangeurs d'herbe, ont
par conséquent des dents à couronne plate. — Ces derniers animaux, qui se tiennent quelquefois verticalement,
la moitié antérieure du corps hors de l'eau, présentent alors
avec leur tête ronde, leurs yeux à fleur de tête et leurs
grosses mamelles pectorales, la grossière apparence d'un
buste de femme, ce qui a donné lieu à la fable des sirènes.
— Dans cette attitude, les femelles se servent de leurs
nageoires pour maintenir leur petit contre leur sein pendant qu'il tète. — Le dudong, espèce particulière de la-

mentin,a de grosses lèvres hérissées de moustaches et soulevées par de fortes défenses pointues.

La nageoire, qui se transforme en pied chez les batraciens, au bas de la série des reptiles, en aile chez le manchot, au bas de la série des oiseaux, prend des allures
de main chez les cétacés, dès le commencement de la
série des mammifères. — Les cétacés n'ont en effet que
deux nageoires antérieures, qui offrent ceci de remarquable, qu'elles sont les extrémités de deux véritables bras.
— Ces bras, emprisonnés dans la masse du corps, ne sont
pas visibles; mais ils sont composés des mêmes os que le
bras de l'homme et pareillement disposés, se rattachant
par une omoplate à la colonne vertébrale.

Les cétacés vivent constamment dans l'eau ; à côté d'eux
se placent des animaux un peu moins aquatiques et qui
se tiennent ordinairement sur les rivages; ce sont les gros
amphibies marins, les phoques, les morses. Leurs bras,
encore terminés en nageoire, sont un peu plus dégagés du
corps, et des espèces de pieds se montrent à l'extrémité
inférieure, représentant chez ces animaux une sorte de
subdivision de la nageoire caudale des cétacés. Ces pieds
sont en effet beaucoup plus propres à la nage qu'à la
marche; aussi les phoques, qui, sur la terre, se traînent
lourdement, sont fort agiles dans l'eau. — Leur corps
velu, leur tête arrondie, leur face aplatie, leurs oreilles
courtes, leurs épaules mieux dessinées, donnent un ensemble de physionomie qui, sauf les membres, annonce les
formes terrestres même avancées. On dirait un grand singe
emmailloté.

Il ne reste qu'à développer les pattes pour arriver à la

forme générale quadrupède si largement répandue sur les terres.

L'hippopotame, pourvu de membres courts et trapus qui disparaissent presque dans l'énormité de sa masse informe, se traîne encore péniblement sur la terre; mais il se meut avec aisance dans l'eau, soit qu'il nage à la surface, où il dort même fréquemment, soit qu'il marche sur le fond du lit des fleuves.

Le rhinocéros et l'éléphant, qui aiment les lieux humides, ont encore les formes lourdes, et ensuite, de proche en proche, on arrive aux formes ordinaires des quadrupèdes, lesquelles se font d'autant plus sveltes et nettes que l'animal habite un milieu plus sec. Les animaux les plus harmonieusement découpés sont en effet originaires des contrées chaudes et sèches; témoin, la gazelle, le cheval arabe. L'épaisseur des formes dérive généralement de l'humidité; la sécheresse provoque les formes nerveuses et élancées. C'est une observation facile à faire par la comparaison des bestiaux élevés dans les prairies basses et humides avec ceux nourris sur les collines pierreuses, sur les terrains calcaires. Les uns sont lourds et trapus, les autres sont minces et pourvus de membres grêles. — Voyez la lourdeur des bœufs, hôtes des plaines arrosées, et la sveltesse des chèvres, hôtes des contrées escarpées. — Il en est de même pour les animaux sauvages; — à côté de l'hippopotame, du rhinocéros, de l'éléphant, voyez le lion, le tigre, le jaguar, le chacal, le loup, la girafe, le cerf, etc.

XXIII

Le genre de nourriture et les mœurs des diverses espèces d'animaux correspondent encore à certains détails de leur organisation. La nature et la disposition des dents, par exemple, varient selon que l'individu est carnassier, insectivore, rongeur, herbivore.

Chaque genre de dents se rapporte plus spécialement à une manière de se nourrir ; les canines aiguës, faites pour déchirer, sont distinctives des carnassiers ; les incisives tranchantes caractérisent les rongeurs ; tandis que les molaires plates sont les dents plus spécialement nécessaires aux mangeurs d'herbe.

Parmi ces derniers, il en est qui mâchent deux fois leurs aliments ; tels sont le mouton, le bœuf. Leur estomac est divisé en quatre poches, dans l'une desquelles s'accumulent les aliments incomplétement broyés ; — de là ils remontent dans la bouche pour y subir une seconde trituration, après quoi ils sont définitivement avalés. C'est cette opération qui a valu leur nom aux ruminants. — Parmi eux, le chameau, voyageur des contrées sèches et arides, a en lui, joint à sa panse, un réservoir d'eau ; tandis que sa bosse, remplie aux jours d'abondance, lui est un magasin de substance nutritive aux jours de disette. Le bison de l'Amérique du nord est également pourvu d'une bosse qui joue un rôle semblable.

Les animaux les mieux organisés ont simultanément les

trois espèces de dents aux deux mâchoires; d'autres ont les deux mâchoires inégalement garnies et n'ont que deux espèces de dents ou même une seule, selon le genre de leur alimentation; il en est même qui n'en ont pas du tout, et qu'à cause de cela on appelle *édentés:* tels sont le fourmilier et le pangolin qui se nourrissent de fourmis, lesquelles s'attachent à leur longue langue gluante. — Ces animaux incomplets sont les plus bas classés dans l'échelle des quadrupèdes et vivent cachés dans des terriers.

Les défenses de certains animaux sont de véritables dents de dimensions exagérées : chez l'éléphant ce sont des incisives; chez le dudong, l'hippopotame, le morse, le sanglier, ce sont des canines.

Un rapprochement assez curieux à faire, c'est que les ruminants, qui ont le devant de la mâchoire supérieure privé de dents, ont le front plus ou moins cornu : tels sont la girafe, le cerf, l'antilope, le chamois, la chèvre, le mouton, le bœuf, le bison, le buffle; comme si l'expansion détournée de la gencive se portait au crâne; comme si la nature avait établi une sorte de compensation en armant le front en proportion du désarmement de la mâchoire.

Les cornes ont l'air de canines frontales. — Et cela est si vrai, que le chameau, le lama, qui ont des canines et même deux incisives à la mâchoire supérieure, et le chevrotain à musc, qui a des canines, n'ont pas de cornes.

XXIV

Le pied n'est pas moins que les dents en rapport avec la manière de vivre de l'animal et le milieu qu'il habite. — La solidarité la plus complète existe toujours entre les divers détails des créations de la nature.

Le pied des mangeurs d'herbe, qui n'a pas de proie à saisir, est généralement pourvu d'un sabot soit d'une seule pièce, soit fourchu. Cette disposition est d'ailleurs en harmonie avec la nature des sols qu'ils sont plus spécialement appelés à fouler : — ceux qui doivent fouiller la terre ont des ongles solides et aigus. — Tels sont aussi les ongles des carnassiers, pour qui ce sont des armes souvent terribles. Leur mission meurtrière et leur caractère lacérateur sont bien indiqués par la faculté qu'ils ont, chez les animaux du genre chat, de se retirer pendant l'inaction dans une sorte de gaîne que forme un repli de la peau. La pointe des ongles est ainsi à l'abri du frottement qui les émousserait, et conserve toute l'acuité en rapport avec sa fonction sanguinaire. Le genre chat renferme en effet tous les carnassiers par excellence, lion, tigre, léopard, chacal, etc.

Le pied des carnassiers atteste d'ailleurs, comme les autres détails de l'individu, une organisation perfectionnée, — par la séparation de plus en plus nette des doigts et par une disposition générale qui annonce celle du pied humain.

Le pied est le membre de relation avec la terre, tout

comme la nageoire et l'aile sont les membres de relation l'une avec l'eau, l'autre avec l'air. Sa mission spéciale, la locomotion, est purement matérielle, comme celle de la nageoire et de l'aile; — et, si la présence des griffes y adjoint quelques fonctions accessoires, telles que saisir et déchirer une proie, fouir le sol, grimper aux arbres, toutes ces fonctions ne répondent qu'à des nécessités physiques.

Ceci soit dit pour bien distinguer le pied de la main, dont nous aurons à remarquer tout à l'heure la haute destinée.

Néanmoins, la main n'est au fond qu'un dérivé du pied par l'allongement des phalanges, l'indépendance relative des doigts, et particulièrement par la faculté qu'acquiert le pouce de s'opposer aux autres doigts, formant ainsi avec eux une sorte de pince qui étreint les objets. — Quand l'écureuil grignote un fruit, il le tient entre ses deux pattes de devant; si ces pattes étaient des mains, une seule suffirait. La main est un membre qui en résume deux, et c'est ainsi que, tout en ayant son origine dans le pied, elle a cependant son organisation propre.

Dans son horreur des innovations brutales, la nature, avant de produire un organe, l'indique toujours d'abord, plus ou moins confusément, dans les modifications d'un organe déjà existant; puis le dessine plus nettement, mais souvent en d'incohérentes proportions, en de bizarres ou de monstrueux développements. — Elle semble, par une série de tâtonnements étudiés embrassant les plus discordantes exagérations, vouloir épuiser tous les modes possibles d'utilisation de sa création, avant d'amener sa forme au plus haut degré d'harmonie; son emploi à la plus haute expression d'utilité.

C'est ainsi que l'emploi de la main, indiqué dans les pinces des invertébrés, se localise déjà mieux et se manifeste en des formes plus appropriées dans la patte des oiseaux grimpeurs. — Parmi les marsupiaux, plusieurs ont les pieds de derrière en forme de main, avec le pouce sans ongle très-écarté des autres doigts et parfaitement opposable; mais ce pied ne leur sert qu'à grimper sur les arbres, où ils vivent et nichent même.

Parmi les mammifères non marsupiaux, la main s'annonce encore dans les degrés élevés de plusieurs ordres. — Le cheiromys, qu'on ne rencontre qu'à Madagascar, est un rongeur très-remarquable par ses pieds, où les doigts bien détachés les uns des autres, grêles et très-allongés, ont des allures de pattes d'araignée. Ceux des pieds de devant lui servent à sonder les creux où se cachent les insectes dont il se nourrit; mais le pouce n'est opposable que dans les pieds postérieurs.

L'étude de la main conduit promptement dans les degrés supérieurs de l'animalité, et nous montre cet organe sous le plus étrange aspect dans les chauves-souris et toutes les espèces du même genre, — roussettes, vampires, etc.— La main se signale en effet chez les animaux par une exagération de développement et une singularité de forme que vous connaissez bien. — Les quatre doigts s'allongent en nervures grêles reliées par une membrane noire, et le pouce écourté reste isolé en forme de crochet. — La main qui, chez certains marsupiaux et le cheiromys, est pied, — se fait aile chez la chauve-souris, et elle est aussi grande que le corps entier de l'animal. — Aussi ce n'est plus au membre postérieur qu'elle se montre, c'est au membre antérieur, sa véritable place.

A travers les excentricités les plus étranges, la nature
fait toujours une part au progrès; en même temps que
dans toutes les formes nouvelles elle n'oublie jamais d'indiquer par quelque détail la parenté avec les formes antérieures et d'annoncer les formes futures. — Le système
nerveux des chauves-souris, leurs dents, rappellent les
insectivores et les rongeurs, tandis que leur sternum, muni
d'une crête saillante, rappelle celui des oiseaux. En même
temps les mamelles, placées non plus sous le ventre, mais
sur la poitrine, et la conformation des organes de la
génération annoncent l'ordre supérieur des singes.

Nouvelle singularité chez ceux-ci. — Après avoir placé
la main aux pattes de derrière du sarigue et du cheiromys,
et l'avoir développée en aile aux membres de devant des
chauves-souris, la nature la met aux quatre membres des
singes. Ici la nature semble dépasser le but à dessein,
exagérer volontairement sa faveur, comme pour montrer
que l'excès même d'une chose utile aboutit nécessairement à une imperfection correspondante; car le singe,
excellent grimpeur, marche mal. — Les mains sont bonnes
sans doute ; mais les pieds sont nécessaires aussi. — Cependant si la main pèche par abondance dans le singe, elle se
perfectionne singulièrement comme organe, surtout dans
les espèces supérieures.

Les singes inférieurs qu'on appelle lémuriens ont bien
quatre mains, mais la paire de derrière présente un détail
remarquable. Le doigt indicateur y est terminé par une
phalange mince, armée d'une griffe relevée. Voilà un doigt
qui est un souvenir de la patte du carnassier. D'ailleurs, les
lémuriens sont encore voisins des carnassiers par leur

museau qui n'est pas celui du singe, mais celui du renard.

— Il y a à Madagascar un lémurien que les indigènes dressent à la chasse comme un chien.

Au-dessus des lémuriens, dans les diverses espèces des vrais singes, le progrès de l'organisation se marque de plus en plus et a son degré le plus avancé chez le chimpanzé et l'orang, les plus proches voisins de l'homme. Ces deux singes n'ont pas de queue ; leur face, remarquablement aplatie, n'est pas velue ; leurs oreilles, quoique grandes, ont la forme des oreilles humaines.

Le chimpanzé atteint la taille d'un mètre soixante centimètres ; ses bras ne sont pas trop longs ; ses mains sont régulières et, comme les nôtres, pourvues d'ongles plats ; — il a des mollets, et on constate chez lui que les mains de derrière, assez dissemblables de celles de devant, ont une certaine tournure de pied ; aussi se tient-il debout mieux que les autres singes ; il marche volontiers en s'appuyant sur un bâton, comme fait un vieillard.

Ainsi, dans le singe, la main, quoique servant encore de pied, tend à s'en distinguer de plus en plus ; elle montre déjà une certaine répugnance à en faire l'office. On la voit se livrer à de certaines fonctions nouvelles, cueillir le fruit, l'éplucher, faire usage de certains objets d'une façon qui a beaucoup d'analogie avec les allures de l'homme. — L'organe est très-visiblement perfectionné ; mais toutes ses aptitudes n'ont encore, dans l'état sauvage, que des tendances matérielles, peu variées, en rapport avec les simples instincts naturels. — Cependant l'éducation dont le singe est si éminemment susceptible se traduit chez lui par un remarquable développement de son adresse manuelle :

Il y a chez le singe un esprit d'imitation très-caractérisé, — et que l'on retrouve encore à un haut degré chez l'homme enfant.

XXV

Vous l'ai-je dit?—Non : tous les singes, même les lémuriens, ont, comme l'homme, les mamelles sur la poitrine.

Au début de la série des mammifères, nous avons vu les mamelles pectorales, chez le lamentin ; — sorte d'indication lointaine de la place destinée à cet organe dans le type animal le plus parfait. — Mais, dans les espèces suivantes, la nature dispose autrement les mamelles, et d'une manière mieux en rapport avec la conformation spéciale de chaque animal ; — car l'œuvre de la nature est par-dessus tout une œuvre d'harmonie. — Elle a en vue un but absolu, l'homme, mais elle n'a rien d'absolu quant aux voies et moyens, — abandonnant au besoin, dans l'intérêt général, un progrès de détail, — sauf à le ressaisir plus tard ; — s'accommodant aisément de tel détour, de tel déplacement momentanément nécessaire, mais sans jamais perdre de vue l'intention finale, dont le souvenir perce çà et là, même au sein des écarts.

Un retard n'est rien pour la nature, à qui Dieu dispense les siècles sans les compter ; aussi elle ne brusque rien, reflétant dans ses procédés l'esprit divin, source de patience, de mansuétude et d'harmonie.

Les mamelles pectorales semblent en effet oubliées au-dessus du lamentin. La plupart des nombreuses familles d'animaux qui suivent ont les mamelles soit sous le ventre comme la chienne et la chatte, soit aux aines comme la jument, l'ânesse et les ruminants. Il n'y en a .que bien peu, — l'éléphant par exemple, — qui les aient sur la poitrine ; et enfin il faut remonter aux plus hauts degrés de l'animalité, chez les chauves-souris, les lémuriens, les singes, pour les voir occuper définitivement leur place finale.

La mamelle est constituée spécialement par une glande dite mammaire dans laquelle se secrète le lait, — lequel est conduit au mamelon par de petits canaux qui s'épanouissent à sa surface. — Cette glande, chez la femme, est entourée d'une masse d'un tissu graisseux qui s'arrondit en globe et fait saillir si harmonieusement sa poitrine.

Remarquons, à ce propos, que, dans nul être autant que dans la femme, la nature ne semble se préoccuper du charme de la forme. — Elle la pétrit de chair et d'attrait. — C'est que la femme n'est pas seulement mère ; elle est encore le rayon qui illumine toute chose, qui éveille et développe en nous le sens du beau, par lequel nous marchons dans les voies du progrès moral.

Le tissu graisseux qui caractérise le sein de la femme manque chez les animaux dont les mamelles ne sont généralement bien apparentes que pendant l'allaitement des petits.

Le nombre des mamelles est ordinairement en rapport avec celui des petits ; la jument en a deux, la vache quatre, la chatte huit, la chienne dix, la truie douze, l'agouti quatorze.

La production du lait ne résulte pas seulement d'une grossesse. La simple succion du mamelon peut la déterminer, ainsi que cela a été constaté chez des femmes qui n'avaient jamais eu d'enfant. — Mieux encore : la glande mammaire existe chez les mâles et peut s'y montrer féconde, comme on l'a observé chez des boucs, des bœufs, des moutons et chez l'homme lui-même. — Un célèbre et savant voyageur (1) a vu, en Amérique, un homme allaiter son fils, — la mère étant malade. Pendant cinq mois, le lait du père pourvut exclusivement à l'alimentation de l'enfant ; — il était épais et très-sucré.

XXVI

Ainsi, Valentin, les principaux traits de la physionomie humaine s'annoncent peu à peu chez les animaux ; il n'y a pas jusqu'à cette absence de poil sur la face des singes supérieurs qui ne soit une circonstance digne d'attention.

Le poil, comme l'écaille et comme la plume, n'est qu'une manière d'être de la substance cornée. — Si l'écaille est plus spéciale à l'animalité aquatique et la plume à l'animalité aérienne, le poil est l'apanage général de l'animalité terrestre. Mais les lignes de démarcation entre l'emploi de chacun de ces trois vêtements ne sont pas plus tranchées que les formes animales elles-mêmes. Il y

(1) M. Alex. de Humboldt.

a un peu promiscuité des divers vêtements sur les limites des trois milieux, de même que sur les confins de plusieurs nations on trouve mélangés des costumes divers. Ainsi, dans le domaine des poissons, on peut voir le vêtement de plumes sur le dos des oiseaux aquatiques, ledit vêtement façonné en écailles sur les ailes du manchot ; — on peut voir le vêtement de fourrure sur le dos des ours marins, des phoques et des morses. — Par réciprocité, le vêtement d'écaille se promène en pleine terre sur le dos des reptiles et même sur celui de certains mammifères inférieurs, — le pangolin et le tatou par exemple, — deux édentés.

Le pangolin a tout le corps cuirassé d'écailles tranchantes qu'il hérisse en se pelotonnant quand il est attaqué, et ces écailles, formées de poils agglutinés, attestent bien l'identité de substance des deux vêtements. Chez le tatou, la cuirasse moins générale n'existe que sur la tête et sur le dos, s'associant au poil qui revêt les autres parties du corps. — Les piquants du hérisson et du porc-épic, qui ne sont que des faisceaux de poils, nous indiquent par quelle modification la plaque dure et cornée, en se subdivisant, se transforme d'abord en aiguilles rigides, — puis en filaments de plus en plus fins et souples dans les soies, les crins, les toisons, les fourrures.

L'autruche associe sur elle ce que la plume a de plus délicat dans les marabouts, et ce que le poil a de plus grossier dans les longs et rares poils qui hérissent son cou.

Le poil n'est bien réellement que de la substance écailleuse plus ou moins finement effilochée et appropriée aux besoins variés des diverses espèces terrestres. — Il est plus dru chez l'animal a peau mince, le mouton, la chèvre ; — plus rare chez l'animal a peau épaisse, le bœuf, le cheval ; — plus fourni l'hiver que l'été.

En présence des remarquables analogies que l'organisation du singe présente avec celle de l'homme, dont, au point de vue physique, il semble un lointain précurseur, on n'est pas surpris de voir s'annoncer en lui, par l'absence du poil au visage et sur quelques autres parties, la nudité presque complète du corps humain.

Quant à la couleur, on peut dire d'une manière générale que le pelage est plus foncé chez les animaux de la zone torride et tend à devenir plus clair, à blanchir même entièrement vers les pôles.

Il y a un singe, dit Tartarin, dont la face, la main et les oreilles couleur de chair annoncent la carnation de l'homme blanc.

La substance cornée qui revêt les animaux ne borne pas là son emploi ; — elle chausse tels et tels chez qui elle constitue un sabot simple ou divisé ; — à tels autres elle fournit leurs armes ; car c'est elle qui s'aiguise en griffes aux pattes du chat, comme à celles du tigre et des autres. — La solide corne que le rhinocéros porte sur le museau n'est faite que de poils agglutinés. Une enveloppe de même nature recouvre la partie osseuse des cornes des bœufs, des moutons, des antilopes.

XXVII

La vie rayonne ainsi dans toutes les directions, se répandant d'un milieu dans un autre par une transition de formes plus ou moins ménagée, et acquérant dans chaque milieu spécial, — eau, air, terre, — les développements particuliers qu'il comporte.

On peut dire que l'eau, l'air et la terre, quoique visiblement séparés, se pénètrent cependant d'une manière très-intime et s'engrènent réciproquement au sein de l'évolution universelle. — L'air et la terre sont pleins d'eau, comme l'eau et la terre sont pleins d'air, comme l'eau et l'air sont chargés de substances terreuses.

Il en est naturellement de même des formes animales propres à chaque milieu; elles dépassent les limites de leur milieu spécial, et réciproquement pénètrent plus ou moins loin dans les milieux voisins, moyennant des altérations plus ou moins profondes du type propre.

C'est ainsi que, — quoique oiseaux, — le manchot, le pingouin et d'autres sont des hôtes assidus de l'eau; c'est ainsi que la plupart des reptiles et beaucoup de mammifères ont des mœurs plus ou moins aquatiques. — Les animalités de l'air et de la terre empiètent donc sur le milieu liquide contigu, et, par de certaines dispositions, le poumon s'accommode de son immersion dans l'élément propre aux ouïes.

Mais si les formes aériennes et terrestres se trouvent

6.

jusqu'à un certain point aventurées dans l'eau; la forme spéciale à l'eau, celle du poisson, use-t-elle de réciprocité? la retrouve-t-on dans l'air et sur la terre? La branchie voyage-t-elle dans les domaines du poumon?

L'eau elle-même n'est pas pour les poissons une limite aussi exclusive et aussi infranchissable qu'on le pourrait croire, — Il y a en effet réciprocité d'envahissement, dans de moins larges proportions, c'est vrai, mais suffisantes pour attester une fois de plus le soin que met la nature à tout enchaîner en un réseau de relations multiples et réciproques. — Le poisson volant, avec ses deux longues nageoires développées en ailes, s'élance dans le domaine des oiseaux, ce qui lui a valu le nom d'hirondelle de mer. — D'autre part, l'anguille fait des promenades terrestres dans les prairies, quelquefois fort loin de son élément natif, en rampant à la manière des serpents. — Dans ce cas, elle tient fermé le trou excessivement petit qui conduit aux branchies, en y renfermant une provision d'eau suffisante pour ses besoins respiratoires pendant son excursion.

Une autre famille de poissons, nommés pharingiens, est pourvue au-dessus des ouïes d'un organe cellulaire où il conserve une certaine quantité d'eau, qui découle sur les branchies quand l'animal est à sec. — Aussi, grâce à cette conformation, les diverses espèces de pharingiens vivent longtemps hors de l'eau et se traînent en rampant sur le sol. — Les bateleurs indiens ont toujours de ces poissons pour l'amusement des curieux. — Il y en a même une espèce qui, prétendait-on, grimpait aux arbres du rivage; mais le fait n'est pas démontré.

C'est par des artifices d'organisation analogues que des animaux respirant l'air gazeux peuvent séjourner sous l'eau. — Le castor, par exemple, a la conque de l'oreille construite de manière à pouvoir s'abaisser pour boucher hermétiquement le canal auditif ; et comme ses dents lui servent pour son travail sous l'eau et que dès lors il faut qu'il ait la bouche ouverte, — sa langue courte est organisée pour former un tampon qui s'applique à l'ouverture de la gorge.

Un pareil échange de relations, une confusion analogue de mœurs existe entre les oiseaux et les quadrupèdes, sur les confins de leurs domaines réciproques, l'air et la terre. — Je vous ai parlé de l'oiseau-chameau, l'autruche, qui n'est qu'un coureur ; de l'aptérix, également impuissant au vol et qui se cache dans les trous. — L'animalité terrestre rend la pareille à l'air, au sein duquel elle envoie des espèces plus ou moins aventureuses ; — témoin le dragon-volant parmi les reptiles, et, parmi les marsupiaux, un phalanger-volant dont je vous ai parlé.

Les mammifères placentaires comprennent plusieurs espèces volantes ; — les palatouches, sortes d'écureuils qui sautent d'un arbre à l'autre, soutenus par une peau tendue entre leurs pattes de devant et celles de derrière ; — les chauves-souris, les roussettes, les vampires ; — le galéopithèque ou chat-volant des Philippines, qui a également une large membrane comprise entre les membres antérieurs et les membres postérieurs, et qui lui permet, dit-on, de voler l'espace d'une centaine de mètres.

Maintenant, remarquons que si aujourd'hui chaque milieu a son animalité propre, — c'est le milieu liquide qui a été le point de départ de la vie. — C'est sous l'influence de la souple et en même temps consistante fluidité de l'eau, si impressionnable au mouvement, que les premiers êtres vivants se sont produits.

Mais si l'eau a eu la mystérieuse mission d'élaborer les rudiments de la vie, l'air et la terre ont eu plus spécialement celle de lui donner par leurs influences combinées le degré de perfection qu'elle était appelée à acquérir.

Par suite, la logique nous entraîne à concevoir que l'organisme le plus avancé, l'homme, a dû avoir son berceau sur le point de la terre le plus anciennement affranchi de la submersion originaire. Les traditions religieuses qui placent ce berceau sur les hauts plateaux de l'Asie sont en ce point d'accord avec la géologie, qui indique cette partie du globe comme la première desséchée.

XXVIII

En suivant le perfectionnement de l'organisme, on arrive ainsi naturellement au seuil de la vie humaine.

Il faut signaler ici la modification capitale qu'éprouve le crâne, cette maîtresse vertèbre, — parallèlement aux progrès de l'organisation animale ; — son volume va croissant d'une manière très-notable, de même que le poids de la cervelle qu'il renferme.

La cervelle, par exemple, chez les poissons, ne pèse pas même la cinq millième partie du poids du corps; — elle en pèse la treize centième partie chez les reptiles, la deux cent douzième chez les oiseaux et la cent quatre-vingt-sixième chez la généralité des mammifères, sauf l'homme ; car la cervelle, chez ce dernier, pèse la trente-sixième partie du poids de son corps.

On peut donc dire très-exactement d'une manière générale que plus la cervelle est volumineuse, plus l'organisation est parfaite et l'intelligence développée.

L'homme, en tant qu'animal, présente déjà dans sa constitution physique des circonstances spéciales qui en font un être à part; — ce sont notamment : l'agrandissement du crâne, qui, projeté en avant, redresse, développe et domine la face en déprimant la mâchoire, organe de la matière, si proéminent chez les bêtes; — la stature verticale, fondée sur l'aplatissement du pied et l'accentuation du talon; — la forme de la main, si bien faite pour saisir et palper; — la nudité du corps; enfin une harmonie de forme, une délicatesse de contours et de surface, une expression de physionomie qui laissent loin en arrière tout ce que l'animalité offre de plus parfait en ce genre.

Le plus haut degré de perfection de la forme n'est cependant pas l'apanage de l'humanité tout entière. Le type homme comprend, vous le savez, diverses races. La couleur de la peau, la conformation du crâne et de la face, l'aspect de la chevelure varient et constituent par leurs différences les traits caractéristiques de chaque race. — Mais on ne saurait dire qu'il y ait entre chacune d'elles une démarcation précise, car elles se fondent les unes dans les autres par des nuances insensibles. Les traits caractéristiques s'associent et se confondent de cent façons dans les degrés intermédiaires.

Ainsi la couleur humaine varie du noir sombre au blanc en passant par le noir brun, le bronzé, le rouge et le jaune et une infinité de nuances mixtes. — En thèse générale, les traits se régularisent et se rapprochent du type de la beauté humaine proportionnellement à l'éclaircissement de la peau. — Cependant les croisements de race et les influences des climats et des mœurs occasionnent de nombreuses exceptions qui tantôt produisent la beauté sous une couleur sombre, tantôt associent la dégradation physique à une couleur claire.

Mais on peut dire d'une manière certaine que ce sont les noirs, couleur suie, indigènes de l'Australie dont l'organisation physique présente la détérioration la plus grande du type humain. Leur corps trapu porte des membres disproportionnellement longs et grêles ; leur front est déprimé et fuyant, et leurs mâchoires proéminentes ont des dents inclinées.

D'autre part, l'expression la plus correcte, la plus pure de l'humanité se trouve dans la race blanche, dite caucasique, parce que les monts Caucase paraissent avoir été son centre de rayonnement.

Quoi qu'il en soit, australien et caucasien, compris tous les degrés intermédiaires, constituent le genre homme.

L'homme est le plus magnifique produit de la vie, — le couronnement connu de cette œuvre longue et laborieuse que nous avons vue débuter par un peu de matière muqueuse déposée par les eaux sur une pierre submergée.

Mais à côté de ce perfectionnement de la forme qui

montre dans l'homme l'objet d'une tendresse toute pro-
digue de la nature, on remarque une sorte d'oubli, une
apparente insouciance de cette mère commune vis-à-vis
de cet enfant prédilectionné.

Les autres animaux, en effet, sont pourvus d'emblée de
tout ce qui leur est nécessaire. Ils portent un vêtement
approprié aux climats et aux saisons, et qui se renouvelle
de lui-même ; ils trouvent dans les champs leur nourriture
toute prête ; les abris naturels leur suffisent ; — de plus, la
nature a mis dans leur mâchoire, à leur front, à leurs pattes
ou ailleurs les instruments de leurs industries, et des
moyens d'attaque ou de défense.

L'homme vient au monde nu et frileux, il a donc besoin
de vêtements ; — il faut qu'il tire du sein de la terre les
éléments de sa nourriture et qu'il leur fasse subir diverses
préparations ; — il est obligé de s'édifier des maisons ; —
il a enfin besoin d'une foule de choses inutiles aux animaux ; de plus il est faible et sans défense.

Ainsi les perfections de forme que la nature lui a données
semblent une sorte de superflu, payé bien cher par l'absence du nécessaire ; — ses générosités sont une déri-
sion... Non. — Vous savez bien, Valentin, que cela n'est
pas ainsi, et que cette beauté de la forme, loin d'être une
superfluité, est le sanctuaire nécessaire dont Dieu préparait
l'édification pour y placer un rayon de lui-même, l'intelligence.

XXIX

L'intelligence. — Voilà une chose nouvelle qui apparaît dans la création, et qui, à l'encontre de toutes les autres, — bien qu'associée à la matière, — ne représente à notre esprit rien de matériel. — La matière, ayant atteint dans l'homme sa plus éminente combinaison, y sert de base à une nouvelle série de phénomènes d'un ordre tout différent, dont l'intelligence humaine paraît être le premier degré et dont les autres degrés, affranchis du contact de la matière, disparaissent à nos regards dans les insondables profondeurs d'outre-tombe.

Mais l'intelligence apparaît-elle brutalement dans l'homme, sans que rien l'ait fait pressentir au sein des transformations antérieures de la matière? — Ce serait contraire aux procédés habituels de la nature. L'intelligence n'est, en effet, pas étrangère aux animaux; nous la voyons, à n'en pas douter, se manifester dans certains de leurs actes. — Ce qui la caractérise chez eux, indépendamment de sa portée restreinte, c'est qu'elle s'ignore elle-même; — tandis que chez l'homme, non-seulement elle embrasse toute chose en des limites indéfinies, mais encore elle a conscience d'elle-même, se considère, s'étudie; — connaît et apprécie ses propres facultés.

L'intelligence des animaux, bien distincte en cela de celle de l'homme, n'est pas moins distincte de ce que nous appelons instinct.

L'instinct est la propriété qu'ont les animaux d'accomplir certains actes souvent compliqués, par le fait d'une impulsion spéciale de leur organisme, et tout à fait indépendante de la volonté — Ils accomplissent l'acte sans avoir appris à l'exécuter; ils le font bien tout de suite et ne le feront jamais mieux ; ils sont poussés à le faire de telle manière à l'exclusion de toute autre, et l'adresse qu'ils montrent dans l'exécution d'une chose, ils sont incapables de l'employer à produire autre chose. — Une machine à tisser, une machine à faire des pointes, une machine à coudre sont très-ingénieuses dans leur spécialité respective; mais elles ne sont bonnes, l'une qu'à tisser, l'autre qu'à fabriquer ses pointes, l'autre qu'à coudre; et tant que leurs organes ne seront pas modifiés, elles n'accompliront chacune que la même œuvre et toujours de la même manière.

C'est ainsi que l'araignée ne sait construire que sa toile, l'abeille que sa cellule, la chenille que son cocon, l'oiseau que son nid, le castor que ses digues et ses huttes.

Les animaux, à ne considérer que leur instinct, sont de merveilleuses machines, ayant chacune son aptitude spéciale en rapport avec son organisation, et fonctionnant aveuglément dans les limites d'un cercle immuable. — L'instinct, impulsion physique, n'a en vue que la satisfaction de nécessités matérielles : la recherche de la nourriture, la propagation de l'espèce, — sa conservation.

On comprend aisément que plus l'instinct est développé chez l'aimal, mieux sa route est tracée et fatale, — et par conséquent moins il a besoin d'intelligence pour traverser la vie. — L'intelligence doit donc exister chez les animaux en raison inverse de l'instinct ; — c'est en effet ce qui paraît être, — et les animaux qui nous étonnent le plus par leurs aptitudes naturelles sont précisément de ceux dont nous pouvons le moins faire l'éducation. — Car l'instinct n'apprend rien ; — il sait de prime-abord et d'emblée tout ce qu'il a besoin de savoir : tandis que l'intelligence est, au contraire, susceptible de se perfectionner et d'étendre sa puissance par l'éducation. — C'est précisément là ce qui la distingue.

Ainsi les animaux que nous plions le mieux à des fonctions en dehors de leurs habitudes naturelles sont évidemment les plus intelligents, étant les plus capables d'acquérir des idées nouvelles.

Il est difficile de préciser, dans les actes de l'animal à l'état sauvage, quels sont ceux qui relèvent uniquement de l'instinct, quels sont ceux qui dérivent de l'intelligence ; — il est même très-probable qu'il n'y a pas de démarcation positive, et que les deux mobiles agissent simultanément dans la plupart des cas.

Il y a, par exemple, en Sibérie et au Kamtschatka, un campagnol qui se creuse un large terrier où aboutissent de nombreuses galeries. Il emmagasine là pour l'hiver, dans des compartiments distincts, une provision de racines dont le poids va quelquefois jusqu'à 15 kilogrammes. Mais avant de serrer ces racines, il a soin de les faire bien sécher au soleil, et s'il s'aperçoit que l'humidité les atteigne, dans leur magasin, il les sort pour les faire sécher une seconde fois.

Je vous le demande, Valentin, est-il possible de ne pas voir, dans ce fait, — l'intelligence du campagnol étroitement associée à son instinct ?

Il y a des circonstances non moins dignes d'attention à
ce point de vue, dans les nombreux exemples d'association
que nous offrent les animaux sauvages. — L'instinct sans
doute tend à rapprocher les semblables ; mais ce rapprochement est l'occasion d'une sorte d'organisation sociale, d'un
échange incessant de bons offices dans lesquels il est difficile d'admettre que l'intelligence ne joue pas un rôle
important. — Les sociétés de chiens sauvages et de chevaux
alzados ou libres de l'Amérique nous montrent ces animaux soumis à des chefs, obéissant à des règles d'intérêt
général, et se prêtant dans une foule de cas à diverses
manœuvres collectives ou individuelles qui attestent évidemment la conception du but. — Certaines associations
d'oiseaux, les grues, par exemple, nous offrent des faits
analogues ; et qui pourrait dire que l'intelligence n'est pour
rien dans tout ce qui se passe au sein des cités de fourmis
et d'abeilles ?

Quant aux exemples de l'intelligence animale développée
par l'éducation, il n'est personne qui ne puisse apporter un
témoignage à cet égard. — Les services que nous rend l'intelligence du chien sont incessants. — Les chiens du Saint-
Bernard sont particulièrement à citer ; — il est tel d'entre
eux dont le souvenir est resté qui a sauvé plus de quarante
personnes d'une mort certaine. — Dans un autre ordre de
faits, un agronome écossais parle d'un chien de berger qui,
— après une terrible tempête de neige dans les montagnes,
— réunit en deux jours, à lui seul, — un troupeau de
deux mille moutons dispersés dans les ravins sur une étendue de plus de 15 kilomètres, et le ramena à la bergerie,
tandis que le berger supposait tout perdu et se croyait ruiné.

C'est particulièrement dans les tribus arabes du désert qu'il faut aller pour voir tout ce que l'homme peut attendre de l'intelligence du cheval. — Là ce noble animal fait partie de la famille : — c'est un ami, un frère. — Constamment traité avec douceur, il est doux, aimant, serviable, et va au-devant des désirs de son maître.

Les mêmes qualités du cœur et de l'intelligence se retrouvent chez l'éléphant. — Enfin il est beaucoup d'animaux, non-seulement parmi les quadrupèdes, mais encore parmi les oiseaux et même les reptiles, qui sont susceptibles, par l'éducation, d'acquérir des notions et d'exécuter des actes tout à fait étrangers à leurs aptitudes naturelles ; et on ne saurait dire au juste jusqu'où pourrait aller, dans cette voie, l'influence de l'éducation.

Le singe, que son organisation distingue des autres animaux et rapproche de l'homme, est, par cela même, le plus éducable de tous ; si bien qu'on peut arriver à obtenir de lui une grande partie des services que rend un domestique dans une maison.

XXX

Mais l'intelligence animale, même la plus élevée, n'est en quelque sorte que rudimentaire, comparée à celle de l'homme ; car, je vous l'ai dit, l'intelligence des animaux s'ignore, tandis que celle de l'homme se connaît. — D'ailleurs, elle s'applique à tout, et nulle limite n'est assignée à sa portée; elle embrasse non-seulement les faits physiques accessibles à nos sens, mais encore, par l'induction, pénètre plus ou moins dans le domaine de l'imperceptible; — et de plus elle explore le monde infini de l'idéal.

Cependant, pas plus que les traits physiques, l'intelligence n'est absolument identique dans toutes les races humaines : l'éducation donne à ses facultés un degré de puissance d'autant plus élevé qu'elle est associée à une conformation physique plus rapprochée du type caucasique. — Sauf ces nuances d'intensité, l'intelligence a, chez tous les hommes, les mêmes caractères fondamentaux; elle est éminemment réfléchissante, éducable, perfectible et conquérante.

Elle supprime a peu près complétement chez l'homme l'instinct, cette impulsion ténébreuse de la bête, pour lui substituer une clarté qui, montrant à l'esprit toutes les voies praticables, lui donne en même temps la liberté et la responsabilité du choix.

Accuserons-nous Dieu à présent d'avoir fait l'homme nu, faible et sujet à tant de besoins inconnus aux bêtes?

L'homme, illuminé intérieurement par cette étincelle divine, a reçu, avec sa lumière, la faculté de se pourvoir de toute chose dans une mesure bien autrement large que celle qui lui eût été fixée par un don direct.

Peut-il regretter d'être nu, quand cette intelligence met à sa disposition toutes les fourrures, tous les cuirs, tous les duvets, tous les fils que lui préparent les végétaux et les animaux? — Peut-il regretter l'absence d'un aliment spécial, quand il est à même de s'approprier, en les perfectionnant encore, toutes les substances des animaux et des plantes? — Peut-il regretter les ombres d'une caverne qu'il n'aurait pas creusée, quand il sait trouver dans la nature les matériaux si variés de somptueuses cités? — Peut-il envier au lion ses dents, au tigre ses griffes, au taureau ses cornes, — lui qui façonne les métaux en armes si terribles?

Ainsi, ce que Dieu semble n'avoir pas fourni à l'homme, — il le lui a prodigué à l'infini par cette sorte de délégation de sa puissance que l'intelligence personnifie dans notre crâne. — Ayant ainsi chacun en nous, d'une manière permanente, pour subvenir aux exigences de nos besoins matériels et de nos tendances morales, une part de la puissance féconde du Créateur suprême, il n'était pas utile que nous fussions, comme tous les autres animaux, munis providentiellement de toute chose. — La faculté d'approprier la matière à la satisfaction d'aspirations quelconques suffisait évidemment à tout; — et comme Dieu en même temps ne mettait pas de limites à nos aspirations, infinie aussi était la puissance dont il nous dotait par l'intelligence.

XXXI

C'est ici que la main apparaît enfin dans son véritable rôle. — Chez les animaux, nous l'avons vue simplement ébauchée, comme l'intelligence elle-même, et ne laissant rien deviner de sa mission future. — La main, dans l'animalité, ne semble destinée à représenter que l'aptitude à grimper. — Sa forme ne s'approprie pas, comme celle de la nageoire, de l'aile et du pied, à un milieu spécial, et son emploi ne se manifeste assez nettement que dans la faculté de prendre.

Cette indécision des destinées de la main cesse dans l'homme. On reconnaît que son milieu d'action n'est spécialement ni l'eau, ni la terre, ni l'air : — mais la matière sous tous ses aspects ; — on reconnaît que son emploi c'est le travail.

Et c'est en explorant ce milieu, c'est en accomplissant cette mission à la clarté du flambeau intellectuel, — que la main arrive à fournir à l'homme tout ce que la nature semble ne lui avoir pas donné. — La main est le complément de l'intelligence, l'exécuteur de ses décrets sur la matière.

L'instinct, lui, n'a pas le privilége d'un serviteur spécial pour l'accomplissement de ses œuvres. — L'aptitude à remplir une tâche limitée par avance, toujours la même, se localise, selon le cas, tantôt dans une partie du corps, tantôt dans une autre, les pattes, les dents, le bec, la queue, etc. ; — une légère modification dans la conformation d'un membre suffit aux nécessités d'un double emploi.

Pour l'homme, ce n'est plus cela ; — il arrive pourvu de besoins nombreux qui lui font une loi du travail, — doué d'intelligence, ce qui est pour lui un brevet de liberté. — Travail et liberté lui ouvrent un horizon immense plein d'éventualités, d'accidents, de phénomènes imprévus. — Il fallait un organe, instrument souple et docile aux ordres quelconques de l'intelligence, — et capable de suffire nonseulement à la tâche connue, mais encore à toutes celles qui peuvent surgir des nécessités futures. — Cet instrument universel, parfait, admirable, c'est la main ; la main qui, en réalisant les conceptions de l'intelligence, fait la gloire de l'homme ; la main que, — vu ses bienfaits sans nombre, nous ne devrions jamais déshonorer par l'accomplissement du mal.

Pour que la main fût entièrement à sa mission, il fallait l'affranchir de toute servitude matérielle. Aussi elle n'a plus rien de commun avec le pied, elle est éloignée du sol par la stature verticale de l'homme, et là, libre, mobile au bout du bras qui étend sa portée et la fait rayonner dans toutes les directions, — elle appelle l'œuvre.

Mais, auxiliaire indispensable de la pensée dans son action sur la matière, la main a besoin à son tour d'un auxiliaire qu'elle emprunte à la matière elle-même pour mieux la dompter. — Elle oppose à la matière inerte, la matière qu'elle anime, l'outil, — et je vous l'ai déjà fait remarquer, rien n'est merveilleux et fécond comme cette alliance de la main et de l'outil, comme cet antagonisme de l'outil et de la matière.

La main est matière sans doute, mais matière vivante et délicate. — La fragilité de son tissu, qu'une simple épine déchire, ne lui permet pas d'attaquer directement les substances solides et dures que l'industrie exploite et met en œuvre.

En revanche, la main est animée par la pensée ; — elle a l'honneur d'être en relation directe et constante avec l'intelligence, de recevoir ses ordres et de prendre l'initiative de leur accomplissement ; — et la délicatesse de sa contexture est en rapport avec la noblesse de sa mission.

D'ailleurs cette délicatesse, tout en rendant l'outil nécessaire, a vis-à-vis de lui sa raison d'être bien marquée.
La main est une sorte de manche universel que sa souplesse
précisément rend on ne peut plus propre à s'adapter avec
précision à n'importe quel outil. Elle se met ainsi en rapport étroit, complet avec ses surfaces diverses, de manière
à en commander et diriger complétement le jeu.

L'outil, de son côté, seul, est encore plus impuissant que
la main seule ; mais aussitôt que la main le tient, il semble,
à ce contact, s'animer d'une vie d'emprunt ; on dirait qu'une
sorte d'activité intelligente circule alors dans ses organes
de bois ou de fer. — Il devient comme une prolongation de
la main humaine, avec son double système nerveux sensitif
et exécutif. — L'aveugle ne sent-il pas son chemin avec son
bâton, comme si le sens du tact se développait jusqu'à
l'extrémité qui touche le sol? — Regardez agir le ciseau,
le burin, la vrille, la scie, la lime, l'aiguille, le crayon, le
pinceau, la plume, la corde, le gouvernail, la vapeur,
l'électricité au bout du bras de l'homme, et voyez-les, ces
esclaves de l'intelligence, se prêtant avec une adresse admirable aux œuvres de toute nature, jusqu'aux plus compliquées et aux plus délicates.

Et si, d'une part, l'outil est sensible aux impulsions du
souffle intellectuel que lui transmet la main ; d'autre part,
il agit énergiquement sur la matière, étant lui-même matière, et c'est ainsi que le monde intellectuel établit sa domination sur le monde physique.

Ce spectacle de l'homme en travail est bien digne d'attention, Valentin. — La pensée conçoit, éclaire et dirige ;
— la main, source du mouvement, obéit, et l'outil qu'elle

7.

tient, à son tour, engendre là puissance qui dompte la résistance de la matière. — En résumé, cette chose sublime, fille de Dieu, l'intelligence, envahissant la matière de proche en proche par le travail, ennoblit jusqu'aux plus obscures et aux plus rudes substances qu'elle marque du sceau de l'utilité et de la beauté.

XXXII

Le travail a ainsi sa base dans l'intelligence individuelle; mais l'étendue générale de sa production et son degré de perfection, au sein d'une race, sont certainement proportionnels à l'énergie des tendances expansives et absorbantes de cette race. Ces tendances se manifestent nettement dans le fait d'association.

L'esprit d'association, nous l'avons remarqué, existe chez nombre d'animaux. Dérivé de l'instinct, il offre à l'intelligence de fréquentes occasions d'exercer ses facultés et dès lors de les développer. — Loin de s'effacer dans l'humanité, cette tendance s'y marque au contraire d'une manière plus fondamentale. L'état social est peut-être, parmi les hommes, le fait dans lequel persiste le plus la marque de l'instinct, si généralement absente dans tous nos actes personnels.

Quoi qu'il en soit, ce que l'instinct suggère en cela, l'intelligence le sanctionne, le raisonnement y découvre la loi du perfectionnement et le travail y puise sa fécondité.

Aussi n'est-on pas surpris de trouver la faculté la plus énergique d'absorption sociale associée à la structure humaine la plus parfaite, à l'intelligence la plus élevée et à l'industrie la plus active et la plus riche. — Toutes ces choses se tiennent.

Il est facile de constater cette vérité par un simple coup d'œil sur la situation des diverses races humaines.

Voyez les Australiens dont je vous ai déjà parlé, — les moins hommes des hommes, — et les Boschimans, autre peuplade noire qui ne vaut guère mieux, dans l'Afrique méridionale, — ils évitent les relations avec les autres races et se plaisent dans leur sauvage isolement; — aussi, point de travail chez eux, pas même en vue de la nourriture; — ils mangent des racines, des serpents, des crapauds, des œufs crus et même de la terre.

Chez les nègres de la race africaine, tout est en progrès déjà, conformation physique, intelligence, industrie. — Ces peuples cultivent la terre, s'abritent dans des huttes et ont quelques industries grossières. — Ceci répond à des relations qui ont une certaine étendue, mais qui sont restreintes dans les limites de l'Afrique centrale. La race noire n'est pas expansive et ne va pas au-devant des autres races.

Maintenant, sans nous arrêter aux intermédiaires, voyez la race jaune, dont les Chinois sont un type bien tranché. Le progrès y est considérable sous tous les rapports; l'intelligence atteint de grandes hauteurs, et le travail un degré de perfectionnement qu'on admire avec raison dans une foule de produits de l'industrie chinoise. Mais, tout avancée qu'elle est sous de certains rapports, cette industrie offre

ceci de remarquable qu'elle ne progresse plus depuis longtemps et semble au contraire décliner. On s'est étonné
qu'un peuple qui avait donné de si beaux spécimens de
son savoir-faire en fût resté là et n'eût pas poursuivi ses
conquêtes intellectuelles et industrielles. — La raison en
est simplement dans la limitation volontaire que la race
jaune avait mise à ses relations. — Tout le monde sait le
soin que le gouvernement chinois a toujours apporté à
s'isoler des races voisines, et la proscription qui, jusqu'à
ces derniers temps, a pesé, en Chine, sur tous les étrangers. — La Chine bornait volontairement ses rapports, d'un
côté à la Tartarie et au Thibet, de l'autre aux îles de la
Malaisie. — De là son temps d'arrêt indéfini dans tout le
reste ; car, sous quelque rapport que ce soit, l'homme ne
se perfectionne qu'à la condition de s'identifier de plus en
plus à l'humanité tout entière.

Aussi, considérez maintenant la race blanche du Caucase,
— supérieure en tout, — dans sa forme physique comme
dans ses facultés intellectuelles et dans les produits de son
travail ; — l'histoire nous la montre incessamment conquérante. — Bien loin de poser des barrières à sa domination,
elle est possédée d'une fièvre d'aventure et de découverte
qui la pousse toujours en avant vers tous les points de
l'horizon. — Elle tend par toutes les voies, — pacifiques
ou belliqueuses, — à se mettre en rapport avec les races
les plus lointaines et les plus sauvages. — Elle va, — elle
va providentiellement, au mépris des périls de toute nature·
— C'est la race blanche seule qui, pour le compte de
l'humanité, a exploré et découvert la surface du globe
terrestre dans ses eaux, ses continents et ses îles, — a fait

connaître l'homme à l'homme. — La tâche n'est pas encore terminée; mais elle s'avance. — L'homme blanc a pris pied partout en Amérique où la race rouge s'éteint; — il vient de forcer, en Chine, le plus solide retranchement de la race jaune, et il entame, par tous les points, en Afrique, la forteresse où la race noire s'abrite derrière les mortelles influences de son climat.

Tout indique l'absorption future des races inférieures par la race blanche.

Évidemment la solidarisation morale de l'humanité est le but vers lequel marche la création en ce qui concerne notre planète. Dieu sait les prodiges d'intelligence et de travail qui surgiront de cette communion finale du genre humain !

Un rapprochement vient ici à l'esprit.

Nous avons vu, au début de la vie, la matière vivante revêtir la forme collective, l'animalité se manifester par des agrégations d'individus groupés en une vie commune; comme si les forces de l'association étaient nécessaires pour protéger la faiblesse de l'organisme naissant. — C'est ensuite en s'individualisant de plus en plus nettement que la matière atteint son perfectionnement suprême dans l'homme blanc.

Le développement parallèle de l'intelligence s'accomplit d'une manière inverse. Faculté éparpillée, fractionnée à son début, elle est essentiellement relative à l'individu, mais avec tendance progressive vers l'association; si bien que le but suprême de son développement et son plus haut point de perfection s'indiquent dans une solidarité intellectuelle complète et étroite entre tous les membres de l'humanité.

Ainsi en deux mots l'organisme physique procède par le fractionnement, progresse par l'individualisation ; l'intelligence, au contraire, par la synthèse, la généralisation.

Il y a lieu d'être fier d'appartenir à une époque qui, par la vapeur et l'électricité, fait faire à l'esprit humain un si grand pas vers son unification finale.

———

XXXIII

L'état social est si bien l'état de nature de l'homme, qu'il est la condition nécessaire non-seulement de ses progrès intellectuels et industriels, mais encore de son perfectionnement moral, — lequel est en définitive le but de tous les autres perfectionnements.

Le monde moral est le véritable domaine humain ; car l'homme seul a conscience du beau et du bien, de l'honnête et du juste. C'est par lui qu'il confine et arrive aux régions profondes de l'immortalité. — La vie humaine est le vestibule dans lequel l'homme se prépare à pénétrer dans le sanctuaire inconnu, — au seuil duquel il se dépouille de son enveloppe matérielle pour se revêtir du tissu que lui ont fait ses œuvres.

L'état social est le champ essentiellement propre à la manifestation de cette vertu par excellence exprimée dans le divin précepte : Aimez votre prochain comme vous-même.

Et Jésus qui l'a formulé ce précepte et l'a jeté comme une semence dans le cœur des hommes, nous indique bien

que sa pratique est dans l'union quand il dit aux apôtres :
— Là où vous serez plusieurs réunis, je serai au milieu de
vous.

Et plus ces plusieurs sont nombreux, mieux il s'y trouve,
lui, — Jésus, — l'esprit personnifié de concorde, de fra-
ternité, de charité, de miséricorde ; — esprit par lequel
plus encore que par l'intelligence nous nous rapprochons
de Dieu.

La main, organe spécial de l'action humaine, si bien en
rapport avec notre être pensant, — ne l'est pas moins
avec notre être moral. — Par elle s'exercent et se symbo-
lisent l'alliance et l'assistance. La main serrée dans la main
dit : union et affection ; — la main ouverte dit : franchise
et générosité.

XXXIV

L'univers visible ne vous offre rien de supérieur à
l'homme, dans ses combinaisons variées. — Regardons un
peu en arrière et résumons le chemin parcouru.

Avant toute chose : — Dieu, le sublime ouvrier.

Nous avons vu sa main dans le mouvement universel
qu'on a nommé de divers noms, et dont certaines manifestations ont été vaguement appelées fluides impondérables,
— c'est-à-dire quelque chose qui circule et n'a pas de
corps.

Acides, oxydes et sels nous ont montré le mouvement

envahissant la matière à des degrés divers ; — et là, en
pleine matière inorganique, — à l'opposé le plus lointain
du grand ouvrier, — au point de la moindre intensité du
mouvement initial, — nous avons trouvé l'eau ; l'eau, transition de l'existence à la vie, — de l'inorganisme à l'organisme ; — l'eau, oxyde elle-même par sa composition, —
mais déjà par la mobilité et la plasticité qui lui sont
propres, — se montrant comme possédée de l'esprit vital.

Alors, du sein de l'eau, — nous avons vu en effet la vie
naître sous les plus humbles aspects ; — puis se produire
sous des manifestations de plus en plus diverses et parfaites dans les organismes végétaux et animaux.

Nous avons remarqué que les uns et les autres, en se
répandant hors du sein des eaux, avaient acquis, sous les
influences combinées de la terre et de l'air, le degré de
perfection dont ils étaient susceptibles.

Là, nous avons constaté que l'animalité, parvenue à son
plus haut développement, confinait à l'homme.

Enfin nous avons vu se manifester largement dans l'homme,
— l'intelligenc e qui, associée au sens moral, fait tendre
l'humanité vers le Créateur.

De sorte que l'intervalle entre Dieu et la matière parcouru par le mouvement divin, — la vie tend à le parcourir en sens inverse en remontant de la matière vers Dieu ;
— si bien, Valentin, que Dieu étant la source et le but,
— on peut concevoir la marche des choses comme s'accomplissant en un cercle immense...

XXXV

Après un moment de silence je repris : — Mais nous n'en avons pas tout à fait fini avec les êtres vivants. — Nous les avons suivis, dans leur développement de forme, — dans leurs évolutions de milieu à milieu et dans leurs progrès organiques ; — il nous reste à examiner les éléments qui constituent leurs charpentes dures et leurs tissus mous, les bois, les feuilles, les fruits et tous les produits des plantes ; — les os, les chairs et tous les produits des animaux.

Toutes ces choses paraissent avoir si peu de rapport avec l'air, l'eau, les terres et les métaux, qu'on se demande avec étonnement comment elles ont pu en sortir.

Comment ? — Là est le mystère ; mais que cela soit ainsi, il n'y a pas de doute ; car, bien qu'on ne reconnaisse pas la matière brute dans la matière vivante, — il est certain qu'elle s'y trouve, puisqu'aussitôt que la vie a cessé dans un corps, tout ce qui résulte de la décomposition de ce corps n'est autre chose que les matières dont je vous ai déjà parlé.

Je vais vous indiquer rapidement les éléments dont sont formés les produits de la vie. — La science, avec ses ingénieuses mécaniques, a décomposé, analysé, examiné, comparé toutes les matières produites par la vie, et voici ce qu'elle a constaté.

Les plantes sont composées de petites cavités ou cellules pressées les unes contre les autres, et dont les unes, com-

muniquant entre elles bout à bout, forment des canaux
allongés ou vaisseaux. On a appelé cellulose la matière qui
forme les parois de ces cellules et de ces vaisseaux. Cette
matière est comme la carcasse des plantes dont elle forme
la partie solide. — Les fibres du lin et du chanvre, le
duvet du cotonnier, sont de la cellulose presque pure.

Eh bien, la cellulose n'est formée que de trois éléments
que vous connaissez : carbone, hydrogène et oxygène. —
C'est la cellulose qui devient bois en vieillissant et prenant
un peu plus de carbone.

Mais les cellules et les vaisseaux ne sont pas vides ; —
loin de là. — Qu'y trouve-t-on? de la fécule ou amidon,
en petits grains solides et imperceptibles ; — ils sont particulièrement abondants dans les racines, les semences,
les bulbes, les tubercules, les fruits. — On y trouve encore
de la gomme ou dextrine, puis du sucre ou glucose.

Amidon, gomme, sont, comme la cellulose, formés de
carbone, d'hydrogène et d'oxygène dans les mêmes proportions, et l'on a constaté que, dans de certaines conditions, la cellulose devient amidon, l'amidon gomme ; et
quant au sucre, il dérive de la gomme moyennant une
petite addition de carbone.

Toutes ces transformations se font naturellement dans
les organes des plantes, par la puissance de la vie.

Mais ce n'est pas tout. — Il y a encore le gluten, qui est
la partie vraiment nutritive des farines, — l'albumine,
matière visqueuse comme le blanc d'œuf, et qui est répandue dans les tissus et les liquides des plantes ; — il y a
encore la légumine, qui existe surtout dans les fruits des
plantes légumineuses.

Ces trois substances sont remarquables par cette particularité qu'elles seules, dans les végétaux, renferment de l'azote, indépendamment du carbone, de l'hydrogène et de l'oxygène. — Ajoutons que le gluten contient du soufre, — l'albumine aussi, et de plus du phosphore.

Quelques autres substances végétales servant de médicaments sont encore pourvues d'azote ; tels sont les alcalis végétaux : morphine, quinine, strychnine, salicine. Ils contiennent aussi les trois autres éléments; mais l'oxygène à faible dose.

Les huiles ne sont formées que d'un peu d'oxygène combiné a beaucoup d'hydrogène et de carbone.

Certaines essences, celles de thérébentine, de citron, d'orange, de genièvre, de romarin, de copahu, ne renferment absolument que du carbone et de l'hydrogène.

Je vous ferai remarquer en passant, Valentin, un phénomène fort singulier que présentent plusieurs de ces composés de carbone et d'hydrogène ; — c'est que, formés des mêmes quantités de l'un et de l'autre, ils sont cependant complétement dissemblables. — Ainsi, qui dirait que l'essence de thérébentine et celle de citron ne renferment l'une et l'autre que du carbone et de l'hydrogène et en même proportion? Qui dirait que l'huile de rose, par ses éléments, est exactement semblable au gaz pour l'éclairage? — Comment peut-il se faire que deux mêmes choses, en même dose, combinées ensemble, soient, ici de l'huile de rose, — là du gaz à éclairer?

A ces questions on ne peut rien répondre, sinon qu'on suppose simplement que cela tient à un arrangement différent d'atomes semblables. Le charbon pur nous offre le même phénomène, puisque matière noire et vulgaire nous le brûlons dans nos foyers, — et en même temps matière cristalline et éclatante, il est, sous le nom de diamant, le plus riche des corps de la nature.

Revenons. — Il est d'autres essences, par exemple celles de menthe, d'anis, de cannelle qui, en outre du carbone et de l'hydrogène, ont un peu d'oxygène. — Tels sont aussi les camphres, les baumes, les résines. — L'essence de moutarde contient en outre un peu de soufre.

Les acides du citron, de l'oseille, du raisin, etc., ne contiennent encore que ces trois éléments; seulement l'oxygène y est en plus forte proportion.

Maintenant, si nous ajoutons que toutes les plantes terrestres renferment du potassium oxydé et toutes les plantes marines du sodium oxydé; — que dans certaines tiges, notamment celles des graminées, il y a du silicium oxydé ou sable et un peu de chaux, — et çà et là quelques atomes de fer et de manganèse, nous aurons nommé tous les éléments du règne végétal. — Avec cela la nature fabrique toutes les plantes, de la plus petite herbe au plus grand arbre; — l'infinie variété des racines, tiges, feuilles, fleurs, fruits et graines; — tous les sucs et les substances innombrables que les plantes nous donnent. N'est-ce pas admirable ?

XXXVI

Si maintenant nous considérons les animaux, comme en définitive ils tirent directement ou indirectement leur substance des plantes, nous ne serons pas surpris de retrouver les mêmes éléments dans leur composition.

Vous vous rappelez cette matière gélatineuse dont je vous ai dit qu'étaient formés les animaux les plus simples habitants des eaux ; cette matière nommée sarcode est formée d'oxygène, d'hydrogène, de carbone et d'azote.

C'est cette même matière qu'on retrouve chez les animaux, sous un aspect différent, formant les cellules des chairs, des ligaments et des membranes. — C'est toujours cette matière qui, unie à la chaux et au phosphore, constitue les os, de même que chez les coquillages elle forme les coquilles. — Vous savez bien en effet qu'en faisant bouillir des os on obtient de la gélatine. — Le sarcode est, pour le règne animal, l'analogue de la cellulose dans le règne végétal.

Les quatre mêmes éléments, plus du soufre et du phosphore, se retrouvent dans la fibrine et l'albumine qui forment les muscles et le sang ; les autres tissus et liquides. — L'albumine abonde particulièrement dans la cervelle et les nerfs.

La caséine, substance à qui le lait doit ses propriétés nutritives, est encore une combinaison de ces quatre éléments. On les retrouve encore dans les cheveux, les poils, les ongles, les plumes, les écailles.

Quant aux graisses, suifs, beurre, cire, ils n'en ont plus que trois : — l'azote manque, l'oxygène est en petite quantité, — l'hydrogène et le carbone sont en abondance. — La graisse du cerveau et des nerfs contient en outre du phosphore.

Le potassium, le sodium, le chlore, le fer existent encore dans le sang et dans les liquides de l'organisme.

Le lait est le liquide le plus complétement pourvu de tous les éléments de la chair, et cela se comprend, puisqu'à lui seul il constitue toute la nourriture des jeunes animaux. — Seulement, il y a, une différence assez notable entre le lait des animaux mangeurs d'herbe et celui des animaux mangeurs de chair. Le lait des premiers à moins d'oxygène et correspond aux oxydes ; — celui des seconds a plus d'oxygène et correspond aux acides. —Le lait de la femme est analogue à celui des mangeurs d'herbe.

Comme dans les plantes, il y a dans les animaux certaines substances où l'oxygène domine et qui forment des acides. — Les fourmis, par exemple, secrètent un acide qu'on a appelé acide formique.

Dans l'intérieur du corps des animaux, les différents organes de la digestion secrètent des sucs les uns acides, les autres moins oxygénés et dès lors alcalins ou oxydés, qui servent à la décomposition des aliments et à leur combinaison en substance nouvelle. — Ainsi la salive, la bile, le suc pancréatique sont des alcalis ; — les sucs gastrique et intestinal sont des acides.

XXXVII

Il faut remarquer que, parmi ces éléments, il en est un qui, par son abondance, caractérise particulièrement les tissus des plantes, c'est le charbon ; — un autre qui caractérise les tissus animaux, c'est l'azote. — Vous savez bien en effet que nous tirons des végétaux nos approvisionnements de charbon ; — vous savez également que la substance animale a un certain aspect, une certaine saveur, une facilité de corruption, une odeur spéciale qui la distinguent très-nettement des substances végétales. — C'est l'azote qui donne aux tissus animaux ces caractères propres.

A ce propos, considérez comme plantes et animaux se prêtent harmonieusement à l'échange de ce qui leur convient réciproquement.

Les animaux ont besoin d'azote pour se substanter ; — il faut donc que les végétaux dont ils se nourrissent directement ou indirectement le leur donnent. — Mais l'azote n'existe qu'à bien faible dose dans les plantes, sauf dans certaines parties de certaines d'entre elles. Examinons si ce ne sont pas précisément ces plantes et les parties azotées de ces plantes qui servent plus particulièrement de nourriture aux animaux.

Cela est en effet. — Ainsi les substances végétales azotées sont, je vous l'ai déjà dit, le gluten, l'albumine et la légumine ; le gluten abonde dans toutes les graines des céréales, froment, orge, seigle, avoine, riz, maïs, millet, qui entrent pour une si large part dans l'alimentation de tous les peuples de la terre et des animaux domestiques.—L'albumine, répandue à très-petite dose dans tous les sucs végétaux, est beaucoup plus abondante dans les haricots, les fèves et certaines plantes oléagineuses. — Enfin la légumine nous indique par son nom qu'elle existe spécialement dans les fruits de la famille des plantes dites légumineuses ; — et il suffit d'en nommer quelques-unes pour indiquer la large consommation qu'en font les hommes et les animaux herbivores, — pois, lentilles, haricots, trèfle, sainfoin, luzerne.

N'est-il pas probable, Valentin, que les plantes ne se produisent pas au hasard, et que la nature a constitué chaque famille de végétaux en vue d'une mission déterminée?

Mais si l'azote a plus particulièrement pour destination de substanter l'animal, le charbon, qui est un produit infiniment plus général des plantes, ne nous est pas moins utile à un autre point de vue. — Abondant comme il est dans toutes les fécules ou amidons, dans les gommes et les sucres que nous consommons en si grande quantité, nous devons évidemment en absorber beaucoup. — La science a en effet constaté que nous en absorbons environ 450 grammes par jour. — Comment se fait-il donc qu'il ne domine pas chez nous comme chez les végétaux?

Cela tient à ce que si nous gardons l'azote consommé, nous sommes loin de garder tout le carbone. — Nous le mangeons, oui ; mais nous l'expirons. — Entré par l'estomac à l'état d'aliment solide, il sort par la poitrine à l'état gazeux. Le charbon des aliments est en effet versé dans notre sang à la suite de la digestion ; mais quand le sang passe dans les poumons, l'oxygène de l'air que nous

respirons se combine aussitôt avec une partie de ce charbon, exactement comme il arrive pour l'air que vous soufflez sur le feu ; — et cette combinaison de carbone et d'oxygène, qui est une véritable combustion, produit naturellement
en nous cette chaleur constante de 37 degrés que nous y
sentons. — Les poumons sont un vrai fourneau.

Ainsi donc, les plantes fournissent en même temps de
l'azote pour substanter le corps et du charbon pour le
chauffer.

Quand il nous a chauffé, ce charbon, combiné avec de
l'oxygène, se répand dans l'air sous forme d'acide carbonique, absolument comme le charbon du bois que nous
brûlons, et c'est dans l'air que les plantes le recueillent
par la respiration, pour l'absorber dans leurs divers tissus.

Car les plantes respirent aussi, leurs poumons sont les
feuilles ; seulement, au lieu de prendre comme nous l'oxygène de l'air, elles y prennent l'acide carbonique. — Quand
elles l'ont pris, elles le décomposent sous l'action de la lumière, gardant définitivement le carbone et rendant à l'air
l'oxygène pur. — Et de tout cela il résulte une sorte de va-
et-vient d'oxygène qui entre pur dans les poumons des
animaux, en sort chargé de charbon qu'il va déposer dans
les feuilles des plantes, après quoi il retourne pur encore
dans l'air pour recommencer indéfiniment le même trajet
et la même opération.

Ainsi, l'air que les animaux altèrent par leur respiration
en le chargeant de trop de charbon acidifié (1), les plantes

---

(1) On connaît les effets mortels de l'air enfermé, au sein duquel
on a brûlé du charbon.

le purifient par la leur (1) ; et cette double opération, nécessaire à l'existence des animaux et des plantes, en même
temps qu'elle débarrasse les uns de ce qui leur nuirait,
procure aux autres ce dont ils ont besoin.

Quant à l'azote qui pénètre dans les animaux, il ne s'y
accumule pas indéfiniment ; — il en sort sous diverses
formes, et notamment combiné aux urines, aux excréments,
à la transpiration. — C'est ainsi que les engrais enfouis
dans la terre, en se décomposant, fournissent des gaz qui
alimentent les racines des plantes. — Et c'est ainsi que
l'azote passe de l'animal à la plante, qui d'ailleurs en prend
aussi dans l'atmosphère.

On comprend dès lors facilement la nécessité de fumer
avec des engrais animaux, c'est-à-dire azotés, les plantes
qui, comme le froment et les autres céréales, les haricots,
le sainfoin et les autres légumineuses, doivent fournir de
l'azote dans leurs graines. En même temps on se rend

(1) La décomposition, par les plantes, de l'acide carbonique en
carbone et oxygène, et l'expulsion de ce dernier dans l'air, a pour
résultat de donner la couleur verte aux parties des plantes qui accomplissent cette opération. — Or comme c'est par l'action de la lumière
que l'opération s'effectue, on comprend pourquoi les plantes pous-
sées dans l'ombre ne deviennent pas vertes et restent jaunes. — Ces
plantes ne décomposent pas l'acide carbonique et l'exhalent tel quel.
— De même les plantes, quoique vertes, ne pouvant, en l'absence de
la lumière, décomposer l'acide carbonique, en exhalent toujours la
nuit ; c'est pourquoi il ne faut pas laisser des plantes dans les chambres où l'on dort, parce qu'elles vicient l'atmosphère. — De même
les fleurs, par leurs couleurs autres que vertes, nous indiquent que,
même à la lumière, elles ne décomposent pas l'acide carbonique, et que
dès lors, en l'exhalant tel quel dans l'air, elles le rendent malsain à
respirer dans les lieux renfermés, soit le jour, soit la nuit.

compte comment d'autres plantes qui n'ont pas besoin d'azote pour leur fruit, la vigne, l'olivier par exemple, — se trouvent mieux d'engrais végétaux.

XXXVIII

Reste à remarquer un chose, Valentin, c'est qu'en outre des substances diverses dont nous venons de parler, on trouve dans les plantes et les animaux une quantité proportionnelle d'eau si considérable qu'on ne le voudrait pas croire si la science ne l'avait parfaitement démontré. — Ainsi, les quatre cinquièmes environ de la chair des animaux ne sont que de l'eau; la proportion d'eau est à peu près la même dans les herbes; elle est un peu moindre dans les feuilles des arbres. — Le bois de peuplier en contient moitié de son poids. Quant aux plantes et aux animaux aquatiques inférieurs, ils en renferment les uns dix, les autres vingt ou trente fois autant que de matière solide.

Pour ces derniers, cela s'explique jusqu'à un certain point, car ils vivent dans l'eau; mais en ce qui concerne les animaux supérieurs et l'homme lui-même, n'est-il pas très-digne d'attention de retrouver ainsi dans leur substance le signe si caractérisé de l'origine aquatique des organismes?

On voit que la vie supérieure, quoique éloignée de son berceau, — quoique affranchie des ondes, ces langes mystérieux, — ne peut se développer en dehors des molles et caressantes étreintes du liquide au sein duquel Dieu, dans le commencement, souffla son premier germe. — On voit que l'eau, tendre mère, — *Alma parens,* — n'abandonne pas l'organisme échappé à ses embrassements. — Elle ne l'enveloppe plus; — mais elle se cache en lui, et le pénêtre abondamment jusque dans ses moindres replis, pour donner la souplesse aux tissus, la facile circulation aux liquides, le jeu libre aux organes. — En un mot, si elle n'est plus condition extérieure de la vie, elle en demeure jusqu'au bout la condition intérieure nécessaire. — Elle accompagne l'organisme jusque dans son plus haut perfectionnement et ne s'arrête que sur le seuil mystérieux infranchissable à la matière.

XXXIX

Alors je me tus. — Valentin, plongé dans une rêverie profonde, regardait vaguement le feu.

Dans notre course à travers les choses de la nature, repris-je, nous avons entrevu bien des merveilles ; — mais suffit-il d'avoir considéré chaque être isolément dans ses détails; — suffit-il d'avoir constaté l'enchaînement universel ? — est-ce là tout ? Non. — Si chaque anneau de la chaîne est forgé de merveilles, si chaque détail est un prodige, que dire de l'ensemble ? Là le détail se fond, la trame s'efface, l'harmonie générale éclate, et l'œuvre apparaît dans toute son éblouissante splendeur.

D'un anneau à l'autre, nous n'avons suivi que des évolutions de la matière ; mais que nous nous placions à distance, et soudain nous voyons cette matière se transfigurer, s'animer ; — elle devient *la nature*, et par ses diverses manifestations non-seulement parle à tous nos sens, mais touche à toutes les fibres de notre âme.

Devant les gigantesques entassements qu'on appelle Himalaya, Cordillères, Alpes, Pyrénées ; — devant les lointains horizons des vastes plaines, les ondulations des vallées et la mystérieuse profondeur des ravins, — qu'importent les oxydes et les sels, la silice, la chaux et l'alumine ? — Devant le torrent qui bouillonne, le doux ruisseau qui murmure ou l'immense étendue des océans qui battent le rivage ; devant les splendeurs des nuages, au soleil couchant, qu'importe la combinaison d'hydrogène et d'oxygène dont l'eau est faite ! — Et quand le vent déchaîné agite furieusement la campagne, quand je frissonne en entendant les lamentables plaintes qu'il emporte dans l'espace, — oh ! ne venez pas me parler d'atmosphère terrestre, de dérangement d'équilibre dans la température !

Un esprit s'agite en tout cela ; une voix s'en élève ; tous ses accents trouvent en moi un écho. — Et si la nature minérale, la pierre, l'eau, le vent me parlent ainsi, se mettent en rapport avec mon âme ; — la nature vivante n'est pas moins éloquente, certes !

La profonde forêt et l'arbre solitaire l'immense prairie et le brin d'herbe, la moindre fleur des champs me touchent et m'émeuvent d'une manière ou d'une autre. — Le troupeau au pâturage, la fauvette sous le taillis, le lion au désert, le lézard dans la crevasse du vieux mur, le grillon

8.

qui remplit la nuit de son chant..... Voyons, Valentin, est-ce que tout cela vous parle de carbone, d'azote, d'oxygène et d'hydrogène? — Oh! grand Dieu, non! — Que dire alors de l'homme, notre semblable, notre frère?

Voilà, Valentin, la merveille des merveilles. — C'est ce je ne sais quoi d'insaisissable existant dans la matière et se dégageant d'elle à nous. — Voilà ce qu'il ne faut jamais oublier de considérer dans l'étude des choses de la nature; — parce que sans cela cette étude n'est qu'à demi profitable, nous rendant plus instruits, mais non meilleurs.

XL

Ceci bien entendu, — revenons.

Toutes les merveilles dont je vous ai parlé représentent le développement du travail de la nature sous l'impulsion divine. — Il y a un travail analogue que l'homme accomplit journellement sous l'impulsion de l'intelligence : — c'est l'appropriation des matériaux que lui fournit la nature à la satisfaction de ses besoins physiques et moraux.

L'industrie humaine est à côté de l'industrie naturelle, qu'elle complémente quant à ses rapports avec l'homme. — Elle la féconde et en multiplie les œuvres en les accommodant à de nouvelles fins. — Elle en dévoile les trésors cachés. — Se servant des lois que lui indique le jeu des phénomènes naturels, elle les applique à des combinaisons nouvelles qui elles-mêmes, à leur tour, deviennent le point de départ d'autres combinaisons. — Et ainsi, marchant d'une conquête à une autre, l'industrie humaine développe et embellit l'œuvre divine par un progrès analogue à celui que nous avons vu se produire dans la généalogie des créations.

Rien donc, Valentin, après l'étude de l'industrie divine, rien ne saurait être intéressant comme celle de l'industrie humaine. A nul autre signe nous ne saurions plus clairement reconnaître la présence en nous d'un rayon de la lumière suprême; et nulle part mieux que dans la perfectibilité infinie qu'il nous ouvre nous ne saurions trouver un gage assuré d'immortalité.

La nuit s'était en partie écoulée pendant cet entretien.

— Vous devez être fatigué, me dit Valentin, il faudrait dormir un peu. — Allons, Job, dit-il à son chien en se dressant, — le troupeau s'est écarté pendant la causerie, il faut le ramener.

Et comme le chien se secouait et étirait ses membres engourdis, le berger ajouta : — vous m'avez fait voyager bien haut et bien loin, monsieur. — J'en suis, je vous dirai, comme tout étourdi encore. Mais, vrai, je me sens plus content et meilleur qu'avant.

Alors Valentin et Job s'éloignèrent lentement et disparurent sous le bois. — Je m'étendis sur mon lit de feuilles, et mes regards, errant des étoiles aux flammes vacillantes du feu, ne tardèrent pas à s'éteindre sous mes paupières alourdies.

Quand je me réveillai, le jour paraissait; le chien dormait auprès du feu, et non loin, Valentin, appuyé sur son bâton, regardait pensivement le ciel à l'orient. — Il vint aussitôt à moi, examina mon pied dont je ne souffrais pres-

que plus, et s'offrit de m'accompagner au village voisin où
je devais trouver aisément un moyen de transport. Il laissa
le troupeau à la garde de Job et nous nous mîmes en route.
— Je marchais m'appuyant sur son bras.

Au moment où nous nous quittâmes, il me tendit la main
et me dit adieu, avec une certaine émotion, en m'assurant
qu'il me reverrait bientôt.

XLI

En effet, deux semaines après, un dimanche, j'eus la
visite du berger et de son chien, dans la maison de campagne que j'habitais. Valentin passa la journée avec moi et
me pria de lui prêter des livres.

Il vint ainsi me voir régulièrement tous les mois, chaque
fois me rapportant les livres lus et en emportant d'autres.
— L'hiver, le printemps et l'été passèrent ainsi.

Vers la fin de septembre, comme il était venu me visi-
ter selon son habitude, je remarquai un notable changement
dans sa manière d'être. — Il me parut plus affectueux que
jamais et enclin à une gaieté si inusitée chez lui qu'elle me
frappa tout d'abord. — Sa physionomie pensive avait je ne
sais quel rayonnement qui surprenait. — Je pensai qu'il
allait me dire la cause de ce changement: mais il ne m'en
parla pas pendant tout le jour. — Vers le soir, un moment
avant de me quitter, il tira de sa poche une liasse de papiers
et me dit en rougissant un peu :

— Voici ce que c'est, monsieur ; vous m'excuserez.......
— c'est tout simplement quelques chiffons de papier que
j'ai griffonnés à mon idée, — en manière de souvenir des
choses que j'ai lues dans vos livres. — Quand j'avais lu, je
tournais et retournais les choses dans ma pensée, et puis je
les mettais là en écrit, comme vous verrez. — Il y aura
peut-être bien à redire..... et ça me fera plaisir et profit
que vous me disiez où je me suis trompé, — si c'est un
effet de votre bonté. — Car vous avez été bon pour moi,
monsieur, meilleur encore que vous ne pensez ; — et croyez
bien que je ne l'oublierai point.

Valentin m'avait tendu la main en disant cela, et quand il
eut serré la mienne affectueusement, il ajouta avec un demi-
sourire un peu embarrassé :

— Il y a encore une chose que je voulais vous dire : —
En écrivant cela me paraissait plus naturel de m'adresser
à quelqu'un..... comme si je lui avais parlé ; — mon idée
ainsi sortait mieux de la plume..... comme en une conversation ; — c'est donc des lettres ces chiffons-là. — Vous
verrez ; elles sont adressées à une personne qui..... — Elle
s'appelle Suzanne.

Valentin avait légèrement rougi en disant ce nom. — Il
me vit sourire et ajouta : — Certainement, monsieur,
qu'avant qu'il soit longtemps je vous en dirai plus long là-
dessus..... s'il plaît à Dieu.

Alors Valentin me quitta, et le lendemain je lus les lettres
suivantes à Suzanne.

DEUXIÈME PARTIE

INDUSTRIE DE L'HOMME

PREMIÈRE LETTRE A SUZANNE

— LA FONTE —

Puisque c'est votre désir, Suzanne, que je vous écrive les choses nouvelles que j'apprends dans les livres, — je le ferai, et voici que je commence; — mais ce n'est point aisé certainement. — Si vous saviez tout mon embarras pour emprisonner dans des mots et des phrases les pensées qui naissent dans ma tête..... —Jusqu'à présent elles se sont toujours envolées comme des oiseaux libres dans l'air, sans que je m'en soucie autrement; — et voilà qu'il faut les saisir au vol et que je les mette en cage pour vous. — Je ferai de mon mieux, Suzanne.

C'est pourtant une chose curieuse et à quoi je n'avais jamais songé que le travail de ce petit bec noir de la plume qui court sur le papier. — La voyez-vous traçant la figure de mes idées, comme en un miroir, et bien mieux encore, Suzanne, car votre miroir ne conserve pas votre image et le papier garde la pensée. — Il la garde, et, quand elle est bonne, elle se trouve là comme un bon grain dans un champ, pour le profit de ceux qui la liront. — Et ainsi, Suzanne,

le bec de la plume qui écrit n'est-il point comme le soc de
la charrue qui enterre la semence ?

Véritablement, Suzanne, je n'avais jamais songé à cette
grande ressemblance de la plume et du soc, de celui qui
écrit et de celui qui laboure... — Mais combien de choses
encore dont je n'ai point soupçon !... à commencer par ce
que je fais en ce moment, vous racontant ce qui me passe
par la tête, tout embarrassé d'arriver à ce que je veux vous
dire; quand précisément il se trouve que, sans m'en apercevoir, j'y arrive les yeux fermés.

Oui, j'y suis, Suzanne, avec la plume et le soc ; puisque
c'est du fer que je voulais vous parler. — Et pouvait-il se
présenter d'abord sous des formes plus heureuses et pourtant meilleur témoignage de sa fécondité et de ses bienfaits.

Soc de charrue, le fer nous donne la nourriture du corps;
— plume, il nous procure l'instruction qui est la nourriture
de l'esprit ; et si, après ces deux emplois bien suffisants
déjà pour sa gloire, vous regardez encore ses autres utilités,
— je suis certain, Suzanne, que vous vous prendrez à porter respect à votre aiguille, chaque fois que vous vous en
servirez. — Qu'ils sont nombreux, véritablement, les services rendus par ce petit outil si délicat ! Et regardez donc
autour de vous en cherchant quelque chose qui ne doive
pas son mérite au fer. — Trouvez-moi une matière qui soit
utilisable, sans avoir en rien recours à lui. — Quel est donc
l'outil dans lequel on ne le trouve point, et quelle est la
chose bonne à l'usage qui ait été obtenue sans outil?

Si vous supprimez l'emploi du fer, tout est bouleversé
dans la vie : la nourriture, le vêtement, la maison, le
meubles et les relations. — Vous ôtez les essieux aux voi-

tures et les fers aux chevaux, la boussole aux navires, les armes aux soldats. — Vous supprimez presque tous les métiers, car le fer est employé dans tous ; bref, vous supprimez le bien-être et la richesse. Et vous ne pouvez mieux voir le grand mérite du fer, Suzanne, que dans cette considération que son emploi est la condition indispensable des choses si merveilleuses qu'on a découvertes de notre temps. — Il n'y a que le fer qui puisse former la solide poitrine des machines qui soufflent la vapeur. — Il n'y a que lui d'assez résistant pour former les bandes sur lesquelles roulent les puissantes locomotives et les lourds wagons. — C'est lui encore qui, dans le télégraphe électrique, transporte la pensée des hommes à travers les terres et les mers.

Prêtez-moi attention, Suzanne ; je ne suis point un maître savant pour vous dire les choses avec talent ; mais la finesse de votre esprit viendra en aide à mon peu de suffisance et tout ira bien.

C'est donc comme une histoire du fer que je veux vous faire ; — non point cependant que j'aie l'intention de vous raconter comment on s'y prend pour fabriquer les mille choses qui en sont formées, ce serait avoir des prétentions beaucoup plus grandes que mon savoir ; — mais je veux vous donner à entendre comment on arrive à ramasser, trier et réunir en barres les petits brins de fer que la nature a mêlés à tant d'autres matières parmi les terres et les roches, et vous dire aussi ce que c'est que la fonte et l'acier et comment on les obtient. C'est déjà beaucoup.

La fonte et l'acier sont encore du fer, seulement du fer combiné avec un peu de charbon ; et la différence entre la fonte et l'acier, c'est que ce dernier contient moins de charbon que la fonte. — Cette différence, qui paraît peu de chose, est grande par les effets qui en résultent. — Vous allez voir.

Le fer pur est très-résistant, très-tenace; c'est-à-dire, Suzanne, que toutes ses parties sont bien attachées les unes aux autres et résistent beaucoup aux efforts qui tendent à les séparer (1). C'est comme un tissu solide, serré, mais souple; vous le pliez et le tordez dans tous les sens; il subit tous les mouvements et ne se brise pas.

Maintenant, si à ce fer vous combinez un peu de charbon, il devient acier. La présence du charbon dans l'acier y produit une plus grande dureté que dans le fer et une certaine raideur qui ne permet pas de subir humblement des attitudes diverses. — L'acier n'a pas le caractère complaisant du fer. — Il subit bien certaines inflexions, mais dans une limite déterminée, et quand on cesse de peser sur lui, il revient à sa position première; c'est-à-dire qu'il est élastique. Si on l'incline trop d'un côté ou d'un autre, il casse.

Si vous augmentez encore la dose de charbon combinée dans l'acier, — l'acier devient fonte. Celle-ci se distingue par l'exagération de la dureté et de la raideur. — Elle ne met plus aucune complaisance à subir les inflexions qu'on veut lui imposer. — Ou elle résiste, ou elle casse. Il n'y a pas de milieu.

Vraiment, Suzanne, on croirait voir là les différents caractères des hommes; les uns d'allure accommodante

_____

(1) Un fil de fer d'un millimètre de diamètre résiste à un effort de 65 kilog.; tandis qu'un morceau de fonte de même épaisseur ne supporte pas un effort de 12 kilog.

comme le fer et se pliant à tout; — les autres comme l'acier,
ayant plus de dignité et d'amour-propre, ne se refusant
point à quelque condescendance et politesse; mais se redres-
sant après, ou se faisant briser par la force plutôt que de trop
céder; — les autres, enfin, revêches, comme la fonte, ne vou-
lant entendre à rien, et inébranlables dans leur entêtement.

Vous entendez bien, Suzanne, que parmi les hommes il
n'y a pas seulement ces trois caractères. — De l'un à
l'autre il y a bien des nuances; — c'est un peu plus ou
c'est un peu moins de souplesse ou de raideur. — De même
on peut dire pour le fer, l'acier et la fonte, dont il y a bien
des qualités différentes, selon que le charbon y est mêlé
tant soit peu en plus ou tant soit peu en moins, et aussi selon
les circonstances de la fabrication; — sans compter qu'il y
a encore d'autres matières qui peuvent se trouver mêlées
au fer et lui porter préjudice.

Et si véritablement on peut dire que chaque caractère
a son bon côté et son emploi utile, dans la société des hommes, — on a remarqué pareillement que dans la famille
du fer chaque qualité trouvait sa destination, dans laquelle
elle se distinguait à l'encontre des autres.

C'est ainsi qu'il y a les fers tendres qui sont bons pour la
fabrication des clous; — les fers demi-forts qui servent à
faire les pointes de Paris et le gros fil de fer; — le fer fort
mou, très-bon pour le petit fil de fer, les essieux, les jantes
de roues et les fers à cheval; — le fer fort dur, qui a déjà un
peu de charbon et qu'on emploie pour les canons de fusil,
les câbles en fer et les tôles fortes des machines à vapeur.

Et, parmi les aciers, les uns sont bons aux ressorts,
les autres aux couteaux ou aux rasoirs; aux instruments

de chirurgie, aux burins et aux outils de tout genre.

Les fontes, elles, excessivement dures, sont, il est vrai, plus cassantes à cause même de cette dureté ; mais aussi quand il y a pression ou frottement considérable à subir, elles ont une solidité étonnante. Elles supportent des charges énormes sans qu'on ait à craindre l'écrasement : aussi on voit partout dans les constructions d'aujourd'hui, notamment dans les grandes gares de chemins de fer, de légères colonnes de fonte supportant d'immenses édifices.

Vous le voyez, Suzanne, cette raideur, cet entêtement que nous reprochions à la fonte a bien son utilité ; — et de même, — en y réfléchissant, n'y aurait-il pas souvent moyen de tirer parti même des défauts dont nous faisons reproche au prochain?.... Et si nous ne sommes pas assez clairvoyants ou habiles pour cela, — au moins c'est le cas d'avoir de l'indulgence.

Causons maintenant de la matière naturelle qu'on appelle minerai et qui contient le fer. Le minérai de fer se rencontre dans beaucoup de terrains généralement en grains plus ou moins gros et mélangés aux éléments si communs de la terre, l'argile, le sable et la chaux. Le fer est en même temps combiné à d'autres substances, d'abord à l'oxygène, ce qui fait les oxydes de fer qui sont les plus nombreux. — L'aimant n'est qu'une combinaison de deux oxydes de fer. — Le minerai peut contenir encore du carbone, et on le dit alors carbonaté ; c'est un bon minerai : — il peut contenir du soufre, du phosphore de l'arsenic ; — mauvais minerai alors.

Aussi faut-il bien nettoyer le fer de ces dernières substances ; car le soufre et l'arsenic le rendent cassant à chaud et difficile à souder ; le phosphore le rend cassant à froid. —

La présence de toutes ces substances rend les fers aigres, comme on dit.

Il faut donc débarrasser le minerai de tout ce qui n'est pas fer. — Je vais vous dire comment on s'y prend, Suzanne. — D'abord on le trie, on le casse, on le lave, selon que c'est nécessaire pour le nettoyer le plus possible, avant de s'en servir. Puis on le porte au fournèau ; car vous entendez bien que ce n'est qu'à l'aide de la chaleur et même d'une chaleur énorme qu'on peut faire la séparation de tout ce qui se trouve dans le minerai et en même temps la réunion de toutes les parcelles du fer.

De tous les corps qu'on soumet au feu, il en est peu qui aient autant de peine à fondre que ce mélange de cailloux et de fer. — Je vous assure, Suzanne que c'est une rude cuisine.

Figurez-vous un fourneau de huit, dix, douze mètres d'élévation ou plus encore, et que pour cela on appelle haut fourneau, bien enveloppé d'une épaisse maçonnerie, consolidée encore par des ceintures de fer. — Le creux du fourneau, étroit dans le bas qui forme creuset, — s'élargit au-dessus en forme de ventre, et se rétrécit ensuite jusque vers l'ouverture qu'on appelle le gueulard. — Les parois intérieures du fourneau sont naturellement construites en matières très-résistantes à la chaleur, — c'est-à-dire réfractaires, grès ou briques.

C'est par le gueulard qu'on charge le fourneau. On y jette d'abord une couche de charbon (1), puis une couche

---

(1) En Angleterre, on a imaginé, dès 1783, d'employer aussi le coke ou charbon de houille dans les hauts fourneaux. Ce procédé, précieux pour les pays qui manquent de bois, ne s'est répandu en France que beaucoup plus tard, dans le présent siècle.

de minerai ; — ensuite une nouvelle couche de charbon, suivie d'une autre couche de minerai, — et ainsi de suite jusqu'en haut ; — ayant soin de mêler au minerai une certaine dose de pierre à chaux cassée, parce que la chaux, qui est ce qu'on appelle un fondant, facilite la fusion.

Maintenant, Suzanne, il s'agit d'entretenir le feu, et un feu violent dans ce fourneau. — Rien de plus simple. — On fait pour cela ce que vous faites vous-même quand vous voulez activer le feu du foyer, — on souffle. — On souffle avec un énorme soufflet, proportionné au fourneau, et qui est mis en mouvement par une chute d'eau ou la vapeur. — Il jette dans le fourneau du vent à profusion avec un bruit de tempête.

Mais, — bien entendu, — ce n'est pas par en haut qu'on souffle ; — c'est par un trou pratiqué dans le bas du fourneau au fond d'une sorte de niche profonde creusée dans l'épaisseur de la maçonnerie. — Il se fait alors, dans toute la hauteur du fourneau, un courant d'air violent qui traverse toutes les couches de charbon et de minerai, y fait circuler le feu et s'échappe par le gueulard.

Au bout de douze ou quinze heures d'un pareil feu, il s'est accompli bien des changements dans toutes les matières que contenait le fourneau. — Voici ce qui s'est passé. — Prêtez-moi attention, Suzanne, car je vais avoir l'air bien savant en vous parlant. Mais non, je suis un sot ; — car si je suis suffisant pour vous l'expliquer, comment pourriez-vous ne pas l'être pour m'entendre ?

Tout se fond sous l'énorme chaleur. L'oxyde de fer se dégage alors de l'argile et du sable. — C'est bien. — Mais pour devenir du fer pur, cet oxyde doit encore se débarrasser, de son oxygène. — Cette séparation s'effectue au moyen du charbon, qui, précisément, lui, en brûlant, tend à absorber encore plus d'oxygène que ne lui en fournit l'air du soufflet. — Donc il s'empare aussi de l'oxygène contenu dans l'oxyde de fer.

Alors, dites-vous, le fer désoxydé reste pur et... — Pas si vite, Suzanne, pas si vite. — Ce n'est pas si facile que vous le pensez, d'échapper tout à fait aux accolades de ses voisins, dans une température de 4000 degrés.

Sans doute le fer est débarrassé d'oxygène; mais comme il y a encore dans le brasier beaucoup de charbon en quête d'une alliance quelconque, une partie de ce charbon se combine aussitôt au fer, qui, par conséquent, n'a fait que changer de camarade, quittant l'oxygène pour le carbone.

Souvenez-vous de ce que je vous ai dit plus haut, — qu'une certaine dose de carbone associée au fer formaient de la fonte. — Eh bien, c'est précisément de la fonte qui se forme ainsi dans le haut fourneau, et comme elle est plus lourde que toutes les autres matières fondues, elle s'en sépare et tombe au fond, dans le creuset.

Ces autres matières fondues qui surnagent au-dessus du creuset sont l'argile, le sable et la chaux, — toutes les parties terreuses et pierreuses qui étaient mêlées au fer dans le minerai. Elles forment là un liquide qu'on appelle laitier.

Maintenant, il s'agit de faire sortir du fourneau le laitier et la fonte; car le travail est terminé; — le haut fourneau ne pouvant pas donner du fer pur, mais seulement de la fonte.

Je vous ai déjà dit que sur une des faces extérieures du fourneau il y avait une niche occupée par le soufflet; —

j'ajouterai que sur une des faces voisines, il y a une autre niche, embrasure profonde pratiquée dans le mur épais et au fond de laquelle est une ouverture établissant communication avec l'intérieur, à fleur du creuset et formant cuvette au dehors. Vous comprenez bien qu'alors le laitier liquide se répand dans cette cuvette extérieure, d'où on le fait aisément déborder à mesure qu'il s'y accumule.

Ces laitiers se figent bientôt en coulant au dehors, et en se refroidissant forment une matière vitreuse noirâtre.

Quant à la fonte qui remplit le creuset, on lui ouvre un passage plus bas, en débouchant, à grands coups d'énormes barres de fer pointues, un trou préparé d'avance et bouché simplement avec de l'argile pétrie.

Ce trou ouvert, la fonte en coule, comme un ruisseau de feu, et va remplir des creux moulés dans du sable ; — elle s'y fige en forme de tablettes allongées. — C'est ce qu'on nomme la *gueuse*.

Pendant ce temps, on rebouche le trou de coulée et on charge de nouveau le fourneau pour recommencer l'opération.

Faut-il regretter que le haut fourneau ne donne pas tout de suite du fer pur ? Nullement, Suzanne, comme vous allez voir ; car si le haut fourneau ne donnait pas tout de suite de la fonte, il faudrait chercher le moyen d'en obtenir autrement, tant elle offre de grands avantages. Je vous ai parlé de sa dureté, de sa solidité ; mais il y a encore bien autre chose à en dire.

Sachez d'abord, Suzanne, que le fer pur est infusible, c'est-à-dire qu'il ne peut être fondu. Il ne devient liquide qu'en s'associant au charbon, comme vous le voyez dans la fonte. — Ainsi pour fabriquer un objet un peu compliqué en fer pur, il faut un travail long et pénible, avec l'aide de l'enclume et du marteau, de la lime et du burin. — Il faut façonner isolément nombre de morceaux de fer et puis les ajuster. — Tandis que si vous avez le même objet à fabriquer en fonte, il suffit d'en creuser le moule dans du sable, et d'y conduire le métal en fusion; c'est fait en un clin d'œil et avec beaucoup plus de perfection (1)

Aussi, combien d'objets de toute sorte sont aujourd'hui fabriqués ainsi. — La fonte est moins coûteuse que le bois et que la pierre; on en fait grand usage dans les constructions, pour colonnes, piliers, bassins, statues, conduites, plaques, rampes, etc. — Subissant sans s'user les frottements les plus violents, la fonte est excellente pour les cylindres des machines à vapeur, les rouleaux de laminoir, les roues, les pilons. — Les ustensiles de ménage en fonte sont infinis; les cuisines et les appartements en montrent de toute sorte pour les usages les plus variés. Enfin cette même matière, propre aux objets les plus volumineux et les plus grossiers, peut acquérir une si grande finesse de grain qu'on en moule les objets les plus mignons, jusqu'à des

---

(1) On coule beaucoup d'objets avec la fonte de première fusion, c'est-à-dire au sortir du haut fourneau; mais on emploie aussi très-souvent la fonte de deuxième fusion, obtenue dans des fourneaux beaucoup moins élevés et où on dispose des couches alternatives de charbon et de fonte concassée. — On emploie aussi pour la deuxième fusion les fourneaux dits à réverbère, où le feu n'est pas mêlé à la fonte et lui envoie sa chaleur par la réverbération que produit la courbure d'une voûte qui enveloppe et le foyer et le lit de la fonte. — En fondant elle coule dans un bassin, puis dans un autre où on la purifie, et où on la puise pour la porter vers les moules.

9.

bijoux qui, pour la délicatesse, rivalisent avec les plus beaux ouvrages d'argent et d'or.

Le caractère naturel de la fonte, qui est d'être rigide et cassante, limitait beaucoup ses emplois et faisait regretter qu'on ne pût utiliser pour un plus grand nombre d'objets sa précieuse propriété de pouvoir être fondue et moulée. — Aussi s'est-on évertué, Suzanne, à trouver le moyen de procurer à la fonte, au moins jusqu'à un certain point, les propriétés du fer et de l'acier.

Dès 1720, un savant français, Réaumur, avait obtenu une fonte qui pouvait se marteler comme le fer. — Les Anglais, les premiers, puis les Belges, enfin les Français se sont livrés à cette industrie, qui est aujourd'hui très-perfectionnée.

On opère ainsi. — On coule des objets en fonte dans des moules qui, au lieu d'être garnis intérieurement de poussier de charbon, selon l'habitude, sont garnis d'une poussière de rouille ou d'oxyde de fer. — Écoutez-moi bien, Suzanne

La fonte rouge coulant dans le moule, il arrive que, sous l'influence de la chaleur, l'oxygène de la rouille s'empare d'une partie du carbone de la fonte et s'envole en acide carbonique. De son côté, le fer de la rouille, privé de son oxygène, absorbe ou une partie ou la totalité du carbone restant à la fonte. De quoi il résulte que, si l'objet coulé a perdu tout son carbone, il est devenu fer; s'il lui en reste un peu, il est devenu acier.

Quand les objets sont trop épais, ces changements ne s'effectuent qu'à la surface et l'intérieur reste fonte; mais les petits objets sont modifiés complétement. — Et on arrive ainsi à avoir des objets aussi peu coûteux que la fonte, admirablement façonnés à l'aide du moule, et de plus, qui ont, à volonté, les qualités du fer ou de l'acier, pouvant être forgés et limés comme le premier, ou recevoir la trempe et un beau poli, comme le second.

La fonte, pourvue, par ce moyen, d'une souplesse artificielle, se prête à toutes les inflexions ; on la plie, on la tord, on la redresse sans qu'elle se rompe ou se gerce. On en fait des instruments d'agriculture qui, les uns, à l'état de fer, peuvent être forgés dans les réparations ; les autres, à l'état d'acier, peuvent être trempés. — On en fait des clefs, des fourchettes, des espagnolettes, des outils, burins, mèches, marteaux, tourne-vis, des haches, des mors, des étriers, des écrous, des vis, des engrenages, des vases, des statues, des poignards, des ciseaux qui coupent bien et coûtent dix centimes. — La ville de Liége, en Belgique, en fabrique des fusils qui coûtent moins de six francs.

N'est-il pas merveilleux, Suzanne, que des objets coulés en fonte, une fois refroidis, sortent du moule en fer ou en acier (1) ?

---

(1) Par des artifices analogues, on procure aux fontes blanches les propriétés des fontes grises et réciproquement. — Les premières, plus dures et plus cassantes, résistent à l'acier le plus fort, tandis que les fontes grises se laissent tourner et buriner avec facilité. On a besoin quelquefois de réunir en une même pièce les qualités des deux fontes ; ainsi dans les cylindres à laminer, il faut la résistance générale de la fonte grise et la dureté superficielle de la fonte blanche. — En pareil cas, on coule la pièce en fonte grise dans un moule de fonte très-épais, et le refroidissement subit qui en résulte à la surface produit l'effet d'une sorte de trempe et durcit la fonte grise au plus haut degré. — Par contre, on procure à la fonte blanche le degré de souplesse de la fonte grise en faisant recuire les objets fabriqués dans de la poussière de coke, et les laissant refroidir lentement. Ils perdent ainsi leur rigidité et peuvent être tournés facilement.

Avant de quitter les hauts fourneaux, il faut que je vous dise encore une chose, Suzanne. Tout naturellement le gueulard laisse échapper avec sa gerbe de flamme une grande quantité de chaleur qui se perd dans l'air. — Les gens qui réfléchissent ont trouvé avec raison que c'était dommage. — Aussi ils ont imaginé un moyen de ramasser ces gaz enflammés; et, en les dirigeant par des conduits, on les emploie quelquefois à chauffer une machine à vapeur qui fait marcher le soufflet; — de sorte que le feu se souffle lui-même. Ailleurs on fait usage de cette chaleur pour cuire des briques ou de la pierre à chaux.

Combien la cervelle humaine est ingénieuse! Vraiment, Suzanne, quand on apprend toutes ces choses, l'ignorance apparaît de plus en plus dans toute sa laideur; — car elle est comme un éteignoir sur cette belle flamme de notre esprit, l'intelligence.

DEUXIÈME LETTRE.

— LE FER ET L'ACIER. —

Mais le fer... le fer! — Comment débarrasse-t-on la fonte de son charbon, pour avoir du fer? — Je vous entends d'ici, Suzanne. — Un peu de patience; — m'y voici.

L'opération qui change la fonte en fer est appelée affinage. — Ici on n'a plus besoin du haut fourneau. — Un grand creuset s'ouvrant à fleur de la plate-forme d'un foyer de forge est suffisant. — Dans ce creuset on allume un bon feu de charbon avivé par le vent plongeant d'un fort soufflet. — Au-dessus on fait avancer la gueuse de fonte qui tombe en gouttes dans le creuset; et voici ce qui s'y passe.

Dans le haut fourneau il y avait à dessein plus de charbon que d'oxygène, afin que l'abondance du premier l'entraînât à absorber même l'oxygène du métal; — mais ici il y a beaucoup moins de charbon et relativement beaucoup plus d'oxygène, le soufflet agissant sur bien moins de matière : aussi l'excès d'oxygène fait brûler le carbone du métal et par suite l'en débarrasse.

Et les deux résultats sont dus à une même cause ; car c'est toujours l'oxygène et le charbon qui, ayant une tendance l'un vers l'autre, cherchent à s'allier en se dégageant des autres liens qui les retenaient. — Leur alliance forme, vous le savez, soit de l'oxyde de carbone, soit de l'acide carbonique, selon qu'il y a un peu plus ou un peu moins d'oxygène; — et ces deux combinaisons étant gazeuses disparaissent dans l'air.

Les gouttes de fonte tombent dans le creuset en passant sous le vent du soufflet. — L'air, en les enveloppant et les pénétrant, opère aussitôt l'union de son oxygène avec une partie du charbon de la fonte, et celle-ci arrive déjà un peu purifiée dans le fond du creuset.

Maintenant, vous imaginez aisément, Suzanne, que si on continue, à l'aide d'un long instrument de fer nommé ringard, — si on continue à bien remuer et soulever cette fonte rouge, sous le vent continuel du soufflet, — il arrive un moment où l'air, à force de lui envoyer de l'oxygène, finit par lui enlever à peu près tout le carbone qu'elle renfermait. — Et, en même temps, au fur et à mesure que la fonte perd son carbone, de liquide qu'elle était, elle s'épaissit insensiblement et finit par former un morceau solide que les gens du métier appellent loupe (1).

Mais la gueuse, indépendamment du carbone, contient toujours des crasses c'est-à-dire du sable, de l'argile, des

(1) Ce n'est pas toujours dans ces creusets, ou feux d'affinerie, qu'on réduit la fonte en fer. — On fait aujourd'hui, pour cela, de plus en plus usage des fourneaux dits à réverbère. — Ce mode d'affinerie, que les Anglais appellent *puddlage*, a l'avantage de permettre l'emploi de tous les combustibles, houille, bois, tourbe, car ils brûlent sans être mêlés au métal. — Les fontes obtenues au charbon de coke sont ainsi toujours affinées à la houille. — On emploie même, pour le chauffage des fours à réverbère, les gaz inflammables qui s'échappent des hauts fourneaux. Cette invention est due aux Anglais. — L'affinage de la fonte au four à réverbère a été pratiquée pour la première fois en Angleterre en 1787.

cendres. — On a beau écumer la fonte liquide dans le creuset d'affinerie ; il reste toujours quelques crasses mêlées au fer, qui d'ailleurs est tout boursouflé.

Pour chasser ces impuretés, on retire du creuset avec d'énormes pinces de fer la loupe qui est d'un blanc éclatant, et on la porte sous un lourd marteau. — Ce marteau, mis en mouvement par une roue à eau et dont on règle le jeu à volonté, frappe et pétrit la loupe ardente, chasse du sein du fer les matières étrangères, resserre son tissu et le rend bien semblable dans toutes ses parties. — Cette opération s'appelle le *cinglage*.

Cependant la loupe se refroidit vite par le cinglage. — On la fait réchauffer autant de fois qu'il est nécessaire, pour la reporter ensuite sous le marteau qui l'allonge en grosse barre. — Celle-ci est coupée en morceaux, qui, réchauffés de nouveau, servent à faire des barres ordinaires ou ce qu'on appelle du petit fer, en employant le martinet, marteau plus léger et plus rapide.

Pour étirer le fer et lui donner de la consistance on se sert du laminoir, qui comprime entre des roues tournantes les pièces de fer qu'on y fait passer et les réduit à une épaisseur voulue.

Le gros fer et la tôle forte, les rails, les bandages de locomotives, etc., travaillés d'abord au marteau, sont perfectionnés au laminoir.

Ainsi, Suzanne, nous avons vu la fonte produite en travaillant le minerai dans les hauts fourneaux, et le fer produit en travaillant la fonte dans les foyers d'affinerie (1) ; voyons

_____

(1) On n'a pas toujours besoin de réduire les minerais en fonte,

maintenant comment on s'y prend pour fabriquer l'acier.

Je vous ai déjà dit, Suzanne, mais cela peut se répéter, que l'acier diffère du fer en ce qu'il a de plus que lui un peu de carbone; et qu'il diffère de la fonte en ce qu'il a moins de carbone qu'elle. L'acier est donc comme un terme moyen entre le fer et la fonte : — aussi il participe des deux; il se soude et se laisse travailler comme le premier ; il est dur et cassant comme l'autre.

Si vous considérez, Suzanne, que l'acier est la matière par excellence des outils, et que les outils sont, dans la main de l'homme, les fabricants de toutes les choses à notre usage, vous conviendrez avec moi que c'est une fabrication fort importante que celle de l'acier.

Mais ce n'est point le tout de se dire : — C'est bien! je vais fabriquer de l'acier. — Il y a acier et acier, c'est-à-dire qu'il y a le bon et le mauvais; — et comme tout ouvrage se ressent grandement de la bonté de l'outil, c'est du bon acier qu'il faut faire si on veut de bons outils, partant de bon ouvrage.

---

pour ensuite en extraire le fer. — Dans quelques pays, l'Espagne, la Corse, l'Italie, le minerai se présente en roche, pur et riche. — On se borne à le casser et à le disposer, avec du charbon, dans une cuve, où, sous le vent d'un soufflet, s'effectuent sans désemparer toutes les opérations qui débarrassent le minerai de l'oxygène et du carbone; si bien qu'après ce seul travail on obtient du fer pur. — C'est là la manière dite *catalane*. L'antiquité paraît n'avoir connu que cette méthode de fabrication du fer. — Les emplois du fer se multipliant et se généralisant, les minerais purs offerts par la nature devenaient insuffisants. La nécessité a fait rechercher le moyen d'utiliser les minerais impurs, qui sont les plus répandus. — Ce moyen, c'est le haut fourneau, dont l'invention doit dater du xive ou du xve siècle.

Là-dessus, Suzanne, vous allez croire qu'il s'agit tout uniment d'y donner le soin nécessaire et que ça suffit. — Point.
— Certainement le soin est nécessaire; mais ce n'est point suffisant; — il faut encore avoir la matière convenable.

— Bon! me direz-vous, la matière, c'est du fer et du charbon; — ce n'est pas mal aisé à avoir.

Il est vrai, Suzanne, qu'avec du fer et du charbon on peut toujours faire de l'acier; mais ce qui est la vérité aussi, c'est que cet acier sera mauvais et perdra bien vite ses qualités, si, pour le faire, vous n'employez pas le fer provenant de certains minérais particuliers.

Pourquoi cela est ainsi? ce n'est pas moi qui vous le dirai, Suzanne; et des gens bien plus savants que moi l'ignorent également. Seulement, l'expérience continue de plusieurs siècles ayant démontré que cela était, il a bien fallu se le tenir pour dit et le reconnaître, en attendant qu'on pût l'expliquer.

Ainsi il y a certaines localités en Allemagne (1) et une en France (2) qui ont des mines de fer dans lesquelles ce métal se trouve combiné d'une manière particulière avec l'oxygène et le carbone (3). — Eh bien, c'est le fer de ces mines et celui-là seulement qui est propre à produire du bon acier naturel.

Je dis acier naturel, ce qui vous donne à entendre qu'il y a aussi un acier factice. — En effet il y en a un, et qui peut

(1) La Styrie et la Carinthie; — La Thuringe et Stahlberg sur les bords du Rhin.
(2) La vallée de l'Isère.
(3) C'est le fer carbonaté spathique, combinaison cristalline d'oxyde de fer et d'acide carbonique.

être fort bon également ; je vous en parlerai tout à l'heure.

Revenons pour le moment à l'acier naturel.

Avec le minerai particulier dont je viens de vous parler, on fabrique, comme à l'ordinaire, de la fonte dans un haut fourneau ; seulement, avec ce minérai il ne faut jamais employer le coke, mais toujours le charbon de bois.

Ensuite on porte la gueuse de fonte au foyer d'affinerie et on la fait fondre dans le creuset, absolument comme je vous l'ai déjà expliqué pour la fabrication du fer. — Mais au lieu de continuer l'opération jusqu'à ce que le vent du soufflet ait fait brûler tout le carbone de la fonte, ce qui donnerait du fer, ou s'arrête à temps pour laisser en combinaison avec le métal la dose de charbon propre à l'acier. — Voilà tout, Suzanne, et on complète le travail avec le marteau et le laminoir.

En agissant de même avec tout autre minerai que celui dont je viens de vous parler, on obtient certainement de l'acier aussi, mais il n'est pas bon et perd facilement ses propriétés aciéreuses.

Vous remarquez que le petit nombre de localités qui possèdent le précieux minérai rend le bon acier fort insuffisant pour les besoins de toutes les nations. — C'est ce qui fait que, faute de bon acier, on a été et on est encore souvent obligé de se contenter d'acier médiocre. — Aussi fort heureusement on a imaginé de faire de bons aciers artificiels ou de cémentation.

On y arrive par un procédé inverse de celui que je viens de vous indiquer. — Ainsi, pour obtenir l'acier naturel, on ôte à la fonte une partie de son carbone ; pour obtenir l'acier de cémentation, on ajoute du carbone au fer pur.

Il y a bien longtemps qu'on s'était aperçu que les objets en fer, maintenus pendant un certain temps au sein de charbons ardents, prenaient la propriété aciéreuse. C'était tout ce qu'on savait, et on faisait usage du procédé pour donner les qualités de l'acier à divers instruments de fer.

On imagina plus tard de faire subir la cémentation à des barres de fer dont ensuite on fabriquait divers objets (1).

Mais on s'aperçut que les qualités aciéreuses de ces objets, comme celles des instruments cémentés après leur fabrication, se perdaient facilement ; — et enfin l'expérience fit reconnaître que tous les fers n'étaient pas également propres à faire du bon acier de cémentation, et que les seuls donnant véritablement de bons produits étaient certains fers de Suède et de Russie (2). — En même temps on reconnaissait que la cémentation telle qu'on l'avait opérée jusque-là ne se faisait sentir qu'à la surface des fers soumis à l'action du charbon rouge. De sorte que les objets, acier au dehors, restaient fer au centre.

Alors on imagina les fourneaux à cémentation, — sortes de caisses en briques réfractaires, où les barres de fer sont rougies entre des couches de poussier de charbon. Le tout renfermé dans une espèce de four à chaux est soumis à un feu de sept jours ; — puis on laisse passer huit jours de refroidissement avant de défourner. — Alors les barres toutes boursoufflées sont changées en acier dans toute leur épais-

---

(1) C'est au commencement du xviiᵉ siècle que l'Angleterre commença à pratiquer la cémentation sur de petites barres, puis sur de plus grosses qu'on étirait ensuite.

(2) On reconnut, en Angleterre, cette propriété de certains fers, vers le milieu du xviiiᵉ siècle.

seur, et en les réchauffant au rouge par paquets et les portant sous le martinet, elles se soudent par l'action de la
chaleur et du choc, et forment un acier bien égal dans toutes
ses parties. — C'est ce qu'on appelle l'acier corroyé (1).

Au lieu de corroyer par le martelage les barres d'acier
de cémentation, on peut les raffiner en les faisant fondre
dans des creusets; c'est alors de l'acier fondu qui est remarquable par la finesse de son grain et sa dureté; on l'emploie pour les ouvrages les plus précieux, notamment pour
la coutellerie fine.

A propos d'acier, Suzanne, il ne faut pas oublier de parler
de la trempe et de la détrempe : la trempe, qui consiste à
plonger dans de l'eau pure froide le métal chauffé au rouge,
lui donne par ce refroidissement subit une plus grande
dureté (2); — la détrempe, qui consiste à faire recuire à
un feu doux l'acier trempé, en le laissant ensuite refroidir
lentement, lui rend de l'élasticité et de la ténacité.

Enfin, comment vous dire, Suzanne, les emplois de plus
en plus multipliés de l'acier? Pour ne parler que de quelques-uns plus nouveaux, je vous citerai ces outils si acérés
et si puissants, qu'au tour ils enlèvent des copeaux de
soixante mètres de long sur un cylindre d'acier lui-même.
— Il y a des canons d'acier fondu qui résistent aux plus
énormes charges; — des cloches possédant un beau son

---

(1) C'est encore l'Angleterre qui a imaginé cette opération du cor-
royage, fort nécessaire pour donner aux aciers de cémentation leur
contexture homogène.

(2) La trempe dans l'eau acide ou salée augmente encore la dureté
du métal. — La trempe dans les corps gras est moins énergique que
dans l'eau et s'emploie pour les objets délicats.

et moitié moins chères que celles en bronze. — La tôle
d'acier, employée pour les machines à vapeur des navires,
a l'avantage d'offrir autant de solidité que la tôle de
fer, avec moitié moins d'épaisseur et par conséquent de
poids.

Enfin une précieuse découverte qui permet d'économiser
le bon acier toujours rare et cher, c'est le soudage de
l'acier avec le fer par le choc du marteau ou la pression du
laminoir. — On coule même de l'acier fondu sur des objets
en fer sans que le joint soit visible. — Ainsi on a imaginé,
pour la coutellerie, de n'y employer que la quantité d'acier
nécessaire pour faire le tranchant; tout le reste est en fer.
Cet accouplement du fer et de l'acier me rappelle que je
ne vous ai rien dit de l'acier damassé, qu'on obtient en
soudant ensemble des barres d'acier et des barres de fer.
— Les lames formées avec ce métal étant plongées dans
une substance acide, celle-ci, attaquant différemment les
parties en fer et celles en acier, produit les ondes irrégulières qui constituent les surfaces moirées (1).

En voilà bien long sur le fer et ses emplois, Suzanne;
mais ce n'est point trop, si l'on considère l'importance de
ce métal (2). Le fer est le compagnon indispensable de

---

(1) On obtient également ces effets par le mélange de deux aciers
inégalement pourvus de carbone et fondus ensemble. — En se refroidissant, chaque acier se dispose dans la masse selon sa pesanteur
relative. Les moirures se produisent par l'action inégale de l'acide sur
chacun d'eux.

(2) La France produit par an actuellement environ neuf cent millions
de kilogrammes de fonte et six cent millions de kilogr. de fer. Le
travail du fer, qui occupe 180,000 ouvriers, fait vivre environ un million d'individus.

tout travail, et le travail donne tout, la satisfaction des besoins et le contentement du cœur.

Une réflexion me vient, Suzanne. — D'après tout ce que nous venons de voir, c'est le métal le plus commun qui rend le plus de services; — le plus rude qui donne les effets les plus merveilleux; — le moins coûteux sur qui reposent les plus riches progrès. — Savez-vous bien, Suzanne, que cela n'est point à dédaigner d'être quasiment parmi les hommes ce qu'est le fer parmi les métaux. — Paysans et ouvriers, nous pouvons bien nous consoler d'un peu de rudesse et d'obscurité, si par contre notre utilité est grande.

TROISIÈME LETTRE.

— DIVERS MÉTAUX. —

Les cloches, l'autre jour, — sonnaient le glas pour l'enterrement de ce pauvre homme qui est mort, comme vous le savez, Suzanne. — J'étais assez loin dans les champs ; mais le vent qui soufflait de ce côté m'apportait le bruit, et c'était, je vous assure d'une tristesse qui navrait l'âme. Il me semblait que j'entendais dans cette voix de la cloche toutes les douleurs et tous les sanglots de la pauvre veuve et des petits enfants que le défunt a laissés dans ce monde.

Et dans la compassion qui remplissait mon cœur, j'ai songé, Suzanne, à bien des choses que je ne saurais vous expliquer ; — car je crois bien qu'il y a en nous des sentiments qui se rattachent au monde d'en haut et que le plus fin langage de la terre ne peut dire.

Mais d'une pensée à l'autre, l'esprit fait bien du chemin, et vu que je m'étais occupé les jours d'avant de certaines études sur divers métaux, ensuite de celle du fer, — ne voilà-t-il pas que, les idées se mêlant dans ma tête, je me suis trouvé considérant ensemble et établissant un rapport entre le bronze de la cloche sonnante et la douleur de la pauvre famille privée de son gagne-pain.

Et, du fait de la veuve passant à la généralité des cas, — cela m'a paru, Suzanne, une chose digne d'attention;

que cette relation de sentiment qui arrive à s'établir entre le cœur humain et quelques poussières de cuivre et d'étain perdues dans le sein de la terre et réunies par l'homme en forme de cloche.

Et alors j'ai entrevu, en un lointain d'idée où je n'avais jamais regardé ; — j'ai entrevu la grande intimité qui existe entre l'âme intelligente, ce souffle de Dieu qui est en nous, et les diverses poussières de la terre, — ces choses qui nous paraissent si misérables et qui, cependant, sont aussi les œuvres de celui d'où descendent nos âmes.

J'ai vu l'esprit de l'homme créant, par son travail, à chacune de ces poussières un rôle utile dans les progrès de la vie ; se les adjoignant comme des aides pour les perfectionnements et, en les faisant ainsi ses instruments, leur communiquant en quelque sorte une part du souffle venu d'en haut. — J'ai vu, de l'autre côté, les poussières, reconnaissantes de la beauté et des utilités qu'elles doivent au travail de l'homme, non-seulement se prêter de bonne grâce à tous les services qu'il leur demande pour les nécessités de la vie matérielle ; — mais encore se mettre comme en rapport de sentiment avec lui, acquérir par son contact une sorte d'esprit, reflet du nôtre, et en qui nous trouvons accointances morales et sympathies.

Toute la nature nous parle, vous ne l'ignorez point, Suzanne ; mais plus l'homme la féconde par son industrie, plus elle se montre amie intime avec notre âme, nous caressant dans nos sentiments.

Ainsi, Suzanne, qui croirait tout d'abord qu'un peu de cuivre et d'étain épars dans les terres sont capables de pleurer avec la mère veuve et les enfants orphelins ; — capa-

bles de prier gravement avec l'homme, de chanter joyeusement à l'aube d'une fête ? — Cela est, cependant, moyennant que ce cuivre et cet étain soient fondus en cloche.

Qui croirait tout d'abord que les quelques substances
qui produisent l'électricité, le fer, l'eau, soient capables
de prêcher l'amitié aux hommes et de resserrer l'union des
peuples ? Il est pourtant connu aujourd'hui que le télégraphe électrique et la vapeur sont des apôtres de paix entre
les hommes.

Et si on vous montrait, Suzanne, dans leur état brut,
toutes les matières qui servent à faire un livre, soupçon-
neriez-vous en elles la faculté qu'elles ont cependant
d'aider puissamment à l'instruction et au plaisir ?

Et encore : — en voyant les fioles d'un atelier de photographie, vous douteriez-vous que ces substances liquides
reproduisent et conservent à votre affection les images
chéries des absents et des morts ?

Ah ! Suzanne, ce serait à n'en pas finir si l'on voulait
montrer tous les points de relation entre notre âme et les
choses de la nature, et ces rapports, déjà si nombreux,
augmentent tous les jours avec les conquêtes de l'industrie
humaine.

C'est donc pour vous dire que le travail est véritablement
la loi de Dieu, puisqu'il a tant et de si merveilleux effets ;
non-seulement nous donnant toutes les nécessités de la vie ,
mais encore étendant le domaine de l'homme jusque dans les
plus profonds recoins de la matière, pour attribuer à chaque
atome sa mission spéciale, l'animer en quelque sorte, —lui
créer une place dans la vie humaine et lui procurer ainsi
comme une part d'existence intelligente ; — en retour de

quoi la matière nous est une amie dévouée, prenant soin de notre corps et ayant pour notre âme un langage doux et bon conseiller.

C'est ainsi que nous perfectionnons l'œuvre divine, étendant à toute la terre l'alliance d'esprit et de corps que, dans le commencement, Dieu avait établie seulement en nous.

Voilà comment, Suzanne, d'une chose à l'autre, par l'enchaînement des pensées et à propos de mort et de cloche sonnante, je me trouve entraîné naturellement, après vous avoir montré les utilités tirées du fer, — je me trouve entraîné à vous dire quelques mots des conquêtes de l'homme sur les autres principaux métaux et des divers emplois qu'on en fait.

Ce qu'il y a de bien digne d'attention, c'est que s'ils n'ont point l'importance du fer, chacun d'eux n'en a pas moins son utilité bien marquée en diverses œuvres et opérations où nul autre ne saurait être préférable ; ce qui fait que chacun, selon sa nature, et dans l'emploi qui lui est propre, mérite considération. — C'est ainsi que, dans la société des hommes, Suzanne, ceux propres au travail de la terre sont naturellement les plus nombreux, ce qui n'empêche point qu'il ne soit aussi fort nécessaire que d'autres aient d'autres capacités : qui pour nous faire des étoffes, qui des maisons, qui des meubles, qui des livres, et mille choses dont les moindres sont souvent de grande utilité.

Depuis que l'homme existe, Suzanne, il fouille et cherche dans le sein de cette bonne et généreuse terre que nous habitons et en tire toujours de nouvelles richesses précédemment ignorées. — C'est qu'il n'est point aisé de voir clair dans cet amas de poussières et de roches ; et on n'y arrive peu à peu, qu'au fur et à mesure qu'on augmente son savoir et qu'on perfectionne les outils et instruments de travail. — Alors on parvient à démêler toutes les choses différentes associées de mille façons diverses ; — et à force de trier, de séparer, de classer par ressemblance et différence, on fait comme un inventaire des matières simples qui entrent dans la composition du sol et, en même temps, une nomenclature des unions qu'elles ont l'habitude de former entre elles.

Aussi les métaux ont beau se déguiser en s'unissant tantôt à des gaz comme l'oxygène et le chlore, tantôt à des matières solides comme le soufre, le charbon, l'arsenic ; — les savants arrivent, avec leurs fourneaux et leurs instruments, et vous obligent bien à la fin chaque matière à montrer son vrai visage.

Tous les moyens qu'on emploie pour cela, Suzanne, se résument en deux : le feu et la sympathie. — Vous allez me comprendre.

Le feu, qui, suffisamment ardent, rend liquides même les cailloux, le feu a bien évidemment le pouvoir de desserrer les différentes parties des corps qui subissent son action. — En les desserrant il les rend plus faciles à désunir, et alors pour peu qu'un élément du corps chauffé soit attiré par une substance sympathique, il se dégage de ses premiers liens pour en accepter d'autres. — Ne l'avons-nous pas vu à propos de la fonte composée de fer et de charbon ? — Sans feu, vous auriez beau souffler sur la fonte elle ne broncherait pas ; mais si vous la rendez liquide par un grand feu, l'oxygène de l'air que vous soufflez dessus lui enlève son charbon, parce qu'il y a sympathie entre l'oxygène et le charbon, et que, par l'effet de la grande chaleur, le fer ne retient plus le charbon, — et alors le fer reste seul.

Tous les secrets de la chimie se réduisent à cela : connaître les degrés relatifs de sympathie de chaque matière pour les autres matières, afin d'établir sur cette connaissance des rapprochements et des alliances ; — et c'est en provoquant ces alliances qu'on parvient indirectement à en détruire d'autres ; — et ainsi, Suzanne, chose bien étrange ! il n'est pas jusqu'aux métaux qui n'obéissent, dans leur manière d'être, à quelque chose qui ressemble à des affections... — Eh ! grand Dieu ! comment pourrions nous échapper à cette grande loi de la nature, nous surtout qui avons un cœur ?

Mais voyons, Suzanne, de quels métaux vais-je vous parler, — cuivre, étain, plomb, zinc, mercure, argent, aluminium, platine, or, antimoine, cobalt, nickel, bismuth, manganèse ? — Il y en a certainement beaucoup d'autres ; — mais ils sont peu en usage comme métaux et on ne les emploie que dans des combinaisons ou leur apparence métallique disparaît, — ou bien encore on ne les emploie pas du tout, faute d'avoir trouvé encore à quoi ils sont bons. — On le trouvera plus tard. — La nature nous cache ses secrets à dessein et ne les livre qu'au travail opiniâtre ; et nous avons beau en découvrir tous les jours, — elle en a sans cesse de nouveaux en réserve.

C'est véritablement une habitude générale de la nature d'embrouiller ensemble toutes les diverses matières, de manière à faire entendre à l'homme que s'il a besoin de telle ou telle chose, il doit se donner de la peine pour la chercher et l'obtenir. — Aussi rencontre-t-on bien peu de matières pures, — un peu d'or peut-être, et pas grand'chose autre, et encore il faut le chercher péniblement cet or, répandu par petites parcelles dans des sables ou au sein des roches. — Mais le cuivre, par exemple, on le rencontre combiné surtout au soufre ou à l'oxygène, ou bien simultanément au carbone et à l'oxygène ; — l'argent, au chlore ou au soufre ; — l'aluminium, l'étain et le manganèse, à l'oxygène ; — le plomb au soufre, ainsi que le bismuth et le mercure. — Le nickel, le cobalt, l'antimoine sont fréquemment combinés à l'arsenic. — Le platine, qu'on rencontre en petits grains, est toujours allié à trois ou quatre autres métaux étrangers.

Il faut donc, Suzanne, quand on veut obtenir ces métaux purs, — accomplir certaines opérations qui les débarrassent des matières que je viens de vous indiquer, lesquelles ne sont même en réalité jamais absolument seules. — Il y a du reste toujours, vous le comprenez bien, des parties terreuses du sol dans lequel on recueille les métaux.

Pour faciliter la séparation, on commence naturellement par broyer les minerais tantôt sous des bocards ou pilons, tantôt entre des cylindres tournants ou sous des meules. — On a ensuite des tamis de diverses sortes qui trient les grains selon leur grosseur. — Puis au moyen du lavage dans des cribles ou sur des tables, on sépare les parties métalliques des poussières terreuses.

Mais jusque-là on n'a fait que préparer le minerai ; on l'a débarrassé de beaucoup d'impuretés, mais on n'a pas détruit les combinaisons dans lesquelles il est engagé. Pour y arriver il faut le feu, un feu presque toujours très-ardent.

Les minerais pourvus de soufre et d'arsenic sont ordinairement tout d'abord grillés sous un vif courant d'air, afin que l'oxygène de l'air, en s'unissant au soufre et à l'arsenic

10.

par l'influence de la chaleur, les enlève au minerai. — Mais à vrai dire, chaque minerai différent est soumis à des opérations plus ou moins variées, selon qu'il renferme des substances plus ou moins difficiles à chasser; et on y arrive généralement en se servant, comme je vous l'ai dit, Suzanne, des matières qui ont du penchant pour celles qu'on veut expulser; — dès lors, elles s'en emparent et en purgent le minerai. — C'est à l'aide d'opérations semblables qu'on finit par avoir le métal pur.

Il serait bien long, Suzanne, et certes au-dessus de mes connaissances, de vous expliquer comment on s'y prend pour chacun des métaux que je vous ai nommés : — je ne l'entreprendrai point. — Il vous suffira de vous souvenir que tout cela se fait par la chaleur et les sympathies réciproques ou affinités. — Maintenant, je vous dirai quelques mots sur chacun de ces métaux.

Vous connaissez le cuivre; — il a la couleur rougeâtre et un vif éclat; il est souple, tenace et se travaille très-bien au marteau. — Vous savez combien d'emplois variés il a, et vraiment on n'a guère à lui reprocher que de fournir le vert-de-gris en se combinant avec l'oxygène. — Mais si le vert-de-gris a occasionné plus d'un malheur, il a de nombreuses utilités dans l'industrie et dans la médecine.

L'étain et le plomb sont encore de votre connaissance, Suzanne. — Ils sont tous deux très-mous. — L'étain s'altère difficilement à l'air et résiste bien à l'humidité ; — il a en outre le précieux avantage de n'être pas nuisible à la santé; — aussi on en fabrique nombre d'ustensiles de ménage et on l'emploie pour recouvrir les casseroles en cuivre, qu'il garantit ainsi de l'oxydation. — On en fait encore des fcuilles très-minces pour envelopper les objets qui craignent l'humidité, — le chocolat par exemple. — On en recouvre de minces plaques de fer, qui dès lors ne se rouillent plus et constituent ce que nous appelons le fer-blanc, si utile dans les ménages.

Quant au plomb, on fait des couvertures d'édifices, des conduites d'eau et de gaz, des balles, de la grenaille et beaucoup d'autres objets utiles. — Il est, lui aussi, peu sensible à l'action de l'air et de l'eau, et tant qu'il est pur il n'est pas nuisible à la santé ; — mais il le devient quand il se combine avec l'oxygène. — C'est ce qui rend malades les ouvriers des fabriques où l'on travaille le plomb pour en tirer certains produits, notamment la céruse, qui est un sel de plomb. — Les peintres en bâtiments éprouvent des effets analogues, parce qu'ils emploient fréquemment des couleurs qui contiennent du plomb oxydé.

J'ai lu, Suzanne, qu'il serait bon que ces ouvriers-là bussent fréquemment des limonades légèrement acidulées au moyen de l'acide sulfurique. — Je vais vous dire pourquoi. — Parce que l'acide sulfurique a de l'inclination pour le plomb oxydé ; — dès lors il se combine à lui quand il le rencontre dans le corps humain ; — et cette combinaison nouvelle produit une substance qui n'est plus nuisible, en détruisant celle qui l'était.

La science est pleine de bons conseils, Suzanne, — tout comme l'ignorance est pleine de dangers ; — hâtons-nous donc de nous instruire, — la vie est si courte !

A bientôt, Suzanne.

QUATRIÈME LETTRE.

___

— AUTRES MÉTAUX. —

Je reprends les métaux où je les ai laissés dans ma précédente lettre, Suzanne. — Je m'étais arrêté au zinc.

Le zinc est un métal dont il n'y a pas longtemps on faisait
fort peu usage et qui aujourd'hui rend de grands services.
— Il se réduit en feuilles très-minces, très-souples et peu
sensibles aux influences de l'air. Aussi en couvre-t-on les
édifices, les maisons, et comme il est très-léger, il n'exige
pas de fortes charpentes. — On emploie aussi ces feuilles
à doubler les navires, ce qui est bien moins coûteux que
l'usage du cuivre. — On en fait des auges, des mangeoires,
des réservoirs et mille ustensiles de ménage, sans compter
nombre de petits objets découpés, gauffrés ou repoussés.
— On l'étire en moulure et en tubes, en fils dont on fait
des toiles métalliques, des tamis, des cordes ; — on le fond
dans des moules en statues, flambeaux, lustres, candélabres,
pendules, etc.

Enfin il ne faut pas oublier qu'il y a un sel de zinc,
nommé blanc de zinc, tout à fait inoffensif, et qui, dans la
peinture, remplace la céruse, dont je vous ai dit les dangers.

Vous savez certainement ce que c'est que le mercure,
qui ressemble à de l'argent liquide. On en fait usage pour

les baromètres et les thermomètres, ainsi que pour l'étamage des glaces, et dans la préparation des produits de la pharmacie; et ses composés sont fort employés dans l'industrie. Mais ce qui consomme le plus de ce métal c'est la manipulation de l'or et de l'argent. — Il faut savoir, Suzanne, que le mercure a une grande amitié pour ces deux métaux. — Là où il les rencontre il s'en empare. — Dès lors on a imaginé de s'en servir pour séparer l'or et l'argent des matières étrangères auxquelles ils sont unis dans les minerais.

On en fait également usage pour réduire en pâte l'or et l'argent destinés à dorer ou argenter certains objets. — Et quand les objets sont bien enduits de cette pâte, on les soumet au feu; le mercure s'évapore et l'autre métal reste. — Mais cette évaporation du mercure jette dans l'air des émanations nuisibles à la santé des ouvriers; aussi ces procédés sont généralement abandonnés aujourd'hui.

Quel beau métal que l'argent, Suzanne! Qu'il est riche, blanc et éclatant (1)! — et avec cela inaltérable à l'air et possédant une souplesse de texture qui permet d'en faire des feuilles dont il faut mille pour donner une épaisseur d'un millimètre! — Et de plus, on peut l'étirer en fil si fin qu'avec seize kilogrammes d'argent on fabriquerait un fil suffisamment long pour embrasser le contour de la terre ; — c'est-à-dire d'une étendue de neuf mille lieues !

L'argent sert à faire des pièces de monnaie, des médailles, de la vaisselle, des bijoux, et divers objets de luxe. — Il prend les formes les plus gracieuses et les plus délicates sous la main du ciseleur.

_____

(1) Le kilogr. d'argent pur vaut 222 fr. 22 c.

Le travail qui façonne ce métal en monnaie est des plus
intéressants. — Il faut voir les longues barres d'argent
étirées entre des laminoirs et amincies à l'épaisseur convenable, — puis des emporte-pièces venant découper dans
ces lames des morceaux ronds comme des jetons. Ces
jetons sont pesés, et s'ils sont trop lourds on les confie par
piles à une petite machine qui les prend successivement
et leur enlève un mince copeau d'argent. — Quand ces rondelles ont le poids voulu, une autre machine les fait pi-
rouetter en gravant sur leur tranche la légende ou un cordon de hachures. — Enfin chaque pièce passant à son tour
entre deux coins gravés qui se choquent lourdement sous
l'action d'un balancier (1), ou se rapprochent par le mouvement d'une presse, — reçoit en même temps la double
empreinte de la face et du revers.

Pour éviter les accidents, prévenir les oublis et la mala-
dresse des ouvriers, c'est une petite main de métal qui, à
chaque mouvement du balancier ou de la presse, prend un
jeton nouveau et le dépose entre les deux coins, tout en
chassant la pièce précédemment frappée.

Le prix de l'argent, Suzanne, tend naturellement à le
faire économiser ; mais en même temps sa beauté et
son inaltérabilité font rechercher son emploi. — On a
concilié les deux choses en imaginant de recouvrir des
métaux communs ou autres matières d'une mince cou-

---

(1) Le balancier est mû par des hommes, — la presse par des hommes, l'eau ou la vapeur. Elle frappe 60 pièces par minute, tandis que
le balancier n'en frappe que 30. — Le balancier est préféré pour les
médailles, parce que leur relief, beaucoup plus fort que celui des monnaies, s'obtient mieux par le choc que par la pression.

che d'argent, ce qu'on pratique de différentes manières.

Tantôt, après avoir préparé (1) la pièce à argenter, on y applique par deux, trois ou six à la fois, de minces feuilles d'argent que l'on presse fortement sur la pièce. On en superpose ainsi de 30 à 60 feuilles qu'on brunit ou polit ensuite avec un outil nommé brunissoir.

Tantôt on fait une bouillie épaisse avec de la poudre d'argent, de la crème de tartre et un peu d'eau, — et, avec le pouce, on frotte de cette pâte sur la pièce préparée. — Puis on lave, on essuie et on chauffe légèrement ; — c'est ce qu'on appelle l'argenture au pouce.

On a encore imaginé d'autres méthodes pour appliquer de l'argent sur laiton, bronze, cuivre, fer, acier, étain. — On orne même ainsi de dessins argentés des objets d'or et de platine. — Il y a, entre autres, un procédé d'argenture d'invention toute moderne et où l'électricité sert d'agent ; je vous en parlerai une autre fois, à propos de l'électricité.

On argente le bois, le papier, le carton, en couvrant d'abord ces matières d'une légère couche de colle ou de vernis.

Le placage offre cette différence avec l'argenture, qu'il ne s'effectue pas sur des objets déjà fabriqués ; mais sur de simples plaques de métal dont on confectionne ensuite ce que l'on veut. Ainsi, ayant une plaque de cuivre ou de fer, on la recouvre d'une feuille d'argent, — on chauffe le tout fortement et on fait passer entre des laminoirs. La pression,

---

(1) Cette préparation consiste à décaper la pièce, c'est-à-dire à rendre sa surface légèrement raboteuse, en la chauffant au rouge et la plongeant dans l'eau régale.

aidée de la chaleur, suffit pour unir les deux métaux, qui portent le nom de *plaqué*. On les appelle *doublé* quand, entre les deux métaux, il y a une soudure.

Je vais maintenant, Suzanne, vous parler de l'un des métaux les plus répandus dans la nature, et avec lequel cependant l'homme n'a guère fait connaissance qu'il y a une dixaine d'années, — c'est l'aluminium.

Certes vous douteriez-vous, en foulant l'argile de nos terres, que la base de cette argile est un beau métal blanc, presque semblable à l'argent dont il a l'éclat (1); — aussi dur que le fer; — souple comme le zinc, léger comme le verre; — sonore sans alliage (2), inaltérable à l'air (3); et à peu près inattaquable, même par les acides les plus énergiques?

C'est pourtant la vérité; — et ce métal si commun et qui, par ses vertus variées, peut remplacer dans une foule de cas tant d'autres métaux, ce métal, nous l'ignorions hier encore. — Quelle preuve plus convaincante voulez-vous de l'inépuisable fond de richesses que renferme le sein de la nature?

Mais, me direz-vous, pourquoi donc ce métal n'est-il

---

(1) Il a même sur l'argent cet avantage qu'il n'est pas noirci par les vapeurs du soufre.

(2) Tous les autres métaux purs manquent de sonorité et ne l'acquièrent que par un alliage.

(3) — Une particularité fort remarquable concernant l'aluminium, c'est que, dans l'alumine, uni à l'oxygène, il le retient avec une ténacité exceptionnelle et qui semble indiquer en lui une énergique affinité pour ce gaz. Néanmoins, une fois qu'il en est séparé, ce n'est qu'avec la plus grande difficulté qu'il s'oxyde, au point que l'eau-forte l'attaque à peine, même à chaud.

pas plus employé qu'il ne l'est? — Parce que, Suzanne, il est très-coûteux à extraire de l'argile ou alumine. L'alumine n'est autre chose que de l'aluminium rouillé ou oxydé, c'est-à-dire combiné avec l'oxygène ; et cette combinaison est si tenace, qu'on n'est jusqu'à présent parvenu à la rompre qu'à l'aide de certaines substances rares elles-mêmes (1), ce qui rend l'aluminium très-cher.' Mais soyez assurée, Suzanne, qu'on finira bien par trouver les moyens de le produire à bon marché, et alors, comme il est très-abondant dans la nature, ou pourra l'employer aux usages les plus variés : — aux couvertures d'édifices, au doublage des navires, à la fabrication des armes, des instruments d'agriculture, des ustensiles de ménage, des couverts, des plumes, des lames très-minces, de fils très-fins, de bijoux, enfin d'une foule d'objets, depuis les plus grossiers jusqu'aux plus délicats et pour lesquels nous employons aujourd'hui l'argent, le fer, le cuivre, l'étain, le zinc et même le platine; car l'aluminium étant à peu près infusible, il remplacera aussi le platine dans la fabrication des creusets.

A propos de platine, parlons-en un peu, Suzanne. — Les Espagnols appellent l'argent *plata;* aussi, quand ils découvrirent le platine, dans la Colombie, lui trouvant, par

(1) Ces substances sont notamment le sodium et le potassium, métaux mous qui, combinés à l'oxygène, constituent l'un la soude, l'autre la potasse; ils ont tant d'affinité pour l'oxygène, qu'on les en purge difficilement, et qu'ensuite on ne peut les conserver purs qu'en les gardant dans l'huile de naphte ou de pétrole, les seules qui ne renferment pas d'oxygène. C'est précisément parce que le sodium et le potassium sont très-avides de ce gaz qu'ils parviennent à enlever à l'alumine celui qu'elle contient.

sa couleur blanc-gris clair et ses autres propriétés, certaine analogie avec l'argent, ils l'appelèrent *platina*, petit argent.

Depuis, on a encore trouvé du platine au Brésil, en Sibérie et dans les monts Ourals. — Le platine, très-résistant aux acides, est un métal précieux et par ses propriétés et par son prix de revient qui est d'environ 1,000 fr. le kilogramme en lingot raffiné (1). La cherté de ce métal fait qu'on ne l'emploie qu'à la fabrication de quelques bijoux ou objets de luxe, ou ustensiles pour lesquels ses qualités sont recherchées. — On en fait des creusets, des capsules, des alambics, des télescopes, des miroirs. — L'emploi des creusets de platine a été très-utile en chimie. Les fabriques d'acide sulfurique ont besoin de vases de platine.

Le platine à quelquefois l'apparence d'une éponge. — Dans cet état, — ou bien s'il est en poudre et qu'on fasse arriver sur lui un jet de gaz à éclairage,— ce gaz s'enflamme aussitôt. C'est, comme vous le voyez, Suzanne, une curieuse propriété, sur laquelle on a basé l'invention d'un briquet.

Maintenant voici l'or (2), le roi des métaux, comme on dit. — Est-ce vrai? — C'est selon. — Il a certainement un éclat magnifique, une finesse et une souplesse de grain

(1) Ce prix élevé tient à la difficile et coûteuse manipulation nécessaire pour le séparer d'autres métaux auxquels ils est toujours associé.

(2) L'or pur vaut 3,444 fr. 44 c. le kilogr. — Au commencement du siècle, l'Amérique à peu près seule fournissait de l'or et en produisait environ 14,000 kilogr. par an. — Aujourd'hui, depuis la découverte des gisements de Californie et d'Australie, la production annuelle de ce métal est de 250,000 kilogr., représentant environ 900,000,000 fr.

admirables; si bien qu'on le réduit en feuilles dont il faudrait
dix mille pour produire une épaisseur d'un millimètre ; —
si bien qu'avec un gramme d'or on peut faire un fil de
3,000 mètres de longueur. — Il est le plus inaltérable des
métaux (1), — c'est vrai ; — mais ses utilités pratiques se
réduisent à bien peu de chose ; — et combien il est humble
sous ce rapport, ce beau roi, devant ce vulgaire et obscur
plébéien, le fer !

Je sais bien que vous me direz, Suzanne, que l'or représente toute chose, depuis la moindre jusqu'à la plus importante, le prix du travail et la jouissance de tous ses produits, la richesse en un mot ; — et qu'il a sa mission en
ce monde comme le fer lui-même. — Vous avez raison,
je le sais bien, Suzanne ; mais, malgré moi, je songe que
l'amour de l'or est le mobile de la plupart des crimes. —
A quoi je vous entends encore me répondre que l'or n'est
point fautif du mal qu'on fait pour l'obtenir. — Et vous
avez dix fois raison, Suzanne. — La faute n'est jamais
dans les choses de la nature ; elle est toute dans les intentions mauvaises des hommes. Et cela est si vrai, Suzanne,
que notre or, un jour ou l'autre, nous abandonne, tandis
que nos fautes nous suivent toujours, même par delà le
tombeau.

Ainsi donc, Suzanne, acceptons aussi avec reconnaissance les services que l'or peut nous rendre comme métal.
— Indépendamment de nos plus riches monnaies, il nous
fournit un grand nombre d'objets de bijouterie et d'orfé-

(1) L'or et le platine sont inattaquables par l'acide chlorhydrique et par l'acide azotique ; mais on parvient à le dissoudre au
moyen de l'eau régale, qui est un mélange de ces deux acides.

vrerie, — et mieux que l'argent encore, il se prête à embellir, en les recouvrant, des métaux moins précieux, et même le verre, les porcelaines, le bois et le papier.

Chacune de ces dorures s'effectue par des procédés spéciaux. — Pour les métaux, on peut dorer comme on argente, — au mercure; — c'est-à-dire qu'on fait dissoudre de l'or par le mercure, on recouvre l'objet d'une couche de cette pâte, et en chauffant on provoque l'évaporation du mercure. — Mais les vapeurs de ce dernier métal étant pernicieuses, cette manière est généralement abandonnée et remplacée par la dorure galvanique, dont je vous entretiendrai un autre jour, Suzanne, en vous parlant de l'électricité.

Il y a encore la dorure au feu, que l'on pratique en appliquant sur l'objet bien décapé un certain nombre de feuilles d'or pressées fortement, et soumettant ensuite la pièce à un feu doux.

Une autre dorure fort économique et très-employée est celle dite *au trempé,* qui consiste simplement à laisser tremper pendant une demi-minute les bijoux bien décapés dans un bain composé d'or dissous dans plusieurs acides, de l'eau et un sel de potasse, le tout ayant bouilli deux heures. — Puis on lave, on sèche et on retrempe dans un autre bain bouillant, contenant des sels de potasse, de fer et de zinc. — On lave encore et on polit avec le brunissoir. — Ce procédé est fort commode pour les petits objets et use très-peu d'or.

Les dorures sur bois, pierre, plâtre, carton, pierre, papier et cuir, s'effectuent toutes par l'application d'un certain nombre de feuilles d'or superposées. — Seulement la préparation préalable des objets varie : — sur le bois et les pierres, on passe plusieurs couches de blanc de céruse à l'huile de lin, ou de blanc d'Espagne délayé dans de la colle de parchemin ; — sur le papier, on emploie du blanc d'œuf et du sucre candi ; — sur le cuir, on applique simplement deux couches de colle de parchemin. Quand les feuilles d'or ont été bien appliquées sur ces enduits, on les brunit ou on les vernisse.

On dore la porcelaine avec une préparation de poudre d'or et d'essence de térébenthine étendue au moyen d'un pinceau ; — puis on fait recuire les pièces, qu'on brunit au sortir du four si on veut les rendre brillantes.

Le nickel et le cobalt, Suzanne, sont deux métaux, l'un blanc argentin, l'autre gris, durs, et qui ont plus d'une ressemblance avec le fer ; — ils peuvent notamment, comme lui, acquérir la propriété magnétique. — Ils sont peu répandus dans la nature.

Le manganèse est gris d'acier, dur et cassant, et peut aussi, devenir magnétique. Il se rouille facilement ; aussi ne peut-on le conserver pur que dans l'huile de naphte.

L'antimoine est d'un blanc bleuâtre, — a de l'éclat et se pulvérise aisément.

Le bismuth est un métal d'un blanc gris avec teinte rougeâtre ; — il en existe dans beaucoup de localités. — Ce métal est d'une fusion très-facile.

Ces cinq derniers métaux, Suzanne, n'ont pas d'emploi à l'état pur ; mais ils entrent utilement dans un certain nombre d'alliages.

Les alliages qui sont un mélange de plusieurs métaux rendent de grands services, Suzanne. On peut même dire

que les métaux sont plus généralement employés à l'état
d'alliage qu'à l'état de pureté. — L'acier et la fonte sont en
réalité des alliages de charbon et de fer. — Le fer-blanc, si
utile, est du fer revêtu d'une couche d'étain tantôt pur, tantôt
mélangé lui-même avec du plomb. — Le zinc est employé,
comme l'étain, pour recouvrir la tôle, qu'on appelle alors tôle
galvanisée. — On zingue ou on galvanise également la fonte.

L'étain est aussi, comme vous le savez, appliqué sur le
cuivre, pour empêcher que ce métal ne forme du vert-de-
gris. — Cet étamage est plus durable quand on mêle un
peu de fer à l'étain.

Toutes les fois qu'on applique ainsi un métal sur un
autre, une opération préliminaire indispensable est celle
du décapage, qui consiste à rendre rude la surface de l'objet
à recouvrir. Pour cela on chauffe au rouge et on trempe
dans l'acide sulfurique ou un autre ; — on lave, on frotte
avec du sable ou de la sciure de bois. — C'est afin que le
métal superposé s'incruste bien dans celui qu'il recouvre,
ce qui n'aurait pas lieu si la surface était bien unie.

Mais ces étamages et zingages, de même que les argen-
tures et dorures, sont plutôt des alliances de métaux que
des alliages.

Les vrais alliages sont, pour ainsi dire, des métaux nouveaux, possédant des propriétés spéciales et ordinairement
différentes de celles qui appartiennent aux métaux dont ils
sont composés.

Ainsi le cuivre n'est pas un métal dur, et l'étain est mou ;
cependant, si on les allie dans de certaines proportions, on
obtient un métal très-dur, le bronze. — Chose curieuse
qu'un métal mou procurant de la dureté à un autre métal qui

en manque aussi! — Les anciens ont su fabriquer le bronze avant de connaître le fer; ils en faisaient des instruments d'agriculture, des armes, des outils. — Aujourd'hui le bronze n'a plus ces emplois, mais il n'en manque pas pour cela. — On en fait des canons, des cloches, des médailles, des statues, des timbres, des cymbales, des miroirs, des télescopes et mille objets d'art. — Le cuivre domine toujours dans cet alliage. — Il n'y a guère qu'un dixième d'étain, un peu plus ou un peu moins, dans les statues, médailles et canons; — moins encore dans la monnaie. — Les autres objets contiennent l'étain dans la proportion d'un cinquième à un tiers. — Il y a en outre un peu de fer dans les timbres, — un peu de zinc dans la monnaie et quelquefois dans les cloches.

Le cuivre entre comme accessoire dans nos monnaies d'or et d'argent, qui seraient trop molles si elles étaient de métal pur. Il y figure pour un dixième de leur poids. — On en met un peu plus dans les bijoux et un peu moins dans la vaisselle.

Le laiton, le chrysocale, le similor, le potin, sont des alliages de cuivre, de zinc et d'étain ou de plomb dans des proportions variées, selon le but qu'on se propose. — C'est avec ces alliages qu'on fabrique une foule d'ustensiles de ménage, d'instruments divers, des montures et encadrements, des tubes, des truelles, des cordes pour instruments de musique, des robinets, des boutons, les épingles, les faux bijoux, etc.

Le maillechort, qui prend une foule de noms différents, selon les pays et selon les proportions des métaux alliés, — emploie le cuivre, le nickel, le zinc, le fer, l'étain, le cobalt. — On en fait des couverts et diverses garnitures.

Le métal anglais pour couverts et théières se compose de plomb, d'étain, d'antimoine et quelquefois de bismuth. — Le métal d'Alger emploie un alliage à peu près semblable.

C'est un amalgame (1) d'étain et de mercure qui sert à l'étamage des glaces.

Pour les caractères d'imprimerie et les planches à graver la musique, on allie le plomb à l'antimoine.

Avec l'étain, le plomb et le bismuth, on fabrique des planches à clichés. — Si à cet alliage on ajoute du zinc, on a un excellent métal pour faire des feuilles à coller sur les murs humides.

Le nickel uni au fer l'empêche de se rouiller.

Le platine allié à l'iridium, métal qui lui ressemble, est très-propre à la fabrication des médailles ; — allié au cuivre et au zinc, il forme un métal inaltérable couleur d'or.

L'or allié au fer peut se tremper et se polir comme l'acier. — On peut en fabriquer des outils supérieurs même à ceux d'acier. — On fait d'excellents rasoirs avec cet alliage.

Comment tout vous dire, Suzanne ? — Ce serait interminable.

En finissant, laissez-moi vous faire remarquer une chose : — les bienfaits de l'alliance, de l'association. — Les métaux eux-mêmes apportent leur témoignage.

Interrogez la nature, cette expression de la pensée divine. — Elle ne parle jamais d'isolement. — Les mots union et amour sont écrits partout.

---

(1) On appelle spécialement *amalgame*, tout alliage dans la composition duquel il entre du mercure.

CINQUIÈME LETTRE.

— LA VAPEUR ET LES MACHINES A VAPEUR. —

Dans les veillées d'hiver, autour de l'âtre ; — tantôt filant, silencieuse, le lin de la quenouille, tantôt lisant ou devisant de choses et d'autres avec quelques voisins ; — combien de fois, Suzanne, n'avez-vous point entendu chanter l'eau de la bouilloire devant le feu? — Vous êtes-vous inquiétée de ce qu'elle disait avec ses glouglous cette eau bouillante ; — ces glouglous qui troublent votre silence ou prennent part à la conversation ? — Avez-vous considéré un peu le petit nuage de vapeur qui s'élève en se tordant au-dessus de l'eau et s'évanouit dans l'air? — Peut-être n'avez-vous point écouté les récits de la bouilloire ; — peut-être n'avez-vous point pris garde au nuage blanc? Et pourtant je n'en jurerais pas, sachant combien vous êtes songeuse et clairvoyante au prix des autres, Suzanne.

Au fait, des milliers d'années se sont passées pendant lesquelles des générations d'hommes ont entendu ces glouglous et vu ces petits nuages sans y prêter grande attention.

Ce n'est pas que, de temps en temps, — dès l'antiquité même, il ne se soit trouvé quelques hommes d'oreille plus fine qui n'aient pris garde à ces glouglous et n'aient eu comme un vague sentiment de ce que signifiait leur chanson.

11.

— Ils avaient au moins bien compris une chose, c'est que ce petit nuage blanc, sorti de l'eau, aime par-dessus tout sa liberté dans les airs, à ce point que, si la bouilloire à un couvercle, le nuage emprisonné dessous fait effort, — le soulève, s'échappe par l'entre-bâillement, après quoi le couvercle retombe de lui-même.

Vous avez pu voir souvent vous-même, Suzanne, ce petit manége du nuage forçant la porte de sa prison chaque fois qu'il s'y trouve trop à l'étroit.

On a reconnu par là que ce petit nuage de vapeur avait une force, puisqu'il soulevait un poids ; et on s'est dit qu'il ne s'agissait que d'accumuler des nuages pareils dans un réservoir quelconque pour obtenir une force de plus en plus considérable.

Deux anciens, Héron et Archimède, il y a plus de deux mille ans, paraissent avoir fait des expériences à ce sujet, mais leurs essais n'ont pas été poussés bien loin. Ils ont constaté simplement que la vapeur, ainsi comprimée, peut, quand elle s'échappe, chasser vivement un objet qui se trouve sur son passage.

Cette force de la vapeur d'eau, les savants d'alors la considéraient, l'admiraient, s'en amusaient en des appareils plus ou moins ingénieux ; — mais elle demeurait sans utilité, faute de savoir en faire usage. — Les esclaves tournant la meule ou ramant péniblement sur les galères étaient loin de se douter qu'il y avait là, auprès d'eux, et bien autrement puissant, un autre esclave, la vapeur, qui devait, dans l'avenir, procurer tant de force à l'humanité en la soulageant de tant de peine.

Seize ou dix-sept siècles s'écoulent ainsi, et la chanson

de l'eau bouillante n'est pas mieux comprise, et les petits
nuages de vapeur continuent à se disperser inutiles dans
l'air.

Il y a trois cents ans environ, au dire d'un écrivain d'alors,
la force de la vapeur était utilisée à extraire l'eau qui s'ac-
cumulait dans certaines mines de Bohême. Mais par quel
moyen la vapeur agissait-elle? à l'aide de quelle machine?
On ne sait.

Au xviiᵉ siècle, un ingénieur français, Salomon de
Caus, s'occupe beaucoup de la vapeur, et imagine certaine
mécanique pour utiliser sa force, et, presque en même
temps, un autre ingénieur, l'Italien Branca, décrivait un
appareil où la vapeur mettait en mouvement une roue à
aubes qui, par des engrenages, faisait manœuvrer des pilons.

Mais voilà qu'enfin, il y a 170 ans, un médecin français,
Denis Papin, publiait la description d'une machine faite
d'un cylindre dans lequel un piston se mouvait par l'effet
de la vapeur. — Voilà la vraie origine de toutes les machines à vapeur d'aujourd'hui, Suzanne : — un cylindre
et un piston. — Mais combien de détails nouveaux, d'améliorations successives il a fallu pour amener les machines
à vapeur au degré de perfection qu'elles ont atteint!

Mon savoir, Suzanne, ne suffirait point à vous raconter
cela tout au long, et je me bornerai à vous donner une idée
des machines d'aujourd'hui. — Cependant, il y a dans cette
histoire de la vapeur des noms qu'il faut savoir pour les
garder dans sa mémoire; — ce sont ceux des hommes qui
ont le plus et le mieux travaillé pour nous préparer ce serviteur si utile que nous appelons machine à vapeur.

N'oublions donc jamais Denis Papin, et après lui Thomas Newcomen, le forgeron anglais; James Watt, l'Écossais; l'ingénieur Cugnot et le marquis de Jouffroy, tous deux Français; l'Américain Fulton; le Français Marc Séguin, l'Anglais George Stephenson et son fils Robert.

Et maintenant, si vous le voulez bien, Suzanne, nous allons construire une machine à vapeur. — La pensée est un ouvrier habile et puissant qui fait sortir tout de rien, véritable image du Créateur divin. — Toutes les œuvres de la main elle les a faites, elle, d'abord. — La main n'exécute que des copies des choses que notre cerveau crée. — Donc, pas besoin n'est de fer, de marteau, de ciseau et de lime pour fabriquer une locomotive. La baguette de cette fée que nous appelons imagination tient lieu de tout cela et suffira à notre travail.

Commençons par le commencement, Suzanne, c'est-à-dire par le foyer, et figurez-vous une grande boîte carrée, en cuivre rouge, dont le fond est une grille sur laquelle brûle le charbon; — et, sur le devant, une porte pour introduire le combustible. — L'air vient par-dessous, à travers un cendrier qui reçoit les cendres et autres résidus, — Tout cela c'est la boîte à feu.

Pour établir un courant d'air dans cette boîte, sur le côté opposé à la porte, dans la partie supérieure, il y a un certain nombre de trous auxquels sont soudés horizontalement des tubes étroits de deux à trois mètres de long, laissant des vides entre eux. — La flamme et l'air chaud qui montent du foyer se précipitent dans ces tubes, les parcourent, et arrivent ainsi dans une autre boîte, la boîte à fumée, au-dessus de laquelle s'élève la cheminée.

Mais je vous entends d'ici, Suzanne. — Vous me dites : Pourquoi ces petits tubes si nombreux, quand un seul suffisamment grand remplirait le même but, comme dans une cheminée ordinaire? — Je vous le dirai dans un moment.

Voilà donc pour le chauffage. — Maintenant, où est la chaudière contenant l'eau?

On dispose la chaudière tout autour du feu, ou, si vous aimez mieux, on enferme boîte à feu et tubes à feu dans la chaudière. — Pour cela on enveloppe la boîte à feu d'une plus grande boîte en fer qui laisse un vide entre les deux, et on enveloppe les petits tubes d'un vaste cylindre. L'eau est contenue dans l'entre-deux des boîtes et dans le gros cylindre avec lequel il communique. — Entourant ainsi le foyer et baignant les tubes qu'elle couvre et entre lesquels elle circule, l'eau, vous le comprenez, Suzanne, utilise ainsi autant que possible la chaleur du feu.

Maintenant, il est aisé de s'expliquer pourquoi on préfère mettre tous ces petits tubes à feu au lieu d'un seul grand (1). — C'est pour mieux chauffer l'eau. — Dans un large tube, la chaleur qui glisse le long des parois est la seule qui serve à chauffer le liquide; celle qui passe au centre, ne touchant pas le tube, atteint l'extrémité et s'échappe sans avoir pu produire aucun effet. — Il n'en est pas de même dans un tube étroit, où le courant cède à l'eau presque toute sa chaleur; et, en résumé, la chaleur du foyer débitée en minces filets est ainsi à peu près complétement utilisée. — N'est-il pas vrai, Suzanne, que pour bien arroser un

---

(1) Ces tubes, au nombre de 150 à 200, constituent la chaudière dite tubulaire, inventée par notre compatriote Marc Séguin, et employée pour la première fois vers 1829.

terrain, mieux vaut de nombreux filets d'eau espacés qu'un seul grand ruisseau passant au milieu ?

Pour ce qui est de la chaudière, cette disposition des tubes a deux résultats importants, d'abord l'économie du charbon, et ensuite la formation d'une grande abondance de vapeur (1). — Or tout est là ; car plus vous avez de vapeur emprisonnée, plus elle se trouve comprimée et plus elle fait force pour s'échapper. — Cela est si vrai, qu'avant l'invention de tous ces petits tubes, — alors qu'on n'en mettait qu'un large, on ne pouvait obtenir d'une locomotive que quatre lieues à l'heure, tandis qu'aujourd'hui on obtient facilement une vitesse quadruple. — Cela, je vous le répète, parce que la chaleur, mieux utilisée, produit plus de vapeur et dès lors plus de vitesse.

Bien entendu, Suzanne, que pour amasser cette vapeur, il faut lui ménager un espace vide dans le haut de la chaudière. — Aussi pour cela on maintient le niveau de l'eau simplement au-dessus de la boîte à feu et des tubes. — Alors la vapeur s'accumule et se presse sous le dôme de fer qui domine la boîte à feu et sous la voûte que forme le cylindre.

Voyons ce que devient cette vapeur. Étant fortement comprimée, elle tend à s'échapper par toute issue qui se présentera. — Elle se précipite donc dans un tube spécial renfermé aussi dans le cylindre, et qu'on peut ouvrir ou fermer à volonté. — Ce tube se prolonge dans la boîte à fumée,

---

(1) Un autre précieux avantage des chaudières tubulaires, c'est qu'elles sont à peu près inexplosibles ; car si la pression de la vapeur devient trop forte, elle commence par déchirer les plus usés des petits tubes à feu, et l'explosion se trouve ainsi conjurée.

et là, faisant un coude, descend jusque dans le bas de cette boîte, où il aboutit à un double compartiment qui sert de vestibule aux deux cylindres à piston.

La vapeur arrive ainsi auprès des pistons ; c'est ici que nous allons la voir accomplir sa besogne. — Prêtons attention, Suzanne ; — nous n'avons besoin d'examiner qu'un piston, puisque l'autre agit exactement de même.

Le compartiment dont je viens de vous parler et où passe la vapeur avant d'arriver au piston s'appelle boîte à vapeur. — La vapeur y pénètre par le haut. — Sur la face inférieure s'ouvrent côte à côte trois issues. — Les deux extrêmes conduisent chacune à un bout du cylindre où glisse le piston ; celle du milieu conduit à l'air libre, par un tube recourbé qui s'élève dans la cheminée. — Si cette dernière ouverture n'est pas fermée, la vapeur s'échappera par là et n'agira pas sur le piston. — Supposons-la donc couverte ; mais alors la vapeur, se précipitant dans les deux autres issues, envahira le cylindre à piston par les deux bouts à la fois et nous ne serons pas plus avancés ; car elle poussera le piston simultanément par ses deux faces et celui-ci ne bougera pas.

Il faut donc, pour faire mouvoir le piston, que la vapeur n'arrive d'abord que d'un côté ; mais le piston, parvenu au bout opposé du cylindre, sera arrêté, et pour le faire reculer la vapeur devra cesser d'agir du premier côté pour agir de l'autre et ainsi de suite ; alors le piston, obéissant alternativement à ces deux impulsions, produira un va-et-vient, c'est-à-dire un mouvement continu.

Pour déterminer ce jeu, il faut nécessairement fermer et ouvrir alternativement chacune des issues qui, de la boîte à vapeur, conduisent dans le cylindre. —Cependant, celle de ces ouvertures que l'on ferme pour empêcher que la vapeur n'y entre, —doit rester ouverte pour laisser sortir la vapeur qui a déjà produit son effet sur le piston et qui ne peut rester dans le cylindre, sous peine d'empêcher le retour du piston.

Comment concilier cette double nécessité d'avoir en même temps une porte ouverte et fermée : — fermée pour qui veut entrer dans le cylindre, — ouverte pour qui en veut sortir ? — C'est beaucoup plus simple que cela ne paraît, Suzanne.

Imaginez dans l'intérieur de la boîte à vapeur une espèce de tiroir renversé, de dimension précise pour couvrir deux des trois ouvertures du fond, — et pouvant glisser de manière à couvrir tantôt la première, tantôt la dernière, sans jamais découvrir celle du milieu. — Voyez ce qui en résulte.

Le tiroir couvre, par exemple, l'ouverture du milieu et celle de gauche ; — la vapeur de la boîte se précipitera dans l'ouverture de droite, la seule demeurée libre, et ira pousser le piston de droite à gauche. Quant à la vapeur qui se trouvait du côté gauche du piston, refoulée par ce mouvement, elle monte sous le tiroir où elle trouve l'issue qui mène à l'air libre ; — et elle s'échappe par cette voie.

Cela fait, si le tiroir, glisse de manière à couvrir l'ouverture de droite en découvrant celle de gauche, la vapeur, se précipitant dans cette dernière, va repousser le piston de gauche à droite, et pendant ce temps le tiroir reçoit et dirige au dehors la vapeur refoulée par l'ouverture de droite. Puis, nouveau mouvement du tiroir vers la gauche et ainsi de suite; — et, dans son va-et-vient incessant, il provoque des mouvements analogues de la part du piston, — avec lequel un petit mécanisme extérieur le met en rapport.

Mais, en passant, remarquons une chose, Suzanne; — une chose qui semble peu importante et qui l'est beaucoup; c'est la présence du tuyau d'échappement de la vapeur, dans celui de la cheminée.

Quand une machine à vapeur est à poste fixe, comme celles qui fonctionnent dans les usines, il est facile, au moyen d'une très-haute cheminée, d'obtenir un courant d'air très-vif, qui donne au feu l'activité nécessaire. Mais une locomotive ne pouvant avoir qu'une cheminée peu élevée dont le tirage est trop faible, on était fort embarrassé pour obvier à cet inconvénient. — Or, le cas était fort grave : — peu d'air, peu de fer, partant peu de chaleur et de vapeur, et en résumé peu de force.

On avait essayé plusieurs moyens infructueux, quand deux Anglais (1) imaginèrent de faire aboutir dans la cheminée de la locomotive le tuyau par où s'échappe la vapeur, après avoir produit son effet sur le piston.

Les chaudes et fortes bouffées de vapeur chassées à travers la cheminée produisent précisément l'effet nécessaire; — l'air entraîné par le jet de vapeur occasionnant un vif courant dans les tubes et dans le foyer.

Ainsi, Suzanne, voilà les pistons de la machine qui fonctionnent. Si, pour les locomotives, vous attachez les tiges des deux pistons à deux manivelles articulées, fixées aux extrémités d'un essieu, — le va-et-vient des pistons mettra

_____

(1) George Stephenson et son fils Robert,

en mouvement l'essieu et en même temps les roues qui y sont attachées. Pour les machines à poste fixe, vous adaptez les tiges des pistons diversement articulées aux mécanismes, n'importe lesquels, qui doivent recevoir le mouvement, roues, cylindre, balanciers, rouleaux, etc.

Vous comprenez aisément, Suzanne, qu'on peut varier à l'infini les détails et l'arrangement des diverses parties d'une machine à vapeur, selon le but qu'on se propose, selon la place que l'on a. — On la fait plus allongée ou plus resserrée ; le foyer a telle forme ou telle autre ; — au lieu de cent ou deux cents tubes on peut n'en mettre qu'un ; — tantôt c'est l'eau qui entoure le feu, tantôt c'est le feu qui entoure l'eau (1). — Le tiroir est disposé d'une façon ou d'une autre ; — les cylindres à piston sont debout, ou couchés ou inclinés. — Mais, quel que soit l'arrangement, il y a toujours de la vapeur produite et dirigée au moyen d'un tiroir dans un cylindre où joue un piston. — Voilà l'essentiel.

Bien entendu, Suzanne, que, dans toute machine à vapeur, il y a, à la portée du mécanicien, — une manivelle nommée régulateur, servant à fermer ou ouvrir le tube par où la vapeur se dirige vers les pistons. — On peut ainsi, à volonté, donner plus ou moins de vapeur, ou bien l'arrêter complétement. — Il y a encore des soupapes de sûreté, des robinets pour vérifier le niveau de l'eau, en ajouter ou en enlever.

La voilà donc, Suzanne, cette si extraordinaire invention, — la machine à vapeur ; cette merveille qui faisait ouvrir

(1) Dans les chaudières fixes ordinaires, deux gros tubes, nommés bouilleurs, remplis d'eau, sont entourés par le feu.

si grands les yeux et les oreilles, dans nos campagnes, quand
on la rencontrait dans le commencement. La voilà bien
simple, vous voyez, au prix de ses conséquences si variées.

La chaudière est comme qui dirait un magasin de force,
pour venir en aide à celle si chétive de nos bras, aussi bien
qu'à celle des animaux. — Il y a tant de choses à faire dans
ce monde qu'on n'en serait jamais venu à bout sans cela.

On croyait avoir beaucoup fait, au temps jadis, quand
on avait employé l'eau coulante à faire tourner quelque
moulin ou jouer quelque autre machine; — mais combien
l'eau nuage est plus puissante et plus rapide que l'eau
rivière! — Et vous la disposez où il vous convient, —
moyennant que vous lui ménagiez une prison de fer; — et
ainsi, dans un espace de quelques mètres, vous pouvez
amasser à volonté une force énorme, même pareille à celle
de douze cents chevaux (1) et plus; et cette force vous la
guidez à votre gré avec une petite manivelle pour tout
frein.

Ces chevaux-vapeurs mangent du charbon au lieu de
foin et d'avoine; mais combien ils sont moins embarras-
sants que les autres! Une boîte est leur écurie; — ils ne
sont jamais malades; — ils sont bien plus forts que les
autres et ils existent par millions infinis, puisque l'eau en
est faite et que la pluie nous rend celle qui s'envole.

Et quand on réfléchit à cette chose, que c'est cette eau
claire, pure et fraîche qui coule en ruisseau et donne la
vie aux champs; — cette eau si riante où l'oiseau vient se

(1) La force d'un cheval-vapeur équivaut à au moins deux fois
celle d'un de nos chevaux ordinaires.

baigner et boire; — cette eau qui met des diamants dans les fleurs et au fin bout des herbes .....; quand on pense que cette même eau devient un géant pour la force et fait à elle seule, sur la terre, autant d'ouvrage qu'en feraient les bras de tous les hommes réunis....!

Quand on pense que ce qui lui donne sa puissance, à cette eau, ce sont les houilles (1) que nous a fabriquées la terre avec les débris de ses premières forêts enfouies, en des âges d'un lointain impossible à dire...; — et qu'ainsi, cette houille est comme une vigueur de la jeunesse terrestre, mise en réserve par notre mère commune, la terre, —pour plus tard venir en aide à la faiblesse et insuffisance de l'homme, — son fils, — et le faire progresser dans les voies du travail et en même temps dans les sentiments de concorde et de bonne amitié au vis-à-vis de son semblable de chaque pays.....

Ah! Suzanne, la vue est éblouie, la tête tourne quand on la penche sur ces profondeurs !

---

(1) Sans la houille, le bois des forêts serait bientôt épuisé et l'emploi des machines à vapeur deviendrait bientôt impossible. — La houille paraît avoir été connue des Romains, en Angleterre, mais il n'en est question, comme combustible, qu'au IXe siècle. — Son emploi industriel un peu étendu ne remonte qu'au XVIIe siècle. — Aujourd'hui, la production de la houille sur la terre entière est évaluée à 1,300 millions de quintaux métriques.

SIXIÈME LETTRE.

Voilà donc, Suzanne, que la vapeur d'eau emprisonnée met à notre disposition une force puissante ; — à quoi l'emploie-t-on ? Vous le savez aussi bien que moi ; — on l'emploie à naviguer, à traîner des voitures, à mettre en mouvement des mécaniques de toute espèce dans les fabriques.

La première idée d'appliquer la vapeur à la navigation est due à Denis Papin, dès 1690. — Deux Français, A. Perrier, en 1775, et le marquis de Jouffroy en 1778 et 1781, ont, les premiers, construit des bateaux à vapeur. — Plusieurs Anglais ont ensuite fait des essais ; mais c'est à l'Américain Fulton que revient l'honneur d'avoir, en 1807, construit, à New-York, *le Clermont*, premier bateau à vapeur dont on ait continué à faire usage après expérience. — En 1815, l'Angleterre eut, sur la Clyde, son premier steamer ; — la France ne l'eut qu'en 1820, sur la Seine.

La vapeur fait mouvoir les navires tantôt au moyen de roues à palettes semblables à celles de nos moulins à eau ; — tantôt au moyen d'une hélice (1). — Je comprends

---

(1) Divers essais infructueux avaient été faits, dès le dernier siècle pour appliquer l'hélice à la navigation. — Ce n'est qu'en 1836 que presque simultanément un fermier anglais, M. Smith, et un capitaine suédois, John Ericson, ont trouvé le problème. — Le premier navire à hélice a été construit en Angleterre, en 1838.

parfaitement, Suzanne, que les palettes des roues battant l'eau rapidement sur les flancs du navire le fassent avancer; — mais je vous avoue que j'ai trouvé fort étonnant que l'hélice produisît le même effet. — Cela est pourtant.

L'hélice est une plaque de fer, et mieux de cuivre, tordue en spirale. On la place à l'arrière du navire, sous l'eau, dans un espace vide qui lui est ménagé derrière le gouvernail. Une tige de fer la traverse dans la longueur et est en relation avec la machine. De sorte que la vapeur, en faisant tourner cette tige, fait tourner, l'hélice qui, par ce mouvement, semble en quelque sorte se visser dans l'eau, comme fait une vis dans un écrou. — Par suite, le navire est entraîné. — N'est-ce pas merveilleux?

Il paraît que l'hélice a sur les roues de grands avantages. — Elle peut fonctionner en même temps que les voiles, ce que les roues ne peuvent faire.— Étant sous l'eau, elle est d'ailleurs à l'abri d'une foule d'accidents, et notamment du canon, ce qui est précieux pour les navires de guerre. — Les roues empêchaient encore de mettre suffisamment d'artillerie sur les flancs.—Par leur grand volume, elles donnaient prise au vent et gênaient la marche du navire. — Il paraît aussi qu'avec l'hélice on peut disposer la machine à vapeur d'une façon moins encombrante. — Tout cela est fort à considérer.

Le progrès enfante le progrès, comme le bon grain la bonne récolte. — Les navires de guerre à vapeur, débarrassés des grandes roues et munis de l'hélice, deviennent de terribles machines, — si terribles avec leurs canons perfectionnés, — qu'elles laissent entrevoir des batailles navales désastreuses pour tous; — une destruction réciproque presque complète. — La pensée recule épouvantée devant ces images... Est-ce là du progrès?

Rassurons-nous; — tirons des choses l'utilité dont elles sont capables, et quant à leurs dangers, — ne vous mettez point en peine : — on y pourvoira.

Ne voilà-t-il pas, en effet, qu'on enveloppe et recouvre les navires d'une solide cuirasse de fer impénétrable aux boulets? Et ces batailles que la vapeur, l'hélice, les armes perfectionnées devaient rendre si terribles, les voilà peut-être devenues moins meurtrières que par le passé, grâce à ce nouveau progrès. —Admirons, Suzanne, admirons (1).

La vapeur n'est pas moins active sur les chemins qu'elle ne l'est sur la face des eaux; — bien au contraire. — Vous pensez tout de suite aux chemins de fer, Suzanne; — quel admirable emploi de la vapeur! — Ce n'est pas qu'on ne puisse faire des voitures marchant à la vapeur sur des routes ordinaires, pourvu qu'elles ne soient point trop montantes. — Il y a eu de ces voitures (2); mais ces essais ne pouvaient mener à rien. — Le bénéfice de la vapeur n'est pas seulement dans la rapidité qu'elle procure, — il est surtout dans les masses considérables qu'elle entraîne; or ces masses sont nécessairement lourdes, et il n'y a pas de route de terre capable de supporter des poids pareils

---

(1) Aujourd'hui notre marine militaire compte environ 300 navires à vapeur dont le plus fort porte 130 canons et une machine de la force de 1,200 chevaux. — Notre marine marchande n'en possède guère plus. — L'Angleterre et les États-Unis en ont cinq ou six fois autant que nous.

(2) Telle était la voiture à vapeur inventée par l'ingénieur français Cugnot, en 1769.

sans se défoncer. — Au contraire, la surface unie et dure que fournit le fer a le double avantage de ne pas s'écraser et de n'offrir aucun obstacle aux roues. Aussi, même avant l'invention des machines à vapeur, on avait imaginé de faire traîner par des chevaux des chariots dont les roues portaient sur des bandes de bois, quelquefois garnies de fer. — Ce fut l'enfance du rail.

Rail est un mot anglais qui signifie barre, bande ; — il est généralement adopté chez nous aujourd'hui, et nous indique que c'est de l'Angleterre que nous vient cette invention. Elle a en effet pris naissance chez nos voisins, au xviie siècle, dans les districts houillers de Durham et de Northumberland, pour le transport des lourdes voitures chargées de charbon de terre.

Mais, à la fin du xviiie siècle, Suzanne, on imagina de faire ces rails en fonte ; — ils avaient un rebord extérieur qui maintenait la roue, et le rail formait ainsi une sorte d'ornière. — Comme la terre s'y amassait et faisait obstacle, on fit, toujours en fonte, ce rail saillant et sans rebord, et ce fut sur la roue, du côté intérieur, qu'on plaça le rebord ; — ainsi qu'on l'avait déjà pratiqué avant les rails à ornières.

Cependant on s'aperçut encore que la fonte était trop cassante pour cet emploi; et vers 1810, Stephenson père reconnut que définitivement le fer forgé était préférable pour les rails. — Un cheval qui, sur une route ordinaire, traîne mille kilogrammes, peut traîner jusqu'à dix mille kilogrammes sur des rails de fer.

Aussi quand, grâce à la chaudière tubulaire de Marc Séguin et au tirage par la vapeur de Stephenson, la machine à vapeur fut suffisamment perfectionnée pour être employée à la traction rapide de lourds convois, ne songeât-on pas à faire marcher le tout sur une autre matière que le fer.

Les premiers essais d'une locomotion à vapeur sur chemin de fer datent de 1805, et furent faits à Newcastle, en Angleterre ; mais pendant vingt-cinq ans encore, ce moyen de transport ne servit guère que dans les mines et les usines. Ce fut le 15 septembre 1830 que la vapeur entraîna pour la première fois un convoi de voyageurs sur le chemin de fer de Manchester à Liverpool, et marcha avec une vitesse de cinquante kilomètres à l'heure. — Six ans plus tard, sur le même chemin, une locomotive faisait cent kilomètres à l'heure.

Les doubles rails de fer sont solidement fixés sur d'épaisses traverses de bois qu'on recouvre de terre. On emploie généralement le bois de hêtre, et afin qu'il se conserve plus longtemps, on lui fait subir une préparation qui consiste à l'imprégner d'un sel de cuivre (1); moyennant quoi les traverses peuvent durer 15 ans.

Sur un chemin de fer de niveau, une locomotive de force moyenne peut traîner cinquante-sept wagons pesant 570,000 kilogrammes. — Elle a naturellement moins de puissance, s'il y a une pente.

Quant au degré de vitesse que la vapeur a pu atteindre jusqu'à présent sur les rails, c'est à n'y pas croire, Suzanne ; — trente lieues, — 120 kilomètres à l'heure ! — On a obtenu cette rapidité extraordinaire en donnant de grandes dimensions aux roues que le piston met en mouvement (2).

(1) M. Boucherie est l'inventeur de ce procédé.
(2) La locomotive anglaise dite Crampton, du nom de son auteur, est la plus remarquable sous ce rapport.

La France possède environ dix mille kilomètres de chemins de fer; l'Angleterre en a un peu plus; mais les États-Unis d'Amérique en ont quatre fois autant que nous.

Maintenant, Suzanne, comment vous dire tout le travail accompli par les machines à vapeur dans les usines et les ateliers de toute sorte? — C'est l'infini. — On peut dire que presque rien aujourd'hui n'est fabriqué sans le secours direct ou indirect de la vapeur. — Dans les cités industrielles, on entend partout son souffle puissant qui accompagne la manœuvre des pistons et ébranle l'air. — Elle fait mouvoir des mécaniques de tout genre, rend des services de toute nature.

Il y a des pays même, Suzanne, l'Angleterre, par exemple où on rencontre les machines à vapeur fonctionnant dans les fermes et au milieu des champs. — Elles sont ajustées à des mécaniques ingénieuses qui labourent, sèment, moissonnent, battent le blé, le nettoient, fauchent les prés hachent la paille... — Que vous dirai-je encore?

Est-ce que cela ne vous fait pas entrevoir un lointain où l'homme, confiant aux machines la part la plus pénible de son travail matériel, n'aura plus, lui, qu'à les diriger; — et alors occupera de plus en plus les loisirs de sa pensée à la conquête des choses intellectuelles et morales?

Je dois vous dire encore, Suzanne, que ce n'est pas seulement la vapeur d'eau qu'on peut employer pour mettre des machines en mouvement. L'éther, le chloroforme, la poudre à canon et toute les substances se vaporisant facilement, l'air chaud lui-même, produisent des effets semblables ou plus puissants encore. Mais leur puissance même les rend dangereux et par conséquent d'un emploi difficile.

Et pour finir, Suzanne, je suis bien certain qu'à l'avenir vous prêterez l'oreille à la chanson de la bouilloire devant le feu :

« — Glou-glou-glou... la chaleur me soulève en bulles qui dansent et crèvent. — La chaleur me fait nuage, — me donne des ailes. — J'aspire à l'espace! — ma prison m'étouffe... Ouf!

— Ouf! — un effort... je pousse l'obstacle et je m'envole. — Et tant que le feu m'aiguillonne, je sors par bouffées de ma prison, — repoussant, repoussant toujours l'obstacle qui retombe sans cesse.

— Et mes aspirations à la liberté changent la face du monde; — elles donnent à l'homme la force des géants et la rapidité de l'oiseau.

— Elles multiplient à l'infini le travail, cette source de toute chose, même du bonheur; — elles rapprochent les bouts du monde, mêlent les peuples, parlent d'estime, d'union, d'amour...

— Glou-glou-glou... la chaleur me soulève en bulles qui dansent et crèvent. — La chaleur me fait nuage; — me donne des ailes. — J'aspire à l'espace! — ma prison m'étouffe... Ouf! »

En vérité, Suzanne, la bouilloire chante cela et mille autres choses encore.

Vous ne vous en doutiez pas, et moi non plus.

Combien de choses ainsi nous semblent muettes, tandis que c'est nous qui sommes sourds.

SEPTIÈME LETTRE.

— ÉLECTRICITÉ. — TÉLÉGRAPHIE. —

Sur le bord de la route qui vient de Tavel; vers le haut de la côte, à gauche, vous avez dû remarquer, Suzanne, une grande croix de bois noir plantée en terre?

Un jour, vers le coucher du soleil, une charrette attelée de deux chevaux descendait ce chemin. Le charretier tenait les guides, sa femme marchait derrière, et un petit enfant de deux ans dormait dans la charrette étendu sur un lit de hardes. — En ce moment un orage éclata sur la vallée, et tout d'un coup la foudre tomba.

Le premier voyageur qui descendit la côte un instant après trouva la charrette arrêtée contre un talus; les deux chevaux étaient morts, le charretier était mort, sa femme également, — tous foudroyés. — Le petit enfant seul vivait encore et continuait à dormir. La croix noire rappelle le souvenir et indique la place de l'événement.

N'est-il point étrange, Suzanne, qu'il existe dans l'air une chose invisible si puissante; — et qui se manifeste ainsi par ce choc que nous appelons foudre? — Ce choc qui s'est produit là si terriblement, — n'amène pas toujours mort d'homme, Dieu merci; — mais vous savez qu'il n'est point rare de voir des arbres brisés et des clochers endommagés par la foudre, avec accompagnement de circonstances souvent bien extraordinaires.

La foudre, c'est l'électricité. — Mais qu'est-ce que l'électricité qui, si violente dans le phénomène de la foudre, agit au contraire si délicatement dans le télégraphe? Comment peut-elle être ainsi tantôt brutale et dangereuse, tantôt paisible et complaisante?

Quoi qu'il en soit, si on ne connaît pas la nature de l'électricité, il est certain qu'on ne peut révoquer en doute son existence.

Au temps jadis, les anciens avaient remarqué qu'en frottant un morceau d'ambre, il acquérait par ce fait la faculté d'attirer à lui de petits corps légers dont on le rapprochait; et après les avoir attirés à son contact il les laissait retomber. On avait remarqué cela, — sans plus, — sans tirer conséquence du fait. — Dans les temps modernes, quand on se fut bien convaincu par des expériences que cette force qui agissait si faiblement dans l'ambre était de même nature que celle qui se manifestait dans plusieurs autres cas, et notamment dans le fait de la foudre, — on donna à cette force le nom d'électricité, vu que l'ambre s'appelait *electron* en grec.

Voilà d'où vient le nom; — quant à la chose, les savants eux-mêmes ignorent ce qu'elle est; — ce n'est donc pas moi qui vous le dirai.

Aussi pour vous en parler suis-je fort embarrassé, Suzanne. — Je ne voudrais point avoir l'air de vous enseigner ce qu'au fond j'ignore; — et cependant, comme je me fais de cette électricité une idée par laquelle je me rends compte des phénomènes, — je voudrais vous faire par-

12.

tager mon idée, — tout en ne sachant pas trop si j'aurai le talent de vous la rendre. — A tout hasard je le tenterai, comptant sur la grande finesse de votre esprit.

Toutes les choses de la nature s'enchaînent, Suzanne, — dérivant les unes des autres en une parenté qui fait qu'en dépit des différences qui les distinguent elles présentent toujours certaines analogies, à quoi on reconnaît bien qu'elles sont de la même famille.

Il n'est donc point déraisonnable, en fait de phénomène naturel, de se rendre compte jusqu'à un certain point des choses cachées, par l'analogie des choses connues. — Il y a une grande variété, c'est vrai, dans les détails de la nature; mais il y a unité et grande simplicité dans les lois qui gouvernent l'ensemble.

Ainsi, en considérant que l'électricité se manifeste à nous comme un mouvement d'une chose invisible, — il y a à voir si nous ne pouvons pas comparer ses effets à ceux résultant des mouvements d'autres choses mieux connues; — et, si cela est possible, nous arriverons, sinon à nous expliquer à fond l'électricité, au moins à comprendre jusqu'à un certain point son action.

Par exemple, Suzanne, considérez le mouvement de l'eau; — à quoi tient-il? Il tient à ce que l'eau cherche toujours son équilibre; tandis que d'autre part il y a des causes qui tendent toujours à le déranger. — L'eau qui tombe des nuages, — celle qui coule de la hauteur ne sont en mouvement que pour arriver à prendre leur niveau dans l'endroit le plus bas possible. — La mer agitée se balance par le fait de deux forces contraires : — le vent qui la soulève, et sa propre tendance à reprendre son niveau.

Voyez l'air encore, bien plus subtil que l'eau ; — il doit ses mouvements à une semblable cause, — la recherche d'un équilibre constamment troublé par le mouvement de la terre, les variations de la température, etc.

L'eau et l'air sont comme des balanciers cherchant toujours leur repos.

Eh bien, imaginez maintenant que l'électricité, chose infiniment subtile, au sein de laquelle tout nage et qui pénètre tout ; — imaginez que l'électricité se trouve, comme l'eau et l'air, constamment dérangée dans son équilibre : — il est clair qu'en cherchant à le reprendre elle produira des courants et des chocs. — Il est aisé de concevoir que ces mouvements peuvent être violents ou faibles, selon que l'équilibre a été plus ou moins grandement troublé.

Il y a donc sur la terre des agitations incessantes plus ou moins sensibles de cette chose invisible dite électricité. — La foudre est un mouvement brutal d'électricité, — analogue à celui d'une grande masse d'eau rompant une digue et broyant tout dans sa course furieuse.

Certains corps en effet, un nuage, par exemple, — ont la faculté de retenir l'électricité, et il arrive, en de certaines circonstances, qu'elle s'y accumule en quantité. — Si alors cette espèce de réservoir vient à crever par trop de plénitude ou par toute autre cause, l'électricité s'épanche soudain au dehors, produisant ainsi la foudre.

Seulement, ce courant offre cela de particulier, qu'il ne se fait point précisément sentir comme le courant d'eau ou d'air qui emporte ce qu'il rencontre. — L'électricité, elle, — vu l'extrême ténuité de sa substance, passe fréquemment au travers des corps sans les déranger ; — mais quand

ces corps sont des corps vivants et que le courant électrique est violent, il est rare qu'en les traversant il n'occasionne pas à l'intérieur des désordres qui amènent la
mort. C'est ce qui a eu lieu dans l'accident dont je vous
ai parlé.

Les corps ainsi traversés font office de conduits dirigeant l'électricité vers la terre, qui est une sorte de grand
réservoir où elle se maintient dans un état d'équilibre et
dès lors de tranquillité qui nous empêche de sentir sa présence; — de même que nous ne sentons pas l'air quand il
est calme autour de nous.

Mais, comme je vous l'ai déjà dit, Suzanne, il y a une foule
de causes naturelles constamment agissantes qui dérangent
l'équilibre de l'électricité paisible qui nous environne; —
de sorte que çà et là, en haut, en bas, un peu partout, —
il y a, plus ou moins sensibles, des courants, des mouvements, des agitations de l'électricité analogues aux mouvements de l'air, qui tantôt sont de faibles brises, tantôt de
terribles ouragans.

Vous vous ferez une idée de la multiplicité de ces agitations électriques quand vous saurez que toutes les variations
de la température et de la lumière, les influences des astres,
les moindres mouvements de la matière, ses frottements,
ses combinaisons, décompositions et fermentations diverses
sont autant de causes qui troublent l'équilibre électrique.
— On a imaginé d'ingénieux instruments d'une extrême
délicatesse qui constatent les agitations de l'électricité et
on a pu s'assurer qu'il s'en produisait constamment, et dans
les régions élevées de l'atmosphère, et à la surface de la
terre, et dans ses profondeurs. La simple contraction d'un

muscle de votre bras, Suzanne, produit une manifestation électrique.

Cela étant, vous comprenez qu'il est aisé de produire à volonté des actions électriques ; — seulement il arrive qu'à mesure que vous amassez de l'électricité en un corps, — cette électricité tend à s'écouler pour se remettre en équi-libre avec celle des corps voisins ; de sorte que vous ne parviendrez jamais à emmagasiner une forte provision d'é-lectricité si vous ne prenez certaines précautions ; pas plus que vous n'amasserez de l'eau dans un vase, si le vase est percé.

Ces précautions consistent dans le choix d'un réservoir qui ne laisse pas écouler l'électricité à mesure qu'on l'y accumule. — Il s'agit en un mot de lui faire une prison bien close, où on la tient à sa disposition et d'où on la laisse s'épancher quand on veut obtenir un courant ; — absolu-ment comme on fait pour l'eau ramassée dans des vases imperméables.

Je vous entends d'ici me dire : — Comment est-il pos-sible d'emprisonner une chose si subtile qu'elle passe au travers des substances les plus dures?

Il faut distinguer, Suzanne. — L'eau aussi passe au tra-vers de certaines substances dures ; mais il y en a d'autres qui la retiennent. — Ainsi il en est de l'électricité, qui, par exemple, circule aisément dans le sein des métaux, et que l'air arrête. — Voyez un peu quel bouleversement de nos idées ! L'électricité coule au travers du fer, tandis que l'air et surtout l'air sec est pour elle une digue. — Je dis l'air sec, parce que l'eau, comme les métaux, laisse passer librement l'électricité ; — et il s'ensuit que quand l'air est humide il la retient moins bien, produisant l'effet d'un vase poreux qui laisse suinter l'eau.

Vous pensez bien, Suzanne, qu'une chose aussi singulière que l'électricité, quoique non visible en elle-même, a cependant été fort observée au moins dans ses phénomènes. — On a examiné ses allures au vis-à-vis des divers corps de la nature, de quoi on a tiré la connaissance de ceux qui la retiennent et de ceux qui ne la retiennent pas.

Parmi ceux qui la retiennent, en outre de l'air sec, il faut citer le verre, la porcelaine, les résines, la soie; — et c'est précisément parce que, dans l'accident dont je vous ai parlé en commançant, le petit enfant était enveloppé d'une mante de soie, qu'il a été préservé. — Cette mante a fait l'effet d'une digue, le long de laquelle l'électricité foudroyante a coulé, sans pénétrer jusqu'à l'enfant.

Parmi les corps qui laissent aisément passer l'électricité, il y a l'eau, les métaux, un grand nombre de substances minérales et tous les corps vivants.

Donc, Suzanne, supposons qu'on effectue une des nombreuses opérations qui dégagent de l'électricité en un vase de verre ou de porcelaine; — ces matières ne livrant pas passage au fluide, il peut s'accumuler en grande quantité. — Quand on aura besoin d'établir un courant électrique, il n'y aura qu'à mettre un métal conducteur en communication avec l'intérieur du vase. — L'excès d'électricité contenu dans le vase s'écoulera alors exactement comme l'eau d'un réservoir à laquelle on ouvre un conduit.

Qui dit écoulement, dit mouvement, et de même qu'on a utilisé les mouvements de l'eau et de l'air, on a mis à profit ceux de l'électricité.

L'une des plus remarquables applications en a été faite dans la télégraphie ; je vais vous en parler, Suzanne. — Quoi de plus curieux qu'une mécanique qui permet à deux personnes, séparées par cent ou mille lieues, de s'entretenir presque aussi rapidement que si elles étaient assises l'une auprès de l'autre ?

C'est là certainement une chose fort merveilleuse en elle-même ; — mais elle l'est bien plus encore si vous la considérez dans ses effets, qui sont de mieux unir les hommes de tous les points de la terre par le facile et prompt échange de relations journalières. — Alors vous voyez les longues distances entre les nations se changer en une sorte de voisinage qui produit la connaissance d'abord et puis l'estime réciproque. Vous voyez les hommes, par ces rapports fréquents, mêler leurs langages et leurs pensées, ce qui est un acheminement vers une seule langue et de mêmes sentiments.

Examinons donc la mécanique du télégraphe électrique ; elle est plus simple que vous ne l'imaginez, Suzanne ; et je pense bien qu'après ce que je viens de vous dire vous comprendrez aisément.

Ce que tout le monde peut voir du télégraphe électrique, c'est un ou plusieurs fils de fer soutenus par des poteaux et se prolongeant au loin dans les campagnes, d'un pays à un autre. — Sachant la facilité qu'a l'électricité de circuler dans les métaux, j'ai à peine besoin de vous dire que ces fils sont des conduits d'électricité,— absolument comme des tuyaux placés en terre sont des conduits d'eau.

Vous avez remarqué certainement que ces fils sont soutenus contre les poteaux au moyen de godets de porcelaine ; — c'est afin que le courant électrique ne s'égare pas au dehors des fils qu'il doit suivre : car si les fils portaient directement sur les poteaux, le bois de ceux-ci étant bon conducteur, laisserait perdre le fluide en route. Il arriverait ce qui arrive dans une conduite d'eau percée le long de son parcours : l'eau ne parvient à destination qu'en petite quantité ou pas du tout ; — donc les fils conducteurs doivent être séparés des poteaux par une matière qui retient l'électricité : telle est la porcelaine.

Mais vous avez certainement encore remarqué une chose, Suzanne ; car je sais combien vous êtes avisée à l'endroit même des moindres détails. — Vous avez vu que ces godets sont placés dans une position renversée, le creux regardant la terre ; et c'est par un crochet fixé au centre de ce creux que le fil est supporté. — Cet arrangement a sa raison d'être. — L'eau, je vous l'ai dit, livre passage à l'électricité ; il était donc à craindre que l'eau de la pluie, mouillant la porcelaine, ne mît en communication le fil avec le poteau, ce qui eût occasionné la perte du fluide. — Qu'a-t-on fait ? on a disposé le godet de manière qu'il forme parapluie sur son point de contact avec le fil de fer.

Par les temps de brouillards, il est vrai, le creux du godet devient humide, et d'un autre côté, l'air étant imprégné d'eau, offre par là au fluide des occasions de se détourner de sa route... — Mais à cela que faire ? — Toutes les choses de ce monde, même les meilleures, ont leurs imperfections.

Maintenant, supposons un fil aussi long que vous voudrez, Suzanne ; — un fil de cent, mille, deux mille lieues ou plus encore; supposez-le établi, par exemple, entre Paris et la capitale de la Chine, Pékin.

Paris, un beau matin, se trouve en humeur de causer avec sa sœur chinoise, — et lance dans le fil de fer intermédiaire une bouffée d'électricité.

Vous m'arrêtez tout d'abord pour me demander où Paris prend cette électricité; — où? — je vais vous le dire. — Au reste, les sources ne manquent pas, puisque ce fluide existe partout et en toute chose autour de nous.

D'abord, on prépare un réservoir bien imperméable à l'électricité, — en porcelaine, par exemple.

Fort bien. — Maintenant, pour amasser du fluide dans ce réservoir, il faut naturellement en emprunter à un corps; — car chaque matière en ayant sa part, et rien que sa part, dans l'état ordinaire, — il s'ensuit que, pour en avoir un peu plus d'un côté, il faut qu'on en prenne proportionnellement d'un autre.

A quoi ferons-nous cet emprunt? On choisit de préférence la matière qui cède le plus facilement, et au meilleur marché possible, son électricité. — Le zinc remplit ces conditions. Donc, Suzanne, nous prenons une lame de zinc et nous la plaçons dans le réservoir.

Mais la générosité du zinc ne va pas jusqu'à livrer ainsi son bien sur une simple sommation. — Non; il faut lui faire violence, le fouiller avec soin; — fureter jusque dans les moindres recoins de ses atomes. — Ce bouleversement du métal met en liberté une partie de son électricité, qui, dès lors, devient disponible.

C'est un acide que l'on charge de cette brutale mission de fouiller le zinc, l'acide sulfurique. — On en verse dans le réservoir une certaine dose mélangée d'eau.

L'acide sulfurique est un rongeur puissant qui ne tarde pas à attaquer la lame de zinc qu'il baigne. — Peu à peu il désorganise le métal, changeant son aspect, le faisant en quelque sorte fondre ; et, au fur et à mesure que cette démolition s'accomplit, une certaine dose de l'électricité du zinc est mise en liberté et recueillie par l'eau du réservoir, laquelle, dès lors, se trouve en posséder plus que sa part naturelle, — et ne demande pas mieux que d'abandonner cet excès de fluide à la première occasion.

Cette occasion sera un conduit d'écoulement qu'on lui ouvrira ; par exemple, ce fil de fer que nous avons imaginé entre Paris et Pékin. — Il n'y aura qu'à mettre en communication l'eau du vase et le fil de fer, au moyen d'une tige de métal ; — on se sert de cuivre pour cela, parce que l'acide sulfurique étendu d'eau ne l'attaque pas. Au surplus, on peut ne pas faire tremper la tige de cuivre dans le vase, en l'attachant à une tige de charbon qui y baigne à sa place.

Voilà donc, Suzanne, une source d'électricité, et elle en produira tant que l'acide aura du zinc à ronger. — Vous supposez peut-être que c'est une chose bientôt faite et qu'une lame de zinc ne doit pas fournir beaucoup d'électricité. — Détrompez-vous, Suzanne ; — une lame de zinc de grosseur médiocre suffit à fournir un courant électrique pendant plusieurs mois (1). — Vous vous ferez une idée,

---

(1) Il s'en faut, d'ailleurs, que l'électricité du zinc devienne toute disponible ; car elle n'abandonne sa combinaison avec le métal que pour entrer aussitôt dans les combinaisons nouvelles que le zinc forme

Suzanne, de la quantité d'électricité qui se trouve naturellement associée aux diverses matières qui nous environnent, quand vous saurez que la dose qui entre dans la conbinaison d'un milligramme d'eau serait suffisante pour produire les effets de la foudre. — L'imagination de l'homme est stupéfaite, éblouie, quand elle regarde dans ces mystères de la création.

Revenons à notre réservoir d'électricité, et, avant d'aller plus loin, je dois vous dire que les savants ne l'organisent pas toujours aussi simplement que je viens de vous l'expliquer. Ils ont imaginé des combinaisons ingénieuses qui ont pour but la plus grande perfection de l'appareil; mais au fond c'est toujours le même principe : — un acide qui ronge un métal, et un autre métal qui sert à conduire l'électricité libre hors du réservoir.

Il faut vous dire encore, Suzanne, qu'on ne se borne pas à avoir un seul vase; on en prépare cinquante, cent ou plus, que l'on fait communiquer entre eux par les métaux opposés, c'est-à-dire toujours par la réunion du zinc de l'un avec le cuivre d'un autre. Par ce moyen on obtient une forte dose d'électricité. Cet ensemble de vases est ce qu'on appelle une pile, et chaque vase est un couple ou un élément de la pile (1).

---

avec l'acide. Il n'y a, en réalité, qu'une faible partie d'électricité mise en liberté au moment de la transformation du métal opérée par l'acide.

(1) L'Italien Volta fut le premier qui organisa un appareil pour produire un courant électrique par le fait de l'action chimique d'un mordant sur un métal. Il empila les uns sur les autres des couples de rondelles, l'une de zinc, l'autre de cuivre, en ayant soin de placer entre les deux rondelles un morceau de drap imbibé d'acide. Cet

Ce moyen est le plus commode pour obtenir une source d'électricité constante et d'une intensité uniforme ; — mais, comme je vous l'ai dit, — il y a cent manières de faire dégager de l'électricité des diverses matières qui nous entourent : — cassez, pliez, frottez, écrasez, divisez n'importe quoi ; toutes ces actions sont accompagnées d'un dégagement de fluide.

Voilà donc Paris installé auprès de son réservoir et qui met la tige de cuivre en rapport avec le fil de fer conduisant à Pékin. Aussitôt l'électricité, qui est en excès dans le le vase, se précipite dans le chemin de Pékin ; — et, chose curieuse ! — le mouvement que ce courant produit se fait sentir presque instantanément à Pékin.

On a été naturellement fort émerveillé de la facilité avec laquelle l'électricité parcourait ainsi, — en apparence du moins, — des distances énormes ; — laissez-moi vous dire encore un mot, en passant, sur ce sujet, Suzanne. — Toutes les fois que l'on contemple les choses de la nature, on est ainsi arrêté à chaque pas par l'aspect de merveilles nouvelles.

Les savants ont cherché à évaluer cette rapidité du courant électrique. Leurs expériences et leurs calculs ont abouti à des résultats différents. Les uns ont trouvé que la vitesse de propagation de l'électricité dans le fil de fer était de 180,000 kilomètres par seconde ; les autres n'ont

---

assemblage, qui constituait une pile de rondelles, fut nommé pile voltaïque, dénomination transmise à l'ensemble des vases qui, aujourd'hui, remplissent beaucoup mieux le but ; et chaque vase est dit couple, parce qu'il représente l'un des accouplements de rondelles dans la pile de Volta.

trouvé que 100,000 kilomètres ; d'autres moins encore.
Cela prouve qu'on ne sait encore rien de précis à cet
égard.

A ce propos, j'ai eu une idée dont il faut que je vous
fasse part, Suzanne. — Imaginez un tuyau aussi long que
vous voudrez et parfaitement plein d'eau. — Si, par une
de ses extrémités, vous faites entrer, par force, un pouce
d'eau de plus, ne doit-il pas arriver qu'à l'instant même
une égale quantité d'eau sortira par l'autre extrémité, sans
que pour cela l'eau introduite ait eu besoin de parcourir
toute la longueur du tuyau? — Eh bien ! pourquoi n'en
serait-il pas de l'électricité dans le fer comme de l'eau
dans le tuyau? — Puisque le fer, comme toute matière,
est déjà naturellement plein de ce fluide, pour peu que
vous y en introduisiez encore, il se fait un refoulement
tout le long du fil de fer. La colonne d'électricité contenue
dans ce fil fait, en quelque sorte, tout d'une pièce, un pas
en avant, et, eût-elle 100,000 lieues de long, chacune de
ses parties avance en même temps d'un même espace, et
le mouvement provoqué à un bout se fait sentir simultanément à l'autre. Il n'est plus besoin alors de supposer
cette étonnante vitesse d'une bouffée d'électricité parcou-
rant 180,000 kilomètres par seconde (1). La chose devient
toute simple, sans cesser d'être merveilleuse dans ses
effets; car il est vrai de dire que la plus grande merveille

---

(1) Dans cette hypothèse, la seconde par 180,000 kilomètres, au lieu
de représenter la vitesse de transmission de l'électricité, représente,
au contraire, le retard de propulsion de la colonne d'électricité, par
suite de la compressibilité du fluide.

de la nature c'est la simplicité des moyens qu'elle emploie pour produire les résultats les plus variés.

Quoi qu'il en soit, Suzanne, le mouvement électrique se propage jusqu'à Pékin. — De quelle manière s'y fait-il sentir? — C'est ce que je vais vous expliquer,

Vous savez ce que c'est qu'un aimant; — une espèce particulière de fer qui a la propriété d'attirer à lui notre fer ordinaire. — A quoi tient cette propriété? — Je vous dirai en passant qu'on suppose qu'elle tient simplement à une certaine manière d'être spéciale de l'électricité que renferme le fer à l'état d'aimant. — Ce qui semblerait le prouver, en effet, c'est que l'électricité a la faculté de rendre aimant un morceau de fer qui, par lui-même, ne l'est pas. Il suffit pour cela qu'un fil de métal dans lequel passe un courant électrique soit roulé en spirale autour du fer que l'on veut rendre aimant. — Seulement, avant de disposer le fil de cette manière, il faut avoir soin de bien l'envelopper d'une matière qui ne conduise pas l'électricité, — de soie, par exemple, — afin que le courant circule seulement dans le fil et ne se porte pas sur le fer qu'il enveloppe.

Eh bien! une fois la chose ainsi arrangée, il arrive ceci : — chaque fois que vous provoquez un courant dans le fil, — le fer autour duquel il circule est aimanté, et aussitôt que le courant s'arrête, le fer cesse d'être aimanté.

Cela étant, Suzanne, — si l'extrémité du fil qui va de Paris à Pékin est enroulée de la manière que je viens de vous dire, autour d'un morceau de fer, — vous comprendrez aisément que, chaque fois que Paris laissera couler de l'électricité dans le fil, le fer de Pékin se trouvera aimanté; — et Pékin s'en apercevra en mettant à la portée du fer une petite languette d'acier qui sera attirée quand l'aimantation se produira; — et afin qu'on puisse savoir aussi les interruptions d'aimantation, il n'y a qu'à adapter à la languette d'acier un ressort qui l'écarte du fer chaque fois que la force supérieure de l'aimant cesse de se faire sentir, — Ainsi Paris, à son gré, fera mouvoir à Pékin la languette d'acier en provoquant et interrompant tour à tour le courant électrique.

Voilà le mouvement établi; — que faut-il pour compléter le télégraphe? Peu de chose, Suzanne; — mettre la languette d'acier en relation, au moyen de rouages, avec l'aiguille d'un cadran sur lequel les lettres et les chiffres se trouvent rangés en cercle.

— Tac, — tac, — tac. — La languette marche, et chacun de ses mouvements fait tourner l'aiguille d'un cran. — Paris, sachant que tant de mouvements et tant de crans correspondent à telle lettre indiquée par l'aiguille, forme ainsi à volonté des mots et des phrases que Pékin lit en tenant note de toutes les lettres indiquées. — Et si Pékin, à son tour, a un réservoir d'électricité et Paris un fer aimanté avec languette d'acier et cadran, — Pékin pourra répondre aussitôt à Paris, et ainsi les deux villes feront à loisir conversation.

Je dois vous dire, Suzanne, que je n'ai indiqué là que les principaux traits du télégraphe électrique. Il serait hors de mes moyens de vous faire comprendre toute la délicatesse ingénieuse des mécaniques de départ et d'arrivée, qui donnent à ce mode de correspondance une grande précision, en même temps qu'une grande rapidité; — mais il faut savoir qu'indépendamment du télégraphe à cadran, il y a le télégraphe écrivant. — Oui, Suzanne, un télégraphe qui écrit lui-même, non point avec des lettres, mais avec des signes équivalents. Dans ce cas, la languette d'acier fait manœuvrer un crayon qui va et vient comme elle. — Il ne s'agit plus que d'avoir une bande étroite de papier qui, par un mouvement d'horlogerie, se déroule sous la pointe du crayon, au fur et à mesure que celui-ci décrit ses petits zigzags par l'impulsion alternative de l'aimant et du ressort. — Il résulte, sur le papier, une série de petits crans présentant cette disposition :

Chaque groupe de crans, par le nombre des traits qui le composent, indique une lettre ou un signe convenus ; — un cran dit a, deux crans b, trois crans c,... ainsi de suite. — Rien ne s'oppose donc à ce qu'on dise ce que l'on veut au moyen de crans. — Le grand nombre de traits nécessaire pour certaines lettres pourrait vous faire penser que cette manière de correspondre doit être assez longue. — Il n'en est rien, Suzanne, vu la rapidité extraordinaire avec laquelle les appareils fonctionnent. — Le grand mérite du télégraphe écrivant, c'est de laisser une trace, un original de la dépêche auquel on peut se reporter, s'il est besoin ; tandis que, dans le télégraphe à cadran, l'aiguille ne fait que montrer les lettres, et en cas d'erreur rien ne reste pour la vérification.

· Mais mieux encore, Suzanne, car l'esprit de l'homme est toujours à la recherche du nouveau ; il paraîtrait qu'on est parvenu, — en usant des influences électriques sur des papiers enduits de certaines substances chimique, on est parvenu à faire reproduire par le télégraphe électrique, au lieu de destination, l'écriture exacte de celui qui expédie la dépêche (1).

Quel inépuisable trésor que la nature du sein de laquelle on peut tirer tant de merveilles ! — Mais quelle éblouissante lumière que celle qui les fait découvrir ! — Cette lumière c'est l'esprit de l'homme... et quand on songe que si souvent elle est employée au mal...

Mais n'est-il pas juste de dire ici les noms des hommes qui ont le plus contribué à cette précieuse invention ? — Oui, Suzanne ; car ces noms doivent se graver dans notre mémoire.

Les premiers essais de télégraphie électrique datent du siècle dernier. — Un Allemand nommé Reiser et l'Américain Franklin s'en étaient occupés ; en 1811, le Bavarois Sommering conçut une manière de correspondre par l'électricité ; puis le Danois Œrsted, et le Français Ampère apportèrent de nouvelles découvertes et de nouvelles idées. — Le baron allemand Schilling, son compatriote Steinheel et l'Écossais Alexander expérimentèrent divers systèmes en 1833 et 1837.

Cependant, un des plus célèbres physiciens français, Arago, avait découvert, en 1820, l'aimantation du fer par le fait d'un courant électrique, ainsi que je vous l'ai expliqué, Suzanne ; — c'est en s'appuyant sur cette découverte que l'Américain Morse, le premier, et presque en même temps l'Anglais Wheatstone, ont conçu l'idée du télégraphe électrique, tel qu'il existe aujourd'hui. Wheatstone a imaginé

---

(1) Télégraphe de M. Bain.

13.

le télégraphe à cadran (1), Morse le télégraphe écrivant.

Maintenant, vous dire tous les perfectionnements, toutes les modifications de détail que beaucoup d'autres ont apportés depuis lors à ce merveilleux mécanisme, serait long, Suzanne, et je ne le puis à mon grand regret (2). J'ai voulu simplement vous faire concevoir le jeu de l'électricité et comment l'homme a su l'approprier à son usage dans cette invention du télégraphe. — Si j'ai réussi, je suis content.

J'ajouterai, Suzanne, qu'aujourd'hui, il y a bien peu de pays sur la terre où l'on ne rencontre de ces fils de fer se prolongeant au loin dans toutes les directions, à travers tous les accidents de la nature. — Je ne saurais vous dire combien de mille lieues il y en a; — peut-être cinquante ou plus encore, et tous les jours cela augmente (3). Ces fils s'allongent à perte de vue dans les plaines, grimpent sur les montagnes, serpentent dans les villes, plongent dans le sein de la terre, sous les lits des fleuves et sous les eaux profondes des mers.

---

(1) Le premier télégraphe fonctionnant régulièrement fut établi par Wheatstone en 1838 sur une partie du chemin de fer de Londres à Liverpool. — L'Amérique suivit; — la France ne commença qu'en 1844.

(2) M. Froment a inventé un clavier d'une rare perfection, analogue à celui d'un piano, et portant sur chaque touche une lettre ou un numéro. Ce clavier est mis en rapport avec le fil de fer, de telle sorte qu'il n'y a qu'à appuyer sur les touches pour que les lettres qu'elles portent soient reproduites à l'autre extrémité du fil de fer. — Un Anglais, M. Brett, et un prussien, M. Werner-Siemens, ont chacun imaginé un télégraphe imprimant.

(3) La France a environ 20,000 kilomètres de fils électriques, l'Angleterre le double; — les États-Unis en ont quatre fois autant que nous.

Seulement, Suzanne, — j'ai oublié de vous le dire, — quand les fils de fer sont enfouis dans la terre ou submergés dans l'eau, on est obligé de les envelopper d'une matière imperméable à l'eau et à l'électricité. — Cette matière, c'est la gutta-percha, espèce de gomme qui découle d'un arbre de l'Inde. Ainsi protégé, le fil métallique permet à l'électricité de circuler sans se perdre sous terre et dans l'eau (1).

Et maintenant, Suzanne, réfléchissez un peu. Est-ce que ces lignes de fils de fer qui s'allongent, s'allongent insensiblement dans toutes les directions, enlaçant de plus en plus la terre en un réseau commun, n'ont pas un enseignement profond dans leurs allures envahissantes? — Est-ce qu'elles ne disent pas quelque chose à notre pensée? — Croyez-vous que sous ce réseau de fer qui lie ensemble les continents et les îles, il n'y ait pas un autre réseau qui lie les âmes? — Croyez-vous que nous n'échangions que des paroles avec tous ces pays lointains et point des sentiments?

Mais à ce propos, Suzanne, j'y songe; nous avons établi par la pensée une ligne télégraphique entre Paris et Pékin, et nous n'en avons fait aucun usage.

Le loisir nous manque pour faire une longue conversation,

---

(1) Le 28 août 1850 fut posé le premier câble sous-marin entre Douvres (Angleterre) et le cap Grinez (France). Actuellement, il existe plusieurs câbles électriques entre l'Angleterre et le continent européen; un autre entre l'Angleterre et l'Irlande. Plusieurs câbles traversent la Méditerranée. Lors de la guerre de Crimée, on en a établi un entre la Turquie et la Crimée. — Le télégraphe électrique sous-marin a existé un moment entre l'Europe et l'Amérique, sur une longueur de plus de 3,000 kilomètres, et plongeant à des profondeurs de plus de 3,000 mètres. Il a été brisé et n'a pas encore été rétabli.

c'est vrai; — mais au moins pouvons-nous poser une question à Pékin. — Que demanderons-nous?

C'est, dit-on, un peuple étrange, que le peuple chinois, et qui semble faire toute chose à rebours de nous.

Les Chinois ont un goût prononcé pour les sentences et les maximes, et partout, dans les intérieurs et les lieux publics, sur les maisons et les monuments, on en voit d'écrites de toute dimension et de toute couleur. — Si nous leur demandions leur plus belle sentence, celle qui est l'expression de leur pensée morale la plus élevée, — peut-être y trouverons-nous une idée caractéristique de la nation chinoise.

Demandons. — L'électricité fonctionne. C'est fait.

Voici la réponse : — Confucius a dit : *Faites aux autres ce que vous voudriez qu'on vous fît.*

Étrange coïncidence! La plus haute expression de la sagesse humaine, en Chine, se trouve être identique au précepte fondamental de notre enseignement religieux.

Ainsi, en dépit des différences de langage, de mœurs, de religion, les hommes ont également conscience du but commun vers lequel ils doivent tendre.

A ce signe on reconnaît bien qu'ils sont tous membres d'une même famille, momentanément dispersée; mais destinée à une future réunion, que la vapeur et l'électricité préparent.

HUITIÈME LETTRE

MOTEUR, CHALEUR, LUMIÈRE ÉLECTRIQUES, GALVANOPLASTIE

Certainement, Suzanne, vous avez conservé souvenir des contes merveilleux dont on amuse les petits enfants. — Comme les autres, vous avez dû, en votre temps, prendre plaisir au récit des prodiges accomplis par les fées. — Quelles belles histoires! — Quelle était généreuse la fée Abonde! Et la dame verte qui hantait les prés et qu'on croyait apercevoir, au sein du brouillard, le soir...

Plus tard, ce qui, petits, nous intéressait tant, nous a fait hausser les épaules, comme prenant en pitié notre crédulité de l'enfance. Mais, croyez-le, cet amour du merveilleux chez l'enfant n'est point une chose reprochable. C'est un instinct de nature qui nous indique le vrai chemin où l'homme doit marcher; car à tout âge le merveilleux lui plaît, à tout âge il le cherche; et c'est sa vraie destinée de mettre à jour, une à une, toutes les choses merveilleuses de la nature pour en tirer profit et plaisir et les admirer. — Et chaque génération d'homme, tour à tour, découvre des merveilles nouvelles; et la nature en est si remplie, qu'elle en a et aura toujours d'autres à nous offrir, invitant ainsi l'homme au progrès par l'attrait du merveilleux.

Pour l'instant, n'est-ce point une maîtresse fée cette électricité qui nous met en conversation et quasi voisinage avec les gens des plus lointains pays ? — Et si les fées de notre jeune âge changeaient les noisettes en diamants, n'est-ce pas aussi curieux et certainement plus utile de voir la fée électricité transporter en un clin d'œil notre pensée d'un bout à l'autre de la terre ?

Véritablement, Suzanne, rien n'empêche que nous n'imaginions l'électricité sous forme d'une fée qui veut bien prêter sa baguette magique aux hommes qui ont le talent d'en faire usage, et de lui faire produire tous les phénomènes dont elle est capable.

Nous sommes encore loin de savoir tout le parti qu'on pourra tirer de cette baguette. — Pour l'instant, on cherche, on tâtonne, on essaye, comme fait l'enfant d'un joujou dont il veut savoir le secret. — On a constaté que cette électricité produit dans tel cas du mouvement, dans tel autre de la chaleur, dans tel autre de la lumière (1) ; — on sait que, dans certaines circonstances, elle forme des combinaisons.

Connaissant ces diverses propriétés de l'électricité, on s'est aussitôt efforcé de les employer en des opérations ayant un but utile. — Le télégraphe électrique est une de ces opérations. Il me reste, Suzanne, à vous dire quelques mots des autres.

Comme source de mouvement, l'électricité peut avoir une

(1) Aujourd'hui, on commence même à soupçonner que ces deux curieux phénomènes, la chaleur et la lumière, ne sont que des manières d'être spéciales de l'électricité.

foule d'emplois, et elle est alors presque toujours utilisée par le moyen que je vous ai indiqué dans le télégraphe, c'est-à-dire l'enroulement d'un fil métallique revêtu de soie, autour d'une tige de fer pur qui·s'aimante et se désaimante à volonté comme je vous l'ai indiqué.

Ce fer ainsi enveloppé du fil électrique et qui ressemble à une bobine, est ce qu'on appelle un électro-aimant; — c'est-à-dire un aimant qui est aimant par l'électricité et qui sans elle cesse de l'être.

Supposez, Suzanne, que vous avez devant vous, sur votre table, une grosse balance avec ses deux bras en équilibre sur leur support. — Bien. — Maintenant, enlevez les plateaux de la balance et leurs chaînes, et à leur place, fixez, au bout de chaque bras, une tige de fer qui pend jusqu'à mi-distance de la table. — Est-ce fait? — Très-bien. — Vos deux tiges de fer étant de même poids, les bras de la balance demeurent en équilibre. — A présent, prenez, je vous prie, avec chacune de vos mains, une des extrémités pendantes des deux tiges de fer. Vous tenez? — Pesez à droite; le levier de la balance s'incline de ce côté; puis pesez à gauche; — le levier s'incline vers la gauche. Continuez alternativement droite et gauche; tant que vous irez, le levier conservera son mouvement de bascule. — C'est clair.

Ceci rappelle le va-et-vient du piston d'une machine à vapeur, lequel, au moyen d'une tige coudée, fait, par exemple, tourner les roues d'une locomotive, exactement comme le pied du remouleur fait tourner sa meule.

Il vous sera donc facile d'imaginer que le balancement du levier que vous faites mouvoir peut mettre en mouvement une roue ou toute autre mécanique. — Accordé !

Mais pour que tout cela marche, faudra-t-il donc que vos deux mains continuent à tirer alternativement les deux bras de la balance ? Nullement. — Otez vos mains, Suzanne, et sous chaque tige de fer pendante, placez une bobine comme celle dont nous parlions tantôt, c'est-à-dire un électro-aimant.

Ah ! ah ! voilà que vous comprenez. Il ne s'agit plus, en effet, que de faire circuler l'électricité alternativement autour de chacune des bobines, qui, devenant aimant tour à tour, attirera successivement chaque tige de fer pendante ; ce qui produira exactement l'effet alternatif de vos deux mains.

Mais comment l'électricité aboutira-t-elle, tantôt à une bobine, tantôt à l'autre ? — Faudra-t-il qu'il y ait là quelqu'un sans cesse occupé à diriger le courant ? — Nullement ; c'est le levier de la balance qui, lui-même, par son mouvement de bascule, fait mouvoir un petit mécanisme qui change la direction du fluide en le portant alternativement sur chaque bobine (1). — Et ainsi, une fois la machine en activité, on n'a plus à s'en occuper, elle marchera six mois, un an et plus encore, tant que la source d'électricité ne sera pas tarie, tant que l'acide aura du zinc à ronger ; — car la source d'électricité, vous le supposez bien, Suzanne, n'est autre qu'une pile analogue à celle dont je vous ai parlé dans ma précédente lettre.

---

(1) C'est l'analogue de l'effet produit dans la machine à vapeur par le tiroir, auquel le piston imprime un mouvement de va-et-vient, et qui sert à diriger la vapeur alternativement de chaque côté du piston.

J'ajouterai qu'on peut multiplier à volonté le nombre des bobines ou aimants électriques, et les disposer de diverses manières, selon le but qu'on se propose. — Mon but était simplement de vous faire concevoir, Suzanne, comment, au moyen de ces bobines et d'un courant électrique, on arrive à obtenir un mouvement continu.

Voilà qui est fort curieux. — Aussi se demande-t-on alors comment une machine aussi simple et aussi inoffensive n'a pas déjà remplacé les machines à vapeur. — Pour deux raisons, Suzanne : — d'abord, parce que, pour obtenir une force un peu considérable au moyen de l'électricité, il faudrait une grande quantité de vases contenant zinc et acide, ce qui serait lourd et gênant. La seconde raison, c'est que la force électrique coûte dix fois plus cher que la force vapeur (1); ce qui est fort à considérer quand on a besoin d'une grande force. — Mais quand on n'a besoin que d'une petite force, la dépense étant alors peu considérable, l'emploi de l'électricité a de grands avantages, les appareils électriques pouvant être disposés là où il serait impossible d'établir une chaudière à vapeur. — D'ailleurs, l'électricité se produit toute seule, sans qu'on s'en occupe, tandis que la machine à vapeur a sans cesse besoin d'un surveillant, et elle offre certains dangers que la pile ne présente jamais. Enfin il faut ajouter que, par la pile, on obtient de beaucoup plus grandes vitesses, et en même temps une extrême régularité dans les mouvements.

---

(1) Les machines nécessaires pour produire seulement la force d'un cheval pèsent 800 kilogr., et dans ce cas la dépense en zinc est par heure de 1 fr. 52 c., tandis qu'une machine à vapeur ne consomme que 15 centimes de houille pour produire le même effet.

Ainsi, vous le voyez, la vapeur et l'électricité ont chacune leurs emplois, selon les cas; l'une procurant grande force à bon marché, l'autre commodité, vitesse et régularité. Il paraît même qu'en associant les deux forces dans de certaines conditions, c'est-à-dire faisant agir l'électricité sur la vapeur, on obtient de celle-ci des effets beaucoup plus puissants.

C'est un Russe, le professeur Jacobi, qui, en 1839, fit, le premier, usage d'un moteur électrique, qu'il employa à faire marcher un navire sur la Néva. — Depuis lors, ce genre de machine a été fort perfectionné par Page en Amérique, Davidson en Angleterre, Froment et Lenoir en France.

Aujourd'hui, on se sert de moteurs électriques dans plusieurs fabrications délicates pour obtenir, tantôt un mouvement général continu, tantôt des mouvements spéciaux périodiques (1). — L'action électrique est employée dans un métier à soieries; on la fait intervenir dans le mécanisme de certains pianos. On applique la force électrique à l'horlogerie : tantôt elle est le principe moteur et fait marcher les rouages, tantôt on la met simplement au service d'une horloge ordinaire pour transmettre l'heure de cette horloge sur plusieurs cadrans éloignés les uns des autres, mais reliés par un fil conducteur. C'est ainsi que, sur les lignes de chemins de fer, on a exactement la même

---

(1) Ainsi on comprend que, dans un travail mécanique, quel qu'il soit, on peut, par des électro-aimants disposés *ad-hoc*, faire agir à volonté des ressorts spéciaux disposés à produire tel ou tel effet de détail.

heure d'un bout à l'autre, ce qui est indispensable pour bien régler le service et éviter les accidents.

Le courant, électrique agissant à distance au moyen d'un fil conducteur, est encore employé pour faire sonner des timbres avertisseurs. — Il y en a aux stations des chemins de fer, au moyen desquels les stations voisines annoncent l'approche d'un convoi. — Dans les bureaux de télégraphie, on est prévenu de la même manière qu'une dépêche va être transmise. Enfin, dans les hôtels et dans les maisons particulières on se sert aussi de carillons électriques pour donner des avis.

L'action de l'électricité est encore utilisée dans un instrument nommé chronoscope, employé particulièrement par la science pour apprécier des durées de temps si courtes que, jusqu'à présent, on n'avait jamais pu les préciser; par exemple, les divers degrés de la vitesse d'un boulet de canon dans les différents points de son trajet. Cet appareil est fort utile pour la comparaison de la puissance des diverses espèces de poudre.

Mais l'électricité, Suzanne, n'est pas seulement source de mouvement; elle est encore source de chaleur. — Quand elle se trouve abondante dans un réservoir et qu'on ne lui ouvre qu'un conduit très-étroit pour s'écouler, c'est-à-dire qu'on ne lui offre qu'un fil de métal très-fin, l'action qu'elle produit sur ce fil est si énergique, qu'il devient aussitôt ardent d'un bout à l'autre et se dissout avec un éclat dont la couleur varie selon les métaux; — il est pourpre pour le plomb, blanc rougeâtre pour le zinc, blanc bleuâtre pour l'étain et l'or, vert pour le cuivre et l'argent, blanc éclatant pour le fer et le platine. On peut faire bouillir de l'eau en y plongeant un fil de fer que parcourt un fort courant électrique. — Rien ne résiste à cette chaleur, sauf le charbon, qui, cependant, s'y ramollit (1).

Cette chaleur instantanée que l'électricité procure à un fil de métal a été utilement appliquée par la chirurgie, pour cautériser, brûler ou couper des parties profondes que les instruments ne peuvent atteindre. — On introduit à froid un mince fil de platine, et, quand il est convenablement disposé, on y fait circuler le courant électrique; l'effet est prompt, énergique et sans danger d'hémorrhagie.

La chaleur que produit le fluide électrique dans ces conditions sert encore à mettre de loin le feu aux mines; ce qui écarte tout danger pour les ouvriers.

Source de chaleur, l'électricité l'est aussi de lumière et même d'une lumière si vive que, sous le rapport de son activité chimique, on évalue sa puissance à plus d'un tiers de celle de la lumière du soleil. — L'éclat d'une étincelle électrique peut égaler celui de douze cents bougies. — Mieux encore, avec une pile composée de six cents vases ou éléments, on obtient une étincelle dont la lumière produit instantanément de graves désordres dans l'organe de la vue; — et en même temps, — sur la peau, — les effets d'un coup de soleil.

C'est toujours par un courant électrique que l'étincelle est obtenue. — Pour vous donner une idée bien sensible de la manière dont la chose se fait, supposez que vous êtes

---

(1) Il est cependant probable que les effets puissants de l'électricité, dans ce cas, ne sont pas seulement dus à la chaleur qu'elle développe, mais à son énergique action d'écartement sur les atomes du métal.

vous-même la source d'électricité ; — c'est-à-dire le vase où l'acide agit sur le zinc. — Supposez encore que votre bras droit est la tige de cuivre par où l'électricité accumulée tend à s'échapper. — Si votre main de cuivre tient une baguette de fer et que vous en approchiez l'extrémité d'une autre pointe métallique, — sans la toucher cependant, — aussitôt, dans l'étroit espace qui sépare cette pointe du bout de votre baguette, apparaît une étincelle éclatante.

Voici ce qui se passe : — l'électricité abondante, pressée en vous, se porte par votre bras jusqu'à l'extrémité de votre baguette, où, par le fait même de l'amincissement de la baguette, — elle s'aiguise en quelque sorte en dard et tend à s'insinuer dans l'air. Cependant la pointe métallique qui, dans notre supposition, est très-rapprochée et qui, elle, est à l'état naturel, sans excès d'électricité ; — cette pointe, par influence de voisinage, tend au contraire à absorber le fluide qui déborde du fin bout de la baguette, — pour équilibrer l'électricité dans les deux objets ; — et de cette double tendance des deux pointes en regard, il résulte que le courant électrique s'établit entre elles, malgré la résistance que l'air y oppose dans l'étroit espace qui les sépare. — Je vous l'ai déjà dit, l'air est très-mauvais conducteur d'électricité ; aussi sa résistance est grande ; mais elle a précisément pour effet d'obliger le fluide à se condenser, à se resserrer en quelque sorte pour mieux vaincre l'obstacle et le percer. — Or, c'est précisément cette condensation du fluide qui procure tant d'éclat à l'étincelle. — Cela est si vrai, que si on produit l'étincelle au milieu d'un globe d'où ensuite on retire l'air, on la voit peu à peu acquérir de l'ampleur et perdre proportionnellement de son éclat.

Voilà que je songe, Suzanne, à la position où je vous ai mise, une baguette à la main. Véritablement vous voilà comme la fée Électricité, faisant jaillir une splendide étoile du fin bout de votre baguette magique.

Maintenant, vous allez me demander si on ne tire point profit de la belle lumière de cette étoile. — A vrai dire, on n'en fait guère usage, et cela peut vous étonner tout d'abord, Suzanne, car il est naturel de supposer qu'on a dû être fort désireux de jouir d'un si bel éclairage. — Vous allez voir qu'on a fait jusqu'à présent tout ce qu'on a pu pour cela et qu'on a eu plus d'un obstacle à vaincre.

La chaleur que développe l'étincelle électrique est énorme. — Il en résulte que les deux pointes que l'on place en regard, de quelque matière qu'elles soient, sont bientôt détruites. Les pointes, en s'usant, raccourcissent les tiges, qui alors se trouvent trop écartées, et il n'y a plus d'étincelle. — Je vous ai dit que le charbon était le corps qui résistait le mieux à cette chaleur. — Aussi le premier (1) qui imagina le moyen de produire cette lumière fit-il les deux pointes en charbon de bois. — Quoique résistant mieux que beaucoup d'autres corps, ce charbon de bois ne tardait cependant pas à être réduit en cendres. — Alors un physicien français (2) eut l'idée de substituer à ce charbon des baguettes taillées dans du coke provenant de la distillation de la houille. — La résistance qu'offre ce coke à la

(1) Le chimiste Anglais sir Humphry Davy, en 1801.
(2) Léon Foucault, en 1844.

chaleur est extrême ; aussi put-on obtenir par ce moyen des pointes d'une certaine durée. Mais c'était insuffisant ; car, quelque peu que s'usât le coke, il s'usait, et quand l'expérience se prolongeait il fallait de temps en temps rapprocher les deux pointes.

S'est-on tenu pour battu et a-t-on renoncé à mieux faire ? certes non, Suzanne. — C'est là le côté admirable de l'esprit humain ; — son ingéniosité et son énergie inventive grandissent en proportion des difficultés, et finissent toujours par les dominer.—Par un admirable petit mécanisme où la force d'un électro-aimant équilibre celle d'un ressort, on (1) est arrivé à faire régler par le courant électrique lui-même le rapprochement des pointes à mesure qu'elles s'usent.

Alors, qui peut empêcher de faire un usage ordinaire de l'éclairage électrique ? Revient-il trop cher eu égard aux autres modes d'éclairage, de même que la force électrique relativement à celle de la vapeur ? — Non ; car pour vingt francs, on peut avoir pendant six heures une lumière égale à celle de six cents bougies. Le véritable obstacle à l'emploi de la lumière électrique, c'est son intensité même. Pour un éclairage utile, il faut une lumière modérée et surtout harmonieusement répartie de manière à produire une transition graduée entre les clairs et les ombres. — La lumière électrique, trop condensée, est, par cela même, éblouissante là où elle frappe ; ce qui rend, par le contraste, l'ombre plus noire là où elle ne frappe pas. Et ce contraste heurté d'éclat et de nuit fatigue les yeux. — Cette lumière

(1) Léon Foucault, en 1849.

ne peut donc, en cet état, remplacer avantageusement, pour l'éclairage usuel, celles du gaz et de l'huile, plus douces à la vue et plus commodes à répartir selon les besoins.

Voilà donc une nouvelle difficulté à vaincre ; — sera-t-elle vaincue un jour ? Je n'en doute pas, Suzanne ; car c'est la mission du génie de l'homme de deviner, une à une, toutes les énigmes que lui pose la nature, et de perfectionner indéfiniment son intelligence dans cette lutte incessante contre la matière.

En attendant, et telle qu'elle est, la lumière électrique n'est pas précisément sans emploi. On en peut faire un éclairage exceptionnel dans les fêtes publiques, ou pour permettre d'accomplir, pendant la nuit, certains grands travaux urgents. Cette lumière a été appliquée par les physiciens à diverses expériences intéressantes et utiles ; — enfin elle paraît éminemment propre à l'éclairage des phares ; car, dans ce cas, il importe précisément d'avoir une lumière très-intense, qui puisse être vue de très-loin.

Maintenant, Suzanne, je vous dirai que les courants d'électricité qui, vous venez de le voir, peuvent produire chaleur et lumière, — ont encore de bien étranges propriétés. — Ils peuvent modifier de la plus curieuse façon la constitution intime des substances qu'ils traversent, détruisant et formant tour à tour des combinaisons de matière.

Ainsi, qu'il y ait trois éléments dans un corps, l'électricité commencera, je suppose, par en mettre un à part ; — et puis elle séparera les deux autres, en même temps qu'elle unira l'un des deux au premier, pour finir ensuite peut-être par les combiner encore tous les trois ensemble. Dieu sait les va-et-vient, les évolutions qu'elle occasionne

dans la foule de ces petites individualités de la matière
qu'on appelle atomes!

Aussi les savants, dans leurs mystérieux laboratoires,
si pleins d'étranges instruments qui font rêver nos igno-
rantes cervelles; — les savants, mettant à profit la complaisance de la fée électricité, se servent de sa baguette
pour manipuler la matière de cent façons, et voir si en tout
cela il n'y a pas des opérations dont on puisse tirer profit
pour une chose ou une autre.

C'est ainsi qu'entre autres découvertes, on a fait celle
de ce qu'on a appelé la *galvanoplastie*, qui est certainement une des plus curieuses inventions modernes par la
grande variété et l'utilité de ses applications.

Galvanoplastie, voilà un mot étrange pour beaucoup
d'oreilles de nos campagnes, Suzanne; — et il n'est point
inutile que je vous l'explique d'abord, avant de parler de
la chose qu'il indique.

Il y avait, vers la fin du dernier siècle, à Bologne, en Italie,
un professeur du nom de *Galvani*, qui, le premier, appela
l'attention sur les mouvements de l'électricité; si bien
qu'on donna le nom de *galvanisme* à la cause de ces phénomènes, c'est-à-dire à l'électricité active. — Si on ajoute
que la seconde moitié du mot galvanoplastie dérive d'un
mot grec qui indique l'action de façonner, de modeler, on
aura la signification exacte du terme : modelage par le
galvanisme ou courant électrique.

Maintenant, prêtez-moi attention, Suzanne, et permettez-
moi de vous demander si vous savez ce que c'est qu'un *sel*,
comme l'entendent les chimistes? — Mais non, vous ne le
pouvez connaître; je vais vous l'expliquer.

14

Remarquez, Suzanne, combien je suis fier de mon savoir tout nouveau! — je me pose en maître et je suis tout heureux de partager mon trésor avec vous. — Partager, non; car, ce trésor-là, le savoir, on l'acquiert et on ne l'ôte à personne, — on le donne, sans le perdre; ce qui montre bien que c'est la richesse par excellence, devenant plus vaste à mesure qu'on la dépense. — Je reviens au sel.

Quand un morceau de fer est mouillé ou seulement exposé à l'air, il se rouille. — La rouille, poussière rougeâtre, est une combinaison d'atomes de fer et d'un gaz, l'oxygène, abondant dans l'air et encore plus dans l'eau. Les savants appellent d'une manière générale oxyde non-seulement la rouille du fer, mais encore celle du cuivre et de tout autre métal; car ce n'est pas seulement le fer, tant s'en faut, — qui se combine ainsi à l'oxygène.

Maintenant, pour produire un sel, il n'y a qu'à faire combiner un oxyde avec un acide; par exemple, en combinant l'oxyde de cuivre avec l'acide sulfurique, on obtient le sel appelé ordinairement vitriol bleu ou couperose bleue. — Qui reconnaîtrait l'acide sulfurique, l'oxygène et le cuivre dans les beaux cristaux bleus de ce vitriol? — La combinaison a bouleversé tous les aspects. — Actuellement, Suzanne, comment vous y prendriez-vous pour retrouver le cuivre si bien défiguré dans le sel? — Vous seriez fort embarrassée, sans doute, — et moi aussi; — mais l'électricité ne l'est pas, elle, comme vous allez voir; car nous allons la charger de faire cette besogne. — Pour la lui faciliter, nous commençons par faire dissoudre le vitriol dans un vase plein d'eau. — Le fluide pourra ainsi fureter mieux à son aise au sein du sel bien divisé

par l'eau, — et d'autant mieux que l'eau est pour lui un
très-bon conducteur. Il ne s'agit donc plus que d'amener
un courant électrique dans le vase. — Supposons qu'il y
est et voyons ce qui se passe.

L'électricité, dans ses opérations au sein d'un liquide, a
de certaines habitudes d'ordre très-remarquables, ayant
une place déterminée pour chaque espèce de matière dont
elle s'empare.

Ainsi, en fouillant peu à peu le sel dissout dans l'eau,
elle en sépare tout d'abord les deux parties constituantes,
mettant l'acide sulfurique d'un côté et l'oxyde de cuivre de
l'autre. — Mais elle ne se borne pas à agir sur le sel, elle
pénètre aussi dans la combinaison de l'eau dont il est imprégné, et elle en sépare les deux éléments, oxygène et
hydrogène, classant l'oxygène du côté de l'acide sulfurique
et l'hydrogène du côté de l'oxyde de cuivre.

Ainsi, à droite, l'acide et l'oxygène; — à gauche, l'oxyde
et l'hydrogène.

L'électricité, poursuivant son œuvre de décomposition,
attaque l'oxyde et le divise en oxygène et cuivre; mais aussitôt, comme cette opération se fait en présence de l'hydrogène, le fluide en profite pour combiner à ce dernier
l'oxygène provenant de l'oxyde; — et alors oxygène et
hydrogène recomposent de l'eau.

Est-elle capricieuse cette électricité : ici décomposant de
l'eau, — là en recomposant!

Quoi qu'il en soit, il résulte de cette opération que l'oxyde
de cuivre étant débarrassé de son oxygène, — le cuivre
reste seul, parfaitement isolé, suspendu dans le liquide en
parcelles infiniment petites. — Ne vous ai-je pas dit que le

fluide nous trierait le cuivre dans le vitriol bleu? — C'est fait.

Mais attendez. — Que devient ce cuivre pur? L'électricité l'entraîne dans le sens de son courant au sein de l'eau, jusqu'à ce qu'un obstacle se présente contre lequel le métal s'arrête. — Toutes les parcelles de cuivre, au fur et à mesure qu'elles se débarrassent de l'oxygène, arrivent donc à la file, s'appliquant sur la surface de l'obstacle, qu'elles recouvrent bientôt complétement; celles qui arrivent ensuite s'accumulent sur les premières, et ainsi, à la longue, l'obstacle se couvre d'une couche de cuivre de plus en plus épaisse.

Nous reviendrons tantôt à cette couche de cuivre; pour le moment, voyons ce qui se passe du côté où se rendent simultanément l'acide sulfurique du sel et l'oxygène de l'eau.

Si l'oxygène, ce féroce rongeur, ne trouve rien à attaquer à cet endroit, il s'échappe dans l'air en petites bulles, et quant à l'acide sulfurique, il demeure dans l'eau; — mais si, à l'endroit où l'oxygène se dégage, on place une plaque de cuivre, l'oxygène, au lieu de s'envoler, attaque le cuivre, et, se combinant peu à peu à lui, forme un oxyde de cuivre; — or, comme cet oxyde de cuivre à peine formé est tout aussitôt au contact de l'acide sulfurique disponible, il en résulte immédiatement une seconde combinaison qui, remarquez-le bien, est un sel, et n'est autre chose que du vitriol bleu, lequel, en se formant, se dissout dans l'eau.

Il se passe ainsi dans cette eau cette chose bien curieuse que, tandis que l'électricité décompose le vitriol d'un côté, elle en recompose d'un autre; — tandis que d'un côté elle extrait le cuivre pur de la combinaison qui le cache, de l'autre elle favorise une combinaison analogue dans laquelle est absorbée et dénaturée une quantité identique de cuivre pur. — De sorte que, moyennant cet arrangement, l'eau, récupérant d'un côté le vitriol qu'elle perd de l'autre, se trouve en contenir constamment la même dose; ce qui permet à l'électricité de fournir un dépôt de cuivre bien uniforme et bien régulier.

Revenons à présent à ce dépôt de cuivre, et supposons que l'obstacle sur lequel il s'effectue soit un moule. — Par exemple, vous enfoncez votre dé à coudre jusqu'au bord dans un morceau de cire, et puis vous le retirez; le creux qu'il laisse dans la cire est un moule, et toutes les petites cavités du dé sont naturellement représentées par de petites bosses dans le moule. — Si ensuite, plongeant ce moule dans l'eau qui dissout le vitriol, vous y dirigez le courant électrique, l'action du fluide y amènera le dépôt de cuivre comme je viens de vous l'expliquer. Le moule se tapissant de métal intérieurement, quand la couche sera suffisamment épaisse, on la retirera tout d'une pièce et elle vous reproduira exactement votre dé avec ses petits trous et tous les traits qui pouvaient s'y trouver gravés (1).

Pour bien diriger le dépôt à volonté, il faut savoir qu'il ne s'effectue que sur les surfaces bonnes conductrices d'électricité. Quand le moule n'a pas cette propriété, on la lui procure par l'application d'une poussière métallique, —de la plombagine, par exemple. Si, au contraire, on veut garantir du dépôt certaines parties d'un moule bon conduc-

---

(1) C'est là la galvanoplastie proprement dite.

teur, on recouvre ces parties d'une substance mauvaise conductrice.

A la place du moule de votre dé, supposez celui d'une médaille, d'un vase, d'une statue ou de tout autre objet, même d'objets naturels, insectes, fleurs et feuilles ; — le dépôt de cuivre reproduira pareillement l'image de l'original, et ces copies sont aussi parfaites et exactes que possible. Quand les objets sont trop grands, on les reproduit par morceaux, que l'on rajuste ensuite.

De la même manière on peut reproduire les creux ou les reliefs des planches gravées, des gravures sur bois, des caractères d'imprimerie dont on a pris les empreintes avec un corps mou, — Et ainsi on ne craint plus l'usure des œuvres précieuses, puisqu'avant de s'en servir on en peut fabriquer autant d'exemplaires que l'on veut, tous exactement pareils à l'original (1).

Si, sur une plaque polie, on dessine des traits en reliefs et qu'on dirige le dépôt de métal sur cette plaque, il est aisé de comprendre, Suzanne, que la couche de cuivre déposée présentera des creux correspondants aux saillies de la plaque. Par suite, la couche de cuivre deviendra une sorte de planche gravée, avec laquelle on pourra imprimer des images sur le papier (2).

J'ai à peine besoin de vous dire, Suzanne, que le cuivre n'est par le seul métal que l'on peut employer ainsi. — Il ne s'agit que de mettre dans l'eau, au lieu d'un sel de

---

(1) Cette branche de la galvanoplastie porte le nom de galvanotypie.

(2) Cette application porte le nom spécial de galvanographie.

cuivre, un sel d'un autre métal, — or, argent, zinc, étain, platine, plomb, etc.

Mais ce n'est pas tout. — Cette manière d'obtenir un dépôt métallique par l'électricité n'est pas seulement employée à reproduire des objets sur moule. — On l'utilise encore pour perfectionner et embellir un objet fabriqué en le revêtant d'une mince couche d'un métal ou d'un autre (1). C'est ainsi qu'on peut garantir le fer, qui se rouille aisément, en le recouvrant de zinc, métal beaucoup plus inaltérable à l'air et à l'eau. C'est ce qu'on appelle alors du fer galvanisé. On peut encore revêtir le fer, la fonte et l'acier d'un dépôt de platine, de cuivre, de plomb, d'étain, de bronze. On galvanise généralement avec du bronze les fontaines, les statues, les candélabres en fonte. — On dore et on argente par le même procédé les bijoux, la vaisselle, les couverts et mille objets d'art; — et ainsi on procure à très-bon marché à ces divers objets la propreté, l'éclat et la belle apparence d'objets complétement en or ou en argent.

Ce genre de dorure et d'argenture, Suzanne, a cela de particulièrement admirable, qu'il supprime l'emploi du mercure dont je vous ai parlé ailleurs et qui est si nuisible à la santé des ouvriers.

Un autre jour, en parlant de gravure, j'aurai occasion de vous dire encore un mot de l'électricité ; — car on découvre tous les jours de nouveaux emplois de son action. — Aujourd'hui je m'arrête là.

Cependant je ne puis finir sans vous dire que la galvanoplastie a été découverte en 1837, en même temps par

---

(1) Cette opération est dite galvanisation.

Thomas Spencer, en Angleterre, et par le professeur Jacobi, en Russie. — Quant à la galvanisation, et notamment la dorure galvanique, — essayée sans succès par M. de La Rive, à Genève, en 1825, elle a dû son succès à un Français, M. Henry de Ruolz, et à un Anglais, M. de Elkington, qui, sans se connaître, arrivèrent au même but en même temps, vers décembre 1841. — Au lieu de se chicaner, ils se donnèrent la main et exploitèrent ensemble leur découverte; — et bien ils firent. — Il faut vous dire, Suzanne, que M. de Ruolz était vicomte, je crois, et de plus fort bon compositeur de musique. — Ayant perdu sa fortune, il ne lui répugna pas de demander au travail industriel les moyens de vivre; et il n'eut pas à s'en repentir. — Il en tira gloire et profit, sans nuire à sa noblesse.

Nous autres, Suzanne, qui vivons dans les champs, en des coutumes simples et des mœurs peut-être un peu grossières; nous pourrions, au premier coup d'œil, ne pas bien voir tout ce qu'il y a de bon dans les œuvres de la galvanoplastie. — Mais songez que l'homme n'est point destiné à s'arrêter jamais dans le chemin de ses satisfactions, et que s'il a été un temps où on s'est contenté d'une cuiller de bois, on a été bien aise ensuite d'avoir une cuiller de métal plus ou moins brillante; — de même qu'on a changé volontiers son écuelle de terre brune pour une assiette en faïence et puis en porcelaine.

Et, sans que nous y prenions garde, nous allons ainsi améliorant toute chose brin à brin, autour de nous. — C'est le penchant naturel de l'homme d'aller toujours vers l'accroissement du bien-être qui se compose en détail de toutes ces petites choses. — Et, dans le bien-être, il n'y a pas seulement la satisfaction d'un besoin matériel ; mais encore celle d'un besoin intellectuel, laquelle n'est autre que le plaisir. — Car nous ne nous contentons point qu'un vêtement soit chaud l'hiver, ou frais l'été ; nous aimons qu'en même temps par sa forme et ses couleurs il soit le plus possible agréable à l'œil.

C'est pour vous dire que les inventions qui mettent à la portée de tous les choses belles ne sont pas moins à apprécier que celles qui répandent les choses bonnes. — Ainsi la galvanoplastie, véritablement utile en bien des points, est aussi une source d'agrément en beaucoup d'autres, répandant les belles œuvres de la sculpture, de la gravure et donnant à des matières communes les propriétés des métaux les plus précieux.

Il n'y a point à faire reproche à personne de son goût pour les belles choses. C'est un instinct de nature que l'homme suit, et au moyen duquel il s'achemine vers le bien, qui n'est qu'une manière d'être du beau.

NEUVIÈME LETTRE

— LA PHOTOGRAPHIE. —

Un ignorant comme moi, Suzanne, est, au milieu des choses de la science, comme un voyageur errant en un lointain pays plein d'objets inaccoutumés, et qui appellent de tous côtés son attention.

Voilà, par exemple, que je me suis trouvé arrêté aujourd'hui au premier mot que j'allais vous écrire : — ce mot c'est *photographie*. Que veut-il dire ? Pourquoi a-t-on affecté ce mot à la chose qu'il représente ? Pourquoi lui et pas un autre ? — N'est-il qu'un accouplement capricieux de lettres et de syllabes ?

Non, Suzanne, ce mot est fait avec d'autres mots qui, déjà, représentent certaines idées. — Il s'ensuit que ces idées sont combinées dans le mot nouveau pour y représenter une idée nouvelle, exactement comme un acide et un oxyde combinés produisent un corps nouveau nommé sel.

Il y a une curieuse analogie de formation dans les productions du monde matériel et dans celles du monde intellectuel. — Comme tous les corps de la nature, nos idées se produisent par accouplements. — Il y a la chimie de l'esprit, comme il y a la chimie du laboratoire. — La pensée est un creuset.

Le langage, destiné à indiquer toute chose, doit nécessairement se prêter à des combinaisons correspondantes à celles qu'il exprime. — Donc il y a aussi la chimie de la parole, — laquelle fait, avec des syllabes, un travail analogue à celui que fait la chimie avec la matière, la pensée avec les idées.

Le langage est une représentation des choses par des sons. — Ceci me ramène naturellement à la photographie, qui a une remarquable analogie avec le langage, car elle se propose aussi une représentation des choses seulement par la lumière. — La photographie s'adresse aux yeux, tandis que le langage (1) s'adresse à l'oreille. Ce sont deux arts très-proche parents, ayant chacun son domaine spécial; mais à l'occasion se prêtant admirablement assistance pour le meilleur enseignement de l'homme.

Le mot photographie est composé de deux mots grecs, dont l'un signifie *lumière*, et l'autre *écrire, dessiner*. Leur accouplement indique donc l'art de dessiner par la lumière. Photographie n'est donc pas un mot de hasard ; — il est fait exprès.

La science se plaît à aller chercher dans les langues des anciens âges les éléments des noms qu'elle applique aux inventions modernes.

N'y a-t-il pas là, Suzanne, quelque chose qui frappe la pensée ? — On découvre une merveille, on invente une

---

(1) Le langage pourrait très-exactement être appelé *phonégraphie*; description par la voix.

chose nouvelle, et c'est à l'antiquité qu'on va demander un nom pour elle.

Elles sont donc bien riches et bien fécondes les langues des vieux âges, qui se trouvent contenir mystérieusement en elles l'expression des progrès les plus imprévus ! — Ce mélange du langage antique et de la science moderne nous fait songer aussi combien l'humanité est solidaire dans l'accomplissement de son œuvre, qui est le perfectionnement ; chaque âge apportant sa pierre à l'édifice ; et de plus, il faut remarquer que ces mots ont l'avantage d'être acceptés par tous les peuples, parce qu'ils ne choquent l'amour-propre national de personne et ils mènent ainsi tout doucement à une même langue universelle.

L'antiquité est, dirait-on, comme une bonne aïeule, qui nvite ses petits-enfants à la bonne entente et se plaît à être marraine de leurs œuvres.

Mais pour en revenir à la photographie, qui est l'une des plus curieuses découvertes modernes, je vous ai dit que c'était l'art de dessiner par la lumière.

Comment la lumière peut-elle dessiner ? Regardez dans votre miroir, Suzanne ; — est-ce que la lumière n'y dessine pas votre image ? — Eh bien, supposez un miroir qui, ayant ainsi reçu une image, la garde... — Ce serait merveilleux, n'est-ce pas ? — Ce miroir-là on l'a trouvé. — Sa préparation et la fixation d'une image à sa surface, tel est le but de la photographie.

Je vais tâcher de vous donner une idée de ces opérations, en vous racontant une petite histoire qui s'est passée pas loin d'ici, dans une ferme où je me trouvais le mois dernier.

Il y avait, employés dans cette ferme, un vieil homme et sa femme agée aussi, — qui, disait-on, avaient du bien ; mais, par avarice, s'obstinaient à travailler encore chez les autres. Ils étaient peu charitables, ayant dans le pays un jeune neveu estropié qui vivait misérablement, et au secours duquel ils ne voulaient venir de nulle façon. — Voilà que ce vieil homme vint à mourir quasi subitement.

Au moment de cet accident, il y avait depuis plusieurs jours à la ferme un étranger qui avait demandé à y être logé et nourri pendant un mois moyennant payement. — Il s'était donc installé là.

Les gens considéraient cet homme avec étonnement, ne se rendant point compte de ce qu'il faisait ; — car il avait des occupations étranges tant au dehors qu'au dedans. — On le rencontrait un peu partout dans les champs avec une sorte de grande boîte carrée qui avait comme un œil de verre sur le devant. Il s'arrêtait çà et là, posant sa boîte sur un pied élevé ; — et puis on le voyait regarder attentivement dedans en soulevant un voile noir épais, dont il la couvrait en partie. Puis il tirait et repoussait des espèces de petits tiroirs de la boîte ; — regardait à sa montre et attendait ; — ensuite il pliait bagage et s'en allait ailleurs pour recommencer. — On en était venu à éviter de le rencontrer, par crainte de quelque sortilége.

Quand il rentrait à la ferme, c'était bien autre chose ; — il s'enfermait dans sa chambre, fermant les volets de la fenêtre, qu'intérieurement il recouvrait encore d'un grand rideau noir. — Là, que faisait-il ? Une fois, qu'on avait regardé par le trou de la serrure, on l'avait vu allant et venant à la faible clarté d'une petite lanterne qui avait des vitres jaunes. — Il y avait dans cette chambre une quantité de fioles pleines de liquides inconnus, et avec cela des verres allongés, des entonnoirs, de larges plats, des vitres... que sais-je? c'était bien extraordinaire ! — Et de cette chambre il sortait parfois des odeurs étranges.

Les bonnes gens de la ferme n'étaient pas trop rassurés; mais ils n'osaient rien dire. Au demeurant, cet homme n'avait point l'air mauvais; bien au contraire, il jouait avec les enfants et causait amicalement avec tout le monde.

Un jour, une fille de la ferme s'aventura à lui demander ce qu'il faisait dans sa chambre obscure avec sa lanterne jaune. — Il se mit à sourire, et dit qu'un jour il ferait voir cela. Il tint parole, et un dimanche soir, comme tout le monde était réuni dans la salle, il entra en disant :

— Or çà, bonnes gens, il faut que je vous fasse voir quelque chose.

Il portait une boîte longue et une espèce de double lorgnette, faite pour regarder avec les deux yeux à la fois (1). — Il ouvrit la boîte et en tira un paquet de petites vitres longues dont il prit une au hasard qu'il plaça devant la lorgnette, au bout opposé à celui par où l'on regarde. — Alors passant l'instrument à la personne qui se trouvait auprès de lui :

— Regardez, lui dit-il, puis vous passerez aux autres.

La personne qui prit la lorgnette était la veuve de ce vieil homme avare, mort depuis peu de temps. Elle la plaça devant ses yeux en se tournant vers la lumière, et,

---

(1) Le stéréoscope.

comme chacun avait le regard fixé sur elle, — moi comme les autres, — on vit tout d'abord une grande surprise se marquer sur sa figure, et presque aussitôt elle partit en disant :

— Ah! mon Dieu!

Et elle se mit à trembler, ne pouvant plus se soutenir. — Elle abandonna la lorgnette avec une sorte d'effroi et sortit en murmurant :

— Il me l'avait bien dit! — il me l'avait bien dit!

Chacun était bien surpris; — mais on comprit le saisissement de la vieille femme, quand on eut jeté un coup d'œil dans la lorgnette. — On voyait, comme si on y était, — l'intérieur d'un petit bois des environs que chacun connaissait bien. — Deux routes s'y croisaient, et, au carrefour, on reconnaissait un grand vieux chêne à demi mort et, tout auprès, le poteau indiquant où menaient les chemins et une grosse borne toute moussue. — C'était merveilleux d'exactitude! — Les pierres de la route se pouvaient compter, et on était tenté de pencher la tête de côté pour voir derrière les troncs d'arbres, tant ils se détachaient bien. — Mais ce n'était point tout cela qui avait tant surpris la vieille femme; — c'est qu'au tournant de la route, on voyait paraître un homme conduisant un âne chargé de fagots, et cet homme était le mari défunt de la vieille.—Impossible de ne le point reconnaître; il était d'une ressemblance saisissante.

L'émotion de la bonne femme s'expliquait aisément; cependant on ne voyait point là la raison de ses paroles : «Il me l'avait bien dit! » On ne sut que plus tard ce qu'elles signifiaient.

Pour l'instant, nous étions tous à l'admiration de la chose, et cela alla croissant; — car l'étranger fit passer ainsi devant nos yeux toutes les petites vitres de sa boîte, et, à chacune d'elles, nous reconnûmes un endroit du pays, avec ses arbres, ses buissons, ses sentiers, ses pierres et jusqu'aux moindres détails; les champs de blé et les luzernes, les fossés pleins d'eau et les grands roseaux qui en sortent. — Nous vîmes la ferme elle-même, avec ses vieux murs; il n'y manquait pas une crevasse; — et tout ce qui est autour, les abreuvoirs, les claies, le puits, les charrues, — tout...; — il n'y avait pas jusqu'à un vieux bout de corde pendu à un anneau contre une muraille qui ne s'y trouvât.

— Ainsi, dit la fermière à l'étranger, c'est cela que vous faisiez dans les champs, avec votre boîte qui a un œil de verre ?

— Oui, c'est cela même; quand je voyais un endroit agréable à voir, je le faisais regarder par ma boîte.

Chacun examinait cet homme avec ébahissement, et tous les yeux étaient si pleins de questions, qu'il dit :

— Voyons, je vais tâcher de vous faire comprendre cela. Et il continua :

— Quand notre œil regarde un objet, il en reçoit l'image dans le fond de la prunelle, — ce petit cercle noir qui est au milieu de l'œil et qui n'est autre qu'une ouverture recouverte d'une matière transparente comme le verre. — Si, après avoir regardé cet objet, nous en regardons un autre, l'image du premier s'efface dans l'œil et l'image du second lui succède. — Mais l'image du premier n'est pas pour cela tout à fait perdue pour nous : — elle reste, jusqu'à un certain point, dessinée dans notre mémoire. Il en est de

même de tous les objets que nous regardons. — La mémoire est comme un livre dont chaque feuillet porte ainsi
une image que nous appelons souvenir.

Venons à ma boîte, maintenant ; — elle vous représente
un gros œil. — Elle a une prunelle aussi, c'est-à-dire un
trou par où l'image de l'objet éclairé pénètre dans l'intérieur sombre par le fait des rayons réfléchis ; — c'est en
avant de cette prunelle qu'est le verre que vous avez vu
en forme de lentille ; — et en arrière, dans l'intérieur,
à une certaine distance, on place une de ces plaques de
verre. — Cette plaque de verre reçoit l'image de l'objet
regardé. Consacrant ainsi une plaque à chaque différent
regard de la boîte noire, — chaque plaque représente
un souvenir, et, toutes ensemble, sont comme un livre de
mémoire de la boîte (1).

Je vous rapporte les choses, Suzanne, autant que possible comme cet étranger les a dites. — Supposez donc
toujours que c'est lui qui parle.

Bien entendu que le premier verre venu n'est pas propre
à garder l'image qu'il peut recevoir dans la boîte ; — il
faut qu'il soit préparé d'une certaine manière pour cela ;
— il faut encore ajouter, qu'indépendamment du verre, on
peut encore employer soit une plaque de métal, soit du
papier, soit toute autre matière, pourvu qu'il y ait prépa-

_____

(1) Cet appareil est nommé *chambre noire ;* on en attribue l'invention au Napolitain Jean-Baptiste Porta, en 1560. — Certains, cependant,
en font honneur à Roger Bâcon, mort en 1292. — La lentille de verre
porte le nom d'*objectif*, parce que c'est elle qui reçoit les rayons venus
des objets.

ration convenable; car, à vrai dire, ce n'est pas la plaque, verre, métal ou autre, qui conserve l'image; c'est l'enduit dont elle est revêtue.

Il faut d'abord se rendre bien compte de ce que c'est que voir. — On semble quelquefois considérer le regard comme quelque chose qui s'échappe de notre œil pour aller en quelque sorte embrasser l'objet regardé. — C'est une illusion. — Notre œil n'envoie rien à l'objet; c'est, au contraire, l'objet qui envoie quelque chose à notre œil. — Ce quelque chose, c'est la lumière qui frappe sur l'objet et qui, par ricochet, est renvoyée au fond de notre œil. — Un miroir ne va pas saisir les objets; — ce sont les objets qui vont s'y réfléchir par les rayons lumineux qu'ils ricochent. — C'est évident. — Eh bien, la rétine, membrane qui occupe le fond de notre œil, est un miroir; seulement un miroir derrière lequel il y a un nerf qui transmet au cerveau la sensation qu'il reçoit. — La plaque que je mets au fond de ma boîte représente la rétine de l'œil et reçoit, comme celle-ci, le reflet des objets éclairés, c'est-à-dire leur image. — Donc, sans lumière, pas d'image possible.

Pour qu'une plaque quelconque garde l'image que lui envoient les rayons lumineux, il faut nécessairement que l'impression de la lumière puisse y produire certains effets durables; — en d'autres termes, il faut que la plaque soit rendue impressionnable à la lumière. — La préparation de la plaque consiste donc à l'enduire d'une substance modifiable par la lumière. — Quelle est cette substance?

Il y a longtemps qu'on s'est aperçu que la lumière a une action sur diverses matières. — Vous n'êtes pas sans savoir qu'elle fait, comme on dit, passer les couleurs. D'autre part, vous savez que les plantes poussent jaunes dans l'obscurité et deviennent vertes à la lumière. — J'ajou-terai que tous les sels dans la composition desquels il entre de l'argent noircissent par l'action de la lumière. — C'est précisément sur cette propriété des sels d'argent que sont basés les phénomènes de la photographie.

Voici ce qui arrive, en effet : — supposez d'abord un papier revêtu d'iodure d'argent et placé dans la boîte noire, où il reçoit une image.

Mais, un moment, s'il vous plaît. — Quand nous regar-dons un objet, à quoi devons-nous d'en bien saisir la forme générale et les différents détails ? — A la lumière sans doute; mais à la lumière inégale que nous renvoient les diverses parties de l'objet. C'est le contraste des clairs, des ombres et des demi-teintes qui nous permet d'appré-cier les formes.

Un objet éclairé se conduit vis-à-vis de la boîte noire exactement comme vis-à-vis de notre œil.

Il arrive alors que chaque détail réfléchi sur l'iodure d'argent dans l'intérieur de la boîte s'y dessine par plus ou moins de lumière, selon qu'il est plus ou moins éclairé. — Par suite, l'iodure est différemment influencé aux di-verses places que l'image touche ; — il est plus altéré là où il reçoit plus de clarté, moins là où il en reçoit moins, et pas du tout là où il n'en reçoit pas.

C'est cette altération graduée de l'iodure qui va nous fournir l'image ; — on comprend donc qu'après l'impres-sion reçue dans la boîte noire, il faut que l'image se pro-duise dans l'obscurité; sinon, la lumière agissant sur toute l'étendue de l'iodure, lorsqu'on retirerait le papier de la

boîte, — les effets de l'impression de l'image se trouve-
raient complétement effacés.

Il est donc nécessaire, avant que le papier voie le jour,
d'abord que le dessin se soit manifesté, et ensuite qu'on
ait enlevé tout le restant d'iodure qui, n'ayant pas reçu
de lumière, n'a pas été altéré, et le serait ensuite au détriment de l'image.

Nous ne sortons donc le papier de la boîte noire qu'a-
près avoir eu soin de pousser un petit volet qui recouvre
le châssis dans lequel nous l'avions mis. — Nous portons
ce châssis dans une pièce bien close, où la lumière ne
puisse pénétrer que très-faiblement à travers un carreau
de vitre jaune ; — à moins que nous n'aimions mieux avoir
simplement une lanterne aux verres jaunes ; car enfin il faut
y voir au moins un peu pour accomplir ce qui reste à
faire.

Mais pourquoi des verres jaunes ? Parce qu'on a découvert que les composés d'argent n'étaient pas altérés par la
lumière jaune, tandis que toute autre lumière leur nuit.
— Voilà qui est curieux.

Quoi qu'il en soit, nous pouvons retirer ici le papier de
son châssis, et nous constatons que rien n'y semble changé
et qu'il n'a pas apparence d'image. Le changement, invisible jusque-là, que la lumière a occasionné dans certaines
parties de l'iodure, ne devient sensible qu'au contact d'un
acide nommé gallique, — lequel n'attaque la couche
d'iodure qu'aux endroits où elle a été éclairée, — et, à
chaque endroit, proportionnellement à l'intensité de la lumière reçue.

Or, comme la combinaison de l'acide gallique et de l'io-

dure altéré par la lumière produit une substance noire, —
le degré du noircissement est, en chaque partie de l'image,
proportionnel à l'altération que la lumière a produite dans
l'iodure. — Le résultat est un ensemble de clairs et d'ombres qui constituent l'image. Seulement, comme les parties
les plus éclairées ont été les plus altérées et se trouvent,
par suite, les plus noircies, l'image obtenue présente une
combinaison des clairs et des ombres inverse de celle existant sur l'objet. C'est une sorte de contradiction lumineuse ;
la figure blanche s'y trouve noire, l'habit noir s'y trouve
blanc. On dirait une mauvaise plaisanterie de l'appareil.

Soyez tranquille, cette image inverse, qu'en photographie
on appelle *négative,* nous en fournira de régulières ; —
aussi tâchons de la conserver, et pour cela débarrassons le
papier de tout l'iodure restant que la lumière ferait noircir,
ce qui effacerait tout en une teinte noire uniforme. — Il
s'agit de laver le papier avec un liquide qui, tout en dissolvant l'iodure, respecte les parties noircies plus ou moins
par l'acide gallique. — Ce liquide est une dissolution
d'hyposulfite de soude.

L'opération accomplie, le papier peut désormais braver
la lumière. — C'est ce qu'il nous faut pour obtenir enfin
la vraie image que nous cherchons. Rien n'est plus facile.

Nous prenons un autre papier préparé comme le premier, et nous appliquons le premier dessus, après quoi nous
les exposons à la lumière. Le papier qui porte l'image forme
transparent, et, partout où il est blanc, laisse arriver la lumière au second, tandis qu'il l'empêche de passer partout
où il est noir, et que, dans toutes les teintes intermédiaires,
il ne la laisse pénétrer que proportionnellement au degré

15

de chaque teinte. — Par conséquent le noircissement s'opère sur le second papier tout à fait à l'inverse de ce qui existe sur le premier; c'est-à-dire qu'il présente les ombres et les clairs comme ils existaient sur le modèle. — C'est ainsi qu'au moyen d'une image négative on obtient une image régulière que, par opposition, on appelle positive.

Ici, vous le voyez, on ne se sert plus d'acide gallique pour déterminer le noircissement; c'est la seule action de la lumière qui le produit. — On suit l'opération de l'œil, et quand on juge que les teintes sont suffisamment noires, on rapporte les deux papiers superposés dans l'obscurité, avant de les séparer; — car il faut que le second papier soit lavé aussi à l'hyposulfite de soude pour être débarrassé de tout son restant d'iodure, avant de voir le jour.

Il est à peine nécessaire de faire remarquer qu'avec le premier papier, reporté successivement sur d'autres, on peut obtenir autant d'exemplaires que l'on veut de l'image.

On n'a pas tardé à remarquer que le grain du papier nuisait au poli de la surface; en même temps on s'est aperçu que les liquides avec lesquels on le mouille relâchaient son tissu inégalement, — ce qui occasionnait des défauts dans l'image. — Alors, pour remédier à ces inconvénients, on a essayé d'enduire avant tout le papier d'une substance bien lisse; — les uns se sont servi de blanc d'œuf ou albumine, d'autres de cire, de gélatine, de collodion. — Une fois l'enduit bien sec, on le recouvre du composé d'argent.

Je vous ai nommé le collodion; voici ce que c'est. Vous avez sans doute entendu parler du coton-poudre, qui n'est autre chose que du coton ordinaire plongé pendant un quart

d'heure dans de l'acide azotique, puis lavé et séché. — Eh
bien ! ce coton-poudre, dissous dans l'éther, donne un dépôt
d'une substance blanche et transparente semblable à un
vernis et qui est le collodion. — Il a la propriété précieuse,
pour la photograpie, de rendre le composé d'argent dont on
le couvre infiniment plus sensible à la lumière qu'il ne l'est
sur une autre substance.

Quand on veut obtenir des images sur verre, on procède
exactement comme sur le papier. On recouvre une vitre d'une
couche de blanc d'œuf ou de collodion ; on applique dessus
le composé d'argent et on place la vitre dans la boîte noire.
La première image obtenue ainsi est, comme je viens de
vous l'expliquer, négative ou à ombres inverses. Mais vous
comprenez très-bien que, par sa transparence, le verre se
prête encore bien mieux que le papier à obtenir ensuite des
images redressées ou positives. — Le verre est même si
commode pour cela, qu'on ne se sert, on peut dire, presque
plus de papier pour obtenir l'image première négative.
On emploie toujours du verre, avec lequel on reporte ensuite
soit sur verre encore, soit sur papier, sur toile, sur ivoire
ou toute autre matière convenablement préparée.

Mais il y a encore la photograpie sur plaque argentée.
— C'est même la première qui ait été découverte. — Elle
est due aux recherches réunies de Niepce de Saint-Victor et
du peintre Daguerre. Aussi elle est encore appelée daguerréotypie, du nom de ce dernier (1).

---

(1) La découverte fut rendue publique en 1839. La chambre des
députés vota, à titre de récompense nationale, deux pensions viagères,
l'une pour Daguerre, l'autre pour le fils de Niepce, le père étant mort
depuis six ans. — En ce moment même un Anglais, Fox Talbot, et un

Voici, en quelques mots, comment elle procède : — on a une lame de plaqué d'argent qu'on expose aux vapeurs d'iode. Ces vapeurs se combinent avec la surface de l'argent et produisent une couche d'iodure d'argent qui, vous le savez, est sensible à la lumière. — On place cette plaque dans la boîte noire pour recevoir l'image. Au sortir de là, la plaque n'offre qu'une teinte jaune d'or sans dessin visible; — mais si on l'expose aux vapeurs du mercure légèrement chauffé, il arrive ceci que les vapeurs de mercure vont se condenser seulement sur les endroits touchés par la lumière et y forment un vernis brillant qui donne les clairs de l'image, tandis que les autres parties de la plaque forment les ombres, et ainsi le dessin se manifeste. — Seulement il faut, comme pour le papier, laver la plaque à l'hyposulfite de soude pour enlever l'iodure restant, qui noircirait à la lumière. Enfin on verse dessus un liquide particulier qui contient de l'or et qui a pour effet d'éclaircir l'épreuve et la rendre nette.

Vous voyez qu'ici le mercure qui représente les clairs s'appliquant précisément sur les endroits touchés par la lumière et proportionnellement à son intensité, il en résulte que la première image obtenue sur plaqué d'argent est conforme au modèle, c'est-à-dire positive. — Mais en revanche on n'a, par ce procédé, qu'un seul exemplaire de

---

Français, Bayard, s'occupaient de la photographie sur papier; mais leurs travaux restèrent inaperçus jusqu'en 1847, époque ou Blanquart-Evrard, de Lille, publia son procédé. Alors la photographie sur papier, moins coûteuse et plus commode, fit abandonner en grande partie celle sur plaque. — Dans la même année, un neveu de Niepce, portant le même nom, créait la photographie sur verre.

l'image, tandis que l'épreuve négative sur verre permet d'obtenir ensuite un nombre illimité d'exemplaires positifs. Il faut dire aussi que ce qui nuit à la photographie sur plaque, c'est le miroitage désagréable qu'offrent les images, lequel n'existe pas sur papier.

Maintenant, laissez-moi vous dire jusqu'à quel point est poussée la sensibilité des substances photographiques, eu égard à la lumière. — C'est à peine croyable. — Quand le procédé de Daguerre, pour la photographie sur plaque d'argent, fut publié, pour obtenir une image convenable, il fallait laisser séjourner la plaque iodée un grand quart d'heure dans la boîte noire. — Mais on ne tarda pas à découvrir que certaines substances appliquées sur la plaque iodée développent considérablement sa sensibilité; ces substances sont : le chlorure d'iode, le brome en vapeur, le bromure d'iode, la chaux bromée, l'acide chloreux. — On les appella substances accélératrices, parce qu'elles activaient l'opération. — En même temps on perfectionnait l'œil de verre qui est devant la boîte noire et qui, je vous l'ai dit, porte le nom d'objectif. — Alors on fut à même de prendre une image en une minute ou deux. — Plus tard l'emploi du collodion (1), associé sur verre à l'iodure d'argent, a pu donner, dans de certaines conditions, des résultats bien plus extraordinaires encore, puisque l'on peut saisir une image en une demi-seconde et même moins, le temps seulement de découvrir le verre et de le recouvrir aussitôt. — De sorte qu'on prend au passage l'image d'un cheval au

---

(1) C'est le photographe parisien Legray, qui, le premier, a songé à l'emploi du collodion.

galop, d'un navire, ou d'une locomotive marchant à toute vapeur; —l'image d'un nuage de fumée qui s'envole.

Et pour nous donner un exemple de la chose, Suzanne, cet étranger nous fit remarquer une bécasse saisie au vol sur le petit tableau représentant le carrefour dans le bois; — celui-là même où l'on voyait le vieil homme avec son âne chargé de ramée. — Au moment où l'œil de verre s'ouvrait, le hasard avait fait que la bécasse s'était envolée, et le vieil homme avait paru avec sa bête au tournant du chemin. — Ce n'était que deux jours après qu'il était tombé malade du mal qui l'avait tué.

L'étranger nous fit encore voir des images de rues et de places de Paris, avec la foule des passants, des chevaux et des voitures, tout cela saisi, sans s'en douter, en un clin d'œil par une boîte noire cachée dans quelque coin.

Vous jugez si nous étions tous émerveillés! Et véritablement c'est une chose des plus extraordinaires : — mais nullement surnaturelle, puisque c'est au moyen de substances que fournit la nature et de la simple action de la lumière qu'on arrive à produire ces effets. — Je vous dirai en passant que la lumière électrique peut servir en photographie comme celle du soleil. — Quelle mine inépuisable de merveilles est cette nature! et quelle étonnante faculté est l'intelligence de l'homme qui sait les découvrir !

Alors toutes les allures de cet étranger qui avaient paru si mystérieuses se trouvèrent expliquées. On comprit pourquoi il se renfermait pour travailler dans l'obscurité de sa chambre ; car toutes ces substances si sensibles à la lumière seraient bientôt détériorées si on les manipulait au jour.

Cet étranger nous dit encore qu'on avait découvert les moyens d'obtenir à volonté des images de dimensions très-variées, même plus grandes que nature et aussi d'une petitesse inimaginable.

Ainsi, Suzanne, vous douteriez-vous que, sur une petite surface de verre de la grosseur d'une tête d'épingle, la lumière reproduit l'image d'un grand monument, d'un paysage ou d'une nombreuse réunion de personnes ? Je ne l'aurais pas cru si je ne l'avais vu. — Bien entendu que si vous prenez ce petit morceau de verre dans vos doigts et que vous l'examiniez, vous n'y verriez rien du tout ; — mais si, fermant un œil, vous placez ce petit morceau de verre, qui est de forme cylindrique, devant l'autre œil et très-près, en regardant au travers, dans sa longueur, — aussitôt l'image se montre bien nette et distincte, et grossie énormément par l'effet de la forme du verre dont un bout est légèrement renflé, comme la face d'une lentille. Il y aurait représentée ainsi une réunion d'une douzaine de personnes de votre connaissance, — qu'aussitôt le verre placé devant votre œil vous n'hésiteriez pas un instant à reconnaître chacun et à bien distinguer jusqu'aux moindres détails du costume.

Je vous assure, Suzanne, que, dans l'étonnement de toutes ces choses, nous avons passé une soirée qui nous a paru bien courte et dont le souvenir nous restera toujours. — J'aurais bien désiré que vous fussiez là ; — j'eusse été doublement heureux. Mais au moins me suis-je promis de vous rendre compte de ce que j'ai vu et entendu.

N'allez pas croire, cependant, que j'aie saisi les choses d'un premier coup assez complétement pour vous les rap-

porter et expliquer comme je viens de le faire. — Le lendemain, j'ai questionné beaucoup l'étranger ; — il m'a montré,
expliqué beaucoup. — Si j'ai réussi à vous intéresser un
peu, Suzanne, je suis bien récompensé de ma peine.

Tout ébloui d'abord du merveilleux de cette invention,
je n'ai point regardé au delà ; — mais la réflexion venue,
je me suis demandé quels étaient les emplois de cet art
nouveau. J'ai questionné ; — et je vous assure que je n'ai
pas été moins étonné de la variété des applications de la
chose que je ne l'avais été de la chose elle-même.

La photographie, comme je vous l'ai dit, étant un langage par image, — peut être utilisée pour raconter à nos
yeux la plupart des phénomènes visibles, qui, soit par leur
éloignement de nous, soit par leur petitesse, soit par leur
effacement rapide, ne pourraient nous êtres connus, ou le
seraient imparfaitement par la description. — Par la photograpie, le phénomène lui-même donne son image exacte,
complète, et multipliée à peu de frais pour l'enseignement
de chacun. — La photographie nous apprend les aspects
des divers pays, des plantes, des animaux, des hommes et
des choses de tous les points de la terre; — elle nous
reproduit même les événements du ciel (1) ; — elle nous
parle aussi d'astronomie, de géographie, d'histoire naturelle,
de mœurs et de coutumes. — Elle garde le souvenir exact
des choses les plus passagères, les rendant ainsi durables
pour l'instruction de tous; — elle conserve l'image des

---

(1) Il y a à l'observatoire de Londres un instrument photographique
qui enregistre de lui-même, au fur et à mesure qu'ils se produisent, les
divers phénomènes atmosphériques.

grandes scènes de l'histoire des peuples , elle porte aisément à la connaissance de tous la représentation des œuvres
de l'homme, belles ou bonnes, les cités, les monuments,
les cartes géographiques, les estampes, les tableaux, les
manuscrits, les statues, les machines.—Il n'y a pas jusqu'à
l'art du médecin qui n'y puise des renseignements, par la
facilité qu'elle donne de conserver pour l'étude certains aspects fugitifs des phénomènes de maladies.

J'aurai occasion, un autre jour, de vous montrer les
œuvres de la photographie sur plaque se prêtant merveil-
leusement à la gravure; mais je dois vous signaler ici une
très-curieuse application récente des images photographiques ; — c'est ce qu'on appelle la photo-sculpture (1), qui
à pour but de produire, dans n'importe qu'elle dimension,
le buste ou la statue d'une personne, — à l'aide de plusieurs images photographiques qui représentent la personne sous les différents aspects, à mesure qu'on tourne
autour d'elle. — On se sert pour cela d'un instrument
nommé pantographe. Cet instrument, déjà connu depuis
longtemps, est armé d'un côté d'une pointe de métal, de
l'autre d'un crayon ; — en suivant les traits d'un dessin
quelconque avec la pointe de métal, on provoque un mouvement qui fait reproduire sur une autre feuille, par le
crayon, des traits pareils d'une dimension à volonté plus
grande ou moindre. On réduit ainsi un dessin ou on l'amplifie à son gré. — En suivant avec la pointe de cet instrument les divers profils photographiques de la personne,
on provoque l'action correspondante d'un outil qui tient lieu

(1) Cette ingénieuse invention est due à M. Willème.

du crayon et qui agit sur une masse de glaise où il transporte les silhouettes de l'image. — De cette manière on
arrive à traduire plusieurs images plates en une statue.

Enfin la photographie, qui a un langage si fécond en savoir pour notre intelligence, n'est certes point muette pour
notre cœur ; car elle conserve à nos yeux la précieuse
image des personnes que nous aimons, absentes ou mortes.
— Ah ! il est encore bien doux pour le cœur, Suzanne, de
revoir au moins ainsi ceux qu'on ne peut plus revoir autrement. — Étrange chose ! — un être chéri a passé, s'est
évanoui, et même le peu qui restait de lui dans la tombe
finit par disparaître. — Il n'y a plus rien de lui... tandis
qu'un simple reflet de sa personne continue à exister. — Il
est là, ce reflet passager, arrêté et fixé sur une surface, —
bravant les années, — doux et durable rayon d'un foyer
éteint. — Ce n'est pas l'être perdu, sans doute ; mais qui
pourrait dire que ce n'est pas quelque chose de lui ? —
C'est sa propre bouche qui a dessiné cette bouche ; ce sont
ses yeux qui ont dessiné ces yeux, avec la fine pointe d'un
rayon de soleil. — Bouche et yeux de l'image semblent
continuer les doux langages du regard que la mort a éteint,
des lèvres qu'elle a rendues muettes.

Encore un mot, Suzanne, pour vous finir l'histoire de la
vieille femme.

Le lendemain, elle était malade et resta couchée sans
vouloir parler à personne de tout le jour. Vers le soir, elle
fit demander le fermier et lui raconta comme quoi, elle et
son mari défunt avaient, dans le temps, porté tort à leur
neveu d'une certaine somme d'argent qui devait lui revenir
du chef de sa mère. — Le vieil homme, sur le point de

mourir, ayant remords à cet égard, avait fait promettre à sa femme de réparer le tort porté à leur neveu ; — pensant agir plus fortement sur l'esprit de sa femme, le mourant avait dit que si elle ne s'empressait pas d'accomplir la réparation, il sortirait de son tombeau et lui apparaîtrait pour la lui rappeler. — La bonne femme, en effet, s'était peu empressée d'accomplir la volonté du mort et de rendre l'argent mal acquis. — Aussi, en reconnaissant son mari dans l'image photographique, elle avait supposé simplement qu'il lui apparaissait pour lui rappeler sa promesse.

Voilà pourquoi elle s'était trouvée émue et s'était écriée : « Il me l'avait bien dit ! »

La conséquence de l'aveu qu'elle fit au fermier fut qu'elle le pria de s'enquérir de son neveu et de faire les démarches nécessaires pour qu'il rentrât dans son bien. — Ce qui a été fait. — La bonne femme est revenue à la santé.

Et voilà une image photographique, Suzanne, qui a eu la bonne fortune de faire retrouver à un malheureux son bien, et à une conscience troublée le repos.

DIXIÈME LETTRE

— L'ÉCLAIRAGE. —

La moitié de la vie de l'homme, Suzanne, s'écoule dans la nuit. — Le sommeil nécessaire occupe sans doute une part de la nuit ; — mais que deviendrait l'autre part sans la lumière factice dont l'homme s'éclaire ? — La faculté qu'a l'homme de faire de la lumière est donc bien importante et bien féconde, puisqu'elle permet l'emploi utile d'à peu-près le quart de sa vie que l'obscurité rendrait improductive. — Il ne faut donc pas s'étonner qu'il y ait un certain rapport entre la science générale d'une époque et la manière dont on y pratique l'éclairage.

Ce n'est point précisément dans les campagnes qu'on peut bien juger de cela ; — car le paysan commence ses travaux à l'aube du matin et sa rude besogne du jour lui rend le sommeil prompt le soir ; — et si quelquefois il prolonge un peu sa veillée, — elle est employée à des occupations qui s'accommodent de peu de clarté. — Aussi, aujourd'hui encore, dans les campagnes, par la double raison de l'économie et de l'insouciance, on se contente d'un bien mauvais éclairage.

Ce qui n'empêche pas que l'art de s'éclairer ne soit porté, dans les villes, à un haut degré de perfection ; — et si cela

est ainsi, croyez bien que ce n'est pas seulement une affaire de fantaisie et de luxe. — Cela répond à un besoin;
cela a sa raison d'être pour le mieux des autres progrès.

Les travaux de la campagne, d'ailleurs, demandent la
clarté du soleil; tandis que ceux des villes, s'accomplissant
dans les intérieurs, peuvent généralement se prolonger à la
lumière factice que l'homme produit de différentes manières.

Cependant on ne peut pas dire que, dans cette prolongation des travaux matériels de la journée, soit la véritable
importance du brillant éclairage des nuits. — Non.

Si l'on réfléchit un peu, Suzanne, ne paraît-il pas que
le jour soit plus particulièrement le moment des affaires,
du travail manuel, de l'activité matérielle? le temps où
l'homme s'occupe plus spécialement de sa vie physique et
des divers besoins qui s'y rattachent?

Quand le soleil est disparu et que la lampe s'allume,
l'activité de l'homme prend une autre direction; elle devient intérieure. — L'esprit qui vaguait au dehors, pendant
le jour, rentre en quelque sorte dans son logis.—C'est une
chose que vous pouvez remarquer, même en nos campagnes,
Suzanne. — Est-ce que ce n'est pas la lampe pendue au
manteau de la cheminée, toute mauvaise et fumeuse qu'elle
est, qui voit réunis le soir autour d'elle les gens que le
jour avait dispersés çà et là? — N'est-ce point à sa lueur
que l'on cause, que l'on raconte, qu'on lit, qu'on écoute?
— Et tout cela n'est-ce point la pensée en travail? — Ce
choc de paroles, qu'on appelle conversation, est un choc
d'idées; — et ce choc d'idées fait naître des lumières aussi
dans les esprits.

Soufflez la lampe, éteignez le feu ; — croyez-vous que les gens resteront là à causer dans l'obscurité ? Non : ils bâilleront bientôt et iront se coucher.

Eh bien, ce que vous voyez en petit dans la veillée d'une ferme, la ville le réalise en grand.

Il n'est pas indifférent pour l'esprit des hommes que les villes soient sombres, le soir, et les intérieurs éclairés par de fumeuses chandelles ; car si cela était, chacun se hâterait de rentrer faute de clarté dehors, et songerait bientôt à dormir, par incommodité d'éclairage dedans.

Mais allumez partout lampes, bougies et gaz ; — chacun, au lieu de s'isoler et de se réfugier dans le sommeil, — se cherche et s'anime. — Le soir est le moment où, partout, les réunions se forment, soit dans la vie privée, soit dans les lieux publics et les promenades. — C'est aux endroits les mieux éclairés qu'il y a le plus de monde. — Et alors l'esprit, qui est aussi un flambeau, s'allume avec le reste ; — une immense causerie s'établit dans la ville sur toute chose, de la plus futile à la plus grave ; — et ne croyez point que tout ce bavardage soit perdu ; — car plus l'homme se réunit à son semblable et se met en relation de pensée avec lui, plus il grandit sa clarté intellectuelle. — Vous le voyez, Suzanne, sans vouloir faire un jeu de mots, on peut assurer qu'il y a un certain rapport entre la clarté de ce qui brûle et la clarté de ce qui pense.

Du reste, il est bien remarquable que le progrès de l'éclairage va comme accompagnant toutes les merveilleuses inventions de l'époque moderne. — Dans le perfectionnement de l'éclairage, le génie inventif de l'homme s'est de notre temps particulièrement distingué ; de quoi je me suis proposé de vous entretenir aujourd'hui.

Il y a cent ans, on ne s'éclairait guère qu'avec des chandelles ou des lampes du genre de celles dont nous nous servons encore dans nos villages ; — c'est-à-dire présentant un réservoir d'huile, avec une mèche qui trempe dedans. Il y avait bien ce que l'on appelait la chandelle de cire ; mais les gens très-riches pouvaient seuls se la permettre.

Aujourd'hui les choses sont bien changées ; il n'y a pas de petit bourgeois, dans les villes, qui ne soit mieux éclairé le soir que les princes d'alors.

Nous allons voir, Suzanne, ce que sont devenues dans nos mains la chandelle et la lampe de nos pères. — Commençons par la chandelle.

On en fabrique encore beaucoup aujourd'hui, parce qu'elle fournit un éclairage très-peu coûteux et dès lors accessible aux pauvres ; mais combien son usage est désagréable par son toucher gras et sa mauvaise odeur ! — Ajoutez à cela qu'elle brûle mal, coule facilement, a besoin d'être fréquemment mouchée et répand en se consumant une odeur forte.

Vous savez que la chandelle est faite avec le suif des animaux. On le fait fondre et on le purifie avec de l'acide sulfurique, puis on le coule dans des moules au milieu desquels on a préalablement disposé les mèches ; — ou bien encore on plonge les mèches à diverses reprises dans le suif fondu ; à chaque fois il se fige une couche de suif autour et on continue jusqu'à ce que la chandelle ait la grosseur voulue.

Aujourd'hui on a imaginé, pour rendre les chandelles

plus dures, de mêler au suif tantôt un peu d'huile d'olive et du marron d'Inde, tantôt un peu de cire. Ces mélanges font des chandelles bien supérieures, mais qui sont encore bien loin de valoir ce qu'on appelle la bougie stéarique, c'est-à-dire fabriquée avec la stéarine.

La stéarine est la partie solide des divers éléments qui se trouvent combinés dans le suif. Les graisses ont encore une partie huileuse qui se fige difficilement et qui, dans la chandelle, n'étant pas éliminée, lui procure ses deux principaux inconvénients, en la rendant molle et lui donnant mauvaise odeur.

On s'est avisé un jour (1) qu'on pourrait extraire des graisses cette partie huileuse; à quoi on est arrivé, en effet, en faisant fondre le suif et le soumettant à certaines opérations, puis le coulant et le faisant figer par tablettes minces; lesquelles sont ensuite placées dans des sacs et soumises à une énorme pression. — Cette pression fait écouler l'huile à travers le tissu des sacs, dans lesquels il ne reste plus ensuite qu'une substance blanche, sèche, cassante et sans odeur. — Cette substance est la stéarine ou l'acide stéarique, que l'on coule dans des moules garnis de mèches pour en faire la bougie.

Les défauts de la chandelle ne tiennent pas seulement à la nature du suif, ils tiennent en partie à l'épaisseur de la mèche, qui, en s'allongeant, reste droite au milieu de la flamme qu'elle obscurcit. — Si, avec la stéarine, on avait dû conserver une mèche semblable, on eût conservé, vous

---

(1) Chevreuil et Gay-Lussac, en 1825.

le comprenez, Suzanne, un des plus graves inconvénients de la chandelle.

Qu'a-t-on fait? Au lieu d'employer des fils de coton droits, comme dans la mèche à chandelle, on les tresse, ce qui les serre et rend d'abord la mèche plus mince. Ensuite le tressage produit ce résultat de faire courber le bout de la mèche à mesure qu'il s'allonge, et, en se courbant, il se ploie dans la partie la plus brillante de la flamme qui est aussi la plus chaude, et là il se consume et disparaît entièrement. — Dès lors il n'est plus besoin de moucher. — Vous voyez combien un grand avantage tient quelquefois à peu de chose.

La bougie de stéarine est aussi belle que la bougie de cire (1) et infiniment moins chère; mais la bougie de cire éclaire un peu mieux. On emploie aussi pour faire des bougies la cétine, substance qui donne en brûlant encore plus de clarté que la cire, et qu'on appelle généralement blanc de baleine, bien à tort comme vous allez voir. — C'est une matière que l'on trouve dans la tête des cachalots, énormes animaux marins de la classe des cétacés. — La baleine est aussi un cétacé; mais elle n'a rien de pareil dans sa tête; le nom de blanc de baleine est donc fautif. — Quoi qu'il en soit, c'est avec la cétine qu'on fait les bougies diaphanes; mais on y mélange généralement un peu de cire. — On se plaît à colorer ces bougies en mêlant à la matière

---

(1) Le nom de bougie vient de celui de la ville de Bougie, en Algérie, d'où on apportait de grandes quantités de cire; les Kabyles des environs élèvent beaucoup d'abeilles.

un peu de carmin ou d'indigo ou toute autre substance co-
lorante.

A propos de cire, Suzanne, je pense que vous serez bien
aise de savoir que l'abeille n'est pas seule à en produire.
— Il y a, notamment en Chine, un insecte qui en dépose
de grandes quantités sur les feuilles de l'arbre où il se nourrit. — Certains végétaux donnent aussi de la cire ; tel est un
palmier de l'Amérique du sud ; elle se dépose en anneaux
autour de la tige. — Les habitants du pays la mélangent
au suif pour en faire des bougies. Il y a encore le cirier de
la Louisiane, dont le fruit est recouvert d'une couche de
cire. — Fondue en bougies, elle brûle lentement en répandant une bonne odeur.

Maintenant, parlons un peu des lampes, Suzanne. —
Celles dont on se sert généralement dans nos campagnes
nous donnent une idée de ce qu'étaient encore toutes les
lampes au siècle dernier; c'est-à-dire qu'elles éclairaient
toutes fort mal. — Il faut se rendre compte pourquoi.

Une mèche trempe dans un réservoir d'huile, tandis que
son bout supérieur est supporté par un bec de métal au-
dessus du réservoir. — On allume ce bout. — Au fur et à
mesure que l'huile dont il est imprégné se consume, elle
est remplacée par d'autre huile qui monte du réservoir à
travers la mèche. — La flamme est rouge, donne peu de
clarté et beaucoup de fumée; — pourquoi? Parce que la
quantité d'air qui l'entoure est insuffisante pour faire brûler
toute la vapeur d'huile qui s'élève. C'est cette vapeur non
brûlée qui obscurcit la flamme et produit la fumée. Il y a
donc double désavantage : — vapeur d'huile perdue sans
brûler, et, de plus, nuisant à la clarté de celle qui brûle.

Vers l'an 1783, un nommé Amy Argand imagina le moyen de donner à la flamme une suffisante quantité d'air pour brûler toute l'huile vaporisée, et ainsi supprimer la fumée et accroître la clarté. — Il se dit : puisque l'air qui entoure la flamme n'est pas suffisant, ouvrons en même temps un passage à l'air au beau milieu de la flamme, et pour cela faisons la mèche en forme de tube et plaçons-la entre les parois d'un double cylindre où l'huile vient la baigner. — L'idée était bonne. L'air, formant courant dans le cylindre, passait au centre même de la flamme et activait la combustion des vapeurs.

Ce perfectionnement fut suivi d'un autre non moins important, que les uns attribuent encore à Argand, et dont d'autres font honneur à Quinquet. Je veux parler du cylindre de verre qui entoure et surmonte la flamme, en forme de cheminée. Cet appareil a pour effet de produire un vif courant d'air, ce qui accroît encore l'intensité de la flamme.

La cheminée de verre avait d'abord été imaginée droite; un nommé Lange eut l'idée de rétrécir son diamètre un peu au-dessus de la mèche : cette disposition, ayant pour résultat de rejeter le courant d'air sur la flamme, ajoutait encore à l'activité de celle-ci. — En ce qui concerne le bec des lampes à huile, on n'a rien trouvé de mieux depuis lors.

Mais il y a autre chose à considérer; c'est notamment la manière de faire arriver l'huile jusqu'au haut de la mèche. —Ceci est très-important, Suzanne; car si l'huile n'arrive pas d'une manière égale et en suffisante quantité, la mèche charbonne. — Or, c'est là le défaut des lampes dont la mèche plonge immédiatement dans le réservoir. Aussitôt que le niveau du liquide est un peu baissé, la mèche n'est plus suffisamment humectée et elle noircit.

On mit donc le réservoir dans une position supérieure au bec, afin que l'huile, au moyen d'un conduit, pût d'elle-même s'élever au niveau de la mèche en cherchant son équilibre.

Vous avez pu voir diverses lampes construites sur ce principe, et qui, quand elles sont bien établies, donnent une belle clarté. Telle est celle supportée par une tringle sur laquelle on l'élève ou on l'abaisse à volonté; — telle est celle encore qu'on applique contre les murs. Il y en a d'autres que l'on suspend au plafond; parmi ces dernières, les unes ont plusieurs becs, et alors le réservoir d'huile est central; — d'autres n'ont qu'un bec, et alors il se trouve placé au centre d'un large anneau creux qui lui est un peu supérieur et sert de réservoir.

Toutes ces lampes, je vous l'ai dit, peuvent donner une belle clarté; mais elles présentent cet inconvénient que le réservoir, en boîte ou en anneau, projette une ombre désagréable. D'ailleurs, dans celles de ces lampes qui sont portatives, la position élevée du réservoir nuit à l'équilibre et oblige à donner au pied un poids excessif. — De plus, le godet placé au-dessous du bec pour recevoir l'huile qui en tombe occasionne fréquemment des taches, soit qu'on le heurte, soit qu'on néglige de le vider.

Pour remédier à ces inconvénients et en même temps donner aux lampes une forme plus élégante, il fallait arriver à loger le réservoir d'huile au-dessous du bec, dans le pied même de la lampe; — en même temps il fallait trouver le moyen de faire monter le liquide de telle sorte qu'il baignât constamment et également la mèche.

La lampe carcel, ainsi nommée du nom de son inventeur (1), a réalisé ce perfectionnement au moyen d'un ressort d'horlogerie qu'on monte avec une clef quand on veut faire usage de la lampe. — Ce ressort met en mouvement un piston dans une petite pompe foulante, et l'impulsion du piston fait incessamment monter l'huile dans un tube qui le conduit à la mèche.

C'était très-ingénieux, et ce système a fourni des lampes élégantes, éclairant parfaitement, et qui ont eu pendant quelque temps une grande vogue.

Cependant il y avait encore quelque chose à redire. — Le mécanisme carcel était très-délicat, partant sujet à dérangement, et les réparations étaient difficiles. — Tout cela rendait ces lampes fort chères. — Or, Suzanne, le plus grand mérite d'une invention utile, — après celui de son utilité même, c'est d'être à la portée du grand nombre, c'est de rendre ses bienfaits accessibles à la majorité.

La lampe carcel, fort belle mais très-chère, ne brillait que pour les riches; aussi a-t-elle été bientôt détrônée par la lampe à modérateur, qui, à tous les avantages de l'autre, joint celui d'un prix très-modéré (1).

Ici, plus de mécanisme délicat; — un ressort en spirale est attaché à un piston placé dans le corps même de la lampe, comme dans un corps de pompe. En faisant monter le piston au moyen d'un bouton on serre le ressort; en même

---

(1) Gagneau et Gotten ont beaucoup perfectionné la lampe inventée par Carcel.

(2) La lampe à modérateur a été inventée par Franchot, en 1863.

16.

temps l'huile descend sous le piston par une soupape. Le ressort, abandonné ensuite à lui-même, repousse le piston qui agit sur l'huile, la foule et la fait monter jusqu'à la mèche par un conduit spécial s'ouvrant au fond du corps de lampe. — Dans ce conduit est une tige de fer dont le rôle est de laisser à l'huile un passage de plus en plus libre, au fur et à mesure que le ressort, en se détendant, perd de sa force d'impulsion. — C'est ce mécanisme, nommé compensateur ou modérateur, qui a valu à la lampe son nom.

Le but était atteint : bon éclairage, à bon marché pour tous ; aussi le succès a été rapide et général ; c'est la lampe à huile par excellence.

Mais l'esprit de l'homme est insatiable de découvertes. — Quand on a eu trouvé ce qu'il y avait de mieux pour brûler l'huile, croyez-vous qu'on ne se soit plus occupé d'éclairage ? — Vous allez voir, Suzanne.

On s'est dit qu'il y avait huile et huile, que celles d'olive, de noix, de graines n'étaient pas les seules, et que puisqu'elles devaient leur faculté de bien brûler à leur composition chimique, qui est une combinaison particulièrement abondante en hydrogène et en carbone, — on devait pouvoir utiliser de même d'autres substances composées en grande partie des deux mêmes matières. — Or ces substances sont nombreuses, ce sont : l'essence de térébenthine, les huiles de naphte, de pétrole, les huiles essentielles extraites des schistes, des goudrons, des houilles, des résines. — Tous ces produits sont en effet combustibles et peuvent s'obtenir même à plus bas prix que les huiles ordinaires. — Il y avait donc intérêt à les employer à l'éclairage en leur enlevant par certaines préparations les inconvénients qu'ils pouvaient présenter, notamment par leur odeur.

On s'est donc ingénié à rendre ces liquides susceptibles d'entrer dans la consommation ; on a distillé, épuré, fait des mélanges, et en résumé on est arrivé à obtenir des combustibles qui donnent plus de clarté que l'huile et à un moindre prix. — Ces liquides étant beaucoup plus subtils que les huiles ordinaires et plus facilement vaporisables, une mèche suffit parfaitement pour les faire monter du réservoir au bec de la lampe ; — si bien que, pour eux, les lampes à ressort sont inutiles, et ils se contentent de la simplicité des lampes antiques. — De sorte que, un pied servant de réservoir et une mèche qui trempe dedans, voilà tout le mécanisme. — Seulement le bec a une disposition spéciale. — Ces liquides, se vaporisant très-aisément, on ne monte la mèche au-dessus du bec que pour allumer, et aussitôt après on la redescend au-dessous ; car il suffit qu'un peu de liquide ait été échauffé pour produire une première flamme, et alors cette flamme, par son voisinage au-dessus du bec, et sans toucher à la mèche, continue à vaporiser le liquide que celle-ci aspire et qui alimente incessamment la combustion.

Le bec en forme de calotte de cuivre, tantôt n'a qu'une ouverture étroite et longue, ce qui donne une flamme plate et large, en fer de lance ; tantôt il est percé d'un cercle de petits trous, ce qui produit une couronne d'aigrettes enflammées ; — ou bien..... mais je ne peux pas tout vous dire. — Bien entendu que la cheminée de verre surmonte toujours la lampe pour activer le courant d'air.

De fait, ce mode d'éclairage commence à se répandre

beaucoup, ce qui est bien naturel, puisqu'il réunit la simplicité du mécanisme, le bas prix du liquide et la belle
clarté de la flamme.

Vous vous attendez, Suzanne, à ce que je vous parle de
l'éclairage au gaz. — En effet, je vais vous en parler. —
Mais ne seriez-vous pas un peu surprise si je vous disais
qu'en réalité, depuis que j'ai pris la plume, je ne vous parle
pas d'autre chose? — Comment donc? — La cire, le suif,
la stéarine, la cétine, les diverses huiles et essences ne
sont cependant pas du gaz? — Non, sans doute; — mais
toutes ces substances le deviennent au moment de brûler,
et véritablement toute flamme n'est qu'un gaz qui brûle.

Regardez, par exemple, la flamme d'une bougie ou d'une
lampe. Je suis certain que vous n'avez pas été sans remarquer déjà que la partie basse de la flamme, celle qui touche
à la mèche, ne brille pas. Cette partie est du gaz qui ne
brille qu'un peu plus haut, à mesure qu'il se combine avec
l'oxygène de l'air, ce qui constitue la combustion. Par
l'influence de la chaleur de la flamme si voisine, l'huile,
qui imbibe le bout de la mèche, se décompose, devient gaz,
et tout aussitôt va brûler; et la même opération se répète
indéfiniment tant que la mèche continue à être imbibée.

Une lampe, une chandelle, une bougie, sont, au fond,
de petites usines à gaz en miniature, dans lesquelles le gaz
est fabriqué pour une consommation immédiate et locale;
— et ce qu'il y a de curieux, c'est que la consommation et
la fabrication s'engendrent réciproquement; car c'est le gaz
qui vient d'être produit qui, en brûlant, fournit non-seulement de la clarté, mais encore la chaleur nécessaire pour
fabriquer le gaz qui viendra brûler après lui, — lequel

renouvellera le même effet ; — et la petite usine conti-
nuera ainsi à fonctionner, le gaz alimentant la flamme
et la chaleur de la flamme fabriquant le gaz.

Maintenant il est évident que si on ne demande à la flamme
que de la lumière, — si on ne tient pas à utiliser sa chaleur, il n'est pas nécessaire que la flamme soit aussi rapprochée de l'endroit où le gaz se produit ; c'est-à-dire qu'elle
peut être aussi éloignée de l'huile qu'on voudra ; — seulement,
il faudra alors un feu spécial pour changer l'huile en gaz, et,
de plus, pour que le gaz fabriqué ne s'envole pas, il faudra d'abord des réservoirs pour l'y emmagasiner et ensuite
des tuyaux pour le conduire là où l'on veut le brûler.

C'est, en effet, ce qui a lieu. — Voilà en résumé, Suzanne, tout le mécanisme de l'éclairage au gaz. L'ensemble représente une sorte de grosse lampe dont le réservoir
est représenté par l'usine où l'on distille, c'est-à-dire où
l'on réduit en gaz telle ou telle matière. — Les magasins
de gaz et les tuyaux représentent la partie sombre de la
flamme, — indéfiniment prolongée ; et enfin la partie brillante de la flamme se manifeste partout où, en laissant
échapper le gaz par un bec, on lui présente un objet en-
flammé. — Aussitôt le gaz brûle, brille, et l'éclairage persiste tant qu'on laisse ouvert le conduit qui amène le gaz ;
au moyen d'une sorte de petite clef mobile, on élargit ou
rétrécit à volonté le passage du gaz, et dès lors on a, à
son gré, plus ou moins de flamme et de clarté.

En réalité, une ville éclairée au gaz représente une réunion de gens qui ont une lampe commune dont le soin
est confié à un lampiste qu'on appelle *compagnie du gaz*.
Ce lampiste a pour mission de placer du combustible dans

la lampe, d'en extraire le gaz et de diriger celui-ci par des conduits vers tous ceux qui le réclament. Ces derniers n'ont nullement à s'occuper de leur éclairage ; tout se réduit pour eux, quand ils ont besoin de clarté, à tourner un bouton et à présenter au bec une allumette enflammée. Cela est fort commode, et de plus on obtient aussi un éclairage bien moins cher et bien plus brillant que chacun ne pourrait l'obtenir à part soi, avec sa lampe particulière.

A ce propos, remarquons encore une fois en passant, Suzanne, que l'association est pour les entreprises des hommes une source d'avantages de toute sorte. — Confondre ses intérêts avec ceux des autres, c'est les soigner ; — les isoler, c'est leur nuire.

Aussi, pour ce qui est de l'éclairage au gaz, si ceux qui s'en servent y ont avantage, le lampiste commun, de son côté, c'est-à-dire la compagnie du gaz, y a également profit; car la belle clarté étant une marchandise dont chacun à besoin, il s'en fait un gros débit.

Mais comment ce lampiste s'y prend-t-il pour fabriquer son gaz ? Jetons un coup d'œil dans son usine. — Il a de grands vases cylindriques en terre ou en fonte, nommés cornues, destinés à recevoir la matière qui fournira le gaz.

Mais d'abord quelle est cette matière ? — Il est clair que toutes les matières qui donnent de la flamme en brûlant sont susceptibles de produire du gaz ; tels sont les bois, les résines, les huiles, les graisses, les bitumes, la houille, etc. — Cependant on n'emploie pas indifféremment ces substances; on est obligé d'avoir égard à leur prix. — Ainsi l'huile donne un gaz très-supérieur ; mais qui revient cher, parce que l'huile est chère ; aussi emploie-t-on généralement la houille, qui produit un gaz suffisamment éclairant à un prix peu élevé (1).

On remplit à moitié les cornues de houille bien sèche (2), après quoi on les ferme hermétiquement et on les fait chauffer au rouge cerise, dans un four, pendant quelques heures. — Cette chaleur fait dégager le gaz de la houille ; — et ce gaz, sortant des cornues par des conduits qui lui sont ouverts, passe successivement dans plusieurs compartiments où, par divers procédés, il s'épure et se lave (3); — et finalement se débarrasse des substances étrangères qui se sont échappées de la houille en même temps que lui. Ensuite le gaz se rend dans le magasin qui lui est destiné et qu'on appelle *gazomètre*. — Le gazomètre est une immense cuve de tôle renversée dans un bassin profond et plein d'eau. — Pour chasser l'air emprisonné sous la cuve, on n'a qu'à lui ménager une ouverture supérieure, et le poids de la cuve, s'enfonçant dans l'eau, accomplit naturellement l'expulsion. — L'ouverture est bouchée quand le fond de la cuve arrive à niveau de l'eau. Alors si, sous cette cuve, à travers l'eau, on amène le gaz convenablement épuré, — celui-ci s'élève et va se loger entre la surface de l'eau et le fond de la cuve. — Il fait effort

---

(1) Un mètre cube ou mille litres de gaz qui peuvent alimenter un bec pendant dix heures ne coûtent que 15 centimes à la ville de Paris et 30 centimes aux particuliers.

(2) Un kilogramme de houille sèche donne 240 litres de gaz de bonne qualité, tandis qu'une même quantité de houille mouillée n'en donne que 160 litres.

(3) Dans un tube refroidi, le gaz laisse son eau qui s'y condense ; il abandonne son hydrogène sulfuré en traversant de la chaux éteinte ; son ammoniaque, dans de l'eau ou du chlorure de manganèse.

et hausse celle-ci en s'accumulant. — Là, comprimé qu'il est, il ne demande pas mieux que de se précipiter dans les tuyaux qu'on lui ouvre pour le diriger partout où on en a besoin.

Une question se présente naturellement à propos du débit du gaz. — Comment savoir ce que chacun en use, puisque chacun est libre d'ouvrir à son gré son robinet? — Le fabricant de gaz place tout simplement un surveillant chez chaque personne qui use de sa marchandise. Je vois d'ici votre air étonné, Suzanne; car vous vous dites que le surveillant coûterait plus cher que le gaz brûlé ne rapporterait, et qu'alors le débitant serait bientôt ruiné. — Oui, vous auriez raison, si le surveillant était un homme; mais c'est seulement une petite machine des plus ingénieuses qu'on appelle *compteur à gaz*. C'est une boîte de fonte fermée, que le gaz traverse, et où en arrivant il met en mouvement une roue; et cette roue fait marcher des aiguilles qui indiquent sur des cadrans extérieurs la quantité de gaz débité. — C'est le gaz lui-même qui se mesure et qui tient registre de sa consommation.

Maintenant, remarquez ceci, Suzanne; c'est qu'après avoir produit du gaz, la houille n'a pas disparu pour cela. — En ouvrant les cornues on l'y retrouve, mais seulement métamorphosée en coke, c'est-à-dire en charbon presque pur. Or ce coke, quoique ne produisant plus ou presque plus de flamme, fait néanmoins encore un excellent feu. — D'une part, on s'en sert pour chauffer les cornues dans les fours (1); d'autre part, on trouve la vente du surplus à

(1) La distillation de 100 kilogr. de houille exige de 15 à 30 kilogr. de coke.

un bon prix, si bien que la dépense d'achat de la houille est presque couverte par la vente du coke. — Enfin les résidus de l'épuration du gaz donnent un goudron et de l'ammoniaque que plusieurs industries utilisent et qui dès lors constituent encore une ressource. Il en résulte qu'en vendant le gaz à la ville de Paris au prix modique de 15 centimes les mille litres, la société du gaz fait encore un bon bénéfice.

N'admirez-vous pas, Suzanne, toutes ces combinaisons issues de l'esprit humain et qui ont pour résultat de procurer la fortune aux uns non-seulement sans détriment pour les autres, mais encore à leur avantage? Voilà de merveilleuses opérations.

A côté de l'emploi général de la houille pour la fabrication du gaz, il faut remarquer quelques exceptions curieuses. — La ville de Reims a longtemps fait du gaz avec les eaux savonneuses ayant servi au désuintement de la laine dans ses nombreuses manufactures. — Ailleurs, on se sert des tourteaux résidus de la fabrication des huiles. — En Suisse, où la houille est rare, on fait du gaz avec les bois résineux qui sont abondants; — Francfort-sur-Mein s'éclaire avec du gaz extrait des résines. — Cincinnati, aux États-Unis, fabrique son gaz avec la graisse des innombrables porcs qui peuplent les forêts du Kentucky. — Dans l'île de la Réunion, on a imaginé de faire du gaz avec le résidu des cannes à sucre.

J'ajouterai encore une chose qui tout d'abord va vous étonner, Suzanne : — on fabrique encore du gaz avec l'eau. — oui, en vérité, dans les eaux de la rivière, il n'y a pas seulement de la vivifiante fraîcheur pour les campagnes,

il y a encore de la chaleur et de la lumière, et l'imagination se plaît à concevoir, coulant pêle-mêle, dans le ruisseau et le fleuve, ces choses qui semblent si antipathiques,
l'eau et le feu.

Songez, en effet, que l'eau est une combinaison d'hydrogène et d'oxygène; songez, d'autre part, que ce qui produit
la flamme des corps que nous brûlons, c'est le gaz hydrogène qui s'en dégage. L'eau, faite en grande partie de ce
gaz, est donc bien clairement une source de lumière,
moyennant que l'on fasse dégager l'hydrogène qu'elle contient. — On opère, en effet, de plusieurs manières la décomposition de l'eau et le dégagement de ce gaz. — Mais il
faut dire que le gaz hydrogène, pour donner beaucoup de
clarté en brûlant, doit être associé à une certaine dose de
carbone. Cette association de carbone et d'hydrogène
existe naturellement dans tous les corps que nous brûlons
et dans le gaz de houille. — Or le carbone manque dans
le gaz de l'eau; il s'ensuit qu'il brûle avec une faible
clarté. — On obvie à cet inconvénient en le faisant passer,
avant de le brûler, dans une matière où il se charge de
carbone. — On emploie encore un autre moyen : ce gaz
hydrogène pur, — s'il donne peu de clarté, — donne en
revanche beaucoup de chaleur (1); or, comme certaines
matières, par exemple le platine, portées à un haut degré
de température, ont la propriété de rayonner une très-vive
lumière, on a imaginé de placer un mince réseau de fils de
platine au milieu de la flamme d'hydrogène pur, ce qui lui
procure un éclat qu'elle n'a pas par elle-même.

---

(1) On a tenté de l'appliquer au chauffage des appartements.

Un mélange de deux tiers d'hydrogène et d'un tiers
d'oxygène développe une chaleur plus intense encore que
l'hydrogène pur, et en interposant dans la flamme de ce
mélange gazeux un morceau de chaux, de magnésie ou
d'alumine, ces matières échauffées projettent une clarté
éblouissante (1). Ce mode d'éclairage, à cause même de
l'intensité de la lumière, offre les inconvénients de l'éclairage électrique, dont je vous ai déjà entretenue, Suzanne,
et que, pour cette raison, je me borne à vous rappeler ici.

On (2) a proposé encore comme mode d'éclairage l'emploi d'un courant d'air atmosphérique traversant, en une
caisse, un liquide agité et très-chargé d'hydrogène, comme
l'alcool, l'éther, l'essence de térébenthine, l'huile de
naphte ou un mélange de plusieurs de ces substances;
— avec interposition dans la flamme d'un morceau de
chaux ayant subi une certaine préparation. — La lumière
est magnifique, et si on substitue de l'oxygène pur à l'air
atmosphérique, elle devient éblouissante à ne pouvoir être
regardée en face.

Maintenant, Suzanne, un mot sur l'histoire de l'éclairage
au gaz. — Dans la première moitié du siècle dernier, deux
anglais, James Lawther et Clayton avaient déjà fait certaines observations sur le gaz de la houille. En 1786, un
ingénieur français, Lebon, imagina un appareil pour éclairer et chauffer les intérieurs avec ce gaz ; — mais ce fut
un Anglais, Murdoch, qui eut l'honneur de la première
mise en pratique de cet éclairage dans sa propre maison à

(1) C'est ce qu'on appelle lumière Drummond ou éclairage sidéral.
(2) M. Gaudin.

Redruth, en Cornouailles, dans l'année 1792. — En 1802
il éclaira au gaz une vaste usine près de Birmingham; —
enfin en 1812, Windsor fonda la compagnie d'éclairage de
Londres. Ce ne fut qu'en 1817 qu'on fit le premier essai
à Paris, au passage des Panoramas.

Pour en finir, Suzanne, je vous dirai qu'il y a déjà bien
longtemps que certaines localités de la Chine font usage
de ce gaz pour l'éclairage et le chauffage; — seulement,
ce gaz n'est pas fabriqué de main d'homme; — c'est un
produit naturel.

Il y a une province, nommée Sse-tchouen, où les habitants ont creusé une quantité considérable de puits, du
genre de ceux que nous appelons *artésiens* (1). — Ces puits
ont de 5 à 600 mètres de profondeur sur un diamètre de
20 centimètres; ils fournissent une eau salée que l'on fait
évaporer pour en retirer le sel. En même temps, ils laissent
échapper du gaz que l'on recueille et dirige à volonté au
moyen de bambous creux, et dont on se sert pour s'éclairer
dans le voisinage des puits et aussi pour chauffer les chaudières où l'on fait évaporer l'eau salée. Ce gaz est semblable
à celui de la houille, c'est-à-dire composé d'hydrogène et

---

(1) On nomme artésiens des puits très-étroits, forés au moyen de
tiges de fer acérées, successivement soulevées et abandonnées à leur
propre poids, ou bien que l'on fait tourner comme un vrille. Le nom
vient de ce que le plus ancien puits de ce genre, connu en France, est
en Artois, à Lillers, dans un ancien couvent de chartreux; il date
de 1176.—Les procédés de forage perfectionnés surtout par M. Degousée,
ont permis de multiplier beaucoup ces puits, qui, en Algérie notamment, ont rendu les plus grands services en procurant de l'eau à des
localités d'où la stérilité chassait la population.

de carbone. — Il y a de ces puits qui ne donnent point d'eau; mais seulement du gaz en grande quantité, et que pour cela on appelle *puits de feu.*

Le même phénomène s'est produit dans quelques localités des États-Unis d'Amérique, — Canandaigua, Bristol, Middlesex. Ici ce sont de véritables sources de gaz; car il s'échappe naturellement par des fissures du sol et sort même du fond de certains ruisseaux. — Depuis nombre d'années déjà, on s'en sert pour l'éclairage des rues et des maisons et la cuisson des aliments.

Vous voyez, Suzanne, qu'en imaginant de fabriquer du gaz, nous n'avons en réalité rien inventé. La terre en fabrique depuis longtemps dans son sein. — Qui sait si un jour on n'arrivera pas à jouir partout de la faveur de ce gaz naturel dont s'éclairent et se chauffent ces Chinois et ces Américains. — Quand l'art du creusement des puits artésiens sera plus avancé encore, peut-être que chaque ville pourra, par ce moyen, s'approvisionner simultanément d'eau, de lumière et de chaleur, ces trois nécessités fondamentales de la vie.

Quelle intarissable source est le sein de cette bonne mère, la terre, d'où jaillissent tant de bienfaits qui viennent, sous tant de formes, s'épanouir à sa surface pour l'usage de l'homme! — Nous allons, jouissant de tout, sans trop regarder en bas, sans trop songer à la bienfaitrice. — Est-ce ingratitude? Non. — L'homme, Suzanne, subit une tendance. — La matière n'est qu'un chemin pour lui; — il doit un jour la laisser en arrière; — et naturellement il regarde en avant où est le but.

ONZIÈME LETTRE

Il est certain, Suzanne, qu'à une époque comme la nôtre, où la pensée des hommes est si activement à la recherche des choses nouvelles, il se fait un énorme travail d'esprit.

Or, nous n'en sommes plus aux âges où chacun croyait devoir faire secret de sa science. — Au contraire, chacun aujourd'hui semble avoir hâte de répandre ce qu'il pense, et il a raison ; car c'est du choc de toutes les idées, du mélange des pensées que la clarté et la vérité jaillissent ; la science de chacun prêtant aide à la science des autres et, en même temps, en recevant assistance et preuve.

De laquelle tendance, Suzanne, il a dû résulter une certaine préoccupation en vue de multiplier et perfectionner les moyens qui mettent les pensées de chacun à la portée de tous.

Tous ces moyens se résument en un mot. — *Impression*.

Vous savez certainement ce que ce mot veut dire ; aussi, si j'en donne explication, ce n'est point tant pour vous l'apprendre que pour arriver par là à autre chose.

L'impression est donc l'opération par laquelle, appliquant une surface sur une autre et les pressant, on obtient sur l'une l'empreinte noire ou autrement colorée de traits existant sur l'autre. Il est évident qu'en répétant l'opération on obtient autant d'exemplaires que l'on veut des traits de la surface type.

Ces traits peuvent représenter des lettres ou un dessin quelconque, — peu importe ! — Pour le moment, ce que je veux vous faire remarquer, c'est la manière dont les traits se présentent. — Quand je dis la manière, je devrais dire les manières ; car il y en a plusieurs, et précisément je me propose de vous les faire distinguer.

Il y a en réalité trois façons de produire des traits sur une surface destinée à l'impression ; car ils peuvent être en creux, en relief ou de niveau avec la surface ; seulement, dans ce dernier cas, on leur donne une autre nuance que le fond.

Les traits en creux se produisent naturellement en entamant la surface aux endroits où ils doivent exister ; les traits en relief se produisent, au contraire, en ne respectant la surface qu'aux endroits où il doit y avoir des traits, et la creusant partout ailleurs ; — les traits de niveau s'obtiennent simplement avec une encre ou un crayon, sans entamer en rien la surface.

Les traits, — qu'ils soient creux, ou en relief, ou de niveau, peuvent être reproduits également par l'impression.

L'art d'obtenir des traits en creux ou en relief s'appelle gravure ; — l'art d'obtenir des traits de niveau pour l'impression s'appelle lithographie.

Occupons-nous donc aujourd'hui, Suzanne, de gravure et de lithographie, et commençons par la gravure ; et puisqu'il y a celle en creux et celle en relief, partons d'abord de la première.

On peut graver en creux dans la pierre, dans les métaux, dans le bois et dans d'autres substances; mais, à vrai dire, en fait de gravure en creux, il n'y a que celle sur métal qui serve à l'impression. Ainsi les inscriptions et les images gravées dans la pierre et le marbre sont une fois faites, et ne sont pas destinées à être reproduites. Elles sont, du reste, le fait de la sculpture, de même que le travail analogue exécuté dans le bois.

Je reviens et je dois vous dire tout d'abord qu'il y a un travail sur pierre qui n'est point de la sculpture; c'est le travail sur pierre fine, qui consiste à graver des images ou des lettres sur rubis, topaze, émeraude, aigue-marine, améthyste, cristal de roche, agate, jaspe, opale, cornaline et autres. — Ceci est une gravure particulière à laquelle on a donné le nom de glyptique. — Elle se distingue d'ailleurs déjà par une certaine faculté de reproduction par moulage. C'est ainsi que les pierres fines, gravées, servent de cachet, et fournissent indéfiniment des empreintes dans la cire à cacheter. — La glyptique comprend aussi la gravure en relief de certaines pierres ou coquilles qui portent le nom de camées.

Je vous dirai, en passant, que ce travail des pierres fines est fort délicat et demande beaucoup d'habileté; car la matière est très-dure et les objets à graver sont très-petits généralement. — On se sert pour cela d'une petite roue d'acier qui est mise en mouvement, comme dans le tour du potier, par une grande roue de bois que l'ouvrier fait aller avec son pied. — A la petite roue d'acier sont adaptés de mignons outils de diverses formes, qui, par leur action prolongée sur la pierre, finissent par l'user aux divers en-

droits que l'ouvrier présente; c'est ainsi qu'on arrive à reproduire en creux un petit modèle en cire préparé par
avance et que l'on a sous les yeux. Il faut dire que pour activer l'effet des outils, on a soin de mettre de temps en
temps, à l'endroit qu'il faut creuser, un peu de poudre de
diamant délayée dans l'huile d'olive. Quand le travail est
terminé, on polit la pierre avec du tripoli, sur une roue
garnie de brosses.

Il y a encore un genre de gravure en creux qui a beaucoup de rapport avec la gravure en pierre fine; c'est la
gravure des coins ou moules d'acier qui doivent servir à
frapper les monnaies et les médailles, c'est-à-dire à leur
donner les empreintes de la face et du revers. — Ce n'est
sans doute pas là ce qu'on appelle impression; mais ce
n'en est pas moins une reproduction très-multipliée et qui
présente certains avantages de l'impression sur papier. —
Les inscriptions et les images des monnaies et médailles
antiques, ainsi que des pierres gravées, retrouvées dans
la terre ou dans les tombeaux, nous ont fourni sur l'histoire et les mœurs de divers peuples anciens des notions que rien autre ne nous avait conservées.

Maintenant, Suzanne, occupons-nous de la gravure proprement dite et qui se propose la reproduction par impression. Elle se pratique sur des planches de cuivre, d'acier
ou d'étain. — Les planches de cuivre sont plus faciles à
travailler que celles d'acier; mais ces dernières s'usent
moins et permettent de tirer un beaucoup plus grand nombre d'exemplaires; une planche de cuivre fournit trois
ou quatre mille bonnes épreuves seulement, tandis qu'une
planche d'acier en peut donner vingt mille... — Quant

17.

aux planches d'étain, on n'en fait usage que pour la gravure de la musique ; — on emploie encore un alliage de plomb et d'antimoine.

Il y a deux manières principales de produire un dessin en creux dans une planche de cuivre. — On emploie tantôt un outil d'acier nommé burin (1), tantôt un acide, ordinairement l'eau-forte. — L'outil trace des traits en fendant légèrement la surface du métal ; l'acide accomplit la même opération en rongeant le métal.

Quand on veut graver au burin, on décalque d'abord le dessin sur la planche bien polie ; après quoi, avec le tranchant de l'outil, on suit toutes les lignes en appuyant de manière à indiquer les traits du dessin par des lignes creuses, où l'encre se fixera pour l'impression. Les ombres, c'est-à-dire les parties qui doivent se reproduire en noir sur le papier, sont aussi formées par des traits creux, mais alors nombreux et rapprochés les uns des autres, et même s'entre-croisant régulièrement en un réseau d'autant plus serré que l'ombre doit être plus foncée. Ces traits sont nommés *hachures* ou *tailles* (2). — Selon qu'on veut produire une impression plus ou moins noire en telle ou telle partie du dessin, on fait les hachures non-seulement plus ou moins serrées, mais encore plus ou moins profondes. Il faut donc ménager la distance et la profondeur des tailles proportionnellement à la décroissance des teintes.

---

(1) On attribue l'invention de la gravure au burin à l'orfévre florentin Masso Finiguerra, en 1452.

(2) Le *pointillé* est un genre de gravure où les hachures sont remplacées par des points.

— Vous voyez, Suzanne, que le maniement du burin est chose fort délicate et qui réclame une main habile. — Il y a un autre outil beaucoup plus fin qu'on appelle pointe, et qui ne fait dans le métal que des tailles très-fines ; on pourrait, à la rigueur, ne graver qu'avec ce seul outil ; mais on ne s'en sert ordinairement que pour travailler les parties les plus délicates d'un dessin, adoucir et harmoniser celles où le burin a déjà passé (1).

Il y a un genre de gravure qu'on appelle *la manière noire* (2), et qui est exactement l'inverse du procédé dont je viens de vous parler. — Aussi, au lieu de prendre une plaque polie, on en prend une qui, au moyen d'une machine nommée *berceau*, a été complétement couverte de hachures très-fines et très-serrées. Cette plaque, imprimée, doit produire une teinte noire. Alors le travail de l'artiste consiste, non plus à faire des hachures, mais à en effacer, — non plus à placer des traits et des ombres, mais à obtenir des clairs. Il ne grave plus, par conséquent, il aplanit les hachures de la planche au moyen de grattoirs et de brunissoirs, partout où le dessin doit offrir des clairs et des demi-teintes. — Mais, en résumé, que l'on mette du noir sur du blanc, ou du blanc sur du noir, on arrive également à produire une image. — La manière noire rend bien les effets de nuit et a plus de velouté ; mais par cela

(1) On appelle ce genre de gravure au burin gravure en *taille douce ;* par opposition à celle en relief, sur bois, dont les effets sont beaucoup moins délicats.

(2) Les Italiens l'appellent *mezzo-tinto ;* elle a été inventée par un officier hessois, Louis de Sieghen, en 1643.

même elle manque de fermeté et ne convient pas à tous les sujets.

Les différents signes au moyen desquels on écrit la musique se gravent, ou avec le burin, ou avec quelques autres instruments. — Les notes, les clefs, les dièzes, les bémols et les paroles qui accompagnent la musique sont produits au moyen de signes et de lettres gravés en relief au bout de poinçons. — D'un coup de marteau sur l'extrémité opposée du poinçon, on fait pénétrer le relief dans le métal de la planche, où il forme un creux correspondant.

La malléabilité du plomb permet d'employer ce métal à un genre particulier de gravure qui consiste à presser fortement un objet plat sur une surface de plomb, dans laquelle il laisse son empreinte en creux. — Ce moule de plomb peut servir ensuite à reproduire, par la galvanoplastie, un type de l'objet propre à l'impression. — Des sujets d'histoire naturelle, feuilles, fleurs et organes divers peuvent être gravés ainsi.

Passons maintenant, Suzanne, à la gravure en creux à l'eau-forte (1). — Pour graver de cette manière, on commence par couvrir la planche d'une mince couche de vernis que l'on flambe pour le noircir à la fumée; — de cette manière, le dessin qu'on y décalque se voit mieux.—Ensuite, avec l'instrument nommé pointe, on repasse toutes les lignes et les ombres du dessin de manière à égratigner le vernis à ces endroits, ce qui met le cuivre à nu. — Il est évident qu'en versant ensuite de l'eau-forte sur la planche,

(1) La plus ancienne épreuve d'une gravure à l'eau-forte est de Wenceslas d'Olmutz, en 1496.

partout où le vernis aura été écorché, l'acide ira mordre la planche de cuivre et la creuser, et c'est ainsi que la gravure se trouvera exécutée. — Il n'y aura plus qu'à dissoudre le vernis avec de l'essence de térébenthine et à frotter la planche avec du charbon de saule et de l'huile pour faire disparaître jusqu'aux moindres aspérités (1).

On peut exécuter une gravure à l'eau-forte sans retouche; mais ordinairement on la perfectionne au burin et à la pointe.

Quand on grave sur planche d'acier, on emploie, au lieu d'eau-forte, diverses combinaisons de plusieurs acides. — Bien entendu, Suzanne, qu'on peut graver ainsi, de même qu'au burin, n'importe quel métal. — Vous savez que les orfévres gravent des chiffres, des lettres, des écussons et divers ornements sur les objets d'or et d'argent.

On grave encore de cette manière des planches de verre, au moyen de l'acide fluorique. — Elles peuvent servir à l'impression comme les autres; mais comme elles sont sujettes à se casser, on en fait usage surtout pour obtenir sur elles des clichés ou empreintes, au moyen de la galvanoplastie. — C'est-à-dire que l'électricité provoquant un dépôt de cuivre sur la plaque de verre gravée, ce dépôt de

---

(1) La gravure au lavis est une modification de la gravure à l'eau-forte ordinaire. — Attribuée à un graveur de Nuremberg, Schweikard, vers 1750, elle a pour but d'imiter le lavis à l'encre de Chine ou à la sépia sur papier. On l'accomplit de plusieurs manières, entre autres, en lavant à l'eau-forte, avec un pinceau, les parties qui doivent être tintées, — bien entendu après avoir garanti par un vernis celles qui ne doivent pas l'être.

cuivre forme à son tour une planche qui reproduit en relief les creux du verre.

Il eût été bien étonnant, Suzanne, que notre âge, si ingénieux dans l'emploi des mécaniques, n'eût pas tenté de les
introduire un peu dans le travail de la gravure. Aussi il y
a des machines à graver en creux parmi lesquelles on en
distingue deux, inventées, l'une par Conté, en 1803, l'autre
par Achylle Collas, en 1846. — La première peut graver
les dessins et les ombres qui se produisent par des traits
ou des lignes parallèles; l'autre, plus ingénieuse encore,
reproduit exactement sur une planche de cuivre enduite
de vernis l'image plane d'objets en relief. — On n'a plus
ensuite qu'à faire mordre la planche par un acide.

Nous n'en avons pas encore tout à fait fini, Suzanne,
avec la gravure en creux. — Jusqu'ici nous avons vu un
graveur creusant des traits dans un métal, soit avec la dent
d'un burin, soit avec celle d'un acide; — il me reste à
vous montrer l'électricité prenant la place du graveur et
accomplissant exactement le même travail.

Rappelez-vous ce que je vous ai dit, dans une autre lettre,
à propos de la galvanoplastie. Je vous ai montré un courant électrique traversant un vase, dans lequel est de l'eau
dissolvant du vitriol bleu ou sulfate de cuivre. — Je
vous ai montré le courant électrique décomposant peu à
peu et simultanément le vitriol et l'eau, portant d'un côté
l'oxyde de cuivre et l'hydrogène, et de l'autre l'acide sulfurique et l'oxygène, et je vous ai dit que, du côté où se portait l'acide et l'oxygène, on plaçait une plaque de cuivre
qui, attaquée par l'oxygène libre, produisait de l'oxyde de
cuivre, lequel, en se combinant aussitôt avec l'acide sul-

furique disponible, recomposait du vitriol bleu pour remplacer celui que l'électricité décomposait d'autre part.

Vous vous rappelez cela. — Eh bien! dites-moi un peu ce qui arrivera, Suzanne, si, au lieu de cette simple plaque de cuivre qu'on donne à ronger à l'oxygène libre dans le bain vitriolé, on lui présente une plaque enduite d'un vernis et portant un dessin exécuté à la pointe? Vous comprenez bien que l'oxygène, empêché de toucher au cuivre partout où il y a du vernis, l'attaquera partout où la pointe, en passant les traits, a enlevé le vernis, et dès lors mis le métal à nu. — L'oxygène agira donc à la manière de l'eauforte et produira une gravure en creux (1).

Et comme c'est le courant électrique qui fait dégager cet oxygène, on peut réellement dire que l'électricité est le graveur et l'oxygène son outil.

C'est fort curieux, n'est-ce pas? — Mais voici plus curieux encore. — Dans ce dernier cas, l'électricité grave, c'est vrai; mais c'est la main de l'homme qui a dessiné. — Je vais vous faire voir l'électricité gravant ce que la lumière a dessiné.

Vous n'avez pas oublié ce que je vous ai dit, Suzanne, de la photographie sur plaque d'argent, ou daguerréotypie. — Je vous le rappelle en quelques mots : — une plaque d'argent exposée aux vapeurs d'iode devient sensible à la lumière, et quand un objet s'y reflète, dans la chambre noire, la surface de l'argent est modifiée par ce reflet lumineux; de sorte qu'en la soumettant ensuite aux vapeurs du mercure, l'image ressort, parce que ces vapeurs mercurielles

(1) Smée est l'inventeur de ce procédé de gravure.

s'attachent et se condensent seulement aux endroits atteints
par la lumière, et forment des parties brillantes qui indiquent les clairs de l'image, tandis que l'argent non touché
par la lumière et respecté par les vapeurs du mercure indique les ombres.

Eh bien! maintenant, au lieu de faire dissoudre du vitriol
bleu dans l'eau d'un vase, comme pour la galvanoplastie, ver-
sez-y de l'acide chlorhydrique dans la proportion des deux
tiers, et puis faites passer un courant électrique, et à l'endroit
où vous plongiez la plaque de cuivre pour la faire graver
par l'électricité, mettez la plaque d'argent dessinée par la
lumière. — Voici ce qui se passe : — l'électricité décompose l'acide, qui est formé de chlore et d'hydrogène;
— l'hydrogène est entraîné d'un côté et le chlore est
porté sur la plaque ; — or le chlore, qui a une action énergique sur l'argent et n'en a presque pas sur le mercure,
attaque les endroits de la plaque où le premier est à nu
et respecte les autres. Ainsi se trouveront gravées les parties noires de l'image dessinée par la lumière (1).

Passons à la gravure en relief, Suzanne, c'est-à-dire à
celle qui consiste à laisser les traits du dessin et des ombres
en saillie, au lieu de les indiquer en creux. — Cette gravure s'exécute sur bois, sur métal, sur pierre.

C'est évidemment à ce genre de gravure que se rattache
la fabrication des caractères d'imprimerie, qui, en effet,
donnent des empreintes par leur relief. — On grave les
lettres types (2) en saillie au bout de petits poinçons d'acier;

_____

(1) Cette application de l'action électrique est due à Grove.
(2) De là vient le nom de typographie donné à l'art de l'impression
en caractère.

— et puis, avec le marteau, on fait pénétrer de force la lettre dans un morceau de cuivre où elle se grave en creux, — et ce creux sert de moule pour y couler, en un alliage de plomb et d'antimoine, les caractères d'imprimerie. — Ces caractères, tous pourvus d'une petite queue qui sert à les manier, s'ajustent les uns à côté des autres dans des cadres, pour y former les mots, les lignes et les pages, qui se reproduiront par empreintes noires sur le papier.

En fait de bois (1), la gravure préfère ceux qui ont un grain dur et serré, et emploie presque exclusivement le buis et le poirier, débités en plaques peu épaisses et bien polies. — On y exécute le dessin au crayon ou à la plume, et puis le travail du graveur consiste à creuser le bois partout où il n'est pas couvert par le dessin, en d'autres termes, à épargner (2) tous les traits de crayon, qui, par conséquent, restent en saillie ; — en ayant soin cependant de proportionner le relief à l'effet plus ou moins accusé qu'on veut produire par l'impression.

Quand on veut obtenir une image à plusieurs teintes, on grave autant de bois qu'il doit y avoir de teintes, et les bois, appliqués tour à tour sur la surface à imprimer, y laissent les empreintes de reliefs différents, mais qui sont combinés pour produire un certain effet d'ensemble.

---

(1) La gravure sur bois est appelée xylographie, de deux mots grecs qui signifient *bois* et *dessiner*. Elle n'a été connue en Europe qu'au commencement du xve siècle. Les Chinois la pratiquaient antérieurement. — Les premiers essais de l'imprimerie se sont faits avec des lettres de bois taillées en relief.

(2) C'est ce qui a fait donner à la gravure sur bois le nom de gravure d'épargne ou en taille d'épargue.

La gravure en relief sur métaux, cuivre et acier s'effectue par des acides, comme la gravure en creux ; seulement, le vernis que l'on met sur la plaque est disposé pour garantir les traits du dessin, au lieu d'en garantir les intervalles, comme dans la gravure en creux. — De sorte que, quand l'acide a produit son effet et qu'on enlève le vernis, le dessin reste en saillie.

Ajoutons que la planche gravée, soit en creux, soit en relief, peut servir à obtenir un nombre illimité de planches toutes semblables, au moyen de la galvanoplastie. Je crois vous l'avoir déjà dit, Suzanne ; il suffit pour cela de prendre une empreinte moulée de la première gravure et d'y faire effectuer successivement par l'électricité autant de dépôts métalliques qu'on veut avoir d'exemplaires de l'œuvre. — De cette manière on évite qu'une planche précieuse ne soit détruite par accident ; — ou bien on peut obtenir, en très-peu de temps, un grand nombre d'exemplaires imprimés, puisqu'on peut en tirer simultanément sur plusieurs planches.

A ce propos, je vous dirai, Suzanne, que, pour l'impression des gravures, il n'y a qu'à disposer les planches dans les cadres d'une presse et à les garnir d'encre, au moyen de rouleaux, comme on fait pour les caractères d'imprimerie. — Pour la gravure en creux, c'est dans les creux que l'encre se fixe ; — dans la gravure en relief, c'est sur les saillies. — On place ensuite dessus la feuille de papier humide, et la pression termine le travail.

Je ne vous ai pas encore parlé de la gravure sur pierre ; — c'est à dessein, parce qu'elle va nous conduire à autre chose. Cette gravure s'effectue, d'ailleurs, soit en creux, soit

en relief, de la même manière que sur une plaque de métal ;
— un vernis, une pointe d'acier ou de diamant pour marquer le dessin et enfin un acide pour mordre la pierre.—
La pierre employée est celle dite lithographique, c'est-à-dire dont la lithographie fait usage.

Je vous ai dit en commençant que, des trois manières de produire des traits pour l'impression, deux, le creux et le relief, appartenaient à la gravure, tandis que le trait de niveau constituait la lithographie. Voilà donc que tout naturellement, sans brusque transition, la gravure sur pierre nous mène à la lithographie, laquelle, d'après son nom même, n'est autre chose que le dessin ou l'écriture sur pierre.

Le passage de l'une à l'autre est d'ailleurs si logique, que c'est précisément en s'occupant de gravure sur pierre qu'Aloïs Sénéfelder arriva à inventer l'art de la lithographie, à Munich, en 1798. — Sénéfelder, né à Prague, en Bohême, en 1772, avait écrit quelques pièces de théâtre qu'il ne pouvait faire imprimer faute d'argent. — Il se mit alors à rechercher les moyens de les reproduire lui-même en gravant l'écriture sur cuivre ; — mais pour que l'impression fût correcte et facilement lisible, il fallait graver l'écriture à rebours sur le métal. Les études d'écriture à rebours étaient longues et difficiles, et l'emploi des planches de cuivre coûtait cher. — Sénéfelder imagina alors de se servir, pour s'exercer la main, d'une certaine pierre qu'on tirait du village de Solenhofen et qu'on employait pour le carrelage des appartements; — elle prenait un beau poli; c'était tout ce qu'il fallait. — Il écrivait dessus avec une certaine encre grasse de sa composition.
— Le hasard lui fit remarquer que l'eau-forte rongeait les

endroits nus de la pierre sans toucher aux parties cou-
vertes d'encre. Ceci le fit songer à imprimer ses œuvres,
non plus au moyen' d'une gravure en creux sur cuivre,
mais d'une gravure en relief sur pierre, et enfin, après
maints tâtonnements, il reconnut qu'il n'avait nul besoin de
graver la pierre, et que l'écriture sans creux ni relief
pouvait se reproduire par l'impression. — La lithographie
était trouvée. — Je vais, Suzanne, vous décrire en quelques mots ses procédés ordinaires.

Il y a, en France, des carrières de pierres lithographiques dans les environs de Châteauroux et de Périgueux.
— Ces pierres sont débitées en dalles épaisses, dont on
polit une face avec de la pierre ponce. — C'est sur cette
face que l'on écrit avec des plumes de fer et une encre
particulière, ou que l'on dessine avec des crayons gras (1).

Une fois l'écriture ou le dessin exécuté, on étend sur
la pierre, avec un pinceau plat, un mélange d'acide et de
gomme. Cette opération, nommée acidulation, produit deux
effets, l'un sur l'encre, l'autre sur la pierre. Elle rend
l'encre insoluble à l'eau; quant à la pierre, elle en modifie
la surface en l'impreignant d'acide et de gomme, ce qui la
rend insensible aux corps huileux. — Nous verrons tout
à l'heure l'utilité de ces deux résultats.

La pierre est ensuite lavée pour enlever tout excédant
de gomme; après quoi elle est bonne pour l'impression.
— On la porte donc sur la presse, où on la pose dans un

(1) Les mêmes éléments entrent dans la fabrication de l'encre et
des crayons lithographiqnes, ce sont : la cire, le suif, le savon, la
gomme laque, le noir de fumée.

cadre destiné à la recevoir et qu'on appelle chariot, parce qu'il a, à volonté, un mouvement mécanique de va-et-vient.

Quand la pierre est sur le chariot, on verse dessus un peu d'essence de térébenthine, on l'étend légèrement avec un linge, et on passe sur la pierre une éponge mouillée. Vous voyez qu'on a bien fait de rendre l'encre insoluble à l'eau, sans cela elle serait délayée par ces lavages.

Actuellement, c'est le moment de l'encrage de la pierre, ce qui se fait en passant à plusieurs reprises sur sa surface un rouleau chargé d'encre lithographique. — Cette encre grasse se fixe facilement sur celle de l'écriture ou sur le crayon du dessin qui sont gras et d'une composition identique; — mais elle ne se fixe pas sur la pierre qui est humide, car, vous le savez, l'eau et les corps gras n'ont aucune sympathie réciproque.

On voit donc, Suzanne, que l'eau joue en lithographie un rôle important, puisqu'elle empêche que le rouleau ne noircisse les parties qui doivent rester blanches.

Une fois la pierre mouillée et les caractères noircis, on étend dessus une feuille de papier légèrement humide, on la recouvre d'un châssis et, par le jeu d'une grande roue, on force le chariot à passer sous un joug fixe et solide qui presse énergiquement le papier contre la pierre et lui fait prendre empreinte des caractères.

Voilà, en résumé, Suzanne, la série d'opérations qui constitue l'art de la lithographie (1).

_____

(1) Il faut savoir que quand on interrompt le tirage d'une pierre, on doit passer avec le rouleau, sur les caractères, une encre dite de conservation, parce qu'elle ne sèche pas; on doit ensuite gommer la pierre

Il peut arriver, et il arrive, en effet, quelquefois, que la pierre, insuffisamment humectée, est tachée par l'encre du rouleau. — On enlève ces taches avec de l'essence ; et c'est là qu'on voit l'utilité de l'effet produit sur la pierre par l'acidulation, — effet qui consiste, je vous l'ai dit, à rendre la pierre insensible aux corps huileux (1) ; car l'encre contient des matières huileuses, et, sans l'acidulation, la pierre, une fois tachée, se trouverait imprégnée d'huile ; par suite, ne se laisserait plus mouiller par l'eau à cet endroit, et en revanche continuerait à prendre l'encre à chaque coup de rouleau. Il n'y aurait plus moyen d'avoir une bonne épreuve.

L'adresse de l'imprimeur est, en lithographie, une chose fort importante ; car tel ouvrier tire d'une pierre 4 à 5,000 bonnes épreuves, tandis que tel autre n'en peut tirer que 5 ou 600.

Dans la généralité des imprimeries lithographiques, le travail se fait à la main, c'est-à-dire par la presse à bras ; mais il y a de grands établissements où l'on fait usage de presses mécaniques fort ingénieuses et marchant à la vapeur (2).

---

pour la mettre à l'abri de la poussière et de l'air. — Quand on veut reprendre le tirage, on dégomme avec de l'essence.

(1) L'état que l'acidulation procure à la pierre avait cependant un inconvénient auquel, pendant longtemps, on n'a pas connu de correctif, c'est-à-dire que l'insensibilité de la pierre vis-à-vis des corps gras ne permettait pas les retouches et les corrections, l'encre étant grasse. Mais aujourd'hui, au moyen de l'acide acétique, on rend la pierre sensible à volonté.

(2) La première de ces presses qui ait fonctionné régulièrement a été inventée par M. Paul Dupont, en 1850.

Il est quelques opérations curieuses se rattachant à la lithographie, et dont il faut dire quelques mots, Suzanne; — par exemple, celles au moyen desquelles on produit des dessins à plusieurs couleurs (1). — On prépare pour cela les couleurs avec la même huile qui sert à fabriquer l'encre, et pour une même image, on emploie plusieurs pierres, dont chacune n'est chargée que de reproduire une couleur sur papier. — L'on fait donc passer chaque feuille à imprimer, successivement sur toutes les pierres, de manière que l'impression de chaque pierre se rajuste à l'impression des autres ou même s'y superpose dans de certaines parties; — car certaines couleurs pouvant se produire au moyen du mélange de deux autres, on s'arrange pour que ces deux couleurs s'appliquent l'une sur l'autre. — Ayant, par exemple, une pierre qui donne le bleu et une autre qui donne le jaune, pas besoin d'en avoir une pour le vert; on prend ses mesures pour que le bleu et le jaune se superposent là où l'on veut obtenir du vert.

On peut produire ainsi des effets très-variés avec un petit nombre de pierres.

Autre chose non moins remarquable, Suzanne. On reporte la copie exacte d'une écriture ou d'un dessin d'une pierre sur une autre, ou sur autant d'autres qu'on veut. — De sorte que, pouvant ainsi faire le tirage simultanément sur plusieurs pierres, on obtient très-rapidement un grand nombre d'exemplaires. Ce procédé a encore cela de bon, qu'il permet de conserver indéfiniment et intacte une œuvre de valeur en la reportant sur d'autres pierres, avant

---

(1) C'est la chromolithographie; chroma, en grec, signifie couleur.

que la première ne s'use. D'ailleurs, s'il arrive un accident à une pierre, le travail n'est pas perdu pour cela.

Voici comment on s'y prend pour faire ce transport : on imprime sur la pierre dont on veut reporter le dessin, — une feuille d'un papier préparé avec une composition d'amidon, de gomme et d'alun. Cette composition empêche l'encre lithographique de s'imprégner dans le papier ; — elle est simplement déposée sur la surface ; si bien qu'en appliquant cette impression, toute fraîche, sur une autre pierre neuve, mouillant un peu le papier et soumettant le tout à l'action de la presse, — le dessin ou les caractères abandonnent le papier pour s'attacher sur la seconde pierre et y reproduire exactement tous les traits de la première. — On renouvelle l'opération sur autant de pierres que l'on veut ; et chacune d'elles peut servir pour l'impression comme la première.

On peut de même transporter sur pierre des épreuves typographiques, et on est arrivé, par de certaines modifications des procédés, à reproduire très-fidèlement, à un nombre indéfini d'exemplaires, de vieux livres et de vieilles gravures de prix devenues très-rares (1). — On a même effectué le transport sur pierre d'images photographiques. — Il est aisé, du reste, de sensibiliser la surface d'une pierre, par les procédés ordinaires de la photographie, et d'y produire directement une image par l'action de la lumière, dans la chambre noire. —On tire ensuite des épreu-

---

(1) C'est encore à M. Paul Dupont que ces applications de lithographie doivent leurs principaux perfectionnements.

ves de cette image, comme si c'était un dessin litho-
graphié.

Supposez, Suzanne, que vous ou moi écrivions avec de
l'encre grasse sur le papier dont je viens de vous parler,
préparé pour le transport des dessins d'une pierre sur une
autre, évidemment notre écriture pourrait ainsi être appliquée sur une pierre; — après quoi rien n'empêcherait
qu'on en tirât autant d'épreuves qu'on voudrait. Cette
branche de la lithographie prend le nom d'autographie (1).

Quant au *fac simile*, qui est l'imitation exacte d'une écriture existant sur papier ordinaire, on l'exécute de cette
manière : — on pose sur l'écriture à imiter un papier
transparent, sur lequel, avec de l'encre grasse, on reproduit l'original en en suivant chaque trait ; il n'y a plus ensuite qu'à reporter cette encre grasse sur pierre, par la
pression.

N'aurons-nous pas maintenant, Suzanne, quelques mots
d'admiration pour toutes ces œuvres, dont le but commun
est la diffusion de la pensée des hommes et en même
temps l'instruction et le plaisir de chacun ?

La parole est précieuse, sans doute ; mais elle est fugi-
tive et n'a qu'une faible portée. — Traduite par l'écriture
et le dessin, elle reste ; — mais combien peu de gens encore pourraient jouir de ses bienfaits, si toutes les inventions humaines, typographie, gravure, lithographie n'é-
taient venues donner à la pensée de chacun un fécond
rayonnement qui illumine les esprits.

---

(1) Autographe est un composé de deux mots grecs qui signifient
écrire soi-même.

L'impression est une merveilleuse opération qui, par caractères et estampes (1), parvient à mettre toute chose à la portée de tous, non-seulement les choses lointaines ou ignorées, mais même celles immatérielles, du domaine de l'âme. — Elle donne un corps visible à toutes les idées, et, curieux phénomène ! — dans la reproduction des signes de la musique, elle fournit même des sons pour l'oreille, par l'intermédiaire des yeux. — L'image gravée ou lithographiée nous instruit, en ajoutant ses notions à celles que fournissent les paroles ; — facilement à la portée de tous, elle est pleine de notions utiles ; — elle est, pour l'enfance, le plus attrayant mode d'enseignement ; elle nous conserve les choses du passé, nous rapproche celles qui sont hors de notre portée, nous explique celles de la science, et s'adresse par nos yeux non-seulement à notre intelligence, mais encore à notre cœur, quand elle reproduit l'expression des passions humaines.

L'image entre pour beaucoup dans les satisfactions de la vue ; elle est étroitement liée à notre vie privée. — Il est bien peu d'intérieurs qu'elle ne contribue à orner ; — elle est partout dans nos livres, dont elle augmente l'attrait ; elle est sur la plupart des étoffes qui nous habillent, couvrent nos meubles ou se drapent en rideaux ; — elle embellit nos papiers de tentures.

A ce propos, Suzanne, il est bon de vous dire en passant que les étoffes et les papiers de tenture s'impriment aussi au moyen de gravures en creux sur métaux, et en relief sur bois. — Les couleurs remplacent l'encre.

_____

(1) De l'italien *estampar*, qui signifie *imprimer*.

Les divers arts dont je viens de vous parler, Suzanne, et qui se proposent la reproduction par impression, s'adressent naturellement à l'organe de la vue. Dès lors les personnes privées de cet organe sont, par cela même, privées de la jouissance directe des satisfactions que ces arts procurent.

Aussi les impressions étant la base de l'enseignement, les malheureux aveugles, à qui elles échappent, ont été pendant longtemps abandonnés à leurs ténèbres, comme incapables aussi de jouir de l'instruction, cette lumière intérieure.

L'esprit de charité et de commisération est une des gloires de notre âge, Suzanne; — et, en ce qui concerne les aveugles, cet esprit a suggéré au cœur de quelques hommes l'ambition de les dédommager autant que possible de la privation dont ils étaient affligés. — Ici il faut citer Valentin Haüy, qui fonda, en 1784, à Paris, la première maison d'éducation qui ait existé pour les jeunes aveugles; — et le nom de cet homme dévoué n'est point hors de propos ici; car c'est lui qui imagina de mettre jusqu'à un certain point les bienfaits de la gravure et de l'impression à la portée des aveugles. — Il fit pour eux imprimer des livres où les lettres se présentent d'un côté en creux de l'autre en relief sur un papier épais et solide. — De sorte qu'à l'aide de leurs doigts les jeunes aveugles peuvent recevoir des notions de lecture, d'écriture et de musique.

En finissant, Suzanne, remercions Dieu qui nous a donné de bons yeux pour nous instruire dans les livres et les gravures, — et l'admirer dans cet autre beau livre si rempli de splendides images qu'on appelle la nature.

DOUZIÈME LETTRE.

Je vais vous parler aujourd'hui, Suzanne, d'une industrie que l'on peut appeler universelle; car elle accompagne et aide toutes les autres qui, sans elle, seraient stériles.

Bien mieux, cette industrie, associée à tous les travaux de l'homme, a cela de merveilleux, qu'elle s'exerce sans le concours de l'homme; car elle fonctionnait bien avant que celui-ci apparût sur la terre. — Qui donc la pratiquait? — La nature.

Cette industrie est d'origine divine; la nature n'en a pas d'autre; elle lui suffit à tout; si l'homme l'exerce aussi, ce n'est que par imitation. — Cette industrie est celle des produits chimiques.

La nature fabrique donc des produits chimiques? Sans doute; — toutes ses œuvres ne sont pas autre chose; — les roches et les terres, les plantes et les animaux n'étant que des combinaisons chimiques de matières diverses. — Regardez autour de vous; — la nature est constamment à l'œuvre.

Une poussière blanche apparaît sur un vieux mur humide; d'où vient-elle? — Elle résulte d'une opération invisible à nos yeux, laquelle a eu pour résultat de combiner l'acide azotique fabriqué dans l'air par l'électricité, avec de la potasse fabriquée dans le mur par l'humidité, ce qui a produit cette poudre blanche qui est du salpêtre.

Maintenant, voyez cette graine germer et produire une plante, un arbre plein de substances variées, lesquelles sont toutes formées avec quelques matières venant de l'air, de la terre et de l'eau, combinées de diverses manières. — Quel changement! Qui reconnaîtrait le gland dans le chêne?

Voilà un œuf. — Un peu de temps s'écoule; — un animal en sort, ayant des membres, des organes, des liquides en mouvement. — Quelle merveilleuse combinaison de la glaire et du jaune a pu produire cet être vivant!

L'opération chimique est incessante autour de nous; elle produit tout et elle se confond avec le mouvement universel, au point qu'on ne saurait dire lequel produit l'autre. — Il y a entre le mouvement et l'action chimique une merveilleuse réciprocité d'influences.—Lumière, chaleur, électricité, vie, engendrent l'action chimique et en résultent.

La nature est comme un grand chimiste qui, dans son laboratoire, a des planètes pour cornues et alambics, et des soleils pour fourneaux.

Habitant l'une de ces cornues, la terre, nous en pouvons voir de près les phénomènes, dont nous sommes nous-mêmes l'un des plus curieux, et nous constatons qu'il s'y fait un incroyable mouvement de matière entre les trois milieux gazeux, liquide et solide. — C'est de l'un à l'autre un échange incessant, un va-et-vient éternel; et, dans cette promiscuité agitée dont les effets semblent, au premier abord, livrés au hasard, les combinaisons se forment et se

18.

dissolvent au choc de leurs influences réciproques, produisant, au sein du divin et immuable équilibre de l'ensemble, l'instabilité du détail, source de tous les phénomènes.

Dans ces cornues, — les planètes, — la matière, soumise à des influences réglées, périodiques, qu'on appelle saisons, jour et nuit, doit à la régularité même des impulsions la régularité générale de ses allures. Aussi, dans le tourbillon en apparence si désordonné des combinaisons terrestres, il s'est fait un ordre, il s'est établi des lois, les produits chimiques s'engendrent en un enchaînement régulier de formation.

De quoi il résulte que chaque printemps fait surgir périodiquement des ravages de l'hiver ces charmants produits chimiques que nous appelons fleurs, feuilles et fruits; — De quoi résultent ces autres admirables produits chimiques, les nichées et les couvées, qui se développeront aux dépens des premiers.

Et, individuellement, chacun de ces produits chimiques, — plante et animal, — s'organise à l'instar de la vaste cornue planétaire au sein de laquelle il s'est produit. — Image de sa mère terrestre, il se fait laboratoire lui-même, et, dans ce creuset qu'on appelle cellule, chez la plante, estomac, chez l'animal, il combine de nouveaux produits chimiques qui seront : ici, les farines, les sucres, les huiles, les alcools, les fils, les bois, les couleurs; — là, les chairs, le lait, les os, les cuirs, les cornes, les poils, etc.

Quelles étonnantes cornues que la cellule et l'estomac?

La maladie, qui survient quelquefois au sein du fonctionnement de ces laboratoires, n'est également qu'un chimiste malintentionné qui, frauduleusement, vient manipuler des choses nuisibles dans les creusets d'autrui; — et alors, autre chimiste, la pharmacie arrive pour y opposer ses produits salutaires.

L'homme, ayant considéré cela avec l'œil de sa pensée, en a tiré des enseignements et une émulation à s'exercer en des opérations semblables.

Ce que la nature fait en grand, il le fait en petit; — il s'est construit des cornues et des fourneaux à sa taille, à l'aide desquels il a décomposé des échantillons de toutes les substances pour en découvrir les éléments. — Il a eu affaire à trois genres bien distincts de substances; — d'abord celles qui ne vivent pas, les substances minérales; — puis celles qui ont subi une seconde élaboration chimique dans la cellule des plantes, les substances végétales; enfin celles qui ont été soumises à une troisième élaboration dans les estomacs, les substances animales.

Dans chacune de ces trois espèces de produits chimiques, il a trouvé un certain nombre de substances particulières ayant telles ou telles propriétés déterminées. Il s'est plu alors à associer ces substances en de capricieuses combinaisons de tout genre, souvent inconnues dans la nature, et dont il a su tirer parti en des œuvres nouvelles et utiles.

Rien n'est intéressant, Suzanne, vous le comprenez bien, comme ce travail de découverte de l'homme furetant dans la matière non vivante ou vivante. — C'est de ce travail que sortent, en réalité, toutes les merveilles de l'industrie; car l'industrie, quelle que soit son œuvre, manipule la matière, et elle en tire d'autant meilleur parti qu'elle la connaît mieux.

On ne saurait dire en quelle œuvre la chimie n'est point nécessaire. — Non-seulement toutes les matières naturellement produites lui passent par les mains avant de recevoir un emploi, mais encore nombre de substances introuvables dans la nature sortent de ses usines.

Je ne peux tout vous dire; mais je veux cependant vous faire passer sous les yeux les principales œuvres de cette féconde industrie.

Et, pour commencer par les substances minérales, chaque jour, en fouillant la matière, la chimie y découvre des choses si bien cachées, que l'existence en était jusqu'à présent restée inconnue à l'homme.

Ainsi, à la fin du siècle dernier, on ne connaissait guère qu'une vingtaine de métaux, dont plus de la moitié même était de découverte peu ancienne. Depuis le commencement de notre siècle, la chimie a découvert près de trente nouveaux métaux qu'elle est parvenue à recueillir purs. — Les plus importants parmi eux sont le sodium, le potassium et l'aluminium. — Je vous ai déjà parlé de ce dernier et aussi un peu des deux autres. — Je vous rappellerai ici, Suzanne, combien le sodium et le potassium sont précieux pour la chimie, par leur penchant énergique à absorber l'oxygène des autres corps; — ce qui permet de débarrasser de ce gaz certaines matières très-tenaces à le garder. C'est même seulement ainsi qu'on a pu obtenir l'aluminium pur et d'autres matières métalliques ou non métalliques. — Car, Suzanne, en outre des métaux, il y a dans la nature des matières gazeuses, liquides et solides, parmi lesquelles la chimie a fait également de récentes découvertes utiles, — le brome et l'iode, par exemple. —

Le brome (1) est un liquide rouge brun dont les vapeurs donnent aux plaques d'argent, en daguerréotypie, une merveilleuse sensibilité; — l'iode (2) est une substance qui, pure, se présente en écailles d'un noir bleuâtre, et qui, par ses propriétés, ressemble au brome; on l'emploie beaucoup en médecine. — L'iode et le brome sont extraits des eaux qui ont servi à manipuler les cendres des varechs brûlés pour en retirer de la soude.

A vrai dire, Suzanne, la nature n'offrant pour ainsi dire point de matière pure, toutes les fois qu'on en veut obtenir, c'est la chimie qui est chargée de ce soin. — Mais beaucoup de ces matières n'ont pas encore d'application dans les arts, et ne servent guère qu'aux expériences du chimiste; — tels sont, par exemple, l'oxygène et l'azote purs, qui, par contre, sont très-utiles dans leurs combinaisons avec d'autres matières, comme nous l'allons voir.

Parmi les matières que la chimie recherche à l'état de pureté, parce qu'elles sont d'un usage fréquent en dehors de combinaisons, il faut citer beaucoup des métaux dont je vous ai parlé déjà, Suzanne, dans une précédente lettre, et qui, vous vous en souvenez sans doute, s'obtiennent par des opérations où la sympathie des matières est grandement en jeu, ce qui est le propre des opérations chimiques.

Il faut ensuite citer le soufre, qui sert à la fabrication de l'acide sulfurique, de la poudre, des allumettes; qui est employé dans le traitement des maladies de la peau, dans

---

(1) Découvert en 1826 par M. Balard de Montpellier.
(2) Découvert en 1815.

le soufrage de la vigne et des vins, dans le blanchîment des laines, de la soie, des chapeaux de paille.

Le soufre est tiré particulièrement des sables et terres qu'on recueille auprès des volcans. — Ces matières terreuses étant chauffées dans des vases, le soufre devient liquide et s'en sépare. — On le purifie ensuite en le réduisant en vapeur par le feu et dirigeant la vapeur dans des chambres où elle se refroidit, devient liquide et coule dans des moules, là le soufre se fige et se durcit.

Le chlore, qu'on extrait des combinaisons qu'il forme avec le gaz hydrogène et les métaux, sert à blanchir les tissus de coton, de chanvre et de lin, la pâte à papier; à nettoyer les vieilles estampes, les livres; à enlever les taches d'encre. — Les vapeurs du chlore désinfectent l'air. — Les propriétés de ce gaz tiennent à ce qu'il a un penchant très-vif à s'unir à l'hydrogène; les matières colorantes ou infectantes contenant de l'hydrogène, le chlore le leur retire, et, par suite, détruit la combinaison qui produisait la couleur ou l'infection. — Par conséquent il blanchit et désinfecte.

Le gaz hydrogène pur qu'on emploie pour le chauffage, l'éclairage ou accidentellement pour le gonflement des ballons, est extrait de l'eau, je vous l'ai dit.

Le phosphore, qui sert particulièrement à la fabrication des allumettes chimiques, est tiré des matières animales, surtout des os et des urines.

Maintenant, Suzanne, si nous passons aux combinaisons que la chimie moderne accomplit, nous les trouvons si nombreuses qu'il faudrait des volumes pour les toutes dire. Mais je veux au moins vous donner une idée de leur mer-

veilleuse abondance et de leur immense utilité; et pour
procéder avec ordre, commençons par les combinaisons
tirées de la matière minérale, c'est-à-dire qui ne provient
ni des plantes ni des animaux. Elles se divisent en trois
grandes classes : les acides, les oxydes et les sels.

Les acides sont des combinaisons au goût aigre, au contact rongeur, formées de deux matières dont l'une, souvent
inoffensive par elle-même, reçoit son aigreur de l'autre.
C'est le plus souvent l'oxygène qui fournit l'aigreur en
s'associant à d'autres matières. — Ainsi en brûlant du
soufre, on le combine sous forme de vapeur à l'oxygène
de l'air, et cette vapeur qui va se condenser dans des chambres de plomb produit un liquide qui est l'acide sulfurique,
ou huile de vitriol.

Vous vous rappelez que nous avons vu l'acide sulfurique
employé pour ronger le zinc dans les vases où l'on produit de l'électricité; mais ceci n'est qu'un des emplois,
entre mille, auxquels cet acide est appliqué. Son utilité est
si grande en industrie et son emploi si fréquent, qu'on a
pu dire que, pour connaître le degré de civilisation d'un
pays, il suffisait de savoir combien il produit et consomme
d'acide sulfurique.

L'acide sulfureux, qui se distingue du précédent par une
moindre dose d'oxygène, sert au soufrage des vins, dont
il arrête la fermentation.

Si, au lieu de se combiner au soufre, l'oxygène se combine au gaz azote, alors c'est de l'acide azotique ou eau-
forte que l'on a ; — substance précieuse pour dissoudre
les métaux, faire l'essai des monnaies; — pour la gravure
sur cuivre, la dorure sur laiton, etc. — On le tire du sal-

pêtre du Chili, dans lequel il se trouve associé a de la potasse.

L'acide stannique (oxygène et étain) est une poudre blanche qu'on obtient par la calcination à l'air de ce dernier métal, et qu'on emploie dans la préparation des émaux.

L'acide carbonique, — oxygène et carbone, — est un gaz qui peut s'obtenir en faisant passer un courant d'oxygène sur du charbon ardent; mais on se le procure généralement en le faisant dégager d'un corps dans la composition duquel il existe naturellement; la craie, par exemple, qui est un carbonate de chaux.

L'industrie n'emploie guère ce gaz que pour la fabrication des eaux gazeuses, qui lui doivent précisément leur faculté de mousser. — La consommation de l'eau de seltz artificielle est énorme; — beaucoup de personnes en boivent habituellement, surtout en été, mélangée au vin, aux liqueurs, aux sirops. — La médecine prescrit beaucoup d'eaux gazeuses de diverses sortes.

La chimie est parvenue à rendre le gaz acide carbonique non-seulement liquide, mais encore solide. Dans ce dernier état, il présente l'aspect de flocons d'une neige bien blanche; et, comme la neige, il se pelotonne en boule. — Mais liquide, il a une grande tendance à reprendre son état naturel de gaz, ce qu'il fait en enlevant la chaleur de l'air et des corps voisins au point que, dans certaines conditions, on lui fait produire ainsi un froid de cent degrés au-dessous de glace.

Les chimistes mettent à profit cette terrible température artificielle pour diverses expériences de laboratoire.

Il y a deux acides d'antimoine, employés en médecine:

— l'acide chloreux (oxygène chlore) utilisé en daguerréotypie pour sensibiliser les plaques ; l'acide borique (oxygène et bore), qui sert à fabriquer le borax et un vernis de poterie. On en fabrique aussi une sorte de verre nommé strass ; on s'en sert pour rendre soluble la crème de tartre et faire fondre des terres de minerais dont on veut essayer la richesse.

Maintenant voici un acide, l'acide chlorhydrique, où c'est le chloré qui fournit l'aigreur en se combinant à l'hydrogène. — On produit cet acide en traitant le sel marin par l'acide sulfurique. — Le sel marin est une association de chlore et de sodium. — Il résulte du mélange avec l'acide sulfurique que l'eau de cet acide cède son hydrogène au chlore du sel, et de là naît l'acide chlorhydrique, que, pour cela, on appelle aussi *esprit de sel.* — Ses emplois sont très-multipliés, par exemple, la préparation du chlore et des chlorures décolorants et désinfectants, celle du sel ammoniac, du sel d'étain ; l'extraction de la gélatine des os, la fabrication des eaux gazeuses, le nettoyage des murs noircis, le blanchiment des toiles et des soies pour blondes et gazes ; — la préparation de l'eau régale. — Cette eau, qui dissout l'or, est un mélange de quatre cinquièmes d'acide chlorhydrique pour un cinquième d'acide azotique.

L'acide fluorhydrique (fluor et hydrogène), sert à graver sur verre. — Le chloride mercurique (chlore et mercure), ou sublimé corrosif, est employé en médecine et pour la conservation des pièces d'histoire naturelle, qu'il durcit comme du bois et rend inaltérables.

Tels sont les principaux acides ; voyons les oxydes.

Dans ceux-ci, composés aussi de deux éléments, l'un

de ces éléments est encore une matière capable de fournir de l'aigreur; mais elle ne s'y trouve pas en dose suffisante pour cela; — c'est l'autre élément qui domine dans la combinaison, laquelle, par suite, n'est pas acide, et prend le nom d'oxyde quand l'oxygène s'y trouve comme élément actif; — chlorure, quand c'est le chlore; — sulfure, quand c'est le soufre; — iodure, quand c'est l'iode, etc.

Très-nombreux sont ces composés et plus encore leurs usages.

Les oxydes de potassium et de sodium, nommés aussi potasse et soude, associés aux huiles, sont les bases, l'un des savons mous, l'autre des savons durs. Tous deux combinés au sable sont indispensables pour la fabrication du verre et du cristal, etc. — L'oxyde de calcium ou chaux s'obtient en calcinant certaines pierres dans des fours. Vous savez les importants services que nous rend la chaux dans les constructions. Quand la pierre à chaux contient une certaine dose d'argile, elle fournit alors une chaux dite hydraulique, parce qu'elle durcit sous l'eau.

Les oxydes de magnésium et d'antimoine servent en médecine.

L'oxyde de plomb ou massicot est une poudre jaune qui sert à la préparation du minium, belle couleur rouge employée en peinture et pour la fabrication du strass, du cristal, etc. — Le massicot cristallisé ou litharge entre dans la confection des vernis, de l'émail; — c'est la litharge qui, mêlée aux huiles, enduit les toiles cirées; — elle sert à la préparation des sels de plomb, de certains verres et d'une belle couleur jaune pour la peinture à l'huile. — Les pharmaciens en font des emplâtres.

L'oxyde de cobalt est préparé en une belle couleur bleue qu'on appelle *smalt* ou *azur*. Les oxydes de cuivre et de chrome fournissent également, l'un la couleur dite *cendres bleues*, l'autre une riche couleur verte pour peindre la porcelaine et les émaux. L'oxyde de molybdène est encore un beau bleu. Le peroxyde de fer ou rouge d'Angleterre, obtenu par la calcination du sulfate de fer, est employé pour le polissage des glaces et des métaux et la préparation du bleu de Prusse. — On prépare l'oxyde d'urane pour être mêlé au verre et au cristal, auxquels il donne une jolie teinte opaline à reflet vert.

Le chlorure de chaux blanchit et désinfecte comme le chlore lui-même; — celui d'étain enlève les taches de rouille; — celui d'antimoine est un caustique violent. — Le protochlorure d'antimoine est le beurre d'antimoine des pharmaciens et sert à bronzer les métaux. — Le chlorure mercureux est un purgatif doux. — Le chlorure double d'or et de sodium est aussi usité en médecine; — celui de zinc sert à épurer les huiles; — les chlorures d'iode et d'argent sont précieux pour la photographie. — Autant on en peut dire du bromure d'iode et de l'iodure d'argent.

A propos d'iodure, ceux de chaux, de potassium et de fer sont très-usités en médecine.

Deux sulfures d'arsenic donnent, l'un une couleur rouge, l'autre une couleur jaune. — Le sulfure de mercure ou cinabre constitue la belle couleur dite vermillon. — Le sulfure de carbone sert à la vulcanisation du caoutchouc; — celui de potassium est usité en médecine. — Le sulfure d'antimoine entre dans la préparation du kermès minéral, médicament d'un usage fréquent.

L'azoture d'hydrogène ou alcali volatil sert dans les cas de syncope et d'asphyxie, pour rappeler à la vie; — on l'emploie pour cautériser les morsures; les dégraisseurs en font usage aussi.

Nombreux sont les carbures d'hydrogène; — le gaz pour l'éclairage en est un. — L'acier est un carbure de fer.

Le cyanure d'or et de potassium est très-employé en pharmacie et aussi pour la dorure galvanique. — Le cyanure double de fer et de potassium, combiné avec le peroxyde de fer, entre dans la fabrication du bleu de Prusse.

Passons au troisième genre de produits minéraux, aux sels formés par la combinaison des acides avec les oxydes, ou les chlorures, sulfures, etc.

Vous allez voir, par les échantillons suivants, quelle variété présente encore cette famille des sels. L'alun, double sulfate d'alumine et de potasse ou d'ammoniaque, est employé par les indienneurs comme mordant général pour fixer la plupart des couleurs sur les divers tissus; — il sert à préparer un grand nombre de laques usitées pour la coloration des papiers peints. Le collage du papier, la conservation des peaux et fourrures, le durcissement du suif à chandelle, la clarification de divers liquides, la conservation des pièces d'anatomie en absorbent de grandes quantités. La médecine tire aussi parti de ses propriétés astringentes. Le sulfate simple d'alumine sert pour les embaumements. — Le sulfate de chaux n'est autre chose que le plâtre, dont vous savez toute l'utilité. — Le sulfate de soude est un produit des fabriques de soude (1), duquel

(1) La fabrication de la soude, extraite du sel marin au moyen de

on extrait ensuite la soude. On en consomme aussi beaucoup pour faire le verre à vitre et à bouteille. — La médecine y trouve un purgatif sous le nom de sel de glauber ou d'epsom. Le sulfate de zinc ou couperose blanche, préparé par le grillage du sulfure de zinc naturel, sert en médecine, en teinture, pour la préparation du blanc de zinc et quelques vernis. — Le sulfate de cuivre ou couperose bleue s'obtient en mouillant des plaques de cuivre, les saupoudrant de fleur de soufre et les chauffant au rouge. Il se fait un sulfure que l'oxygène de l'air convertit en sulfate. Ce sulfate entre dans la composition de l'encre, dans la teinture en noir sur laine et sur soie, dans la composition de diverses couleurs bleues et vertes. — On en fait encore usage pour imprégner des pièces de bois, qui deviennent ainsi dures et incorruptibles; telles sont les traverses qui supportent les rails des chemins de fer et les poteaux du télégraphe électrique. — Le sulfate de fer ou couperose verte est très-employé par les teinturiers; — et encore pour le chaulage des blés, la désinfection des fosses; — uni à la noix de galle et à la gomme, il constitue l'encre. — Le sulfate de mercure a diverses applications dans la médecine et les arts; — celui de plomb remplace la céruse dans la mise à neuf des dentelles salies.

La céruse est un carbonate de plomb, poussière blanche qu'on délaye dans l'huile et qui est très-employée en peinture, de même que le carbonate de cuivre ou vert-de-gris,

---

l'acide sulfurique, est une précieuse invention qui est due à Leblanc, au commencement du siècle.

et celui de zinc ou blanc de zinc. — La teinture fait usage de plusieurs carbonates d'ammoniaque.

L'azotate de plomb est fabriqué pour les teinturiers; celui de mercure est utilisé en médecine et dans les arts; — celui d'argent est ce qu'on appelle la *pierre infernale.*

Le borate de soude est particulièrement destiné aux orfévres, bijoutiers et chaudronniers, pour la soudure des métaux;—celui de chaux sert dans le vernis des porcelaines.

Les chromates de potasse et de plomb fournissent de belles couleurs jaune et orange, pour la soie et le coton. — Le bichromate de potasse, par l'effet de la lumière, se colore en rouge pâle inaltérable; dès lors, quand une étoffe est teinte de cette substance, on y obtient des dessins au moyen de découpures de papiers ou d'objets naturels que l'on applique dessus, avant de l'exposer à la lumière.

L'arsénite de cuivre donne le vert de scheele. —Un stannate d'or et d'étain donne le pourpre de cassius pour la peinture sur verre et porcelaine.

Le chlorhydrate d'ammoniaque, dit sel ammoniac, sert à décaper le cuivre, à désoxyder les métaux. Le chlorate de potasse est allié au phosphore dans les allumettes à frottement. — Il est le principal ingrédient des poudres fulminantes qui détonent par le choc.

Les azotates ou fulminates de mercure et d'argent sont encore plus explosibles; on en fait les pois fulminants, les amorces des fusils à percussion.

L'eau dite de javelle, qui sert au blanchiment, est un hypochlorite de potasse ou de soude.

Le phosphate de soude ou d'ammoniaque rend les étoffes incombustibles.

Le silicate de potasse produit un effet semblable sur les bois et les tissus. Une dissolution de ce sel revêt les objets qu'on y plonge d'un enduit vitreux qui les conserve. — Il donne à la pierre et au plâtre une extrême dureté, et, mêlé aux couleurs, les rend inaltérables. — Il sert à souder, soit des blocs entre eux, soit les objets les plus délicats, en marbre, en albâtre ou en verre.

Ce serait à n'en pas finir, Suzanne, si je voulais tout vous citer. — Il faut bien cependant que je garde un peu de place pour vous parler des produits que la chimie tire des corps qui ont vécu, c'est-à-dire des plantes et des animaux.

Je sais bien, Suzanne, que, pour un esprit peu réfléchi, l'énumération rapide de toutes ces choses aux noms étranges, et de leurs emplois si bizarrement variés, forme un ensemble étourdissant.—Mais, croyez-moi, l'étourdissement n'est que du premier coup d'œil; — aussitôt qu'on prête attention, un intérêt puissant vous saisit, et en même temps une admiration profonde pour le génie des hommes qui tirent une à une toutes ces richesses des mystérieuses profondeurs de la nature.

Je reprends. — La vie, en travaillant les matières non vivantes, les métamorphose complétement et ouvre aux recherches de la chimie un champ de substances toutes nouvelles. — Cependant, parmi elles, il en est qui, par certaines propriétés, ont des ressemblances avec les substances tirées du règne minéral.

Par exemple, il en est un certain nombre qui sont acides et que l'on tire du citron, du tartre, du tan, de la noix de galle, du vin, de l'oseille, de l'huile, des fourmis, du lait, des graisses, etc. — La chimie fait usage de ces acides pour une chose ou pour une autre.

L'acide citrique, que l'on tire non-seulement du citron, mais encore des oranges, des groseilles, sert de rongeant dans les fabriques de toiles peintes, enlève les taches de rouille, entre dans la préparation d'une dissolution de fer dont les relieurs se servent pour donner aux peaux de mouton une apparence marbrée. — Mêlé aux sucres et aux aromates, l'acide citrique constitue les limonades.

L'acide acétique, sous le nom de vinaigre radical, est très-usité en médecine; c'est lui que, dans des flacons, on mêle à des cristaux de sulfate de potasse pour le respirer au besoin. L'acide pyroligneux ou vinaigre de bois, produit par la distillation du bois, est de l'acide acétique. Il a tous les emplois du vinaigre de vin. — Il forme avec les oxydes des sels ou acétates; celui de fer est employé en teinture; celui d'ammoniaque en médecine; — celui d'alumine à tous les emplois de l'alun ; — celui de cuivre produit de beaux cristaux verts, dits cristaux de Vénus. L'acétate de plomb dissous est ce qu'on appelle extrait de Saturne ; — uni à l'alun, il forme des enduits imperméables pour les vêtements, comme le caoutchouc.

L'acide de la noix de galle, ou gallique, sert aux expériences de chimie, dans les arts, en photographie pour faire ressortir les images.

C'est sur la propriété qu'a l'acide du tan ou tannique de s'incruster aux cuirs, de les rendre durs et imputrescibles, qu'est fondée l'importante industrie du tannage.

Entre autres produits de l'acide du tartre ou tartrique, il faut citer des limonades, et le sel si connu sous le

nom d'émétique, qui est un tartrate antimonié de potasse.

L'acide de l'oseille ou oxalique est très-usité en teinture comme rongeant, c'est-à-dire pour détruire le mordant aux endroits où la teinture ne doit pas prendre. — Il
décolore la paille à chapeau, enlève les taches de rouille
et d'encre. — On en fait l'eau de cuivre, et, en médecine,
des limonades et des pastilles.

L'acide des fourmis (1) ou formique est employé dans
diverses expériences de chimie. — On est parvenu à l'obtenir sans avoir besoin de distiller des fourmis et simplement
au moyen de quelques substances minérales.

La médecine emploie l'acide du lait ou lactique sous
forme de limonade et de tablettes. — Les pilules de lactate
de fer sont d'un usage ordinaire.

Les acides de la graisse, sous les noms de stéarine et
margarine, servent surtout à la fabrication des bougies.

L'acide de l'huile, l'oléine, sert à la fabrication des
savons par sa combinaison avec la soude et la potasse.

Les corps organisés fournissent aussi des substances
analogues aux oxydes par leurs propriétés. Il en est un
certain nombre de connues sous le nom d'alcalis végétaux
qui offrent de précieuses ressources à la médecine ; ce
sont d'énergiques médicaments. — Tels sont : — le quinine, tiré du quinquina ; — la nicotine, du tabac ; — la
morphine et la codéine, de l'opium ; — la digitaline, de la
digitale ; — l'aconitine, de l'aconit ; — l'émétine, de l'ipé-

_____

(1) Il y a à Bahia et dans l'Amérique du sud des fourmis qui,
quand on les écrase, sentent le citron.

cacuanha, et d'autres. —Ces alcalis, par leur combinaison avec les acides, forment des sels amers.

Maintenant, combien d'autres produits encore exploités par la chimie nous fournissent les plantes et les animaux : farines, sucre, alcools, éthers, gommes, résines, essences, fibres végétales, matières colorantes, laine, soie, gélatine, cuirs, membranes, fibres, noir animal, corne, etc.!

Un mot en courant sur ces choses, Suzanne.

On décompose la farine en gluten et amidon. — Du gluten, substance très-nutritive, on fait des pâtes à potages; — l'amidon sert à l'encollage, à l'apprêt des toiles, l'épaississage des couleurs. — La fécule de la pomme de de terre est un amidon; — le sagou, moelle d'un palmier des Molluques, également. — Le tapioca que nous mangeons n'est que du sagou desséché en grumeaux irréguliers sur des plaques de fer chaudes.

L'amidon dissous dans de l'eau bouillante forme l'empois. — Avec quelques gouttes d'acide, l'empois devient dextrine; on appelle ainsi une sorte de gomme susceptible de remplacer la gomme arabique dans tous ses emplois industriels. La dextrine, à son tour, bouillie dans de certaines proportions d'eau et d'acide sulfurique, produit un sirop sucré nommé *glucose* ou sucre de fécule, que les vignerons ajoutent quelquefois au moût du raisin pour améliorer la qualité du vin.

Cette glucose, qu'on tire de la fécule par une série d'opérations, — le raisin la contient naturellement toute faite. — La fermentation la change en alcool, ce qui transforme le moût en vin.

Vous comprenez facilement, Suzanne, que la glucose du

raisin devenant alcool, il n'y a pas de raison pour que la glucose indirectement issue de l'amidon ne devienne alcool aussi. — C'est, en effet, ce qui a lieu, et cela vous explique pourquoi il y a des eaux-de-vie de grains, des eaux-de-vie de pommes de terre. Les pois, les lentilles, ayant de l'amidon, peuvent donner de l'eau-de-vie aussi; et bien d'autres graines et racines encore.

L'alcool du vin en est retiré par la distillation.

Vous savez les nombreuses utilités de l'alcool; les arts industriels, l'économie domestique, la parfumerie, la médecine, font incessamment usage de ce liquide. C'est un dissolvant général; — on en fait les eaux de-vie, les liqueurs, les vernis; on y conserve des fruits, des pièces anatomiques; il sert en photographie, en pharmacie; — on l'emploie dans les thermomètres; que sais-je?

Maintenant, prenez l'alcool et traitez-le par les acides, et vous obtenez les éthers. — Si c'est l'acide sulfurique que vous employez, vous aurez l'éther sulfurique, qui est un dissolvant des huiles essentielles, des matières grasses, des cires, de plusieurs résines. — Sa consommation est considérable en industrie et en médecine.

N'oublions pas que c'est l'éther qui, dans les opérations chirurgicales douloureuses, procure aux malades une précieuse insensibilité. — Le chloroforme partage avec lui cette propriété.

Si, au lieu de traiter l'alcool avec l'acide sulfurique, on emploie l'acide chlorhydrique ou azotique, ou acétique, on a d'autres espèces d'éthers usités surtout en pharmacie.

L'éther et l'alcool, soumis à une certaine action oxydante, donnent un produit nommé aldéhyde, qui a la faculté de décomposer les sels d'argent, en déposant le métal en couche bien adhérente et d'un bel éclat ; — ce qu'on a utilisé pour un excellent étamage des glaces.

N'admirez-vous pas, Suzanne, cet enchaînement de produits utiles et variés, dérivant tous les uns des autres, dans les mains habiles de la chimie ?

Le sucre de la canne et de la betterave diffère de la glucose en ce qu'il cristallise, tandis que la glucose reste molle. Il donne néanmoins aussi de l'alcool. — Le rhum est l'alcool du sucre de canne. — Je n'ai pas besoin de vous citer tous les usages du sucre, vous les connaissez ; cependant je vous en dirai un : — l'acide oxalique que l'industrie consomme s'obtient avec du sucre chauffé dans une certaine dose d'acide azotique. — Singulier effet ! obtenir, avec du sucre, l'acide de l'oseille !

Je vous ai déjà dit que les huiles et les graisses servaient à la fabrication des savons et des bougies.

Quand les huiles sont destinées à l'éclairage, on les épure en les battant avec quelques centièmes d'acide sulfurique concentré, puis les lavant à l'eau.

Beaucoup de fruits et de graines donnent de l'huile par l'écrasement. — Les huiles de lin, de noix, d'œillette, de chènevis sont siccatives, c'est-à-dire qu'elles se dessèchent rapidement à l'air en lui prenant de l'oxygène ; aussi les préfère-t-on pour la préparation des peintures. — On augmente encore leur propriété siccative en les faisant bouillir avec quelques centièmes de litharge ou d'oxyde de zinc. Ce sont alors des huiles cuites.

Les huiles essentielles ou essences, pourvues d'odeurs très-pénétrantes, et souvent fort agréables, sont produites par la distillation, dans l'eau, de diverses parties des plantes odorantes : — pour la menthe et le thym, par exemple, ce sont les feuilles et les tiges ; — pour la rose, le lis, la violette, le jasmin, ce sont les fleurs ; —pour le cannellier, c'est l'écorce ; — pour le sandal et le cèdre, le bois. — L'amande amère, la vanille, l'anis, nous montrent le parfum dans le fruit ; l'iris, le vétiver, dans la racine.

Quelquefois on extrait des parfums différents des diverses parties d'une même plante. — De la feuille de l'oranger, on tire ce qu'on appelle le petit grain ; de la fleur, le néroli ; — de l'écorce d'oranger, l'essence dite de Portugal.

Le parfumeur, le confiseur, le cuisinier, emploient chacun certaines de ces essences à notre grande satisfaction.

Le parfumeur ne se borne pas à les employer telles quelles dans ses savons, pommades, huiles, eaux, poudres, etc. — Il les combine habilement entre elles de manière à produire de nouveaux parfums plus agréables encore que chaque essence isolée. — L'eau de Cologne, par exemple, réunit les essences de citron, de genièvre, de romarin.

Tout cela c'est de la chimie, Suzanne. — A propos d'essences, il faut que je vous signale de curieuses découvertes. — Extraire des plantes odorantes ce qui constitue leur parfum, pour nous le conserver alors que les plantes seront disparues, est certainement une opération intéressante ; — mais, en résumé, on ne voit rien là d'extraordinaire ; — il est naturel que la rose produise l'essence de rose, — la violette celle de violette, etc.

Or, si je vous disais, Suzanne, qu'on fait de l'essence

d'une fleur ou d'un fruit sans cette fleur et sans ce fruit, ceci vous paraîtrait plus singulier. — Eh bien, cela est. — La chimie n'a pas encore réalisé ce phénomène d'une manière générale ; mais elle l'a produit dans quelques cas qui donnent à penser qu'elle arrivera à le renouveler dans beaucoup d'autres.

Ainsi, on fait des essences de reine-des-prés, d'amande amère, de pyrole, sans reine-des-prés, sans amande amère et sans pyrole. — Cette dernière plante est une petite bruyère d'Amérique.

On obtient l'essence de reine-des-prés en combinant de la salicine, substance amère de l'écorce du saule, à du bichromate de potasse et à l'acide sulfurique.

Avec de l'eau-forte et une substance nommée benzine, tirée du goudron de houille, on fabrique une essence d'amande amère connue sous le nom d'essence de mirbane ; — ou bien encore, on n'a qu'à distiller de l'acide hippurique, extrait de l'urine du cheval, et on obtient également de l'essence d'amande amère.

Quant à l'essence de pyrole, qui est un parfum précieux, on l'imite admirablement par une combinaison d'acide salicilique et d'éther de bois.

On fabrique encore artificiellement des essences de poire, de pomme, d'ananas, de melon et d'autres, — sans employer aucun de ces fruits (1).

---

(1) Pour l'essence de poire, vinaigre éther de pomme de terre ; — pour celle de pomme, le même éther avec l'acide valérianique. — Pour l'essence d'ananas, l'acide du beurre ou butirique et l'éther de vin ; pour celle de melon, éther et l'acide de l'huile de coco. — Chaque combinaison étendue d'alcool,

A propos de ces fabrications de parfums, j'ajouterai que, par certaines préparations de la fiente de vache, et aussi des excréments humains, on obtient un résidu qui a la suave odeur de l'ambre gris.

La médecine fait grand usage de certaines huiles dites empyreumatiques, obtenues par la distillation à feu nu de matières végétales ou animales; telles sont les huiles de copahu, de sassafras, de succin ou ambre jaune, de corne de cerf, etc. — Ce sont des analogues des huiles de naphte et de pétrole, qui sont des huiles empyreumatiques naturelles.

Le charbon, Suzanne, est un produit chimique. Vous savez comment il s'obtient; ordinairement en embrasant le bois sous des espèces de huttes de terre battue. On éteint ensuite le bois en interceptant les ouvertures d'abord ménagées pour l'allumer; cette carbonisation ne produit pas d'autre résidu que le charbon lui-même; —seulement, une partie du gaz se combine avec la terre de la hutte, qui, ensuite, sert d'engrais. — Quand on fabrique le charbon en distillant le bois en vase clos, comme la houille pour l'éclairage, on recueille ce qui s'évapore et on obtient ainsi l'acide acétique ou vinaigre de bois, dont je vous ai parlé; — et de plus du goudron.

Le goudron, si utile en médecine et en construction navale, est encore produit par la combustion lente, dans des fours, des bois de pins dont on a épuisé la térébenthine.

J'ai déjà eu occasion de vous dire, Suzanne, que la houille distillée donnait, indépendamment du gaz à éclairer, des résidus parmi lesquels est un goudron. — Ce goudron, distillé lui-même, fournit un liquide dont je vous parlais

tout à l'heure, nommé benzine ou essence de houille, qui
sert à détacher, à dissoudre les résines et les corps gras,
remplace la térébenthine avec avantage dans la peinture à
l'huile, car elle sèche plus vite, etc.

La benzine, à son tour, traitée par l'eau-forte, donne, je
vous l'ai dit, cette imitation d'essence d'amande amère,
nommée essence de mirbane.

Enfin l'essence de mirbane, traitée par le zinc et l'acide
acétique, devient aniline, substance à laquelle le chlorure
de chaux donne une belle couleur violette plus solide que
l'orseille et très-utile en teinture et en impression. —
Citons encore un autre dérivé de la benzine, la naphtaline,
magnifique couleur rouge et pourpre.

L'industrie moderne fait des houilles et des charbons
artificiels. — On imite la houille en renfermant dans un
appareil des matières végétales, sciure, feuilles et tiges,
et de l'argile humide; puis comprimant fortement sous
une haute température, sans que les gaz puissent s'échapper.
— La substance qui résulte de cette opération, après un
peu de temps, se distingue à peine des houilles naturelles.

Les charbons factices sont composés d'un mélange de
goudron, de houille, de poussier de coke et d'argile, comprimé dans des moules.

La chimie moderne, dans ses expériences sur le charbon,
a été sur le point de réaliser un véritable prodige; c'est-
à-dire la création artificielle du diamant. — Il faut savoir
que le diamant n'est que du carbone pur cristallisé. Un
chimiste français (1) a cru un moment pouvoir arriver à

(1) M. Desprets, membre de l'Institut, décédé récemment.

cette merveilleuse cristallisation; — mais il n'a pu produire que de la poussière de diamant, ce qui est déjà bien curieux. — Telle quelle, cette poussière peut servir à polir le diamant naturel.

N'oublions pas, en passant, à propos de la carbonisation du bois, que la combustion des plantes marines donne la soude naturelle; — et celle des plantes terrestres, de la potasse; — produits dont je vous ai indiqué déjà les précieux emplois dans la fabrication des savons, des verres et cristaux, etc.

Le goudron ordinaire, que je vous ai cité tantôt et qui découle des pins en combustion, est le produit d'une résine. — Les résines térébenthines sont employées comme stimulants et purgatifs en médecine. — En industrie, on en fait des vernis, des cires à cacheter, du gaz pour éclairage; on la mêle au suif pour les savons à bon marché.

Les gommes diffèrent des résines en ce qu'elles contiennent moins d'hydrogène et plus de carbone. L'industrie en fait des pâtes, des sirops, des bonbons, des apprêts pour les étoffes, des vernis pour les estampes. On l'emploie au collage du papier, à la préparation des couleurs, de l'encre de Chine et autres.

La gutta-percha est une gomme résine qui découle d'un arbre de l'archipel Indien. — On en fait des instruments de chirurgie, des manches d'outils, des vases, des courroies, des corps de pompe, des tubes, des rouleaux d'impression, des planches pour le doublage des navires; et, précieux emploi, cette substance sert d'enveloppe aux câbles électriques sous-marins; dissoute dans l'huile de lin, elle sert à enduire et rendre imperméable des tissus divers, toiles, taffetas, gazes.

Un proche parent de la gutta-percha, c'est le caoutchouc, fourni par des figuiers de l'Inde et de Java et un arbre de l'Amérique du sud. — Découvert d'hier à peine, ses emplois sont aujourd'hui infinis. — On lui fait subir une opération dite vulcanisation qui consiste à lui incorporer une certaine dose de soufre, ce qui lui conserve une élasticité bien égale par toutes les températures. En augmentant la dose de soufre, l'élasticité disparaît tout à fait et on obtient un corps imperméable, dur comme la corne et dont on fait des ustensiles et des meubles d'une solidité à toute épreuve; on en fait même des cylindres gravés pour l'impression des tissus. — Le caoutchouc se façonne en tuyaux, étoffes, chaussures et mille objets d'un usage journalier.

Dissous avec de la gomme laque dans de l'essence de goudron, il forme la glu marine, colle inaltérable à l'eau et dont on se sert pour souder les pièces de bois qui, dans les navires, fatiguent le plus, comme les mâts, les vergues, etc.

Je vous rappelle ici ce produit chimique si précieux en photographie, le collodion, qui n'est que du coton-poudre dissous dans l'éther. La chirurgie emploie aussi le collodion comme vernis pour couvrir les plaies et les garantir du contact de l'air. — Ainsi, du coton-poudre qui fait les blessures, sort le collodion qui contribue à les guérir.

Parmi les substances animales, l'albumine nous sert à la clarification des sirops et des vins, en photographie, etc.

Le sang de bœuf est employé pour raffiner les sucres et dans la teinture en écarlate.

Je vous ai déjà dit en quoi consiste le tannage des cuirs, qui, devenus incorruptibles, nous sont d'un usage si universel.

Les rognures de peaux et de cuirs, les tendons, les pieds, les oreilles des animaux, les os eux-mêmes, donnent de la gélatine par l'ébullition ; — et avec cette gélatine on fait la colle-forte, on apprête les tissus, on moule des objets d'ornement, on clarifie les alcools. — Avec les belles colles associées au sucre et aux aromates, on fabrique des gelées alimentaires. — Des os, on tire du phosphore ; — des urines putréfiées, on extrait du sel ammoniac, avec les os encore on fait le noir animal, utilisé dans les raffineries ; — avec les os des pieds de mouton et les rognures d'ivoire, on fabrique le noir d'ivoire pour la peinture.

La corne, rendue malléable par une lessive caustique et mélangée au caoutchouc, sert à mouler une quantité d'objets utiles.

Les matières animales carbonisées qui restent au fond des cornues, après qu'on en a extrait tout ce qu'on en peut tirer, — servent encore à fabriquer la couleur bleu de France, et en outre le prussiate de potasse, élément du bleu de Prusse.

Le bleu de Prusse calciné donne un beau noir ; — le marc de café également. La suie fournit aussi une couleur noire.

La cochenille et le carmin sont des rouges animaux ; — les laques de garance et de bois de Brésil, des rouges végétaux.

La chimie trouve des jaunes dans la gomme-gutte, qui découle d'un arbre ; — dans les sucs du carthame, du curcuma, de la gaude, du quercitron, du brou de noix. — Un jaune doré s'extrait, dit-on, du fiel d'anguille.

Le pastel et l'indigo nous distillent du bleu, le bois de Fernambouc du violet; — les baies de la bourdaine recèlent un beau vert; — dans la suie, il y a du bistre. — Je vous ai déjà parlé des couleurs minérales.

Je m'arrête un moment tout essoufflé, Suzanne.

Commencez-vous à avoir une idée de l'œuvre immense que la chimie accomplit? — Et cependant, que vous ai-je indiqué? — Seulement une faible partie des matériaux qu'elle prépare.

Mais les matériaux préparés, son œuvre est bien loin d'être accomplie; car partout elle doit veiller à leur emploi convenable, et c'est ainsi qu'elle est forcément associée à toute industrie.

Elle indique comment il faut faire le bon pain; elle établit les lois de la cuisine et de la saine préparation des aliments; — elle préside à la fabrication du beurre, des fromages, du vin, du cidre, de la bière, des eaux-de-vie, des vinaigres; elle nous apprend comment on conserve les denrées de toutes sortes. — Ici, elle nous fait sécher et comprimer des légumes; — là, elle nous les garde, à l'état frais, dans des boîtes, dans une atmosphère d'acide carbonique, d'azote, d'acide sulfureux. — Elle nous enseigne comment il faut saler et fumer les viandes et les poissons; — elle nous conserve des viandes fraîches dans la glycérine; — ou sèches et réduites en poudre. — Elle nous met du bœuf en biscuit; — du bouillon et du lait en tablettes incorruptibles. Confitures, sucreries, pâtisseries, liqueurs, glaces, sorbets, tout se fait par ses conseils

Elle nous indique les choses nuisibles à respirer et à manger et leurs correctifs. — Sommes nous malades, elle accourt aussitôt de la pharmacie avec cent médicaments spécialement préparés par ses mains.

Et si elle prend tant de soin de notre santé et de notre nourriture, elle n'a pas moins de souci de notre vête-ment, veillant à la préparation de tous les fils, de tous les tissus. — Tannage, rouissage prompt et salubre, lavage, dégraissage, blanchiment, teinture, impression, blan-chissage, et cent autres opérations, s'effectuent sous sa direction.

En même temps elle s'occupe de la construction de nos habitations. — Elle cuit les chaux et les plâtres, prépare les briques et les ciments, pétrit les mortiers, coule les fontes, fabrique des enduits qui, au dehors, protégent les murailles, au dedans garantissent de l'humidité. Elle peint les boiseries, les papiers de tenture ; nous moule des orne-ments en carton-pierre. — Elle nous indique les situations salubres et celles insalubres, afin que nous recherchions les unes et que nous évitions les autres.

Nos mobiliers ne lui doivent pas moins. — Elle injecte des substances minérales dans les bois pour les durcir et les nuancer de cent façons ; — elle nous fournit des encaus-tiques et des vernis ; teint nos tapis et nos rideaux ; dore nos cadres ; nous fabrique des porcelaines et des cristaux, les couleurs des tableaux et cent objets en alliages de mé-taux, en carton ou combinaisons diverses. — Elle nous prépare du feu dans les allumettes ; de la lumière dans le gaz et les bougies, — épure nos huiles ; — nous invite à la propreté par ses savons ; nous distille des parfums. —

Elle a même la faiblesse de se prêter à nos défauts en nous préparant du tabac à fumer et à priser.

N'est-ce pas elle encore qui stimule nos relations avec nos semblables, et dès lors pousse au développement de notre instruction, en fabriquant les papiers et les encres, produisant les substances nécessaires à la gravure, à la lithographie, à la typographie, à la photographie. — Ne sont-ce pas les combinaisons qu'elle imagine qui produisent l'électricité du télégraphe ?

Sommes-nous en danger ? c'est encore à elle que nous allons demander des poudres, de l'acier et du bronze.

Toujours elle, surtout elle qui préside à tous nos rapports avec la nature, en tant que source où nous puisons toute chose. — Là la chimie est souveraine. — Elle fouille, trie, essaye, combine ; — nous indique chaque chose et ses emplois.

Explorant et exploitant les profondeurs du sol en faveur de l'industriel, elle aide le cultivateur à en féconder la surface. Elle lui indique la nature des terrains, leurs aptitudes ; la nature des plantes, leurs exigences, la bonne composition et le meilleur emploi des amendements et des engrais.....

Bref, Suzanne, l'action chimique, dont matériellement nous sommes les produits dans le sein de nos mères, ne nous abandonne pas un instant de notre vie. — Image de la sollicitude divine, c'est elle qui, dès le berceau, entretient notre existence et l'entoure de soins incessants. Enfin, quand notre âme abandonne la demeure charnelle que lui avait édifiée l'action chimique, celle-ci démolit le logis désert pour en restituer les matériaux à la nature, à qui elle en doit compte.

CONCLUSION

LES ÊTRES VIVANTS SOUS LA MAIN DE L'HOMME

Quelques jours après avoir lu ces lettres, je me rendis à Monts dans l'intention d'y voir Valentin. — On me dit que le berger était dans la campagne avec son troupeau, et l'on m'indiqua à peu près l'endroit où je pourrais le rencontrer. — J'y allai aussitôt.

Le pays était assez découvert, et je n'eus pas de peine à voir de loin, d'abord un troupeau errant, et puis le berger lui-même assis sur un petit tertre de gazon, à l'ombre d'un bouquet d'arbres.

Cette position dominait le chemin par où j'arrivais, et s'y reliait par une pente raide au pied de laquelle coulait un ruisseau.

En me reconnaissant, le berger se dressa ; mais déjà j'escaladais le talus et Job venait joyeusement à ma rencontre. Un instant après je serrais la main de Valentin.

Il ne pouvait croire que je fusse venu exprès pour le voir, et me témoignait avec effusion combien il en était reconnaissant.

— J'attendais quelqu'un, me dit-il, et je m'étais placé ici précisément pour voir plus loin sur la route ; — mais je ne pensais certainement pas que vous seriez la première personne que je verrais.

Nous nous assîmes sur le gazon.

— Tenez, reprit-il, c'est dans le bois que vous voyez là-bas que nous avons fait connaissance, cette certaine nuit...

Nous causâmes. — Je dis à Valentin que j'avais lu ses lettres et lui en exprimai tout le bien que j'en pensais.

— Eh bien, monsieur, je suis heureux de ce que vous me dites. — Je pense que ce n'est point avec l'intention de me flatter que vous me parlez ainsi, n'ayant nullement besoin de me cacher la vérité. — De mon côté, je vous avouerai que si je vous ai donné à lire mon griffonnage, c'est par suite de l'opinion de la personne même à qui j'écrivais, laquelle est d'un jugement sûr et m'avait témoigné qu'elle en était contente. — J'en ai pris hardiesse vis-à-vis de vous ; — et votre dire m'est d'autant plus agréable qu'il s'accorde avec celui de la personne...

— De Suzanne ?

— Oui, monsieur, de Suzanne.

— Fort bien, Valentin. — Maintenant, mon avis est que la chose étant bonne, plus elle sera connue, mieux cela vaudra. — Il s'agit donc de réunir en un livre vos lettres à Suzanne, de telle sorte que beaucoup puissent les lire et en tirer profit.

L'idée de voir ses lettres imprimées effraya d'abord un peu Valentin, qui ne pouvait croire qu'elles fussent dignes de cet honneur. Enfin il céda à mes raisons, disant qu'après tout je m'y connaissais mieux que lui.

Tandis que nous causions, une brebis, parmi celles qui rôdaient autour de nous, s'était approchée et broutait l'herbe à ma portée. J'étendis la main sur sa toison qui était d'une belle laine bien fine.

— C'est du mérinos ? — dis-je à Valentin.

— Je crois bien que oui, monsieur. — Généralement nos moutons de Provence ont une jolie laine.

— Cela tient certainement en partie à la nature du climat et du sol, et par suite de la nourriture; mais cela provient aussi du croisement.

Tenez, Valentin, repris-je après un court silence, — ceci me fait songer à une chose. Vos lettres traitent sans doute des œuvres qui caractérisent plus particulièrement l'industrie moderne; mais il conviendrait d'y ajouter quelques mots sur un genre de travail bien distinct de tout ce dont vous vous êtes occupé, et qui n'est certes pas moins remarquable par sa grande importance et ses progrès.

L'industrie proprement dite n'exploite et ne fournit que des produits morts, — qu'ils soient d'origine minérale, végétale ou animale. — Il y a à côté d'elle une autre industrie dont l'activité a en vue des produits vivants ; c'est l'agriculture. — L'agriculture a, vis-à-vis de l'industrie, une suprématie, en ce sens qu'elle crée une grande partie des produits que celle-ci exploite ; — mais, d'autre part, l'industrie réagissant par ses notions, ses machines et ses procédés sur l'agriculture, il s'ensuit qu'il y a, entre ces deux modes de travail, un échange incessant de bons offices qui les lie en des rapports étroits et les fait marcher parallèlement au progrès. Quand je dis l'agriculture, j'entends aussi l'horticulture, c'est-à-dire la culture des jardins également dans ce qu'ils produisent d'utile et d'agréable, légumes, fruits et fleurs.

Il est présumable que l'esprit humain, qui, à notre époque, a conquis tant de terrain en industrie, a dû aussi se signaler en agriculture et en horticulture.

En effet, Valentin, quoique, sous ce rapport, il reste encore beaucoup à faire dans la pratique générale, vu la lenteur que met le paysan à accueillir les choses nouvelles ; — cependant, parmi les cultivateurs intelligents et instruits, de grands progrès sont en train de s'accomplir.

Vous savez que la nature ne donne à l'homme à peu près que des plantes et des animaux sauvages ; c'est-à-dire généralement dépourvus des qualités qui les rendent propres à nous être utiles ou agréables. Le travail du cultivateur consiste précisément, d'abord à leur donner ces qualités, et puis à les leur conserver.

C'est là un travail fort délicat ; — car il s'exerce sur des êtres vivants, dans lesquels il faut, sans nuire à la vie, modifier profondément les formes et les produits : c'est un travail dans lequel l'homme se met véritablement en collaboration avec la nature.

La nature toute seule ne façonne pas les fleurs et les fruits magnifiques de nos jardins et de nos vergers, et les produits si variés et si savoureux de nos animaux domestiques. Non, Valentin, vous le savez bien ; — il y a longtemps que l'influence de l'homme se fait sentir sur les êtres vivants, — le plus généralement exploités pour son usage.

C'est ainsi que, dans ses mains, les fleurs les plus modestes des champs ont pris, par une intelligente culture, des formes, des dimensions, des couleurs, des parfums qu'elles ignoraient dans les mains de la nature, et qui sont pour nous l'occasion des plus agréables sensations ; — c'est ainsi que des légumes maigres et fibreux se sont faits volumi-

neux et tendres; — c'est ainsi que les fruits âpres et chétifs des forêts sont devenus charnus, sucrés, savoureux
et parfumés; — c'est ainsi que la chair coriace des animaux sauvages a ramolli ses fibres et développé ses sucs
nourriciers.

Sous tous ces rapports, la culture moderne a fait des
prodiges dont vous n'avez pas d'idée, tout cultivateur que
vous êtes vous-même.

Il est juste de dire qu'en ce qui concerne les plantes,
c'est particulièrement dans les jardins qu'il faut chercher
les plus curieux phénomènes dus à l'action de l'homme
sur la production et le développement des végétaux.

La composition factice des sols, des liquides d'arrosage,
les fécondations artificielles, les semis, la taille, la greffe,
tels sont les principaux moyens employés pour le perfectionnement des produits végétaux.

L'action de l'homme ne se borne pas à améliorer les
qualités de la plante; elle a encore d'autres effets non
moins curieux, elle arrive en quelque sorte à soustraire la
plante aux influences des saisons et des climats. — L'hor-
ticulteur, avec ses serres et tous les engins issus de son
imagination, crée des saisons et des climats factices. — Il
produit, à Paris, les fleurs du printemps en janvier, des haricots verts et des pois en février, des cerises et des fraises
en mars, du melon et du raisin en avril; — et, par une
préparation des semences et de certaines conditions de
terrain et d'atmosphère, il obtient des radis en six jours,
— des salades en quarante-huit heures. — Et s'il sait
ainsi faire un printemps en hiver, il sait également transporter en France l'Inde et les Antilles, dont il nous fait

épanouir les fleurs suaves et brillantes ; — dont il nous fait mûrir les ananas, les bananes, les mangues, la vanille, etc.

Quant aux animaux domestiques, au moyen de croisements raisonnés, d'une nourriture convenable et de soins particuliers bien entendus, on obtient en eux des améliorations analogues à celles qui signalent la culture des plantes.

Un éleveur intelligent produit, on peut le dire, des bestiaux conformés à son gré, selon la destination qu'il leur assigne. — Par le choix judicieux des étalons et des juments, par exemple, il arrive à développer ou amoindrir tels membres ou tels muscles d'une race de chevaux ; il modifie la tête, les naseaux, le poitrail, les encolures, la croupe, les jambes, selon qu'il veut obtenir de la rapidité, de la force, de l'élégance, de la rusticité. — Le cheval anglais, si propre à la course, est une véritable création du génie de l'homme ; — le mulet, la bête de somme par excellence, qui rend de si grands services dans les pays de montagnes, est encore un produit de l'industrie humaine.

Même action sur la race bovine, selon qu'on la destine au travail ou à la production de la viande ou du lait.

Un célèbre éleveur anglais, Backewell, a réalisé des prodiges sous ce rapport. Il s'est attaché à former une race spéciale pour la boucherie, et par conséquent à développer toutes les parties mangeables de l'animal, en amoindrissant les autres. Il s'est uniquement servi des taureaux et des vaches de son pays ; mais il a si heureusement choisi ses sujets, qu'il a complétement atteint son but en créant la race de Durrham dont la réputation est universelle. Ce bœuf a un corps arrondi et énorme, une toute petite tête, des jambes courtes et grêles, des os minces. — Tout est chair dans cette bête, qui pèse jusqu'à 1,500 kilogrammes et plus. Et même, l'intelligent éleveur a su obtenir un développement spécial des morceaux les plus exquis, — du filet par exemple, — en appelant les sucs de l'animal dans les muscles des reins au moyen de lotions et frictions habilement pratiquées (1).

L'avantage d'une race ainsi conformée est bien évident, Valentin ; car la nourriture nécessaire pour engraisser un bœuf est proportionnelle à son poids total, — et plus les parties qu'on ne mange pas sont petites, plus petite est leur part de nourriture, — plus forte est, par suite, celle des parties mangeables ; ce qui amène non-seulement un emploi plus utile de la nourriture, mais encore un plus prompt engraissement. — Chez les vaches, c'est la production du lait qui est accrue et portée à trente litres par jour.

Au même point de vue, on tente aujourd'hui de supprimer les cornes chez nos animaux domestiques. On se dit avec raison que les sucs nourriciers absorbés par les cornes, se portant sur les autres parties de la bête, y auraient un emploi plus profitable. — Les vaches sans cornes, toutes circonstances égales d'ailleurs, sont meil-

---

(1) Un procédé analogue est employé en horticulture pour obtenir de gros fruits. Après avoir eu soin de n'en laisser qu'un petit nombre sur un arbre, on arrive à leur procurer un développement exceptionnel par des onctions dont l'effet est de distendre les épidermes, ce qui favorise le grossissement de la masse charnue.

leures laitières que les autres; — En même temps, la suppression des cornes écarte les accidents dont elles sont assez souvent la cause, pour l'homme et pour les bestiaux eux-mêmes. — On arrive à obtenir des élèves sans cornes en les extirpant chez le père et la mère reproducteurs, de telle sorte qu'elles ne puissent revenir.

Dans le bœuf destiné au travail, ce sont les épaules, la poitrine et les jambes qu'on développe.

L'éleveur anglais Backewell a fait pour le mouton ce qu'il a fait pour le bœuf, et il a créé ainsi la race de Dishley, dans laquelle il a diminué de moitié le poids des os en doublant celui de la chair.

Mais on ne se contente pas d'améliorer nos plantes et nos animaux indigènes; — on se préoccupe aussi de rechercher au loin, pour les acclimater chez nous, les plantes et les animaux susceptibles de s'accommoder de notre climat et dont nous pensons pouvoir tirer une utilité quelconque.

D'ailleurs, vous ne sauriez vous imaginer, Valentin, les curieux et utiles effets que produisent quelquefois ces changements de climats sur les sujets dépaysés. — Quand la pomme de terre a été apportée du Chili en Europe, elle y a acquis un développement énorme et de précieuses qualités nutritives. — D'un autre côté, lorsque les Hollandais transportèrent dans leur colonie du Cap la race lourde et épaisse des bœufs de Hollande, il arriva que ces animaux, dans leur nouveau séjour, acquièrent une agilité qui les a rendus, en ce pays, les émules du cheval pour la course.

Ces transports multipliés de végétaux et d'animaux

d'une contrée dans une autre occasionnent en outre des croisements d'espèces diverses qui procurent tantôt un avantage, tantôt un autre. La pratique de ces croisements, sous une direction attentive, peut produire les plus curieux et les plus utiles résultats.

Ainsi, nos belles laines de France sont une conséquence du croisement de nos troupeaux avec quelques mérinos, que Daubenton fit venir d'Espagne vers la fin du siècle dernier.

Une société d'hommes éclairés (1) s'occupe spécialement aujourd'hui, en France, du soin de recueillir à l'étranger, et d'introduire dans notre pays, les végétaux et les animaux qui paraissent pouvoir nous rendre des services. — Plus d'une tentative heureuse a déjà été faite.

Les ignames de la Chine et du Chili commencent à faire concurrence à la pomme de terre; ce qui n'empêche pas qu'on ne nous apporte encore des variétés nouvelles de pommes de terre. — Le sorgho, déjà cultivé en France, donne du sucre et par conséquent de l'alcool; — des teintures, des fils, et constitue d'ailleurs un excellent fourrage. De l'Inde, on nous apporte des haricots, des pois, des lentilles, du ricin; — de la Chine, des pois à huile, le chervis ou riz sec, qui a de longues racines farineuses, sucrées et très-nourrissantes; — le po-tsaï, espèce d'épinard ; — le pak-tsaï, variété de chou, et l'arbre à suif, qu'on cultive en Algérie. — Je vous citerai encore une sorte d'oseille (2)

---

(1) Société zoologique d'acclimatation et de domestication, fondée à Paris en 1854.

(2) *Oxalis crenata.*

dont les feuilles sont excellentes et dont la racine est ali-
mentaire et fournit une agréable boisson ; — et un mil du
Pérou (1), — bonne plante fourragère et dont les pousses
tendres se mangent comme les épinards ; — et le phor-
mium de la Nouvelle-Zélande, qui donne des fils plus
solides que ceux du chanvre.

Bien entendu, Valentin, que je ne vous cite là que les
tentatives les plus récentes ; et encore seulement celles qui
ont en vue une conquête applicable à la satisfaction des
besoins matériels de l'homme. — Car si, d'une part, nous
voulions reprendre d'un peu haut l'histoire d'acclimatation
des végétaux utiles, nous serions bien étonnés de reconnaître que, sauf le chou et la rave, — à peu près tous nos
légumes et presque tous nos meilleurs fruits nous ont été
apportés de pays lointains, notamment d'Asie. — Et si,
d'autre part, nous voulions énumérer les introductions de
plantes de pur agrément, un volume ne suffirait pas ; car
elles arrivent dans nos jardins incessamment et par milliers de toutes les contrées du globe, — pour recevoir
ensuite, par l'effet de la culture, des modifications qui souvent les embellissent encore.

Quant aux animaux récemment amenés chez nous, l'hé-
mione, plus rustique, plus fort, aussi rapide que le cheval,
nous vient du Thibet ; — le dauw, cheval robuste, nous
vient du Cap ; le lama et la vigogne aux poils précieux
nous viennent du Chili ; — et la Guyane nous a fourni le
hocco, sorte de beau dindon. — Le yack, déjà acclimaté
chez nous, est un petit bœuf chinois, précieux dans les

---

(1) *Chenopodium quinoa.*

montagnes, bon pour le trait et la boucherie. On nous a apporté encore deux vers à soie, l'un qui se nourrit sur la feuille du chêne, l'autre sur celle du ricin. — Les poules de la Cochinchine et de l'Inde sont aujourd'hui très-répandues chez nous; — Elles pondent en hiver, alors que nos poules indigènes se reposent.

Mais, tout en perfectionnant les espèces indigènes et acclimatant des races étrangères, on a imaginé de curieux systèmes de multiplication artificielle de plusieurs espèces animales. Vous avez pu entendre parler de certaines machines dites couveuses artificielles, et qui suppléent complétement à l'incubation pour l'éclosion des œufs de nos volailles. — Vous n'êtes pas sans savoir aussi qu'il y a de certains établissements où l'on s'occupe de la production, de la fécondation et de l'éclosion artificielles des œufs de poissons de diverses espèces. — Après quoi on élève le même poisson dans des bassins ingénieusement appropriés aux mœurs de chaque espèce; et quand il est susceptible d'être mis en liberté, on le répartit dans les eaux des rivières ou des rivages maritimes accidentellement dépeuplés. C'est ce qu'on appelle la culture du poisson ou pisciculture (1).

---

(1) Les procédés de la pisciculture avaient été mis en pratique et publiés dès 1763, par un Allemand nommé Jacobi. — D'heureux essais furent faits ensuite en Angleterre, Hanovre et même en France, mais sans appeler l'attention. — En 1841, Remy et Gehin, l'un pêcheur, l'autre aubergiste dans les Vosges, ignorant ce qui s'était fait antérieurement, découvrirent à nouveau les procédés de la fécondation artificielle du poisson. La découverte eut du retentissement, cette fois; quelques hommes éminents s'occupèrent de faire progresser cet art, et aujourd'hui il a été porté à un haut degré de perfection par le professeur Coste.

A propos de poissons, Valentin, je vous dirai une chose peu connue et bonne à savoir cependant, car sa pratique a pour résultat de rendre meilleure la chair des poissons que nous mangeons. — Quand on a pêché du poisson, on le laisse généralement mourir hors de l'eau en une lente agonie. C'est un tort; car cette longue souffrance de l'animal nuit à la qualité de sa chair. — Les Hollandais, peuple observateur, industrieux, et qui fait un grand commerce de poisson, ont depuis longtemps compris cela; aussi ils tuent le poisson aussitôt qu'il est retiré de l'eau; — soit en lui faisant une incision longitudinale sous la queue, soit en lui enfonçant une grosse épingle d'acier dans la tête. — C'est là le secret de la réputation méritée dont jouit le poisson préparé en Hollande. — D'ailleurs, cette manière d'agir est bonne, en ce qu'elle abrége les souffrances de l'animal.

La pisciculture a fait songer qu'on pourrait peut-être aussi élever artificiellement d'autres animaux. — En effet, on pratique encore la culture des huîtres et d'autres coquillages.

Vous savez, Valentin, que les perles sont une sécrétion de la nacre de certaines huîtres et de certaines moules; mais ce que vous ignorez peut-être, c'est le motif déterminant de la formation de la perle. — Il y a un petit animal microscopique qui vit aux dépens de l'huître et perce la coquille de celle-ci pour arriver jusqu'à la chair. — l'huître, se sentant attaquée, renforce le point menacé par un rempart plus épais de substance nacrée. L'ennemi perce toujours; et l'huître continue à épaissir son bouclier, et de ce double travail d'attaque et de défense, il résulte une excroissance de nacre plus ou moins saillante et creuse qui se détache ensuite de la coquille et constitue la perle. — On s'est imaginé d'organiser un parc pour y mettre en lutte constante l'huître et son ennemi, et avoir ainsi une véritable fabrique de perles. — A-t-on réussi? — Je ne sais.

La sangsue nous est apportée à grands frais de pays lointains; aussi a-t-on songé à créer des marais artificiels pour y faire des élèves de cet utile animal. L'idée a été réalisée en France.

Sur la côte d'Algérie, on tente la multiplication artificielle du corail.

Il me revient en mémoire que, dans certaines parties de la France, on pratique une culture animale que sa barbarie devrait bien faire abandonner. Aussi je ne vous en parle qu'à titre d'exemple de l'ingéniosité que l'homme déploie pour la satisfaction de ses moindres caprices. — Il faut savoir que le foie de certaines volailles, du canard, notamment, est un mets très-apprécié, et dès lors d'un bon rapport. Les éleveurs avaient donc intérêt à avoir des foies volumineux. Eh bien! sachant qu'une vie inactive, — une respiration gênée et en même temps une nourriture abondante, ont pour résultat de donner une maladie qui développe le foie, on a appliqué la recette aux malheureux canards. On les emprisonne étroitement, de manière à paralyser tous leurs mouvements, et on les gorge de nourriture : on obtient ainsi le résultat cherché, c'est-à-dire des foies énormes. — C'est ingénieux, mais c'est bien cruel!

Tenez, Valentin, — ceci fait faire une réflexion. — Nou

n'avons considéré l'industrie humaine que dans ses plus belles manifestations ; — mais est-ce à dire qu'elle n'ait toujours pour mobile que le bien et le beau ? — On ne saurait l'affirmer. La faiblesse et les imperfections de l'homme doivent nécessairement se refléter plus ou moins dans toutes ses œuvres. — Résignons-nous donc à rencontrer çà et là de fâcheuses applications des fécondes facultés dont l'homme est doué, et en même temps sachons que ces accidents ne doivent jamais faire condamner les élans hardis de l'esprit humain à la recherche des choses inconnues. Cette aspiration instinctive mène l'homme à son but, qui est la science, la vérité ; — en un mot, Dieu.

Au reste, les efforts de l'industrie humaine, même en vue de satisfaire des penchants fâcheux, ne sont pas, par cela seul, stériles pour le bien ; — et peut-être est-il vrai de dire que nos défauts sont les plus vifs stimulants de l'activité de l'homme. Mais, soyez tranquille, le but final est bon ; — car c'est la lumière, — qui finit toujours par faire répudier les mobiles reprochables, même lorsqu'ils ont été l'occasion de sa manifestation. — Les poisons qui tuent nous mettent en garde contre leurs dangers, et nous enseignent par leur énergie même le parti qu'on en peut tirer au besoin pour la guérison. — Du coton-poudre imaginé pour la destruction est sorti le collodion, si utile en photographie et dont l'application sur les plaies contribue à leur cicatrisation. — Rien n'est perdu absolument pour le progrès, pas même le mal, — d'où jaillissent au moins d'utiles enseignements.

Un autre procédé de culture animale, et qui n'a pas la barbarie du traitement infligé aux malheureux canards, —

c'est celui auquel on soumet, par exemple, les animaux producteurs de lait pour donner à ce produit certaines propriétés spéciales nécessaires pour la guérison d'affections particulières. — On prend là l'estomac de l'animal comme un creuset où la puissance de la vie fabrique un lait exceptionnel, tantôt avec de certaines plantes, tantôt en y mélangeant des substances médicamenteuses comme l'iode ou la soude.

N'admirez-vous pas, Valentin, tous ces travaux de l'homme exploitant les corps vivants pour en modifier les formes, les dimensions, les couleurs et la substance intime? Ce spectacle qui, d'abord, nous plonge dans l'étonnement, n'ouvre-t-il pas ensuite à notre pensée le confus aperçu d'une série indéfinie de conquêtes réservées, dans cette voie, au génie de l'homme?

La vie est de Dieu;—lui seul la connaît et la provoque.— Mais qui peut déterminer la limite qu'il a mise à notre influence sur son développement et ses modifications diverses?

En considérant les plantes et les animaux sauvages; puis les plantes et les animaux tels que les ont faits la culture, l'acclimatation et la domestication; — on voit combien est grande déjà l'œuvre accomplie; — et l'importance même de ces progrès du passé, surtout eu égard au défaut de science qui, jusqu'à nos jours, en a laissé en quelque sorte le mérite aux seules données du hasard; — cette importance nous donne la mesure de celle des progrès futurs fondés sur l'étude de la nature et l'esprit de logique, et accomplis à la clarté de notions exactes.

Ce que la nature a dissimulé de richesse, de variété, de splendide fantaisie dans la simplicité des formes sauvages est inimaginable. Elle dit à l'homme : — voilà le type ; — travaille dessus ; — brode, taille, rogne ; — amplifie ou rapetisse ; — double, triple, centuple la collerette des fleurs ; — développe les odeurs, varie les couleurs ; découpe les feuilles ; — gonfle les tissus des fruits, — adoucis les sucs, ramollis les fibres, parfume les pulpes ; modifie les formes animales ; — allonge ou raccourcis tels membres ; — développe tels organes ; effile la tête ; — élargis le poitrail... que sais-je ? —

Mais par quel moyen ?

Le moyen est écrit partout. — Considère ce qui se passe autour de toi. — Ne vois-tu pas les êtres vivants diversement influencés selon la nature du sol, l'état de l'air, le degré de la température ; — l'intensité de la lumière, la sécheresse ou l'humidité ; — la hauteur du séjour ; — la dimension de l'habitation ; — le genre de nourriture ? — — Sous tous les phénomènes il y a des lois. — Observe et conclus.

En effet, la nature est notre institutrice, jusque dans nos plus lointains écarts, en vue de modifier les formes et les aptitudes primitives de la vie. — Elle-même nous invite à oser, — et elle met toutes ses complaisances à notre disposition ; nous garantissant tous les succès cherchés avec persévérance, dans l'application raisonnée des procédés qu'elle nous indique.

Cette influence que l'homme exerce sur la vie végétale et animale, s'étend naturellement jusqu'à lui-même. Ce que nous appelons hygiène est la culture de la santé, — le choix des milieux et des pratiques les plus propres à la conserver. — Qui pourrait nier la profonde influence des soins hygiéniques sur notre organisme, en présence, par exemple, des effets si incontestables de la vaccination. — L'hygiène, on peut le dire, est un art tout moderne.

Dans nos maladies, la pratique de ces autres arts salutaires, la médecine, la chirurgie, n'est-elle pas encore une véritable culture tendant à l'amélioration d'un état anormal de l'organisme? — Et si, trop souvent, hélas! ces arts sont impuissants, — il n'en faut pas moins admirer, dans nombre de cas, le jeu merveilleux des actions et des réactions intérieures, provoquées par le traitement et qui aident si puissamment les tendances naturelles de l'organisme vers la guérison.

Quels effrayants instruments de culture recèle la trousse du chirurgien! mais que d'heureux fruits sortent de leurs sillons palpitants, de leurs entailles sanglantes!

C'est ici, Valentin, qu'il faut rappeler, pour la bénir, cette précieuse pratique de l'éthérisation qui enlève au patient la sensation du mal et la conscience de sa situation, — et, par suite, contribue puissamment à la réussite de l'opération. — Notre âge a lieu d'être fier de cette découverte qui épargne tant de souffrances à l'humanité (1).

La culture chirurgicale présente quelques curieuses manipulations des tissus vivants. — Sa mission est habituellement d'inciser et de tailler; mais elle sait aussi au besoin façonner et rétablir des parties absentes (2). Tantôt elle se

---

(1) Les effets de l'éthérisation ont été découverts en 1846 par le chimiste Jackson et le dentiste Morton, Américains tous deux. — En 1847, l'Ecossais Simpson indiqua le chloroforme comme plus énergique que l'éther.

(2) Cet art s'appelle autoplastie.

sert des chairs voisines pour construire un nez, une paupière, un pavillon d'oreille, une lèvre; tantôt elle comble un vide quelque part, — à la joue, par exemple, au moyen d'un lambeau enlevé au bras ou à la jambe. — Ailleurs, c'est un os brisé ou malade qu'elle enlève; mais elle a soin de conserver la fine membrane qui le revêt, et cette membrane, dont l'aptitude naturelle est de produire la substance osseuse, — reproduit un nouvel os sain et complet. — Cette merveilleuse opération est due entièrement à la chirurgie moderne (1).

Depuis un moment déjà, je voyais Valentin fixer son regard dans la direction de la route par où j'étais venu. — Je regardai de ce côté, et je vis en effet au loin une personne sur le chemin; c'était une femme.

— Vous m'avez dit que vous attendiez quelqu'un, Valentin.

— Oui, monsieur, la voilà.

— Suzanne?

— Oui. — Elle se rend à un village voisin où elle a des parents; — et comme je le savais, je suis venu par ici, pour la voir un moment à son passage. — Je n'ai pas besoin de vous dire, monsieur, quel sentiment me lie à Suzanne; — vous le devinez. — Depuis la première fois que je vous vis là-bas, les choses sont bien changées. — Vous vous rappelez... je n'étais pas content, alors. — Je souffrais bien parfois. — Mais aujourd'hui j'ai une parole d'elle; — et Suzanne n'est pas une femme dont les paroles soient

(1) M. Flourens a indiqué l'opération; M. Maisonneuve et d'autres l'ont admirablement pratiquée.

vaines. — Voulez-vous que nous allions à sa rencontre ?

— Volontiers.

Nous nous dressâmes.

— Eh bien, Job, dit le berger à son chien, tu ne vois donc pas Suzanne, là-bas?

Job dressa les oreilles, flairant l'air, et aussitôt il partit en courant.

— Elle va être contente de vous voir, monsieur, car je vous assure que je lui ai souvent parlé de vous. — Je vous ai plus de reconnaissance que vous ne pensez, à son sujet.

— Comment donc?

— Je vous dirai cela.

Le chien avait déjà atteint Suzanne, autour de laquelle il tournait joyeusement en gambadant. — La distance qui nous séparait encore d'elle fut bientôt franchie.

Suzanne était de taille moyenne, fort bien prise. Un large chapeau de paille la garantissait du soleil. Elle portait le petit fichu ordinaire des filles du pays, croisé sur la poitrine et arrêté en arrière au-dessous de la nuque, laissant ainsi bien découvert le cou orné d'un cordon noir auquel pendait en avant une petite croix dite à la Jeannette.
— Sa mise était d'ailleurs fort simple ; le jupon court des femmes de la Provence lui seyait à ravir ; — un panier passé au bras, elle marchait en tricotant, selon l'usage du pays. — Au demeurant elle était charmante ; ses yeux, d'un noir velouté, avaient une expression douce et pensive qui captivait. — Elle jeta sur moi un rapide coup d'œil.

— Bonjour, Suzanne, dit Valentin en lui tendant la main, — vous ne savez pas qui est monsieur?

— Oh! dit-elle, je m'en doute bien.

Elle avait su au village que quelqu'un était venu demander Valentin, et elle avait supposé avec raison que c'était moi.

Tout en causant nous nous mîmes à marcher lentement dans la direction que suivait Suzanne, celle-ci entre nous ,ux; — elle se remit à tricoter.

— Je suis contente de cette rencontre, monsieur, me dit-elle, ¦— j'espère qu'à l'avenir vous nous garderez l'amitié que vous avez bien voulu témoigner à Valentin jusqu'ici. — Ce nous sera un honneur et une satisfaction.

— Et si un jour Valentin n'était plus ce qu'il promet d'être, vous le gronderiez et lui donneriez de bons conseils, n'est-ce pas?— Tel qu'il est, ce Valentin-là, je l'aime bien, — je ne m'en cache pas; — mais il paraît qu'on change quelquefois.

Valentin protesta; — je parlai dans son sens.

— Allons, dit-elle, c'est très-bien! — Je vous crois. Après tout, nous ne sommes parfaits ni les uns ni les autres, et il faudra certainement que nous nous en pardonnions réciproquement.

Et se retournant vers moi :

— Vous a-t-il raconté, monsieur, comment je me suis décidée à son sujet?

— Nullement.

— Comment! ingrat que vous êtes, reprit-elle en s'adressant à Valentin, vous n'avez pas dit à monsieur?... —Eh bien, je vais le lui dire. — D'abord, entre amis, on ne se doit rien cacher. — Il y a une couple d'années, monsieur, je ne pensais certainement point à me marier; — ce qui n'empêchait pas que plusieurs ne voulussent m'y décider, principalement ce Valentin-là et un autre garçon nommé Marius; à eux deux ils m'assaillaient tant que c'en était insupportable. — Je n'avais véritablement pas plus d'inclination pour l'un que pour l'autre, les estimant également. — Enfin, un jour que j'étais impatientée, je leur dis... — Mais il faut que vous sachiez, monsieur, que je venais de lire un vieux conte arabe où il était question d'une princesse qui, entourée de prétendants, les avait tous envoyés au loin faire des prouesses, réservant sa main pour celui qui, au retour, aurait fait les plus belles choses. — Il me prit fantaisie d'en agir au vis-à-vis de mon Valentin et de mon Marius comme la princesse au vis-à-vis de ses amoureux. — Je leur dis donc que je leur donnais deux ans pour, chacun comme il l'entendrait, me témoigner par sa conduite, son sentiment et ses intentions constantes; au bout desquels deux ans, je me déciderais à accepter l'offre de celui dont les actes auraient porté meilleur témoignage de son désir à mon sujet.

C'était peut-être beaucoup de vanité à moi d'en agir ainsi; mais je me disais qu'au demeurant, n'ayant aucune raison pour incliner vers l'un ou vers l'autre, j'étais bien dans mon droit de me donner le temps de choisir et ensemble d'éprouver la solidité de l'affection donc les deux garçons se faisaient mérite; — et, en attendant, j'y gagnais toujours un peu de tranquillité de leur part.

Eh bien, monsieur, si j'ai été vaniteuse, ce dont je me confesse, — je ne pense point cependant avoir trop mal réussi dans mon but final.

Tout aussitôt la chose convenue entre nous trois, chacun

des deux garçons à montré le penchant de son naturel dans
le parti qu'il a pris. — Marius s'est vivement décidé et s'en
est allé à Paris, à l'intention de faire fortune pour me
l'offrir; — et de fait il ne s'y est point mal pris, à ce qu'il
paraît. — Il m'a écrit souvent d'abord; mais, par la suite,
de plus en plus rarement; — m'entretenant toujours de
l'argent qu'il gagnait; — de ses espérances bien plus grandes encore et des merveilles de Paris, dont, disait-il, une
fois qu'on les avait vues, il serait bien malaisé de se séparer pour revenir au village... C'est bien!

Pour Valentin; — le pauvre garçon.....

Ici Suzanne cessa un moment de tricoter et posa sa main
affectueusement sur le bras du berger;

— Le pauvre garçon fut fort indécis et hésitant. S'en
aller, c'était me quitter et il ne pouvait s'y résigner. —
D'ailleurs, où irait-il et que ferait-il? Mais que ferait-il en
restant? — Je voyais bien, sans rien dire, les luttes de
son esprit et il me parut tout de suite que son affection
était plus profonde que celle de l'autre. — Mais il ne savait
à quoi se résoudre; — quand arriva votre rencontre avec
lui, la nuit, sous le bois.

Tout ce que vous lui dîtes fut comme une lumière pour
son esprit. — Il vit devant lui une chose à conquérir; —
le savoir; — et il me jugea capable, — ce qui est une
marque de grande estime dont je lui sais gré; — il me
jugea capable d'apprécier autant les richesses du savoir
que les écus de Marius. — Il se mit donc à l'œuvre avec
ardeur et persévérance, me tenant au courant, par ses
lettres, des choses qu'il apprenait; — dans lesquelles
lettres, en outre du savoir, j'ai vu un esprit sérieux, juste

et bon ; une âme élevée et prisant le travail au-dessus de tout.

Bien entendu que je ne pouvais point hésiter entre les deux. — Après ça, monsieur, je dois avouer que, sur la fin, les merveilles de Paris gagnaient bien du terrain au détriment de Suzanne dans le cœur de Marius ; — si bien que je n'ai point cru le réduire à un grand désespoir en lui annonçant que mon choix était fait, sans attendre le fin bout des deux années. — Et de fait il ne m'a point témoigné de regret, — ne me répondant rien du tout ; tandis que par une lettre qu'il a écrite à quelqu'un du pays, il n'a montré un peu de dépit qu'en ce point seul que le congé venait de moi et non de lui. — Qu'il soit heureux avec son argent, je le lui désire bien sincèrement.

Maintenant, ce qui est dit est dit, et je ne m'en repends nullement, et d'ici à un mois ce sera une chose faite, s'il plaît à Dieu ; — à preuve que ce que je tricote là monsieur, c'est une paire de bas de la plus belle laine, — comme vous voyez ; — et que mon mari portera le jour de ses noces.

Valentin était si heureux, qu'il ne savait plus qu'elle contenance garder. — Il prit la main de Suzanne, sur laquelle il déposa un baiser et laissa tomber une larme.

— Et maintenant, reprit Suzanne, je vous quitte et je continue ma route.

Elle me tendit la main, me dit au revoir, et s'éloigna escortée par Job, qui ne revint qu'un long moment après.

Suzanne tint sa parole. — Un mois n'était pas écoulé, qu'un matin, tandis que la cloche sonnait joyeusement, —

elle sortait de l'église de Monts, appuyée au bras de Valentin désormais son mari.   .   .   .   .

.   .   .   .

Et voilà comment se sont accomplis en quelque sorte
l'un par l'autre le mariage de Suzanne et de Valentin
et le présent livre. — Puisse au bonheur de l'un répondre
le succès de l'autre!

PREMIÈRE PARTIE

INDUSTRIE DE LA NATURE

DEUXIÈME PARTIE

INDUSTRIE HUMAINE

LETTRES A SUZANNE.

et galvanoplastie. — Les procédés de l'électricité vis-à-
vis du vitriol bleu. — Les moules. — Les dépôts de
cuivre et autres. — Galvanotypie. — Galvanographie. —
Galvanisation. — A qui le mérite ? — Le mieux n'est
pas l'ennemi du bien.

FIN DE LA TABLE.

CLICHY. — Impr. de Maurice LOIGNON et Cie, rue du Bac-d'Asnières, 12.

www.ingramcontent.com/pod-product-compliance
Lightning Source LLC
Chambersburg PA
CBHW050316030726
47505CB00003B/730